闪亮的日子

何方 著

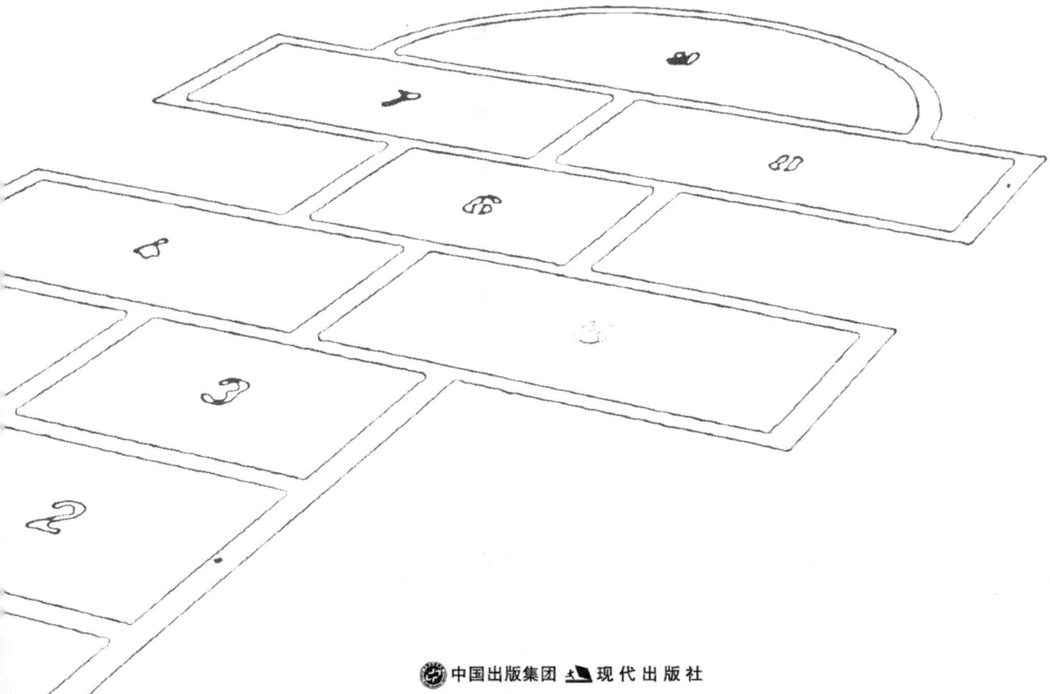

中国出版集团 现代出版社

图书在版编目（CIP）数据
闪亮的日子 / 何方著. —北京：现代出版社，2018.5
ISBN 978-7-5143-6345-6

Ⅰ. ①闪…　Ⅱ. ①何…　Ⅲ. ①长篇小说－中国－当代
Ⅳ. ①I247.5
中国版本图书馆CIP数据核字（2018）第111107号

闪亮的日子

著　　者：何　方
责任编辑：曾雪梅
出版发行：现代出版社
通信地址：北京市安定门外安华里504号
邮政编码：100011
电　　话：010-64267325　64245264（传真）
网　　址：www.1980xd.com
电子邮箱：xiandai@vip.sina.com
印　　刷：三河市南阳印刷有限公司

开　　本：710mm×1000mm　1/16　　印　　张：19.75
版　　次：2018年8月第1版　　印　　次：2018年8月第1次印刷
字　　数：311千字
书　　号：ISBN 978-7-5143-6345-6
定　　价：49.80元

第一章

纸厂在城市的北部，那里被人称作江北。

纸厂是当年小日本建造的，那时这里全是茂密的原始森林，山上有很多两个人才能抱住的树。到了“八一五光复”，树已被小鬼子砍光了，连小树也长不起来了。

纸厂用木头生产纸，在纸厂工作的各家各户，烧的全是树皮。这福利很让石山市别的单位羡慕。

知识青年刚开始下乡那会儿，纸厂缺职工，向市里打报告要解决孩子就业问题。市里批了，除安排本厂职工的孩子外，还安排市里协调过来的一百多人。

后来岗位安排满了，老职工每年退不了几个，纸厂的孩子就得下乡了。厂里特意设立了两个知青点儿，一个在老虎沟，一个在柳树河，让自己的子弟在那里下乡，条件比市里的知青点儿好些。老虎沟离纸厂有一百多里地，柳树河离纸厂近些，也有八十多里。纸厂职工大多是二十世纪五十年代进厂的，差不多家家都有下乡的孩子。

吴艳华一边将成卷的卫生纸装袋一边看着墙上的挂钟，马上就到下班的时间了，有的人已经停下手中的活计。徐亚丽边脱套袖边念叨：“下班啦，多干也不多给钱。”

吴艳华停下手中的活儿：“我寻思着把这一点儿干完。”

“急啥呀，不是有下一班吗？听说西边的副食店来了刀鱼，运气好也许能买上。”

“刀鱼不要票吗？”

“好像不要。”

“我家的鞍钢老想吃肉，可肉票早用完了。”

“我家也用完了，你说这孩子咋都这么能吃呢？”

吴艳华急急慌慌地向衣柜走，她责备说：“你也不早说。”

副食店在外面开了个窗口，在那里卖鱼。一大群人疯狂地挤着。看到这情景吴艳华心头一凉，她知道挤进去太难了。徐亚丽叹了一口气说：“要不咱们回去吧，我看今天够呛，没准儿一会儿就抢光了。”

吴艳华不甘心地指着另一边说：“你看，那边人少点儿，咱俩从那边挤。”

两人来到另一边，买到刀鱼的人拼命向外挤，她们很快就被里面的人带了出来。

一个男人双手举着刀鱼艰难、用力地向外挤着，他过于用力，在他快要冲出重围的时候，人群似乎有些松动，这个男人猛地蹿了出来，把最外层的吴艳华撞倒了。

徐亚丽也被这个男人带了个踉跄，待她站稳后发现吴艳华跌倒了，忙跑过去拉吴艳华：“你说这人缺德不缺德，向外挤也不看着点儿。”

徐亚丽发现吴艳华没什么反应，一下子紧张起来，她发现吴艳华的颈部正撞到水泥台阶上。“吴姐，你怎么啦？快醒醒呀！”

买鱼的人仍用力地向里挤着，他们对有人跌倒没什么反应。徐亚丽看到车间的大孟在人群的另一边：“大孟，快来帮我一下。”

大孟小跑着过来，徐亚丽带着哭腔说：“大孟，吴姐被人撞倒了，脑袋磕到了台阶上，这可怎么办啊？”

大孟说：“什么怎么办，快送医院呀。”

“怎么送啊？”

大孟把手中的布兜向徐亚丽手中一塞：“我背她。”

徐亚丽忙把吴艳华扶到大孟身上，两人小跑着向医院奔去。

放学的路上，魏合营与大成、王伟、顺子打打闹闹地向前走着。合营打了大成一下，大成追他。合营在跑的过程中还不忘骚扰一下前面的王伟和顺子，惹得王伟和顺子也跟在后面追。大成追上了合营，两个人摔起跤来，忽然王伟喊道：“大成你爸来了。”

大成与搂抱着的合营分开。果然，大成的爸爸骑着自行车从街道远处过来：“早晨不是让你在校门口等我吗？”

大成胆怯地说：“在校门口没看到你，以为你不来了呢。”

大成爸爸不高兴地看了大成一眼："上车。"

大成高兴地坐到了自行车的后架上，三个孩子羡慕地看着大成坐在车上走远。

合营喃喃地说："大成家可真趁钱啊，他家是飞鸽自行车。"

顺子不服气地说："我爸说了，过了年要买辆比飞鸽更好的自行车。"

王伟一脸看不起顺子的表情："吹牛，飞鸽就是最好的车，哪儿还有比飞鸽更好的车？"

"这你就外行了吧？凤凰，永久，都比飞鸽好。"

王伟与顺子争辩："没听说过。"

顺子想寻求合营的支持："合营，你说王伟多土，他居然没听说过凤凰和永久。"

"凤凰当然好啦。我们家前趟房的老麻头就买了一辆凤凰，全链盒，前后胀闸的。飞鸽的是撸圈闸。"

王伟问："为啥胀闸比撸圈闸好呢？"

合营说："这你都不懂？撸圈闸用得时间长了，把车圈上的电镀全撸掉了。电镀一掉，不就生锈啦？"

王伟频频点头。顺子讥讽地说："这回明白了吧？我爸说，他已经找人了，我们家买永久的。"

王伟白了他一眼："找人就能买到了？现在得用票，没有票，找人也白搭。"

顺子得意地说："我爸找人就是弄票。"

合营说："你家买新车，得让我骑一圈。"

"那当然。"

王伟跟着说："也让我骑一圈。"

"你不是说飞鸽好吗？去找大成骑飞鸽吧。"

"小气样儿。"

三个人吵吵嚷嚷地拐进了一条僻静的小街，小街上行人稀少。合营拾到了一个纸卷，上面缠着细细的小绳。合营漫不经心地解着纸卷上的小绳，忽然有了一个主意。合营把王伟和顺子叫到身边来，趴在他们的耳朵边上说着自己的想法，三个人笑了起来。

顺子说："这样真是太好玩了。"

合营说："那把你的钢笔拿出来吧。"

顺子说："不行，要是把钢笔弄坏了，我爸该打我啦。"

合营看了看王伟，王伟赶紧说："我还没钢笔呢，我爸一直没给我买。"

合营一脸瞧不起他们的表情，他打开自己的书包，从文具盒里拿出了钢笔。合营小心地将线绳拴到笔帽上，四处观察着地形，把钢笔小心地放到地上，慢慢地放线。

三个人躲到了一户人家的木板障后面。

街道的一边走过来一个男人，他很快就走到了合营放置钢笔的地方。男人心事重重地走着，根本没在意脚下有什么东西。顺子喃喃道："低头，低头啊。"合营紧张地拽紧手中的线绳，准备随时将钢笔拉回来。

那个男人一直想着心事，对路旁的钢笔看也不看。

王伟埋怨着："你放的地方太不明显了。"

顺子瞪了他一眼："瞎说什么？"

合营一直看着那边的街道："来啦，别说话。"

一位中年妇女拎着包从街道的另一边向这里走，她很快就看见了钢笔。当她弯腰要捡时，钢笔像长了腿一样快速向一边移去。中年妇女愣了，疑惑地向合营他们隐身的地方张望。

三个孩子跑到巷子深处笑了起来。

合营把钢笔放回书包里，顺子觉得意犹未尽，他央求着："合营，咱们再整一回吧，太有意思了。"

"再整一回可以，得用你的钢笔。"

"用我的就用我的。"顺子一边说着，一边爽快地从书包里掏出钢笔。

一个男人走得很快，像是有什么急事。他看到钢笔弯腰去拾，笔很快就移动了地方。男人的反应更快，他上前一步用脚踩住线绳，把钢笔拽了下来。

看到自己的钢笔被人拿走了，顺子哇的一声哭了起来，他连哭带喊地对合营说："全怨你，全都怨你。"

合营一脸无辜地说："怎么怨我？是你要再整一回的。"

顺子哭着："你不快点儿往回拽，快点儿不就没事儿了吗？"

"我是快点儿往回拽来的，谁想到他更快呀。"

"你赔我钢笔。"

"我凭什么赔你钢笔呀？"

王伟见那人越走越远，忙说："我们去找他要钢笔。"

三人从木板障后面跑出来。王伟边跑边喊："叔叔！把钢笔还给我们吧。"

男人停了下来，他回头看了看三个孩子。合营发现，这个男人的眉心长了颗黑痦子。

黑痦子男人问：“凭啥还你们？这钢笔是你们的吗？”

王伟说：“叔叔，钢笔是我们的。”

黑痦子男人说：“那为啥在大道上，我一捡它还跑？”

三个人你看我，我看你，谁也说不出话来。

顺子哭着央求：“叔叔，把钢笔还给我吧。”

王伟也帮腔说：“你要是不还他，回家他爸该揍他了。”

听王伟这么说，顺子又哭了起来。黑痦子男人从口袋里掏出钢笔：“用绳系上，人一捡就跑，这不是害人吗？谁教你们这么干的？还揍你，我看你爸揍得轻。”他说完又要走。

王伟拦着那个男人：“叔叔……”

男人停下脚步。王伟说：“他们犯了错误，你批评他们吧。但你不把钢笔还给他，他晚上怎么写作业啊？”

黑痦男人看了看王伟，觉得自己有些过分，他笑了笑：“他们犯了错误，没你的事儿！”

“我在旁边看来着。你把钢笔还他吧。”

“还给你们也行，说吧，谁是主谋？”

王伟和顺子的目光都看向合营，合营不由自主地低下了头。黑痦子男人用钢笔指着合营说：“你小小的年纪，不把心思用在正道上可不行啊。今天我急着破案子，没时间收拾你们。以后再这样，我肯定不会轻饶你的。”

黑痦男人把钢笔塞到了合营的手中，急匆匆地走了。

合营瞪了一眼还在抽泣的顺子说：“刚才还说要再来一回呢，现在倒成了哭巴精。”

已是初冬，街口的井台上结了冰，有三个七八岁的小男孩在那里起劲儿地抽打冰猴儿。

魏宪法与邢三儿、大愣、嗑巴从胡同里游荡过来。宪法和最出名的邢三儿混到一起好长时间了。说起邢三儿，他太有名了。石山市有句顺口溜是这么说的：江南小地主，江北看邢三儿。

三个孩子看见邢三儿过来，警觉地把冰猴儿拾起揣进兜里，转身要走，邢三儿拦住了他们。

“再玩一会儿嘛。我看你玩得最好。”邢三儿指着其中的一个小孩说。

被夸的小孩笑了一下。邢三儿鼓励他说：“你再玩一会儿，我看你是怎么抽的。”

旁边那位穿绿毛衣的小孩忍不住了：“他玩得好？他没我玩得好。”

被夸的小孩不服气：“我比你玩得好！”

绿毛衣小孩说：“吹牛。”

邢三儿在旁边加纲：“谁玩得好比一比不就知道了。”

两个小孩掏出各自的冰猴儿抽了起来。邢三儿装作在那里看，趁被夸的小孩不备，他突然将被夸小孩的冰猴儿抓起，揣进了自己的兜里。看到邢三儿抢冰猴儿，穿绿毛衣的小孩忙将自己的冰猴儿揣进怀里跑远了。被抢的小孩立刻大声号了起来：“把冰猴儿还我。”

“借我两天，过几天就还你。”

“我不认识你，凭什么借你？”

宪法劝邢三儿：“算了，要那玩意儿干啥？”

“这冰猴儿多漂亮，给你家鞍钢。”

宪法摆摆手：“鞍钢玩不住，早晚得叫人抢去。”

街道远处过来三个男生，一个向宪法喊道：“宪法，你弟弟在市场被人打哭了，快过去看看吧。”

宪法抬腿就跑。邢三儿也想走，那小孩拽住他的衣服不撒手，他只好把冰猴儿扔到地上。

魏海柱准备下班。两个换好衣服的工人路过魏海柱的身边，一个向魏海柱晃了晃手中的饭盒，里面的铁勺发出响声：“我说标兵，还不下班？”

另一个说：“标兵嘛，到点就下班还算标兵？”

魏海柱没说话，两个人说说笑笑地离开了空旷的车间。

魏海柱的徒弟过来了：“主任那里来人了，找你有事儿。”

魏海柱皱了皱眉：“找我有事儿，什么事儿偏得在下班后找我？”

“听说是保卫科的。”

老虎沟集体户的厨房里烟雾腾腾，唐秀雯和李红一边咳嗽一边做饭。做饭的灶不好烧，呛风，两个人忙活了好长时间饭也没好。门开了，赵军、大头几个知青收工回来，他们立刻被烟呛得咳嗽起来。

赵军说：“这是干啥呢？熏蚊子啊？”

唐秀雯抹着熏出来的眼泪：“今天呛风，再加上这柴火湿……”

赵军向灶台那边凑了凑，用手摸了摸锅盖：“饭好没好啊？吃完饭还有事儿呢。”

“锅刚开，还得等一会儿，二十分钟吧。”

大头不高兴了：“二十分钟？你说你们能干啥吧？让你们刨粪抡不动镐，让你们做饭吧，烧火烧不明白。”

趴在那里烧火的李红噌地站起来：“说啥呢？早就说没有引柴了，让你们割两捆蒿子，哪个去了？引风机早就坏了，让你们修修，哪个修了？说风凉话倒有本事了，有本事把引风机修好哇？”

大头见李红急了，忙为自己辩解：“我这两天不是到豆房榨豆油了吗？”

李红把烧火棍向地上一摔：“得了吧，那引风机坏了多长时间了？没有两个月也有一个多月了吧？”

大头不吭声了。大头真名叫于得海，因为脑袋大，大家都叫他大头。大头虽然脑袋大，但也就是起个哄什么的有能耐，真让他出主意，反而不行了。人都说他脑袋大算是白长了。

魏解放开门进来，抱着一捆蒿子。唐秀雯一见，高兴地接了过去：“魏姐，这蒿子留着明早引火用吧？”

解放看了看锅：“我看再加两把蒿子饭就好了。用吧，还有三捆呢。我和姚小兰到东沟送粪，一看蒿子真多，可我俩没带镰刀啊，只好连踹带折地每人弄了两捆。”

唐秀雯忙把蒿子捆打开，折了一把向灶里送，灶里的火一下子大了起来。李红白了大头一眼：“你吧，就是会说个嘴。今天不也去送粪了？你看魏姐怎么就想着这事儿？”

大头为自己辩白：“我送粪去的是南沟啊。”

李红生气了：“南沟就不长蒿子啦？”

解放说：“李红别跟他掰扯[1]这些了，快点儿把饭菜弄好，一会儿前屯有电影，大家肯定都急。”

李红高兴了：“前屯有电影啊？不会又白跑一趟吧？”

“这回是真的，不信你问赵军。”

大头在那里接话道：“刚才赵军不是说吃完饭有事儿？”

李红抢白他说：“那也没说有电影啊，你的事儿多多啊。什么替郭老蔫家挑水，为白寡妇家修戏匣子。你不会是看上了白寡妇家的那个小狐狸精了吧？那小狐狸精可是迷人啊，走起路来屁股恨不得扭到衣服外面来……”

---

① 掰扯：东北方言，意为辩论、争论。

赵军不耐烦地说：“说话注意点儿，怎么像个农村老娘们儿？”

李红瞪起了眼睛：“我就这样，你管得着吗你。”

唐秀雯问：“魏姐，电影啥名啊？”

“听说是《铁道卫士》，前面还有一个加演。”

李红放弃了和赵军斗嘴：“是《铁道卫士》啊，我太想看了。上回在厂俱乐部演过一回，可没买到票。魏姐，咱户今晚上不留人值班行不行？”

赵军正在翻厨房，想找点儿东西吃：“你怎么这样呢，轮到自己值班总想躲过去，这就是小资产阶级的臭毛病。”

李红不服：“什么小资产阶级思想？我想去看电影有什么不好？这不也是一个学习和接受教育的过程吗？”

“以后值班都说自己有事儿，这个制度还执行不执行？”

“谁说不执行啦？我这不是和户长商量呢吗？”

解放说：“你们都去看吧，我留下来。正好前院马大嫂要过来让我教她元宝针。”

赵军心里不平衡：“就没见过你这号人，上次回家，也是解放替你值的班。”

李红对赵军做了个鬼脸：“我就这样，气死你。”

唐秀雯掀开锅盖，一股热气升了上来。大头从小板凳上站起来：“饭好喽！开饭喽！”

农贸市场的边上，个子比魏鞍钢高一头的两个孩子正在推搡着鞍钢，鞍钢不时地抹着眼泪。看到跑来的宪法，那两个孩子撒腿就跑。

宪法抓住了一个，另一个没跑多远让邢三儿抓住了。宪法把那小子拎到鞍钢的面前：“鞍钢，怎么回事儿？”

鞍钢边哭边说：“我买了五分钱瓜子，他们要，我没给，他们就打我。”

宪法一下子怒了：“妈的，你们是土匪啊？”

宪法拽过来那小子就要动手，魏五反挤进了围观的人群：“宪法，你干啥？快放开他。”

宪法看了看二姐，手并没有松：“这俩小子打了鞍钢。”

“告诉他们以后别打就是了，别再惹事儿。”

“那不行，鞍钢不能白挨打。”

五反过去拽他：“松手，你惹的事儿还少啊？”

宪法松了手，他出其不意地给了对方两个耳光，对方哇的一声哭了起来。五反推了宪法一把：“你干什么？走！”

宪法极不情愿地被五反推走，他向邢三儿使了个眼色，邢三儿将他们抓到的那个孩子按倒在地上猛踢。

看到魏海柱进来，韩家明站了起来：“海柱啊，这是保卫科的两位同志，说是要找你了解情况。”

魏海柱站在门口也不向里走：“啥事儿不能明天说？现在已经下班了，我得回家。菜吃完了，老婆不敢下菜窖，我不回去，他们今晚就吃不上饭啦。”

“他们就是想了解一下情况。”韩家明把魏海柱拉到一把椅子上坐下。

保卫科的两个人冷冷地打量着魏海柱，魏海柱满不在乎地扫了他们一眼：“有话快说，我还要下菜窖取菜呢，没时间和你们在这里相面。”

高个保卫干事的眉心长了颗黑色的痞子，他说：“我姓钱，他是武干事。今天找你问个事儿，你要是不说明白是回不了家的。”

听了这话魏海柱有点儿生气：“你们可真能整，和你们在这里说话给加班费啊？”

武干事说：“我跟你说一下情况。下午厂职工培训学校发现放在保险柜里的八百多元钱不见了。你知道这是怎么回事吗？”

魏海柱笑了一下：“你们找我给他们看钱啦？”

钱干事撇了一下嘴：“你不用嘴硬。”

“他们丢了钱和我有什么关系？再说，韩主任可以做证，我一天都在车间里干活。”

韩家明附和着：“是啊，魏海柱今天一直在车间干活。”

武干事说：“问题的关键不在这里。据说，这只保险柜今天一天都没有打开，也可能钱是昨天夜里就被人盗走了。”

魏海柱马上说：“那你们找那个小偷啊，你们不是保卫科的吗？就应该干这个呀，你看见我偷啦？”

钱干事说：“找你是有原因的。保险柜没有被撬的痕迹，学校的会计说，你曾经开过他们的保险柜。”

“我开过。保险柜的钥匙丢了，到机修车间来求援。韩主任让我去，我只好去把保险柜打开了，这犯法吗？”

武干事说：“这当然不犯法，问题是那保险柜里的钱现在不见了？你说是谁偷的？”

魏海柱反问道："谁偷的我怎么知道。"

钱干事说："可是你能打开那只保险柜。"

"我能打开就是我偷的？"

"那你说是谁偷的？"

"我说是你偷的你认吗？"

钱干事动了动嘴，他被噎在那里。

武干事插话说："那你说还有谁能打开那只保险柜？"

"不知道。这样的事儿别问我。"

天色暗了下来，魏援朝和方志东赶着牛爬犁从张三儿沟里往回走。志东发牢骚说："我说这最后一趟就不去了，你却偏不听，户里早就开饭了。"

援朝不在意地说："晚吃点儿怕什么。"

"我就不明白，这样干能当先进啊？"

"咱干良心活儿。"援朝向牛腚上打了一下。

赵军和大头吃完了饭，穿戴整齐正要出发，政治队队长老齐头来了，说是队里母牛病了，要灌药，高强跟他去了。

李红悄悄对解放说："魏姐，援朝和志东还没回来。"

"我让他俩去张三儿沟送粪了。"

李红有些惊讶。解放说："都害怕坟圈子，没人愿意去。"

"你总是把不好干的活让援朝干。"

解放笑笑说："谁让他是我弟呢。"

李红一边穿衣服一边说："那我把饭放到锅里热着吧。"

市医院急诊室里，一位戴口罩的男医生正在给吴艳华做检查。徐亚丽前言不搭后语地叙述着事情的经过，她吓坏了。医生察看了一下吴艳华的眼睛，不经意地皱了一下眉头："病人非常危险，咱们医院治不了，得马上转省医院，快通知病人的家属吧。"

徐亚丽胆怯地问："马上？"

男医生凝重地点了点头。

"好，好。"徐亚丽慌慌张张地跑了出去。

援朝和志东走进院子，志东觉得有点儿不对劲儿："今晚户里怎么这么静啊。”

援朝扭头看了看：“男生屋黑着灯，女生屋倒是有人。”

志东首先想到的是有人捉弄他们：“不会耍咱俩吧？”

“咱俩还怕他们？”援朝一边说着，一边推开厨房的门，一股热气扑了出来。听到开门声，解放从女生屋里出来。

见男生的屋里没人，援朝问：“姐，人都哪去了？”

解放掀开锅盖：“前屯演电影，都去看电影了。”

援朝说：“是吗？早咋不知道呢。”

解放把饭菜端了出来：“听说是过路片。”

援朝拿起两个苞米面饼子就向外走，志东也拿了两个跟了上去。解放追了出来：“要不拿点儿咸菜……”

话还没说完，她发现两个人已经不见了。

魏跃进正坐在炕上玩羊拐，羊拐是跃进用一副红绸头绳跟邻居老周家小丫换的。合营用木头刻着一把手枪，手枪已经有了一个枪形，只是扳机那里的圆孔还没钻开。鞍钢坐在炕梢，捧着小人书《敌后武工队》看得入迷。

徐亚丽气喘吁吁地跑进来，见屋里只有三个孩子，她结结巴巴地问：“你爸……爸爸呢？”

跃进乖巧地站起来说：“徐阿姨，我爸还没回来呢？”

徐亚丽又问：“你大姐……不是……你二姐呢？”

合营说：“到学校排练节目了。”

徐亚丽又问：“宪法也没在家？”

鞍钢说：“他出去玩了。”

徐亚丽蒙了：“那，那跃进就快点儿做饭吧。”

徐亚丽说完又急急地跑了出去。

两个人的车轱辘问话让魏海柱不耐烦：“我再说一遍，那钱不是我偷的，我也不知道谁还能打开保险柜。你们要是有证据就把我抓起来，如果没有，那对不起，我回家做饭了。”

魏海柱说着要向外走，钱干事拦住了魏海柱：“你知道，我们也是为了工作。”

“那你也不能不让我吃饭吧？”

门突然打开，徐亚丽闯了进来："我的天啊，海柱你怎么还不回家啊。吴姐出事了，正在医院抢救呐。"

魏海柱一惊："她咋的啦？"

"她摔了，现在人事不省，正在市医院抢救呢，说是要往省医院送。"

魏海柱什么也不顾地向外跑，武干事在后面喊："哎哎，我们还没说完呐……"

前屯的场院上，两根高高的木杆上支起了一块白色的银幕。孩子们搬来了各种形状的板凳和椅子，甚至还有一些木桩和石头。放映机开始对光，开始的影像大了些，随后又变小，最后影像终于和银幕的大小一致了。淘气的孩子全都跑到放映机前，用手在上面做出狗脑袋的造型。

赵军等人陆续来到了场院的一角。天慢慢地黑了下来，场院里的一切变得影影绰绰。场院里的人越聚越多，只见六七个男生说说笑笑地拥进场来，从打扮上看应该也是知青。

这帮人站在了李红和唐秀雯的旁边。他们中的祥子和二傻打闹，喜子在旁边看热闹。祥子将二傻一推，二傻就撞到了唐秀雯的身上。唐秀雯气愤地瞪了二傻一眼，向旁边挪动了一下。祥子又推了二傻一下，不知是没站稳还是故意的，二傻又撞到了唐秀雯的身上。

唐秀雯生气了，她随口骂了一句："不要脸。"

二傻问："说谁不要脸呢？"

"说你。"

"我怎么不要脸啦？"

"为什么老往我身上撞？"

"他推的。"

"他推你就撞啊？"

"要是别人那么推你，你能控制住啊？"

唐秀雯瞪了他一眼："瞅你那德行。"

二傻看了一眼唐秀雯："长得还挺震人啊。"

二傻一边说着，一边把身边的那个男生用力一推，那个男生没防备，又撞到了唐秀雯的身上。

看到这情形，李红真生气了，最初她觉得唐秀雯小题大做。李红走上前来："别耍流氓好不好？"

"什么叫耍流氓？你耍给我看看呀。"

李红啐了一口:“真不要脸。”

听到女生这边有动静，赵军问:“李红，怎么回事？”

李红指了一下二傻:“他要流氓。”

赵军怒气冲冲地看着二傻，二傻有些害怕，他求救似的扭过头来看着喜子。喜子满不在乎地说:“怎么？想遛一遛？”

赵军当然不服气:“遛一遛就遛一遛。”

“好，有骨气。”

赵军挥拳就打，但他平时很少打架，根本不是喜子的对手，很快就被喜子踹倒了。赵军爬起来再打，他没支持多久又被喜子放倒了。集体户的男生一齐扑了过去，与对方打起了群架。老虎沟集体户的人比对方少了一个人，对方很快就占了上风，大头甚至被二傻和另一个人追得向场院外面跑去。

援朝走在前面，忽然看见大头向这边跑:“大头，你不看电影瞎跑什么？”

大头带着哭腔说:“不好啦，打起来了。”

“和谁打起来了？”

大头喘得不行:“外户的，把赵军打倒了。几个人追我。”

“快带我们去。”

“领头的叫喜子，好像会点儿武把操。”

援朝说:“那他们是炼油厂的，我听说过这个人。”

赵军被喜子打倒在地，他痛苦地在地上翻滚着。集体户的另几个人被祥子、二傻等人围在中央，做出决斗的姿势。

赵军挣扎着要爬起来，喜子走过去，用脚踩住了赵军的头:“你叫我一声爷爷，说服了，我就放过你。”

赵军扭动着脑袋:“呸！我就服你妹子。”

喜子咬了咬下嘴唇，猛地朝赵军的肚子踢了一脚，赵军立刻疼得蜷曲成一团。喜子感到肩膀上有一只手搭在了那里，刚一回头，立刻被援朝一拳打倒了。

援朝走过去把赵军扶了起来。看着倒在地上的喜子，援朝走了过去，他用手做了一个手势，示意喜子站起来:“我不占你便宜，你站起来咱们接着比画。”

喜子慢慢地站起来。

“我叫魏援朝。早就听说过你。不过你今天做的事不仗义，人倒了你还动手？”

喜子不说话，将流到嘴里的血吐出去：“你打赢我再说。”

喜子的话还没说完，人已经冲了上去。喜子打得很有章法，看样子是练过。援朝左躲右闪，还是挨了喜子好几拳。援朝看到一个空当，他把喜子扛起来顺手扔了出去。

喜子摔在那里，半天一动不动。二傻和祥子马上围过去。好半天，喜子才睁开眼睛。他挣扎着要站起来，可是一条腿像是用不上力一样，刚一站起，又摔倒在那里。赵军冲上去要打喜子，被援朝拦住。

赵军委屈地说：“你不知道，刚才他可把我打惨了。”

赵军说完又抬腿要踹，援朝用力把赵军拉到了一边。

赵军向喜子吐了一口唾沫：“你不是牛 × 吗？你不是自称没人敢惹你吗？现在怎么没钢性了？”

援朝劝赵军：“少说两句，嘴上占个便宜有什么用？”

喜子躺在那里看着援朝，他嘴唇动了动，但什么也没说。二傻和祥子搀扶着喜子向场院外走去。

志东和大头拿着木棒过来，见援朝、李红、唐秀雯等人站在那里感到奇怪，志东问：“人呢？”

“走了。”

志东挥了挥手中的木棒：“我还没过瘾呢。”

“算啦，打仗能过什么瘾啊？让大队知道就坏了。就算让厂里的胡领队知道了，也是麻烦事儿。”

电影开演了，银幕上出现了《新闻简报》四个大字。志东嘱咐大家：“手里的家伙先不要扔，防备他们突然袭击。”

李红很兴奋地站在援朝的身边：“援朝，你行啊，身手挺利索啊。”

援朝不好意思地笑笑：“我跟他们闹着玩呢。”

看电影的过程中，李红不时地偷窥着援朝。援朝也向李红那边看，但他看的却是唐秀雯。

市医院看吴艳华的病情危急，他们不仅派出了救护车，还安排了一名医生随车。路上，随车的医生不时地察看吴艳华的情况，忽然他表情一变，喊了一声：“停车。”

车子停了下来。医生发现吴艳华的脉搏已经没有了，医生立刻开始心肺复苏的抢救。忙活了好长时间，医生已经累得虚脱了，吴艳华的脉搏却没有一点恢复的迹象。

魏海柱在一旁呆呆地看着，他发现自己帮不上一点儿忙。

最后，医生的双手停了下来，他无力地摇了摇头，说："人不行了。"

魏海柱惊愕地看着这一切，当他听明白了这句话时，忙恳求大夫："再救救她！请再救救她！"

医生看了看魏海柱，又开始心肺复苏的抢救。做了一阵儿，医生还是摇了摇头。看着医生的脸，魏海柱大声地哭了起来。

医生和护士商量了一下，决定让救护车驶回市里。

吴艳华被抬入太平间。魏海柱控制不住自己的悲痛，他呜咽着对徐亚丽说："麻烦你给解放和援朝打个电话，让他们回来。"

徐亚丽连连点头："好的，我这就去。"

魏海柱又说："你不要说艳华已经走了，就说艳华正在医院里抢救。"

徐亚丽忙说："我知道我知道，不能把孩子吓着了。"

在前屯的村外，二傻要扶着喜子走，喜子推开他："没什么大不了的，只不过是脚崴了一下。"

二傻说："听，电影已经开演了。咱们要是这么回去，那也太窝囊了。"

"我觉得咱们应该这么办。"祥子说完，把他的计划和二傻、喜子说了，然后阴险地笑了笑。

二傻半信半疑地问："这样能行吗？"

"怎么不行？你吧，就是色胆大，真正遇见事儿了，屁用不顶。"

二傻不服气地说："谁屁用不顶？到时候看我行不行。"

"这样的事儿我做不来。"喜子一瘸一拐地独自走了，留下的六个人聚在那里商量着如何实施报复。

看完了电影，志东让女知青在前边走，几个男的拎着木棒跟在后面。

男生宿舍里有人在洗脚，援朝侧躺在那里抽烟。

赵军说："如果不是援朝拉着，我非让他脑袋开花不可。"

高强笑了："你小子我还不知道，就是能吹。"

赵军生气了："我怎么是吹？你不信问援朝。"

援朝不说话，他慢慢地吐出了一串烟圈。

赵军见援朝不说话，又转身问大头：“大头，你看见了吧？如果不是援朝拉着，我早就把喜子废了。”

大头故意不顺着赵军的话：“我哪知道啊？我和志东找棍子去了。”

赵军气得要命：“说实话你能死啊？”

志东说：“赵军，大家伙都知道你打仗勇敢，听说你敢和咱家属区最牛的大刚叫板，结果被大刚打得住进了医院？”

赵军一听泄了气：“你这是表扬我呢还是埋汰我呢？”

第二章

月光静静地照着老虎沟集体户的三间砖瓦房，四周的雪地一片寂静。忽然从东房山墙那边冒出了六个黑影，随后一些砖头瓦块飞向了东屋的玻璃，只听一阵脆响，屋里传来了女生们刺耳的尖叫声。

二傻愣了一下："妈的，砸错了，这边是女生的屋子。"

他们马上向西边男生的屋里砸砖头。二傻看到有人影冲出来，忙喊："快跑！有人冲出来了。"

冲出来的是援朝，他只穿着线衣线裤，疯了一样追着向外逃窜的二傻等人。由于路不熟，跑在最后的祥子被援朝扑倒了。等到方志东、赵军等人过来时，二傻他们已经跑没影了。

赵军冲过来对着祥子一阵猛踢，高强把赵军拦住："别打，要是打坏了，要进公安局的。"

赵军又踹了祥子一脚："豁出去了，就是蹲监狱我也认了。"

二傻等人聚在村头。二傻说："祥子被他们抓住了，这咋办呢？"

一个男生说："回去和他们要人。"

胖子说："要人？把人家砸成那样，要是你你给啊？"

二傻说："那咋办？咱们不能在这里等着冻死啊。"

胖子说："这怪祥子，出了这么个馊主意，说是把玻璃砸碎冻冻他们。这下好了，被人抓去，能有好果子吃？"

二傻说："别说没用的。你，到公社派出所去报案，就说他们把祥子抓去了。别的先别说，把人救出来要紧。剩下的都去要人，省得祥子吃亏，咱们手里得拿着家伙，防备他们冲出来。"

胖子去报案了。二傻找了个柴火垛，抽出几根结实的木棒发给大家。

冷风不停地向女生的屋里灌着，在这初冬的夜里让人越发感到寒冷。女生们都起来了，穿戴得很齐整，有的人不仅围上了围巾，甚至还穿上了棉猴。解放和李红正在打扫地上的玻璃碎片。

李红看了看窗户说：“魏姐，没有玻璃可咋住啊？”

解放正要说话，高强领着赵军、大头走了进来，拿着一条被单就往窗户上钉。

唐秀雯看着被单一惊一乍地：“这是谁的被单啊？”

赵军说：“我的，怎么啦？”

唐秀雯仔细看看：“上面怎么还有小地图啊？太脏了吧？”

高强和大头互相看了看，一脸不怀好意的坏笑。他们很清楚，那是赵军梦遗的结果。听唐秀雯这么说，赵军的脸一下子红了。

大头说：“行啦，将就将就吧，都这么长时间了，你怎么不把自己的拿出来钉上呢？还不是怕把自己的被单弄脏弄坏了。人家赵军自觉地奉献，这得多高的觉悟啊？你反倒嫌被单脏了。哪来的这些小资产阶级的臭毛病呢。”

高强和赵军跳上跳下地钉被单，最后又在上面钉了一层塑料布。

李红对唐秀雯有气：“人家唐秀雯家讲究，据说她家的地板一天至少得擦两遍，在家里像个小姐似的……”

李红的话还没有说完，就听到院子外面有人喊：“哥们儿——我们可以谈谈吗——”

一听到喊声，大头马上蹿了出去。他和志东把祥子弄到院子里，把祥子的棉衣扒下用绳子捆了，让他跪在那里。志东向外吼道：“院外的哥们儿听着。不是想来狠的吗？不是想冻得我们晚上睡不了觉吗？这招谁不会呀。这小子今天先在这里待两个小时，然后再谈。”

高强正在窗台上忙着收尾的工作，听到方志东的话，忙从窗台上跳了下来：“志东净扯淡，赵军咱俩看看去。”

赵军巴不得收拾那小子一顿：“没事儿，教训教训他们。”

“把人冻坏了事就闹大了。”

赵军不以为然地说：“放心吧，这天儿两个小时冻不死。”

解放不放心：“高强你快去，把人冻坏了不是闹着玩的。”

高强手里拎着没来得及放下的锤子走出屋去。

吕老疙瘩正坐在值班室里编筐，电话突然响了起来，吕老疙瘩拿起电话："喂？哪里啊？啊，是啊。找谁？魏解放？魏援朝？他们是哪儿的呀？老虎沟集体户的？那也不在大队啊。什么？他们屯里的电话坏了？那怎么办呐？我这里离他们那里有六里路呢？要是近的话我可以去替你找。可我去找谁替我值班呢？什么？她妈妈病危了？好好好，我想想办法吧。看看能不能想个办法通知他们。不用谢，我还不知能不能找到人告诉他们呢，叫魏援朝和魏解放是吧？"

这个电话让吕老疙瘩犯了嘀咕，去不去传这个消息呢？书记说过，除了公社的紧急通知，其他一律不管。可这是人命关天的大事啊，吕老疙瘩还是决定告诉人家一下。要不是重病，人家哪能深更半夜地打电话呢？

吕老疙瘩来到黄老六家，敲了半天大门，总算把黄老六家的灯敲亮了。黄老六披着件破棉袄出来了。

"老六呀，我接了个紧急电话。老虎沟集体户的魏解放和魏援朝妈妈病危了，让他们马上回去，你去送个信呗？"

黄老六揉了揉眼睛："这都啥时候了？我跑个来回还让不让我睡觉了？"

吕老疙瘩赔着笑说："老六呀，人有病它不分时候啊。"

黄老六打了个哈欠："六里多地呢，来回不得俩小时？你给我记工分啊？"

"这不是特殊情况吗，谁家没个三灾六难的呢。"

黄老六坚决地摇了摇头："不去。要是别人也就跑一趟了，我最烦他们知青了。老刘家的鸡被他们偷了，狗也被他们弄死了。什么知青，净是些祸害人的玩意儿。"

"那怎么整？人家老妈躺在医院里呢。"

"这扯犊子的事儿你别和我说。"

吕老疙瘩想了想："那这样吧，你到大院来帮着我看电话，那里能睡觉，我去跑一趟。"

黄老六极不情愿地随着吕老疙瘩向大队部走。

祥子跪在院子里冻得瑟瑟发抖。高强站在方志东的身边劝着："志东，听话，把人弄屋里来。"

援朝走出来，看了看跪在那里的祥子："算了，让他进屋吧，把绳子给他解开，能跑哪儿去？"

方志东过去想让祥子站起来，因为跪得太久，祥子的身体有些僵硬。

赵军一直在厨房察看着外面的动静，看到有人爬大门，他拎着 ·个铁锹出了门："兔崽子们，不怕死的就到院子里来。你们可听好了，私闯民宅，打死你们也不犯法。"

二傻手抓着大门，脚刚刚离地，听到赵军的话他失去了进去的勇气："真的有这样的法吗？"

"谁知道啊，以前好像听说过……"

远处飘过来四个人影，二傻警惕地握紧手中的棍棒。胖子喊："二傻，是你们吗？"

院门咣当一声被撞开，一群人走了进来。打头的是警察老姜，他很威严地说："你们这是干什么？"

高强迎过去说："我们正在睡觉，他们砸我们的窗户。"

"你们不是公安局，随便绑人是犯法的。"

援朝说："那他们随便砸窗户就不犯法吗？"

站在老姜身边的潘警察说："当然犯法。但你们应该报案，抓他们是我们的事儿。"

援朝说："不把他绑起来跑了怎么办？指望你们破案？也太高看自己了，你们的破案率是多少？"

郭警察一听火了："你小子活腻了是不是？把他带走。"

高强等人围了上去："凭什么抓人？"

老姜说："这不是抓，这是把人带回去核实情况。"

援朝对大家说："不用为我担心，我和他们走一趟就是。我还就不信了，他们砸我们窗户有理，我们抓了他们就有罪了。志东，把我的帽子拿来。"

解放从女生屋里冲了出来："援朝，你不能跟他们去。有什么事让他们明天再来，我们又跑不了。"

"他们在这里大家也睡不好觉。和他们走一趟就是了。"

志东把援朝的帽子拿来，援朝向大家潇洒地挥了挥手。

吕老疙瘩一头热汗地来到集体户，推推门，大门纹丝不动。他想从大门跳进去，可门太高，他根本无法翻跃。吕老疙瘩只好放开嗓门喊："魏解放！魏援朝！"

两个屋的灯全亮了，经过一晚上的折腾，大家根本就没睡着，高强下地穿鞋。高强穿着线衣线裤，哆哆嗦嗦地打开了院子的大门。看见高强，吕老疙瘩忙问：“你是魏解放？”

高强说：“我是高强。这里的户长，你找魏解放和魏援朝有什么事？”

“你们电话不是坏了吗？电话打到大队上了。说魏解放和魏援朝的妈妈病危了，让他们俩回去。”

高强问：“真的？”

“不是真的，我能半夜跑这么远的路撒这谎啊？”

高强一听事情严重，马上向屋内跑。

“也不说谢我一声，这六里多地算是白跑啦。这帮白眼狼，再有什么事我也不管了。”吕老疙瘩嘟嘟囔囔地走了。

听到喊声，解放来到厨房，她正在系棉衣的扣子。高强上牙打着下牙地说：“刚才，一个大队的人，说你妈病危了，要你和援朝回去。”

听到妈妈病危了，解放的手也变得哆嗦起来，说什么也系不上扣子。

高强说：“你别急，我帮你想办法。我先回去穿衣服。”

赵军看到高强又穿棉衣感到不解：“怎么啦？”

“解放她妈病危，让解放和援朝回去。我想套个爬犁送她到参场大站，那里兴许有回市里的货车。”

“万一要没货车呢？”

“不行就坐票车。票车那里也比咱这边早。”

“我也去。”赵军爬起来穿衣服。

援朝随着警察们来到派出所。老姜说：“今天值班不顺呐。”

潘警察说：“你这才碰到几次事啊，我这个月值班从没消停过。”

桌旁有一把椅子，援朝走过去坐了下来。

郭警察一脸的不耐烦：“唉唉唉，往哪儿坐呢？”

郭警察走过去把援朝拽起，朝墙角一指说：“蹲那儿。”

援朝看了看墙角，他站在那里没动。

郭警察说：“不服是不是？”

郭警察把援朝推向墙角，喝道：“蹲下！”

看援朝站在那里不动，潘警察说：“算啦，把他先铐起来，明天交给大队处理得啦。”

郭警察说：“不能便宜这小子。你没听到这小子怎么埋汰咱们公安吗？

显得他多有水平啊。”

郭警察从腰里掏出手铐说：“把手伸出来。”

见援朝不理他，郭警察冷冷地笑了一笑：“不服是不是？想装好汉是不是？不知道这是什么地方？把手伸出来！”

“我又没犯法，凭什么铐我？”

“凭什么？就凭你太狂了。这里我说了算。”

援朝不屑地说：“那你也没权力铐我。”

“你看我有没有权力。”郭警察猛地向援朝的腹部打了一拳，援朝没有防备，他慢慢地倒了下去。郭警察打开手铐铐住援朝的一只手，把手铐的另一端铐在一张桌子腿上。

援朝倒在地上：“姓郭的你给我记着，你打了我。”

“我是打了你，能怎么着吧？”

“现在落在你手里，没办法，但你记着，这事儿不算完。”

“你以为我怕你？”

潘警察说：“别和他费舌头了，快休息吧。”

三个人向外走，走在最后面的潘警察关了灯。

援朝慢慢地坐了起来，外面的月亮又大又圆，但援朝心里气得不行。他用力拽了拽手铐，手铐把他的手卡得死死的，痛得他龇牙咧嘴。援朝研究铐着手铐的那张桌子，他费尽气力将桌子的卯榫拔开，把手铐摘下来。门被老姜从外面锁住了，窗子上全都是铁栅栏，根本无法逃出去。

援朝发现天棚有一个气窗，他伏下身把桌子的卯榫安好，然后站到桌子上，高度差了很多。加了一把椅子和一摞书，他的手刚好能接触到天花板。援朝小心地把气窗打开，慢慢地攀了上去。

两匹马拉的爬犁在月色中小跑着，赵军仍挥舞着鞭子。高强见马出了汗：“跑了快一个小时了，该让它们走走了。”

赵军说：“养兵千日，用兵一时。这马平时很少干活，现在是它们出力的时候了。”

“咱这是山区的马，老跑要累病的。”

“管那么多干吗？”

“套爬犁就没和队长说，再把马弄病了，怎么交代？”

坐在爬犁后面的解放说：“别让马跑了。”

赵军停止挥舞鞭子，马爬犁的速度慢了下来。看到解放瑟缩地抱着肩膀，高强把自己的大衣扔给了解放，他跳下爬犁，跟在爬犁后面慢慢地跑着。

赵军说：“上来吧，也不差你一个人。”

“没事儿，跑一跑暖和。”

赵军眼神复杂地看着高强的大衣，他马上把自己的大衣脱给了解放：“穿我的大衣吧，我的大衣是皮的，暖和。”

解放看了看赵军，接过他的大衣穿上。赵军看高强还在跑，他把高强的大衣穿到自己的身上。

绕过一个山口，可以看到参场车站的灯火了。赵军在爬犁上站起来：“快看，站上有货车，车头正是石山市的方向。”

听到赵军的叫喊，高强追了上来，他超越马爬犁，抄近道向车站跑去。

高强很快来到站台，只见车长正瑟缩着肩膀拿着旗和灯站在那里。高强汗气腾腾地问：“同志，车到石山市吗？”

车长上下打量了高强一眼，知道他是想蹭车，于是神态高傲地啊了一声。“真是太好了。”高强把一盒烟递了过去。

车长接过了烟：“上吧上吧。”

高强解释说：“不是我，是户里的人，她妈妈病危……”

“我不是说上吗，车马上要开了。”车长看了看表，开始将手中的灯画圈。

高强向身后喊：“解放，快跑，车要开了。”

赵军和解放手忙脚乱地跑了过来。货车停靠的不是站台中央，守车的车梯悬在空中，高强把解放推了上去，自己也要向上爬，这时货车已慢慢地启动。赵军急了，他把高强推到旁边，自己跳了上去：“我陪解放回去吧，户里没你不行。”

一大早，高强与方志东来到派出所，郭警察一脸哈欠地坐在那里。高强从怀里掏出介绍信：“这是大队的介绍信，我们是来领魏援朝的。”

“我还正要找你们呢，昨天晚上他就跑了。”

高强一愣：“跑了？我们从户里来，没看到他啊？”

“他叫什么？魏援朝是吧？你看，把我的桌子弄坏了，还踩脏了老姜的书。”郭警察指着桌子上留有脏脚印的书说，“这事没完知道不？跑了和尚还跑得了庙？”

从火葬场回来，宪法捧着母亲的黑框照片进了屋，魏海柱从解放的手中接过吴艳华的骨灰盒放到柜上，示意宪法把照片放到骨灰盒的后面。

鞍钢和跃进在炕的最里面哭，忽然，炕上的跃进哭了两声晕了过去。合营在跃进的身边喊："跃进！你咋的啦？"看到跃进晕倒，大家纷纷围了过去。

徐亚丽拿出一叠干豆腐，分成一多一少的两份，她把多的那份包好，拿上要走："老李呀，你把干豆腐做一做，我出去一下。"

老李说："干啥呀，快到吃饭点儿又上哪呀？"

"我到老魏家看看，把干豆腐给他们送去。"

"那，这干豆腐咋弄啊？"

徐亚丽没好气地说："还不知道咋吃啊？我要是像吴艳华似的，嘎嘣一下子死了，你还吃不上饭啦？"

"你看你这人，说这些吓人道怪的话干啥。"

徐亚丽在门口换鞋："人家老魏对吴艳华可有情意了。这都三四天了，他一直不吃不喝的。"

"不吃不喝的就有情意了？"

"那可不？要是你啊，早就在琢磨找下一个媳妇了。"

魏海柱伤心地翻着家里的相册，不时地擦着眼睛里涌出的泪水。

解放坐在屋内的空地上洗衣服，五反用拖布擦地，宪法坐在那里摆弄着一顶军帽，合营手里拿着一把还没有完工的木头手枪左看右看，跃进翻看着语文书，鞍钢玩着几张印嘛唧的模子。

徐亚丽走了进来："魏大哥，还没吃饭吧？"

魏海柱神色凄楚地说："吃不下去呀。"

徐亚丽劝道："这人不吃饭怎么行啊？艳华姐是走了，可我们活着的人还要接着活呀。你要是不吃，孩子们能吃得下去吗？他们正是长身体的时候，可不能耽误孩子啊。"

魏海柱含着泪点头："你说得对，我马上给他们做饭去。"

"我做吧，孩子他爸买了二斤干豆腐，我拿来了一些。"

"我们家摊上这事儿，把你忙坏了。"

"说这些干啥？我和艳华姐认识又不是一年两年了。"

见徐亚丽去做饭，解放擦了擦手要跟过去，魏海柱喊住了她："解放，让你徐阿姨做吧。全都过来，咱们开个会。"

看孩子都围了过来，魏海柱慢慢地说：“你们的妈妈就这么走了，这么突然，这是我说什么也没有想到的。她以前天天为你们操劳，你们却不那么听话。现在呢，她到那边享福去了，把你们留给了我……”

魏海柱说不下去了，他用颤抖的手点着了一支烟：“当年我一个人从山东来到石山市，进了造纸厂。那时我年轻啊，手脚勤快，师傅也愿意教我，很快就成了技术能手。那时你们的妈妈刚进厂，她是在乡下待不下去了。你们的姥爷给定了个地主，乡下搞土改，常挨批斗。其实呢，你们的姥爷也就是个土地主……”

鞍钢听不懂，他低声问：“爸爸，什么是土地主？”

魏海柱吸了一口烟说：“土地主就是守着一点地，舍不得吃舍不得穿的那种人，也舍不得供孩子上学。以你妈妈家里的条件，当时供她上个大学还是不成问题的。可是你姥爷只把你妈妈供到中学就再不让她念了。我的师傅把她介绍给我，我还想，她那么漂亮怎么可能看上我？没想到她还真同意了。四七年我们结了婚。第二年就有了解放，因为石山市就是四八年解放的，所以就叫解放。后来有了援朝，当时正是抗美援朝。老三呢，赶上了‘三反五反’，所以叫了五反。虽然女孩子叫五反不太好听，但一个名儿嘛也就是让人叫的，好听你也不会多个啥。生老四的那年正赶上国家修改宪法，生老五时正赶上国家大搞公私合营，生老六时正赶上大跃进。生完了老六，我和你妈就决定不再生了。可后来还是有了老七，那年正好赶上鞍钢投产。当年你们都小啊，爸妈也挣得少。这两年稍微缓过点儿劲儿来，没想到你妈妈又走了。她虽然走了，可是我们还得活下去。刚才我也想了一下，你妈妈她一天从早忙到晚，没享过什么福。从早晨起来，她就开始做饭，把你们打发走了她还要上班。下班又做晚饭，你们的缝缝补补，家里的洗洗涮涮，谁也说不清她一天得干多少活。现在你妈走了，可我们这个家还要过下去。这些以后就得大家一起干了。我说一下以后家务的分工。今天早晨呢，早饭是老大解放做的，过几天她得回集体户。以后呢，早饭由我来做。我会多做些，带出中午的。关键是晚饭，晚饭以后由五反负责，跃进帮着你姐做，她一个人忙不过来。家里的柴火由宪法负责，来了树皮要负责晒。每天把菜窖里的菜拿上来。合营负责收拾屋子、擦地。鞍钢呢每天要把做饭的柴火拿到厨房来。洗衣服的活儿，每个人的衣服要自己洗。以后每天早晨只要我一喊起床，你们就得赶快起来。谁再赖着不起来可不行了，爸爸可没有你们妈妈那个耐性，而且爸爸做饭也慢，弄不好你们都得迟到。听懂了吗？”

大家都说听懂了。

解放说："我和援朝不在家，五反你就是最大的了。爸的衣服你就帮着洗了好不好？"

魏五反有些不满地说："大姐，你没看分给我的活最重吗？每天做晚饭，那不是一顿两顿，我哪儿还有时间啊？"

魏解放没想到五反会这样说："那爸天天还上班呢。你洗自己的衣服时把他的衣服带着洗一洗有什么不行？"

五反还要争辩，魏海柱制止了她："我的衣服我自己洗。你们把自己的洗好就行了。"

赵军坐在家中摆弄着母亲的半导体收音机。袁秀艳正用缝纫机补着赵军的裤子。

赵军说："妈，收音机我听得了，你在家也不听。"

袁秀艳头也不抬地说："不行。谁说我不听？"

"家里不是还有大收音机吗？"

"这半导体拿到集体户，几天就造完了。妈做饭时可以放到厨房里听听歌儿什么的。"

"你让我爸再给你买一个，集体户一天到晚没什么事儿。"

"再买一个？你当家里是开银行的呀？那个电唱机，你非得拿，怎么样？那些唱片呢？一张也没拿回来呀。"

赵军不耐烦地说："唱机都坏了，唱片还有什么用？"

赵军不高兴地把半导体关掉，转身躺在炕上，顺手把大衣盖在自己的头上。袁秀艳看了看那件大衣："谁的大衣啊？我问你话呢，你的大衣哪去了？怎么变成这个了？"

"我的魏解放穿着呢。"

袁秀艳回到缝纫机旁接着忙活："我说小军啊，你可别犯傻。我知道你相中了那个解放，但她可不行。"

"为啥不行？"

"你是真傻还是脑袋让驴给踢了？你爸是科长，她爸是啥呀？厂里一工人。她家几个孩子？七个。咱家就你和俩姐。你大姐现在当兵，用不着家里钱。你二姐在食品厂也挣一份工资。妈病休但工资一分不少。她家能和咱家比吗？"

"找对象是找这个家，还是找这个人啊？"

“两方面都得看。你只是觉得她长得好，那不行。真结了婚，她家就是无底洞。别说她妈现在走了，就是没走，那她家的负担也不轻。再说，她还比你大一岁呢，你没听说过吗，女大一，不是妻。”

“那你还比我爸大三岁呢。”

“那不一样，女大三，抱金砖。”

赵军忍不住笑了：“妈你可真能美化自己。你老说前趟房大埋汰他爸……”

“他妈比他爸大九岁呢。”

“不就是一不小心多抱了两块嘛。”

“你这孩子，净和我抬杠。”

外面传来敲门声。一位农民模样的人走了进来，他手里拎着两只面袋子。袁秀艳拍了一下脑袋：“唉呀，你是那个……”

“胡超。”

“对对对，老赵把你的活儿安排了吗？”

胡超连忙说：“安排了，安排了。都干了好几天了。我妈让我来谢谢舅舅。没啥好送的，黏豆包、蘑菇和冻豆腐。”

魏家已经吃完饭，正收拾桌子，赵军走了进来，他喊了一声魏叔，魏海柱向赵军点了点头。解放马上迎了上去，赵军把一袋黏豆包交给解放。解放小声问：“什么呀？”

“一个亲戚拿来的黏豆包，家里没人爱吃。”

合营拿着一把未完工的木头手枪在那里摆弄，赵军摸了摸合营的头问：“喜欢枪？”

合营点了点头。赵军拿过那把没完工的手枪研究了一番：“哪天我给你做把好的。”

解放和五反忙着厨房里的活儿，洗碗、刷锅、收拾垃圾，将剩饭剩菜归在一起，五反显得笨手笨脚。

跃进趴在炕梢那里写着作业，宪法凑过去问：“你的作业不是写完了吗？”

跃进说：“前些日子我不是没上学嘛，我把那些天老师留的作业再写一遍。”

宪法不以为然地说：“会了就行呗，多写一遍能有啥用？”

外面响起了一声尖利的哨声，跃进抬头看了看宪法：“找你的，今天就别出去了。”

宪法瞪了跃进一眼，怪她多事。他看了看屋内的魏海柱，悄悄地向门外溜去。

赵军夹着一块厚木板走进门来，袁秀艳的火又上来了：“木板哪里弄来的？”

“找冯叔要的。”

赵军从抽屉里找到一根铅笔，在木板上画了起来。袁秀艳着急地说：“你先回去多好，还能多挣两天工分。”

“一起回来的，不一起回去怎么行？”

“黏豆包你弄哪儿去了？”

赵军装糊涂：“什么豆包？我不知道。”

“小胡背来的那袋。”

赵军笑嘻嘻地说：“不是说只有蘑菇和冻豆腐？”

袁秀艳把赵军手中的铅笔夺下：“别给我打马虎眼。你妈我还没糊涂到那个份儿上呢。是不是给解放他们家了？”

“我一看那东西就烦，你不是吃了也胃疼吗？我扔垃圾堆了。”

袁秀艳把铅笔又扔了回去：“你就给我编吧你，肯定是送给解放家了。全给他们了？咱们家也留点儿啊。”

“留点儿谁吃啊？你胃不好。”

“你爸就不能吃啊？”

“我是害怕你和我爸吃出病来。”

袁秀艳的气消了。

集体户里，姚小兰正叠衣服，李红用手捅了她一下：“解放走了这么多天也不回来，她妈该不会有啥事吧？”

姚小兰停住了手：“看样子不太好，如果没啥事儿，依解放的性格早就回来了。”

李红自言自语地说：“也不知道援朝知不知道他妈妈有病。不行，我得打个电话问问。”

“问谁呀？”

“问赵军不就得了，他家有电话。”

解放向五反交代一些事情："姐明天就回集体户。你现在是大人了，妈走了，姐又不在家，你得把这个家担起来。这是副食本，要常打听着点儿，什么时候放糖，什么时候放肥皂，过期就不好买了。粮不多时就提前到粮店领，不要等吃没了再去。苞米面也有卖光的时候。合营淘，他的衣服破了，就给他缝上，穿破衣服出去让人笑话。还有鞍钢……"

五反不耐烦地说："行了，爸不是说家里的事儿他管吗？"

"妈这一走，对爸打击太大，你要多替爸担着点儿。"

"我还得上学，哪儿有那么多时间啊。"

解放不解地看着五反："姐知道你不容易，但爸不是更难吗。"

"姐，我除了上学，还得参加宣传队的排练。管宣传队的老师说，市里的青年文工团要到我们学校选拔人呢，我不能因为家里的事儿耽误排练吧？"

解放无奈地摇摇头："姐不是要你不参加排练，只是要你多帮爸想想家里的事儿。"

"你不能光指着我。不是还有宪法吗？你们不在家的人，说说当然容易……"

魏海柱被叫到保卫科，钱干事问："魏海柱，这两天你想得怎么样了？"

"我没工夫想你们的破事儿。"

武干事说："我可告诉你，对你够客气啦。韩家明说你妻子去世了，这两天才没找你，对你还不够仁慈吗？"

魏海柱撇了撇嘴："你们最好不仁慈，把我直接抓进监狱。"

"你不要嘴硬，你以为我们不敢关你？"

"那你们关啊！"

"魏海柱我问你，你认为保险柜是不是很容易打开？"

"我不是说大话，如果不破坏保险柜，就你那脑袋，一年你都打不开。"

武干事气得站了起来，钱干事示意他坐下："这不就得了吗，你能打开，现在钱丢了，我们冤枉你吗？"

"当然冤枉。"

武干事气急败坏地喊："魏海柱，别以为就你聪明。"

"我当然聪明，我能打开保险柜，你能打开吗？再给你一个脑袋你也打不开呀。"

武干事拍了一下桌子："放肆！"

魏海柱也拍了一下桌子："你吓唬谁呀？"

双方沉默着不说话。钱干事和武干事交换了一个眼神，钱干事说："你不识好歹是不是？"

武干事拿出了手铐，想把魏海柱铐起来，但他没有魏海柱力气大，撕扯中反被魏海柱按在那里。钱干事过去帮忙，总算把魏海柱铐到了暖气管子上。

魏海柱气喘吁吁地说："你们就是这样办案子的？我早晚要向厂领导反映。"

钱干事说："你上哪儿反映都行，你就是向毛主席反映我们都不怕。"

武干事对钱干事说："中午了，咱俩出去喝点儿吧？"

"我带饭了。"

"我不是没带吗？一起喝点儿。"

两个人说着就要向外走，魏海柱说："你们出去吃饭，我在这里怎么办？"

钱干事说："你在这里好好想想下午怎么交代。"

"我得回家吃饭。"

"吃饭？你还吃饭？你就在这里吃吧。"钱干事说完，哈哈地笑了起来。

……

钱干事和武干事从厂食堂出来，武干事说："今天这酒有点儿上头。"钱干事打了个饱嗝儿作为回应。

武干事说："魏海柱如果下午还不交代，我就大嘴巴抽他。这样的人，你不来点儿狠的他是不会招的。"

两个人来到保卫科门前，见魏海柱从外面往回走。

武干事说："哎哎哎，你怎么出来啦？"

"我上厕所为什么不出来？你想让我尿屋里呀？"

武干事气愤地说："我是问你是怎么出来的？"

魏海柱不屑地说："怎么出来的？用脚走出来的，难道你还想用八抬大轿抬我？"

"少废话，谁给你开的手铐？"

"我自己呀，就那么个破玩意儿，吓唬谁呢？我保险柜都能开，那个东西算个球哇。"

武干事说："老钱，你在那边截住他，别让他跑了。"

钱干事急忙站到了魏海柱的身旁。魏海柱冷笑了一声："怪不得你们破不了案，蠢到这个样子也是个奇迹。我要是想跑，还能让你们看到我？"

魏海柱说完，领头向屋里走去。钱干事发现他的饭盒摆在那里，里面已经空了。

钱干事问："谁？谁把我的饭吃了？"

魏海柱说："我。"

"为什么吃我的饭？"

"为什么？你刚才不是让我就在这里吃吗？"

"你你你，真是岂有此理。"武干事指着魏海柱说。

"你别甩文词，不过是个干保卫的，文化也比我高不到哪儿去。"

钱干事啪地一拍桌子："今天我要是不让你交代，我就不姓钱。"

"吹牛吧？不姓钱姓啥？还想姓魏？"

翁科长接到电话，是派到厂职工培训学校的一个手下打来的，学校的案子破了，钱是学校后勤的一个电工偷的。这个人和出纳家是邻居，两家人的关系很好。前一天晚上他发现出纳把钥匙串忘到了仓房的门上，于是他偷拿了出纳的钥匙，到财务室作了案。翁科长想起钱干事和武干事还在审问魏海柱，忙让人告诉他们别审了，马上放人回家。

魏海柱坐在那里无所事事，小丁走了进来，他对魏海柱说："魏师傅，你可以走了。"

"怎么个说法？"

小丁说："没什么说法，就是你可以走了。"

"把我喊来，训了一天，现在什么也不说就让我走了？"

"这是我们的工作，请你理解。你想啊，就是坏人他也不可能轻易承认自己干了坏事。"

"我现在倒是不急了，你们最好一次把事情问完，省得再找我，好像我真有什么事似的。"

"回家吧，不会再找你了。"

"为什么不找了？你们不就是愿意扯淡吗？"

小丁见魏海柱不走只好说："案子已经破了。"

"谁干的？"

"学校内部的人。"

翁科长走进来："老魏呀，对不起啊，错怪你了。"

"在这里一天了，又是骂又是戴手铐的，就这么完了？"

翁科长连连说："对不起，对不起。"

“这不是你的事，让他们给我赔礼道歉。”

翁科长对小丁说：“他们俩还没走吧？让他们给魏大哥道歉。”

魏海柱走进家门，解放迎上去：“爸回来了？”

魏海柱脱鞋上炕。解放把饭菜端上来，魏海柱从兜里掏出一元钱对鞍钢说：“去给爸打斤酒。”

解放惊讶地看着魏海柱：“爸，你不是戒酒了吗？”

“爸今天心里不痛快，想喝点儿。”

解放不再说什么，找出酒瓶递给鞍钢。

解放给魏海柱摆好筷子：“爸，我明天就回集体户了。”

“回去后好好干，争取早日招工回来。这两天我一直想去看看援朝怎么了，你妈走了都六七天了，他怎么还不回来？难道还在派出所关着？”

“爸你放心，我在那里就不会让援朝受委屈。”

外屋的门响，韩家明在外屋问：“海柱在家吗？薛主任来看你们了。”

进来四个人，打头的是厂“革委会”薛主任。魏海柱忙跳下炕，把鞋穿好。

韩家明说：“薛主任听说了你家的事，过来看望你。”

“谢谢主任。”

薛主任和魏海柱握手：“海柱啊，你老婆小吴走得太突然，你肯定受的打击很大。但你是厂里多年的劳模和技术标兵，还得以厂里的工作为重，还得继续抓革命促生产。厂革委会的几个领导商量了一下，你家孩子多，生活困难，这小吴走了，你们家的生活就成了问题，所以呢，我们决定给你家一个招工指标，让你的一个孩子进厂工作。我看就让老大进厂吧，她是女孩，能为家里洗洗涮涮的，也好解决你的后顾之忧嘛。”

魏海柱的眼睛有些湿润，他嗓音沙哑地说：“谢谢主任。”

薛主任冲秘书点了一下头，秘书送上了一个信封。

薛主任说：“厂里决定补助你五十元钱，钱不多，就是这么个意思。希望你把家里的生活安排好，我们活着的人还要继续嘛。”

五反回来晚了，跃进嘴快，她对五反说：“刚才厂里给了咱家一个进厂指标，让咱大姐进厂。”

五反惊喜地问：“爸，是真的吗？”

魏海柱点了点头。五反说：“姐，指标给我得了，这样我就不用下乡了。”

解放一点儿没犹豫：“姐没意见。”

魏海柱停止了吃饭：“不行，让你大姐进厂。”

五反急了：“为什么呀？我姐都同意了。”

“不为什么，你还有大半年毕业，到时候再说。”

“那时怎么可能还有进厂指标呢？”

“那就下乡。”

“爸，我大姐在集体户不是干得挺好吗？我直接进厂就不用费二遍事了。”

“什么费二遍事？你不下乡就进厂就叫不费二遍事？”

“我不是正和你商量吗。”

“和我商量，我的意见是不行。”

“凭什么非得叫我姐进厂啊？”

“那你说，凭什么叫你进厂？”

“这是我妈妈去世留下的名额，妈以前最喜欢我。”

“喜欢你也不行。进工厂的人，以后得把家的里里外外全顶起来。”

五反赌气地说：“我也能。”

“你不能。你从没有认真地干过家务。”

“让我进厂我就能。不就是干活嘛，谁不会呀？”

“你都没干过，现在说能干，谁信？”

魏海柱和五反正吵着，老姜和郭警察走了进来。老姜问：“魏援朝在家吗？”

魏海柱说：“他在乡下的集体户。”

郭警察到屋里各处看了一下，对老姜摇了摇头。解放认出了老姜：“你们不是把他带去派出所了吗？”

老姜说：“我们把他带回去以后他就跑了，第二天下午，小郭家的仓房就被人点着了，我们怀疑是魏援朝作的案，找他核实一下情况。”

魏海柱不动声色地说：“他没回来。”

老姜说：“他如果回来，你们要向派出所报告。”

魏海柱看着他们不说话，老姜和郭警察尴尬地走了。

魏海柱放下酒杯自言自语：“看来援朝又惹事了。”

第三章

五反与好朋友董丽英和韩梅在路灯下慢慢地走着。两个人知道五反心情不好，陪着她漫无目的地走。韩梅从书包里拿出一副棉手套给五反："我妈给你做的，让你多照顾自己。"

五反默默地接过来，眼睛湿润了："替我谢谢你妈。"

说起了下乡，董丽英觉得农村简直就是地狱："关键是农村没有路灯，听说还常停电。最受不了的就是厕所不分男女，还没有门儿。"

韩梅去过她乡下的姑家："农村的狗最吓人了，真咬啊，有的狗根本就不叫，上来就是一口。还有耗子，白天就在屋里转悠。还有蛇，房前屋后就有，有时还往屋里钻。最恶心的是农村人有虱子，有的人身上一把一把的。"

董丽英连忙捂住嘴做呕吐状："别说了，太恶心人了。"

"恶心人？要是真去了，你不得受着呀？那年我去我姑家，到邻居家串门儿，他们家正吃饭，那家一岁多的孩子屙到了炕上。你倒是擦擦呀，人家不，把狗一叫，狗从门外蹿到炕上，三下两下把那屎吃净了，还伸着大长舌头在那里舔啊舔的，把炕席舔得溜干净儿……"

董丽英干呕了两下，她真的吐出来了。

韩梅过去拍了拍她的背："像你这样有洁癖的人，要是到了乡下可怎么办呐？"

董丽英犯难地说："我现在不敢去想，一想就愁得慌。"

五反惊恐地听着两个人的话，她坚定了进厂的决心。

大屋里亮着灯，解放坐在方凳上："爸，我切了好多的酸菜，已经洗好，一坨一坨地冻上了，明天我把那些酸菜放进缸里。如果以后时间紧，拿一坨用热水一烫就可以做了。”

魏海柱吐出了一口烟：“你早点儿睡吧，都干一个晚上了。”

解放犹豫了一下：“爸，我想明天回集体户。”

“为啥呀？不是说了让你进厂吗？”

“晚上我虽然在那里切菜，但一直在想进厂这事。援朝是男孩里的老大，让他进厂比较合适，以后找对象也容易。他在集体户净惹事儿，回来就全解决了。”

魏海柱点了点头：“我也一直在想。不过你也不小了，虚岁已经二十三了，你妈在你这个岁数已经有你了。你妈这一走，家里闪了一下。你进厂，能操持家里的事儿，照顾弟妹。援朝进厂，他这些不行。再说，你以后也要找对象，有了正式工作，找对象也多了个筹码。”

“我当然愿意进厂，可援朝在集体户让人不放心。按说让五反进厂也行，只是援朝进厂更合适些。”

“我知道五反想进厂，她从小就什么都争。她进厂，家里这一摊子也拿不起来呀。你是老大，老大呢总是家里干活最多的。小时候别的孩子可以出去玩，可你要看弟弟妹妹。有好吃的，你得让着弟弟妹妹。有好看的衣服，你得可着弟弟妹妹。因为你是老大。可老大也不能吃亏吃一辈子啊，这次爸就做主了，让你进厂。”

听了爸爸的话，解放擦着眼泪：“我是他们的姐姐嘛。因为进厂，五反心里挺恨我的，她觉得我和援朝都已经在乡下了，以后会有招工的机会。如果不让援朝进厂，那么就让五反进厂吧，乡下的活儿确实不是女孩子能忍受的，尤其是五反，她缺少这方面的锻炼，直接进厂也省去许多麻烦。”

魏海柱很坚决：“不行，还是你进厂。五反长得漂亮，又会唱歌跳舞，以后无论找工作还是找对象，这都是资本。你呢，没有五反长得好，有个好工作也为找对象加点分。”

“援朝点了那个警察家的仓房，派出所能放过他吗？”

解放的话还没说完，外面传来了敲门声，宪法马上下炕开门。魏援朝急匆匆地走了进来，看见柜子上挽了黑纱的遗像，他一下子跪在那里，呜呜地哭了起来。

李红跟在后面，看着眼前的情景，她也跪了下去，认真地磕了三个头。

徐亚丽披着衣服，见到突然回家的李红她惊喜不已：“怎么突然就回来了呢？也不打个招呼。”

“回自己家还打什么招呼。”

老李笑呵呵地问：“我丫头还没吃饭吧？”

李红想了想说：“可不是，我都差点儿忘了，饭还是中午吃的呢。”

“这傻丫头，吃饭都差点儿忘了？就差把自己丢了。”徐亚丽立刻对老李说，“快做饭去。”

徐亚丽问李红：“每次都是白天回来，这次抽什么风偏要大半夜回来？”

“我陪援朝一起回来的。”李红羞涩地低下了头。

看着眼前的李红，徐亚丽似乎明白了女儿的心思。

魏家吃早饭。

解放拿起了一块苞米面饼子递给援朝：“援朝，厂里给咱家一个进厂名额，我仔细考虑了一下，觉得你进厂合适。”

听到这话，五反停住不吃了，她怨恨地看着解放。

援朝把苞米面饼子放到了桌上：“我不进厂，你进厂吧。你进厂能帮助爸照顾家里。”

五反发起了脾气：“为什么不叫我进厂啊？非得让我下乡啊？我一个女孩子下乡能干得了那样的农活吗？”

魏海柱啪地把筷子拍到桌上：“你这话什么意思？你姐当初不也是一毕业就下乡了？你姐难道不是女孩子？”

集体户正在吃午饭，赵军、援朝和李红走了进来。看到援朝，大家一时不知说什么好，户里已经知道了援朝母亲去世的消息。高强来到援朝的身边轻声问：“家里都安排好了？”

援朝默默地点了点头。赵军把高强的大衣还给高强：“呶，你的大衣。”

高强接过大衣，面带讥讽地说：“你倒是挺会的啊，把自己的大衣拿去讨好别人，然后穿我的大衣。”

赵军笑了笑说：“那不是没办法嘛。”

高强不高兴地说：“以后没有办法的事儿少做。”

“你要是心里过不去，我那件你再穿几天。”

高强不理赵军。方志东为援朝盛了碗饭，援朝接过坐到桌旁。赵军问高强：“头儿，这两天队里干什么活儿呢？”

“还送粪呢。队长说送完粪开始选种子。”

赵军说：“选种子那是老娘们儿干的活儿。”

“你要是不愿意干选种的活儿，就去采石场运石头。”

“行啊，我宁愿去运石头。”

姚小兰从厨房里走出来：“户长，柴火已经不多了，再不弄，下个月就没烧的了。”

高强拍了拍后脑勺：“这一阵忙得我都忘了。下午赵军你上山去弄柴火。小兰和唐秀雯，你们三个一起去。男生还得送粪。最好弄些站杆[①]，湿木头弄回来也不好烧。”

援朝看了一眼坐在那边的唐秀雯，唐秀雯在低头吃饭，根本不向他这里看。援朝说：“户长，我也去。”

“你现在这种情况……在家歇两天吧。”

“待着更难受。”

赵军提建议：“跟队上借挂牛爬犁，要不怎么弄下山？”

高强不同意：“牛爬犁都在送粪，哪有多余的啊？”

“那怎么办啊？总不能让我们扛下山吧？”

“社员家都用牛爬犁啊？”

“人拉的爬犁能拉多少呀？”

吃完饭，四个人拿着斧子和锯来到集体户旁边的老马家院外，狗立刻叫了起来。赵军喊：“马大哥！”

马大哥从屋内钻了出来，喝住了狗。赵军满脸笑容地说：“马大哥吃饭了吗？”

“正吃着呢，啥事儿？”

“户里没柴火烧了，把你家的爬犁借我们用一下呗。”

马大哥不信任他们：“上山打柴火？你们能行？”

赵军拍拍胸脯：“没什么难的，农活我们不是也会了？”

“放爬犁和干农活可是两股劲儿。”

“我去年打过柴火，放心，保准把你的爬犁好好地还回来，要是坏了，我赔你副新的。”

找不到别的借口，马大哥只好把立在墙上的爬犁放倒。

赵军指了指旁边立着的另一张爬犁说：“马大哥，这张也借给我们吧。”

马大哥不情愿：“你们弄点儿就行了，用一个爬犁轻快。”

---

① 站杆：东北方言，意为未倒的枯树。

赵军说："屯里的人上山都是一人一张爬犁，我们四个人一张爬犁，不让全屯的人笑话？"

看赵军坚持，马大哥只好把那张爬犁也放了下来："今年雪大，你们少装点儿。"

姚小兰说："马大哥，你还得把绳子借给我们，没有绳子也没法儿装柴火。"

马大哥苦笑："这爬犁算是借出毛病了，不仅要借爬犁，还要借绳子，说不定哪天就来借我媳妇儿了。"

赵军笑了："那个我们不借，真的不借。"

马大哥把两盘绳子分别绑在爬犁上，他从杖子上取出一挂铁链："就一挂防滑链，你们最好是一个一个地放下去。"

赵军推托："用不着防滑链，我和老孙头打过两回柴火，老孙头就是直接放下去的，快着哪。"

"老孙头从小就上山打柴火，你们哪能和他比啊？"

"马大哥说得对，还是带上吧。"援朝把防滑链接了过去，拴到了其中一张爬犁上。

看着他们走远，马大哥的媳妇出来："借给他们了？"

马大哥说："不借咋整？"

"要是弄坏了呢？"

"弄坏了？弄坏了我有什么办法？"

马大哥媳妇叨叨咕咕地说："这帮人真是的，天天不是借这个就是借那个。"

马大哥抄着手说："别瞎叨叨了，谁让咱命不好和他们做邻居呢。"

向山上走，援朝说："唐秀雯你和我一组吧？"

唐秀雯向赵军那边靠了靠说："我和赵军说好了，我俩一组。"

赵军诧异地看看唐秀雯，心中暗想，这人撒谎不用想啊。

山路越来越陡，赵军和援朝的头上已经出了不少汗，蒸腾地冒着热气。赵军四下看了看，一屁股坐在一个树桩上："就在这儿弄吧，真是累死我了。"

援朝看被他俩落下很远的姚小兰和唐秀雯，转身坐在了自己的爬犁上。赵军指指身边的树桩："坐这里多舒服。"

援朝摇了摇头："我不迷信，可我也不犯规矩。"

“啥规矩？”

“你总和老孙头上山，没听说过树桩是山神爷的饭桌，轻易坐不得？”

赵军笑了：“坐一会儿没事儿。”

过了一会儿，姚小兰和唐秀雯爬了上来，援朝拿过姚小兰手中的锯，向林中走去。

援朝四处打量林中的树，这一带多是水曲柳、楸子和柞树，他找到一棵站杆，开始放树。

装爬犁的时候，唐秀雯发现防滑链不见了，姚小兰四处找了找，还是没有。援朝对赵军说：“向后拖着装，到平路重新装一次，屯里人都这么干。”

赵军不同意：“费那个牛劲儿干啥？直接放下去就是了。老孙头回回都这么弄。”

援朝摇头：“别逞能，跑坡可不是好玩的。”

“没事儿，老孙头全是这么放下去的，我这体格不比老孙头强多了。”

赵军不听劝，正常装。爬犁装好后，赵军说：“我这个跑得快，先下了。”

援朝不放心：“要不，我和你一起放下去？”

赵军满不在乎：“不用，哥们儿打架不如你，力气肯定不比你差。”

赵军拉着爬犁就向山下滑去，援朝忙喊：“唐秀雯，你在后面拽着点儿！”

开始的时候，唐秀雯在后面还可以勉强拽着赵军爬犁的树枝，可是随着爬犁速度的加快，唐秀雯的脚步踉踉跄跄，一块突起的石块将她绊倒，她猛地松开了手。爬犁失去了后面的牵制突然加速，箭一样地向山下驶去。赵军的两腿架在两条爬犁腿中间，眼前全是飞溅的雪花。突然一个急转弯，爬犁失去了控制，赵军向一棵大树撞去。

听到唐秀雯的喊声，援朝急忙向山下跑。

赵军被挤在柴火和树中间，他满脸是血，已经昏了过去。唐秀雯哭着站在那里，一脸的惊慌失措。援朝忙向后推爬犁，把柴火掀到一边。

赵军额头的血慢慢地聚集在眼眶处，援朝用袖子擦着赵军满是鲜血的脸：“赵军！你醒醒。”

赵军慢慢地醒了过来：“我没控制住，拐这边来了……”

“哪里疼？”

赵军要起来，他发现自己根本动不了，他用手指指大腿。

“那就好，马上送你上医院。”援朝对姚小兰说，“你抱着他的头。”

援朝向山上疾奔，把自己那张爬犁的绳子解下，选出几根较细的木棍，在爬犁上绑成一副担架。回到赵军出事的地方，援朝脱下自己的棉袄垫到爬犁上，把赵军抬了上去。

下午自习的时间，校园里总有不守纪律的人四处晃荡。

俱乐部的舞台灯光明亮，宣传队正在排练舞蹈节目。五反、韩梅、董丽英跟在马老师的后面，反复模仿一个动作。

一曲终了，侧门走进一男一女两个人，马老师忙迎了过去。马老师领着两人来到台上："大家注意了，这位是市文化宫青年文工团的廖团长。"

廖团长向大家点头，大家鼓起掌来。"这位是文工团的段教练。"段教练优雅地向大家示意，大家又鼓掌。马老师说："这次廖团长和段教练来挑选队员。我们推荐了魏五反、刘凤丽和董丽英。请这三位同学准备一下，表演一下能代表自己水平的舞蹈。"

董丽英感到意外，她小声对五反说："怎么会推荐我？"

"你的腿多长呀。再说了，你的水平也不差。"

"我总觉得……她们都比我好呀。"

"别多想了，快点儿准备吧。"

马老师问："谁先来？"

五反还在犹豫，她看到刘凤丽已经举起了手。马老师说："好，刘凤丽先来。"

刘凤丽走到管音乐的侯老师那里低声说了几句，随后《大红枣儿送亲人》的音乐响起来了。

刘凤丽从侧幕滑出，开始了她的表演。韩梅凑到五反身边："这不是你的舞蹈吗？她什么时候开始练的？"

这支舞蹈一直是五反担任领舞，现在刘凤丽跳的正是五反的全部动作。董丽英悄声说："看来她一直想顶替你领舞。"

五反反倒平静下来："先想想跳什么吧，机会不多。"

"你说我跳《草原上的红卫兵见到了毛主席》好不好？"

五反摇了摇头："没难度，反映不出你的水平。"

"那跳什么呀？"

"我看你藏族舞跳得挺好，《翻身农奴把歌唱》怎么样？"

"听你的。"

五反和董丽英到侯老师那里去挑唱片。轮到五反了，五反向侯老师示意，喇叭里传出了《牧歌》那苍远的曲调，魏五反开始演绎这段具有浓厚蒙古族风情的舞蹈。只进行了几个动作，韩梅就看到段教练的脸上露出赞许的表情。

五反挎着书包进了家门，见解放在厨房忙着，她皱了皱眉头，直接向小屋走去。

解放见五反进屋："五反，过来帮我烧火。"

五反放下书包，不太情愿地找了个小板凳坐下来。合营推门进来，五反站起："合营，过来帮大姐烧火。"

"老师今天留了好多作业，我还得写作业呢。"合营说完理也不理地进了大屋，五反只好重新坐下来。

解放一边切着酸菜一边说："五反，我知道为进厂这事你一直恨我。"

五反向灶里添着树皮说："我恨你干吗？我恨我自己。"

"你这是怎么说话？"

"我知道，在咱家里，除了咱妈，谁都不喜欢我。可咱妈走了，你们是不会让我进厂的。"

"让你进厂就是喜欢你啦？你这个人难道只想自己，不为别人想想吗？"

"你怎么不为我想想？咱家数我胆小，虫子、老鼠、蛇我全怕，为什么还让我下乡？"

"你说的这些哪个女孩子不怕？"

五反噘着嘴："反正你们从不为我考虑。"

"如果你这样不讲理的话，我还真就不考虑你了。"

五反低着头说："不考虑就不考虑呗，反正你已经体检完了，再说这些有什么用？"

"正因为考虑了你，我今天没去体检。"

五反惊讶地看着大姐："刚才我和你说的是气话呢。"

解放叹了一口气："五反，你说不说气话我并不在意。我只是想让你以后要多想想这个家。进厂之后呢，要把家里这个担子挑起来。做饭、洗衣服、收拾屋子，这些都是女人的活儿，你不能让爸干，还有采买油盐酱醋粮食，这些事儿你也要担起来，我真不知道这些你能不能做到……"

五反站起来："姐你放心，只要让我进厂，我全能做到。"

"那好，等爸回来，我就和他说让你进厂……"

解放的话音未落，就听魏海柱在她们身后说："你不用说了，我不同意她进厂。"

解放和五反同时回过头来，诧异地看着刚进屋的魏海柱。解放向魏海柱求情说："爸，我觉得让五反进厂也没什么不可以的。"

魏海柱说："按理说，你把进厂的这个机会让给五反我没有必要不同意。以前总想着你是老大，在家里受的苦和累最多。可今天下午厂知青办的领队老胡给我打电话，说是派出所到大队去了，援朝的事儿就是不抓起来，最少也要在公社开批判会，办学习班。进了学习班这一辈子就算是留下了污点，以后招工、参军都没他的份儿。再说进了那里，什么时候能出来很难说了。老胡的意思是让援朝进厂，那援朝就不归大队管了……"

五反的脸色变得很难看，她气呼呼地走进了小屋。

援朝拉着爬犁向前猛跑，他的心里只有一个念头，那就是快点儿把赵军送到医院。姚小兰和唐秀雯在后面气喘吁吁地跟着。爬犁过于颠簸，赵军躺在上面痛得龇牙咧嘴。

刚到公社卫生院门口，援朝把赵军抱了起来，赵军不停地叫唤。

走廊里没有人，挂号室也是空无一人。援朝大声地吼叫："大夫！大夫！"

从走廊的拐弯处冒出来个穿白大褂的大夫："喊什么喊啊，不让人吃饭啦？"

援朝累得喘不上来气："大夫，快……快来救人。"

大夫的眼睛看上去有些斜，再加上他的态度倨傲，就使他的眼睛更斜："怎么啦？"

"让树……让树撞了。"

斜眼大夫打开一间诊室："放床上吧，我检查一下。"

援朝把赵军放到了检查床上，斜眼大夫走过去，伸出手来按着赵军身体的各个部位："疼不疼？"

"疼。"

斜眼大夫在赵军身上按了一会儿，到墙角的脸盆处洗手。援朝跟了过去："他怎么样？"

斜眼大夫说："股骨断了。"

"什么骨？"

斜眼大夫说："就是我们所说的大腿骨。"

援朝着急地问："那怎么办？"

斜眼大夫说："怎么办？咱们医院这个条件做不了手术，你们得到市里治。"

"大夫，你想想办法行不行？"

“想想办法？在咱这个医院治，以后他瘸了怎么办？站不起来怎么办？”

援朝一时没有了主意。姚小兰低声对援朝说：“大夫说得也对，还是回市里治吧。”

“火车早就没了，我去看看有没有到市里的顺风车。”援朝说完，急匆匆地跑了出去。

援朝来到卫生院外，天已经快黑了，街道上没几个人，更看不见汽车。援朝失望地往回走，却看见一个骑自行车的小伙子从胡同里拐出来。援朝喊了一声二柱子。

二柱子下了车，他是队上苑会计的二儿子。“是援朝啊，干啥来了？上车，我驮你回去。”

“出事了。你快回去告诉高强，爬犁跑坡赵军被撞了，需要到市里医院去做手术……”

天已经黑了，集体户的人陆续下工回来。李红从厨房里忙完了，进了男生的屋，问高强：“户长，开饭吗？”

高强正在安玻璃，看上山打柴的还没回来，就说：“再等等。”

方志东正在摆弄着赵军的半导体，大头想要玩一下，志东不给。大头说：“不用你瞎整，赵军回来该生气了。”

志东说：“生气也用不着你管，我自有对付他的办法。”

这时志东调出来一段优美的音乐，大家都认真地听着那音乐，唐兴国说：“这音乐好听。”

音乐播放完毕，里面传出了一个怪怪的男人声音：“莫斯科广播电台，下面我们为你播送……”

高强停下手中的活计，吼道：“找死啊？快关掉。”

二柱子用力地蹬着自行车，忽然一声响，自行车的后胎打了炮。二柱子下来看了看，沮丧地推着自行车。两位警察骑着自行车轻快地从他身边超了过去，其中一位还回头看了二柱子一眼，像是嘲笑他一般。

高强总算是把玻璃安好了，他坐下来想歇一下，派出所的老姜和潘警察出现在门口。高强站了起来：“有事吗？”

老姜说：“我们找魏援朝。”

志东不高兴地说：“老姜，你把门关上。屋里这么点儿热乎气儿全让你们给放跑了。”

潘警察转过身把门关上。高强说：“魏援朝的事儿不是说交给大队处理吗？怎么还找他？”

潘警察用高高在上的口气说：“是说交给大队处理。可我们还要找他核实一些事情。烧了仓房就完了？这是阶级斗争新动向。再说，就算不拘留，至少得赔偿损失吧？”

高强说：“真不巧，魏援朝还没有回来。”

老姜说：“没有回来？我不信。他家我们也去过，没有。那他能跑到哪儿去？”

“他能跑到哪儿去我们不知道，腿是他自己的……”

高强没说完，门突然被打开，二柱子闯了进来：“高强，魏援朝让我告诉你，爬犁跑坡赵军被撞坏了，他们在公社卫生院呢。说是得到市里的医院做手术……”

还没等高强反应，老姜和潘警察马上向外走。高强说：“坏了，他们去抓魏援朝了。”

第四章

方志东从炕上跳起来："二柱子，把你家的自行车借我。"

二柱子急忙摆手："不行，刚才车子打炮了。"

"瞎扯，哪能那么巧？"

"车就在门口放着呢，你自己看吧。"

高强和唐兴国跟方志东一起出来，见二柱子的车果然放了炮，唐兴国说："安小抠家有辆自行车。"

方志东说："安小抠是有名的小抠，根本不能借。"

高强说："去试试吧。"

安小抠坐在炕头上和邻居张大明白喝酒。张大明白家的鸡得了瘟病死了，他想吃，老婆怕得病，让张大明白扔远一点儿，免得让家里其他鸡遭殃。张大明白刚出家门，就遇到了安小抠，见了张大明白手中的鸡，安小抠说他不怕得病，扔掉实在是可惜了，能吃两三顿呢。张大明白把鸡给了安小抠，但他马上就后悔了。这么好的鸡怎么能让安小抠捡了便宜呢？可是给了又不好往回要，只好说晚上到安小抠家喝点儿。

看见进来三位知青，安小抠说："哟，是高强兄弟啊。上来整两盅？"

"不啦，安大哥，我们有急事，想借你家自行车用一下。"

"借自行车呀，真不巧，我家的自行车前几天坏了，还没来得及修。"

"就是到公社去一下，回来就还你。"

"真不骗你，还没修好呢，不信我领你到棚子里看看？"

三个人互相看了看，不得不走出安小抠的家。安小抠趿拉着鞋在后面喊："三位不上来喝点儿啦？刚炖的鸡肉……"

还没出院子，唐兴国就骂开了："这个老滑头，昨天还见过他骑车，就是不愿意借给咱们。”

高强说：“他不愿意借你也没办法。兴国，你回去让户里的人到队部去，咱们开手扶拖拉机去。”

安小抠笑嘻嘻地爬上了炕：“大明白，咱俩整一个。”

两个人碰了碰杯，一饮而尽。安小抠说：“车子好好地在仓房里搁着呢，我就是不乐意借给他们。”

“昨天还看到你骑来着，你不害怕他们报复你？”

安小抠重重地把酒杯放到桌上：“报复？他们还能怎么报复？就说我家园子里的那棵李子树吧，以前长得多好，每年都能卖上几十块钱。去年，他们一帮人进来吃，吃就吃吧，也没啥。走时还用个面袋子装。我妈说了他们两句，他们就不高兴了，竟然把一个大枝给掰了下来。那树一下子就伤了元气，今年好不容易才缓了过来，也没结多少果。”

“是啊，一帮四处祸害人的玩意儿。我家虽然没有果木，但是鸡和鸭子也没少丢。丢了后，把我老婆心疼的呀，四处找啊。说也怪啊，过几天我老婆总能在集体户附近看到鸡毛、鸭毛和骨头。我老婆想找他们说道说道，可没抓着他们的手腕儿啊，哪敢找他们呀，惹不起呀。”

安小抠叹了一口气：“这些人干活虽然是个秧子货，但是打起仗来却敢下死手，上面怎么给咱们派来这么一帮瘪犊子货呢？”

张大明白悄声说：“这话可不能出去讲啊，要是让人听到了，扣你个反对知识青年下乡的帽子。”

安小抠说：“我这不是只在家里和你说说吗。再说，咱家三代贫农，他们想找碴儿也不是那么容易！”

“现在呢，讲究个喊口号。什么扎根农村干革命。你没看到集体户院子外面的墙上，那个根字只描了一半，只把木字旁描上了，其他的还空着，他们这是只想扎个虚根，开个谎花。”

安小抠笑了：“对对对，扎个虚根，开个谎花。”

高强和方志东不停地用摇把发动手扶拖拉机，天气冷，手扶拖拉机迟迟发动不起来。

手扶拖拉机刚开出院子，户里的知青过来了，人站了上去，拖拉机快速地向村外驶去。

高强大声喊着：“志东你开慢点儿。”

“慢点儿就撵不上他们啦。”

“那也慢点儿，这路太滑。”

方志东只好把速度降了下来。

来到公社卫生院，只见诊室里赵军仍然躺在诊床上，旁边站着姚小兰和唐秀雯。高强忙问：“援朝呢？”

姚小兰惊慌地说：“刚刚让警察带走了。”

高强看看手表：“已经没有车了，我看这么办，我和志东用手扶拖拉机送赵军回市里，四个小时也差不多跑到了。兴国你回大队，找大队长王福义，让他到派出所把援朝保出来。大头你带着其余的人到派出所，防止警察再打人。”

高强把自己的大衣铺在车斗里，志东把赵军抱上去。赵军很感动，想说什么，高强制止了他：“哥们儿，你得挺着啊，四个小时呢。”

方志东开着拖拉机在大路上向前疾跑，高强坐在后面的厢里，让赵军半躺在自己的怀里。

正开着，拖拉机一下子滑到了路边的沟里，憋得熄了火。高强把赵军从歪斜的车厢里抱了出来，让赵军躺在路边。

志东说：“我先把车厢和拖拉机分开，这样就能把拖拉机先弄出来，拖拉机弄出来，车厢就好弄了。”

折腾近半个小时，志东总算把拖拉机和车厢弄了出来，高强嘱咐道：“这回你可得小心点儿。”

重新上路后方志东变得很谨慎，可是跑了还不到两个小时，拖拉机就急速地喘息了几下，随后慢慢停了下来。志东跳下来看了看说：“没油了。”

高强皱了皱眉：“赵军，你感觉怎么样？”

赵军说：“就是疼……让你们跟着我遭罪了。”

高强把赵军放下：“这儿离市里还有多远？”

“大概还有三十里地。”方志东看了看远处一片灰蒙蒙的村庄说，“那边好像有个生产队，我去弄油。你在这里，见车就截，争取早点儿把赵军送到医院。”

“我们一起截车不是更好？”

“要是没有去市里的车怎么办？”

忽然那边开来了一台高大的东方红拖拉机。高强笑了：“油来了。”

两个人站在路中间挥手，东方红拖拉机缓缓停下，一个小伙子跳下来。小伙子长得不错，只是缺了一颗门牙。高强让他给些油。

缺门牙说：“不行，队上的油，我怎么能做主呢？”

志东说：“救人懂不懂？没看他受伤了吗？”

“不是不想帮，油今天刚加满，队长要是知道，肯定扣我工分。和你们不认不识的，我说救人，谁信呐？”

高强说：“兄弟，救人要紧。我这个大衣呢是去年买的，还挺新的，给你了，就算扣了工分也不亏。”

缺门牙说：“我不是这个意思……”

高强从赵军的身下把大衣抽出，披到缺门牙的身上。

高强示意志东抽油。方志东从工具箱里找出一根管子，解开挂在车厢旁的水桶，将管子插入东方红的油箱，用力吸了一口，油从管子里流出。方志东呸呸地吐了两口，将误吸入口中的柴油吐掉。

坐在厨房烧火的五反一脸不高兴。鞍钢放学回来，看看坐在灶前的五反，怯怯地问道：“二姐，饭好了吗？我饿了。”

五反一肚子的火气终于爆发：“好个屁！饿了也得忍着。”

五反说完，又向灶里塞树皮。解放瞪了五反一眼：“你和他发什么火？不是让你别再烧了吗，饼子要煳了。”

五反将小铁锹一摔，进了小屋。解放放下手中的菜刀，将树皮用铁锹扒出弄灭。

鞍钢委屈，他哭了起来。听到动静，魏海柱从大屋里出来。看到哭泣的鞍钢，他操起烧火棍向小屋走，解放忙拦住爸爸。五反在窗帘后面看到魏海柱生气，她有些害怕。

魏海柱对着小屋吼：“你当家还是我当家？反了你了。”

解放忙将魏海柱向大屋推，魏海柱生气地将烧火棍摔在地上：“觉得翅膀硬了是不是？我还就做主了。我现在就给援朝打电话，让他明天就回来。”

魏海柱说完，戴上棉帽走出家门。

窗帘后的五反眼泪终于止不住地涌了出来。

屋地上摆放着几块木头，马大哥合计着做把椅子。听到厨房里有响声，他知道媳妇回来了，马大哥头也不抬地问：“爬犁要回来了吗？”

“去了好几回了，没回来，只李红一个人在家。”

“不对呀？天都黑了，一会儿你再去一趟。”

马大哥媳妇不高兴：“着什么急啊？”

“不着急哪行？他们是什么人？上回在安小抠家借了把镰刀，晚要了几天，竟然不知道弄哪去了，弄得安小抠媳妇念叨半年。”

集体户的屋内只有李红和唐秀雯，马大哥媳妇走了进来："李红啊，他们回来了吧？"

李红说："嫂子，出事了。只唐秀雯一个人回来了。"

"怎么啦？"

"赵军跑坡撞树上了……"

"撞树上了？人要紧不？"

"高强和志东送赵军去市内了，还不知道怎么样呢。"

"不是给他们带上防滑链了吗，怎么还跑坡了呢？"

"我没上山，不知道怎么回事。"

唐秀雯见两个人看她："下山的时候，我们才发现……防滑链子……丢了。"

马大哥媳妇吃惊地问："丢了？"

唐秀雯点了点头。马大哥媳妇不高兴了："怎么不知道爱惜呢？不是自己的是不是？我们置办点儿东西容易吗？"

唐秀雯一句话也说不出。李红忙过来打圆场："嫂子，别生气，我叫他们到厂里再弄条防滑链……"

"行啦，快把两挂爬犁和绳子还给我们吧，孩子他爸明天也想上山弄点儿柴火呢。"

唐秀雯像是想起了什么："一张爬犁在山上撞碎了，另一张在医院门前，回来时……我忘拿了……"

马大哥媳妇火了："你忘拿了？"

唐秀雯辩解着："人全去了派出所，让我回户，我就忘了……"

马大哥媳妇狠狠地瞪了唐秀雯一眼，摔门走了出去。

回到家里，马大哥媳妇越想越憋屈。过了一会儿，她又赌气来到集体户，这次她进门就号，李红和唐秀雯吓了一跳。李红扶住了马大哥媳妇："嫂子，你怎么啦？"

马大哥媳妇边号边说："我回不去家啊，你大哥他要打死我呀。"

"为什么要打你啊？"

"他不相信那两张爬犁就那么没有了啊。"

李红看了看唐秀雯，示意她过来安慰一下马大哥媳妇，唐秀雯直向后躲。李红烦了："你倒是安慰一下人家啊！"

唐秀雯支支吾吾地说："你说吧，我在这里听着呢。"

李红怒了："我说什么，爬犁是我丢的？关我什么事啊？"

"我不知道跟她说什么啊。"

"自己的事儿自己担着。"

唐秀雯快哭了："你帮帮我，我真的不知道该怎么说。"

李红走过去说："嫂子，别哭了，要不我去跟马大哥说？"

马大哥媳妇说："你说什么呀，他能相信你们不把别人的东西当回事吗？光那一条绳子就花了五块多钱啊，两条绳子十多块钱呢，他让我去找，我怎么找啊，这不是要我命吗。"

"嫂子嫂子，你别哭了。我们赔你，好不好，我们赔。"

"我也没说让你们赔啊，你们是城里人，我们农村人弄点儿东西不容易啊……十多块钱得卖多少菜啊？"

李红到唐秀雯身边悄悄地说："怎么办？赔吧。"

唐秀雯惊恐地问："那得多少钱啊？"

"价钱我不清楚，你身上有多少钱？"

"六块多钱。"

"我就一张五块的，不够啊，怎么办？"

唐秀雯恐惧地看了一眼马大哥媳妇："我有一斤毛线，二十二块钱买的，赔她吧。"

"你舍得？户里能不能替你担着还两说呢。"

"我认了。"唐秀雯只想快点儿把这事情解决掉。

"嫂子，爬犁和绳子丢了他们不是故意的，这里有一斤毛线，二十二块钱买的，能织一件毛衣，别嫌少……"

马大哥媳妇停住了号哭："我不是要你们赔，我是没办法上山去找绳子呀……"

"拿着吧，回去跟马大哥好好解释解释。"

马大哥媳妇装作很不情愿地拿着毛线回家了。李红笑出了声："就想让人赔呗，一点儿眼泪都没有……"

解放听到外面传来一声尖锐的口哨声，她看到三个小子扒着院墙鬼鬼祟祟地张望，解放一回头看到宪法要出门："你出去干什么？"

宪法的脸上闪过一丝惊慌："我上趟厕所。"

解放狐疑地看了宪法几秒钟："马上回来，不回来我就告诉咱爸。"

宪法一出门，邢三儿和大愣、嗑巴凑了过来。宪法埋怨他们：“打口哨就打口哨呗，还扒着院墙看。”

邢三儿说：“不知道你是不是在家呀。”

宪法丧气地说：“我大姐看见你们了，我是哪里都不能去了。”

嗑巴接过话说：“得了吧，你还能叫你姐管……管住？我姐可管……管不了我。”

宪法白了嗑巴一眼：“你姐天天打扮得妖精似的，稀得管你？”

邢三儿和大愣笑了起来。

嗑巴生气了：“你说谁姐像妖精？”

邢三儿忙挡住了嗑巴：“这不是闹着玩儿嘛，你当什么真呀。”

解放把饭菜端上了桌。跃进拿来了碗筷，合营摆凳子，鞍钢分碗筷。

“跃进，喊你二姐吃饭。”解放把桌上小盆中的菜盛向一只碗里，“爸没回来，我把他的菜留出来。”

跃进说：“大姐，你也太惯她了吧，天天吃饭都得招呼。”

“别发牢骚，快去叫她。”

跃进很快回来说：“二姐没在小屋。”

“没在屋？那她去哪儿了？”

知青们请王福义喝酒，援朝挨着王福义坐着。

正喝着，老胡走进来。老胡一看到酒两眼直放光：“哟嗬，这么好的事怎么不喊我呀！”

王福义喊道：“老胡，快过来整两盅。”

大头给老胡找了个酒杯，老胡端起：“援朝的爸爸下午打来电话，让援朝进厂，大队长也同意。这是咱们集体户的一个大好事儿，一起干一个。”

援朝愣了：“我说了让我姐进厂。”

“你不能留在这里了，派出所那边把你报到公社学习班了。”老胡说完又面向大家说，“来来来，干一个，明天援朝就回去了，大家干一个。”

魏海柱刚到家，鞍钢告状说：“爸，我二姐不知跑哪儿去了。”

魏海柱问解放：“她没说去哪儿？”

解放摇摇头：“没有。刚才做饭时她跑小屋了，饭端上来时让跃进去喊就不在了。”

魏海柱一声不吭地坐下来，解放忙把热在锅里的饭菜端上来：“爸，喝点儿酒不？”

魏海柱摇了摇头，端起碗默默地吃了起来。他吃了两口就放下了：“找找五反吧，一个女孩子在外边让人不放心。宪法你和鞍钢一起去找，主要是车站、电影院这些地方。解放你和合营、跃进一起去找，去医院和饭店这些地方。我去她们学校看看。”

宪法和鞍钢来到电影院，电影院的门厅还亮着灯光，这说明里面正演着电影。

鞍钢问：“二哥，正演着电影呢，怎么进去啊？”

大门锁了，宪法扒着玻璃向里张望。鞍钢仰着脑袋看海报，很用力地读出声来：“战斗故事片，地道战。”

宪法敲电影院的门，他发现声音实在是小，因此改用脚踹。穿着军大衣的工作人员从里面蹿了出来，喊：“干什么？”

宪法说：“找我二姐，你让我进去。”

军大衣说：“那可不行，你进去猫起来，我上哪儿找去？”

“家里有急事，我们要找她。”

军大衣狐疑地看了看他们说：“电影院有规定，开演后不能进去找人。”

“家里有急事儿。”

“告诉我名字，我给你打个字幕。”

“我二姐叫魏五反。”

“魏五反？这是女孩儿的名儿？”

“怎么不是？我们家就这么起名。”

军大衣嘟嘟囔囔地离开了，宪法对鞍钢说：“今天要不是找二姐，我非骂他一顿不可。”

鞍钢说：“你骂人家一顿有什么用啊，人家也不痛。急眼了他该打你了。”

“打我？他敢。我那帮哥们儿肯定会帮我。”

“大姐说了，那些人不是好人，你这样下去会变坏的。”

“你懂啥？就知道听大姐的。你知道什么是义气？”

鞍钢扒着门缝向里看：“二姐在没在呀？也该出来了。”

宪法用脚踹门，军大衣跑了过来：“你又要干什么？”

宪法蛮横地说：“找我二姐。”

军大衣说："已经打字幕了，没出来就是没在这里。"

宪法用脚踹门："你让我进去。"

"别再找事儿，再胡闹把你送派出所去。"

解放领着跃进、合营转了几家饭店没看见五反，随后来到市医院。医院里人不多，都是看急诊的。解放忽然看到方志东走下楼梯："志东，你怎么在这里？"

方志东微微一愣："哟，是解放。你干什么来了？"

解放不好意思地说："我大妹还没回家，我和弟妹出来找一找。"

"哦，这样啊，我还以为你来看高强呢。"

解放着急地问："高强怎么了？"

"高强没什么事儿，赵军出事了。他上山砍柴跑了坡，撞树上了，我和高强送他回来。"

"赵军现在怎么样？"

"可能得手术，高强陪着他呢，我去告诉他父母一声。"

"他们在几楼啊？"

"四楼外科，我得走了，晚了赵军家该睡了。"

解放领着弟妹来到四楼，透过半开的门，解放看到赵军躺在一张诊疗床上，高强站在那里和大夫说话。

解放对跃进与合营说："你们先在各层找一下，完了到这里找我。"

看到解放，高强和赵军都是一愣。解放轻声问："赵军，现在还疼吗？"

赵军满不在乎地说："没事儿，只是撞了一下。"

解放她们在回来的路上遇到了宪法和鞍钢，两伙人都没找到五反，他们决定回家看看爸回来没有。

合营走在最前面，看到家里亮着灯，他兴奋地喊："爸先回来了。"

解放和弟妹快步走进家门，发现五反正坐在桌前大口地吃着饭菜。

宪法问："二姐，你上哪儿去了。"

"玩去了。"

解放问："爸呢？"

五反只顾着吃饭并不回答。宪法没好气地说："二姐，大姐问你话呢。"

"我哪儿知道？回家时就黑着灯，锁着门儿。"

第五章

第三天的下午，高强来到赵军的病房。只见赵军的大腿打着夹板，上身稍抬，一只手拿着水杯，另一只手接过母亲袁秀艳递过来的药。

袁秀艳说："高强来啦。"

高强说："上午我到户里的同学家转了转，有好几家让捎东西。怎么样？好些了吧？"

"今天倒是好多了，昨天他疼得汗都出来了。"

袁秀艳去打开水。赵军想起了一件事："对了，你帮我办件事呗。"

"什么事？"

"帮我送封信。"

"给谁的信啊，还用得着我送？"

赵军从枕头下抽出一封信："给解放的。今天一上午还是疼啊，没办法，坐在这里给她写了封信。"

看着信封上写着魏解放亲收那几个字，高强没有接。

"我明天就回户里，没有时间了，你自己给她吧。"

赵军并没注意到高强表情的变化："现在才几点啊，你完全有时间帮我送去。"

高强的表情一下子冷竣下来："我又不是给你跑腿的。"

赵军对高强态度的变化感到不适应："不帮忙就不帮呗，有必要给我脸子看吗？"

牛棚后的粪堆旁，男知青们一字排开在刨粪。女知青们跟在男知青的身后，将男知青刨下的粪用锹撮到一旁。援朝在最边侧的一角，他一声不响地用力刨着。

老胡从路边拐了过来，走到援朝的身旁示意援朝停下别干了：“咋还不回去呢？你爸给我打电话，我替他答应得好好的，说马上叫你回去，这都两三天了，咋还不回去呢。”

“我想还是让我姐进厂。”

老胡着急地说：“那哪儿行？早晨公社又来电话了，问你的事儿，我说正在调查。如果你不走，进公社学习班是免不了的，快走，听见没？”

有人喊：“抽袋烟！抽袋烟！”

抽袋烟在农村是歇一会儿的意思，干活的人纷纷找地方休息。

魏海柱在屋内翻着五斗柜最下面的抽屉，显得相当烦躁。解放问：“爸，你找什么？”

“我记得有包索密痛来的。”

解放一惊：“爸你怎么啦？”

“没什么，脑袋疼。”

解放把索密痛找出来递给了魏海柱。

合营坐在炕边，在一块木板上面画一支手枪。

解放问：“哪里弄的木板？”

“上回赵军哥哥来家时给的。”

“他给你木板干什么？”

“本来他要给我刻枪来的，后来时间来不及，他说回来时再给我刻。”

宪法在那里用手掐着自己的裤线，他准备出门。魏海柱很不高兴：“你要去哪儿？”

宪法支支吾吾地说：“我……我到学校去。”

“今天不是礼拜天吗？怎么还到学校去？”

“老师让我把烧炉子的木柴劈一劈。”

合营在认真地画着那把枪，解放看到合营的衣服破了：“合营，你这衣服什么时候破的？”

“那天在操场，和同学闹着玩……”

“脱下来，姐给你缝一下。”

合营顺从地停下手中的笔，把棉衣外的罩衣脱了下来。

魏海柱想着心事，看到五反在镜子前梳头：“五反呐，你去给援朝打个电话，让他赶紧回来。”

“我们宣传队两点要排练呢。”

“现在才几点，打完再去就不行吗？”

“上回为了跃进，我都迟到过一回了。那么多人练节目，就等我一个人呐？再说，长途电话那么好打啊？谁知道什么时候才能接通啊？”

解放说：“爸，五反去练节目是正经事儿，我把合营的衣服补完就去打电话。”

解放去了市邮电局，可是没打通。她和魏海柱商量了一下，决定第二天回集体户。解放正在收拾东西，高强背着大包小裹走了进来。

“怎么拿了这么多东西？”

“都是同学家让捎的。”

“还真是活雷锋啊。”

高强无奈地笑了笑：“咋整？我家附近的听说我回来了，都让捎些吃的。唐秀雯她爸妈最狠，除了让给她姐俩捎四瓶罐头外，不知从哪儿弄了张狗皮，无法推托呀。”

“你来得正好，我也正要回去呢。”解放看了眼柜上的座钟，“时间还早着呢。”

“想在你家坐一会儿。”

“那你就先坐，我马上就写完了。”解放在一张纸上认真地写着。

“写什么呢这么认真？”高强把解放手中的纸拿了过去，不知不觉地读出声来，“每月大事：10号之前要把粮本上的米面和油全部领回家来。20号前要看一下副食本上还有什么物品没领。25号下午是厂里送柴火的日子，家里要留人……”高强心酸地放下了那张纸。

“我妈妈走了，以前，这些事儿都是我妈管的。”解放叹了口气。屋里出现了短时间的沉默。

“赵军怎么样了？”解放问。

“赵军没什么事儿了，大夫说剩下的就是养了，再等三四天他就出院了。”

“手术后一直没去看他，心里挺惦记的。”解放说。

“这小子命大，大夫说现在只是骨头问题，如果当时撞坏了内脏，就不是一两个月的问题了。”

解放收拾好背包，把那张纸贴到了屋内的醒目处。她把柜中的体检表拿了出来，放在了柜上。做完了这些，解放背起自己的背包说：“走吧。”

高强看了下表：“还有一个半小时呢，再坐会儿来得及。”

“那……我想去看一下赵军。”

高强的表情不是很自然："看赵军啊，当然也来得及。这样吧，我拿着东西去医院不方便，你去医院，我去火车站，在火车站会合好不好？"

解放拎着网兜来到医院，网兜里装着两瓶水果罐头，赵军感到难为情："来就来呗，还拿罐头干什么。"

"让你补补。本来想买肉罐头，走了两个商店都没有，只好买了水果的。"

"我这身体，根本用不着补，过一阵儿就好啦。"

"谁照顾你啊？"解放一边说着一边四处张望。

"我妈白天在这里，她去食堂换饭票了。晚上方志东来。再过几天我就出院了。"

解放看了看赵军的腿："还疼吗？"

赵军点了点头，两个人一时想不出再说些什么。

解放想起了一件事儿："合营这几天一直在你给的木板上画枪样呢，说是你要给他刻枪。"

"上回没来得及给他刻，过两天能下地就给他刻。"

"你也用不着当真，小孩子净弄些没用的。"

"男孩子嘛，喜欢枪是自然的。"

两个人又没什么说的了，赵军看了解放一眼，见解放正看他的腿，他似乎有了勇气，伸手摸出了那封信。

"一动不动很难受吧。"解放一说话，赵军把信又放了回去，赵军点了点头。

解放说："我今天回户，让援朝回来进厂上班。"

赵军终于鼓起勇气把信拿出来："我这次是在鬼门关前走了一回，算我命大。我给你写了封信，你看看。"

解放吓了一跳，她没有任何心理准备，不知道是接还是不接。解放瞥见袁秀艳走进病房："我得走了。"

赵军抓住解放："你听我说……"

看见母亲，赵军尴尬地松开了手，把信塞到枕头下面。

火车上人不少，已经没有空座了，过道上也站满了乘客。解放和高强在车厢连接处找到一个落脚之处把东西放下来，解放坐在那卷狗皮上。

窗外，一片片杂树林掠过，能看到一些油松的枝叶上挂满了雪。偶尔会有一片白桦林出现，它们树身那单调的白色和雪地融为了一体。解放心不在焉地看着，若有所思地想着什么。

高强看了解放一眼，心情似乎与平时不同："你母亲去世时，本来准备回来，可队里忙，别怪我。"

"知道你忙，那天你送我去车站，还没对你说声谢谢呢。"

"那不算什么。"

偶尔有乘客从过道处路过，对这一男一女并不在意。高强激动起来："你母亲去世了，但你放心，我会比以前更加照顾你的，你就把我当成亲哥哥待好了。"

"我会记住你对我的帮助。"

"从下乡时我就一直对你好，现在已经三年了。我期望，我们的友谊能更加深一层。"高强一把抓住了解放的手。

解放吓了一跳，急忙抽出了手。

一天遇到两起求爱事件，解放蒙了，她慌张地向车厢那边看了看，并没有人注意他们。

解放结结巴巴地说："我们、我们现在首要的，任务，就是在农村里，炼红心，其他的，先不要考虑。等我们以后，成熟了，再考虑这方面的事情，也不迟。"

高强很惊讶，他认为这是水到渠成的事："我在户里难道不是最优秀的知青？"

"你当然是。"

"那你还这样说？"

解放不知所措地说："我只是不想那么早让这样的事情进入我的人生。"

高强一下子变得急躁："得了吧，你一定是看了赵军写给你的信对不对？"

赵军给自己信他竟然知道，这让解放暗暗吃惊。

高强说："你不就是觉得赵军家是当官的吗？他爸不过是一个小科长，有什么呀？"

解放生气了："你怎么这样说话？"

高强也怒了："这样说话怎么啦？三年来我一直小心翼翼，你根本不珍惜呀。你不就是看上了有钱有势的赵军吗？"

解放更火了："你这样说真让我看不起你。"

"看不起就看不起，还能咋的。"

"你给我留下的好印象现在全没了。"

"再好有什么用，你也不想和我好，就想跟那个天天巴结你的赵军好，不就是他家富裕吗，有什么了不起的。”

解放气得说不出话：“你、你浑蛋！”

女列车员走过来：“把票拿出来。”

高强头一扭：“没票。”

女列车员问解放：“你的票呢？”

“没有。”

“补票。”

列车这时已经进站，高强背起了东西。

“补不补票啊？”

高强像是没听见一样。车停了下来，旅客们拥挤着下车。女列车员拽了高强一把，被高强挣开。女列车员看着他们的背影，自言自语地嘟囔：“真是的，不买票还有理了。”

出了车站，高强不理解放，一个人在前面走，两个人的距离越拉越大。

回到户里，解放到男舍收拾援朝的被褥和衣服。正干着，援朝和李红回来了。解放把绳子扔给援朝：“你来捆，我捆不紧。”

援朝不干：“姐，你说我回去了，留下你在这里遭罪，别人怎么看我？”

“不要操心别人，先管好自己。你回去后，学着做饭。别让爸操更多的心就行了。”见援朝不动，解放推了他一下，“快点儿把行李捆上，你不回去，爸还得打长途。”

援朝低下头捆着行李，眼睛有些湿润。

解放和李红来到厨房，李红为解放盛了饭菜。李红坐在那里看着解放吃饭，坐了一会儿，她的眼泪慢慢地涌了出来。解放忙问：“怎么啦？”

李红急速地把眼泪擦掉：“想着援朝再不和我们一起干活吃饭了，心里有点儿难过。”

“回家他就挣工资了，让他请你吃饭。”

李红轻轻地叹了一口气：“咱是个农民，人家是工人，能不能瞧得起咱就难说了。”

赵军在小屋里靠着被子坐着，袁秀艳拿进来两只苹果：“今天有人送了一筐苹果，你尝一尝。”

“不是刚吃完橘子吗？”

袁秀艳白了他一眼：“你知道什么，橘子有橘子的营养，苹果有苹果的营养。”

“妈，你到我姐那屋给我找两本书，待着难受。”

“对了，你钱阿姨家的女儿怎么样？”

“哪个钱阿姨？”

“百货的那个钱阿姨啊。”

“你能不能不恶心我？那姑娘多胖啊。”

“是胖点儿，那是健康的标志。”

“胖就健康？别再提她家姑娘啦，再提我吃不下苹果。快找书吧。”

“她家条件多好，却嫌人家胖。胖点儿怕啥呢？”

赵科长坐在一张椅子上看报纸：“没事瞎叨叨什么！”

“我说钱阿姨家的姑娘好，小军却说人家胖。”

“让他自己做主，你少跟着掺和。”

“小军的心粗得像苞米粒子似的，咱不帮他把关谁帮他把关啊？”

“你再把关也是小军和人家过一辈子。”

“我不是给他提供个参考嘛。”

袁秀艳从小屋拿了两本书出来：“儿子的事你得上心啊。这次援朝能进厂虽说是厂革委会特批的，但也得你们劳资科办呐，你就不能利用这个机会把小军也办进厂？”

“哪儿那么容易？有多少双眼睛盯着呢。”

“跟薛主任说说呗，小军也是在乡下受的伤，不知道农村有没有公伤一说，不也是个借口吗？援朝先拖着别办，到时一起办，俩人儿就不显眼了。”

赵科长叹了一口气：“难度相当大啊。”

五反、宪法、合营、跃进、鞍钢陆续吃完饭，背上书包上学，援朝笨手笨脚地收拾着桌子。

魏海柱刚要出门又想起了什么：“援朝，你是哪天把表交给劳资科的？”

“上星期一啊。”

“上星期一？今天是星期三，这都八九天了，怎么还没信儿啊？”

“昨天去了劳资科，说是让在家等消息。”

“体检表没啥不合格的吧？”

“没有。体检完我就问大夫了，大夫说，啥毛病没有。”

“这就怪了，按理说到劳动局办一下手续就行了，怎么还不给信呢？”

徐亚丽来到了魏家，她悄声对魏海柱和援朝说："今天我们车间开工资，车间的工资员怕出麻烦，就拉我一起去厂部取工资。结果呢，在厂部门口我看到了赵科长正在和薛主任说话。我听见赵科长说他儿子赵军是在农村受的伤，怎么也能算个公伤吧，厂里能否照顾进厂？如果行的话就和援朝的一起办。薛主任说先把魏援朝的办了，你家的事儿以后再说。后来我们走远了，没听到他们再说什么。"

魏海柱若有所思地说："怪不得呢，原来赵科长心里存着自己的小九九。"

东北的冬天黑得早，一到晚上没什么事可干，集体户内的男生全坐在炕上吹牛。

大头叹了一口气："咱们现在是农村的屯老二了。"

鸠山说："屯老二怎么的？谁敢惹咱们呀？"

大头说："你没听到那话是怎么说的，屯老二进城，一身趟儿绒，肩扛大麻袋，腰扎小麻绳儿。买瓶汽水，不知道退瓶儿。看场电影，不知道啥名儿。找不到厕所，蹲哪儿都行。挨顿电炮，不知道哪儿疼……"

唐兴国接着说道："坐趟公汽，反了行程。吃根冰棍，包装纸乱扔，挨了罚款，才知心痛……"

几个人说得正欢，大头发现自己的烟抽完了："志东，有烟吗？"

"早抽没了，你去买一盒吧？"

大头反问："为什么是我买呀？上回就是我买的。"

高强说："瞧你这小气样儿，买盒烟还记得清清楚楚。"

唐兴国说："就是。他还记着让人捎来的咸菜炒肉被大家吃了。"

大头辩解："我是小气人吗？我只恨你们没给我留一口，我一口没吃着。"

志东说："吃什么一口呀？知道家里捎来咸菜炒肉就行了。上回我家捎过来一斤炉果，等我回来，只见到一只纸口袋，那纸口袋油亮油亮的，里面连渣都没剩。"

唐兴国笑了："知道是谁最后抖落抖落把里面的渣儿吃了吗？是大头。"

"我也就是吃了点渣儿。我回来时，炉果是一块也没了，我想志东的东西怎么也得尝尝吧，就把里面的渣儿吃了。"

志东说："让你买盒烟你还记得上回是你买的。"

大头说："凭什么就让我去买呀？我还不愿意跑腿呢。这样吧，手心手背，谁输了谁去。"

唐兴国说："好好好，手心手背，要单儿的去。"

经过几次反复，唐兴国落单。大头得意地说："兴国这回没说的吧？快去快去。"

剩下的几个人半倚在被子上继续瞎聊，志东说："户长，快过年了，咱们也不改善一下伙食？"

高强说："拿什么改善呐？知青点儿发的那点儿补助早就用完了。"

志东叹了口气："要知道这样，春天养两只猪就好了。"

"我早就说养啊，可你们谁也不当回事儿。"

大头说："那还是怨你，你要是说养，别人还能反对？"

高强说："当时户里不是没钱嘛，让你们掏钱都不掏啊。"

志东忽然有了主意："我们弄头猪好不好？"

"弄头猪？一头？"大头一脸的诧异。

"当然啦。可以美美地吃上几顿，还能拿回去一些。"

大头说："说得轻巧，怎么弄？"

志东说："如果肯听我的，这事儿就能成，我听外户就有人这么干。"

高强问："怎么弄呢？"

志东说："首先得有个担架……"

大头说："这个好办，秋天战备训练，大队的那个担架还在仓库里扔着呢。"

志东说："然后是一条床单……"

"这个也有。"

志东接着说："我们找一些苞米面，正好我那里有瓶六十五度的高粱酒，用酒把那苞米面和了，然后给猪一吃，猪马上就醉倒了，我们把猪往担架上一放，盖上被单。如果碰到有人问是怎么回事，就说户里有人病了。回来，我们把猪一宰，神仙也不知道。"

高强赞许地说："这主意不错。"

志东得意地说："那我们马上行动。"

大头非常积极："我去拿担架。"

志东拿出酒，到厨房里找了个面盆，把苞米面放进去和好。大头拿着担架进了屋："我们弄谁家的猪呢？"

志东说："我早就踅摸[①]好了，村东头白寡妇家的猪最合适，还不到

---

① 踅摸：东北方言，意为观察，寻找。

二百斤，跟一个人的体重差不多。再加上她家也没养狗，而且猪圈离住的地方远。”

听说弄白寡妇家的猪，大头犹豫道：“能不能换一家啊？”

志东说：“换谁家啊，别人家的猪都二三百斤，再说，离住的地方近啊。”

大头忙说：“二三百斤能抬动。”

高强打定了主意：“别换了，我看白寡妇家合适。”

志东说：“户长，你拿着这个装苞米面的小盆，躺在担架上面。”

高强拿着盆躺在担架上面，身上盖着被单，志东和大头抬着担架快步走着，大头还是不愿意：“志东，咱们还是换一家吧，白寡妇家养头猪不容易。”

志东逗他说：“你是看上白寡妇家的姑娘了吧？”

整个过程很顺利，白寡妇家的猪吃得不好，方志东把苞米面倒进去，那猪立刻大口地吃了起来。六十五度的烧酒就是不一样，还不到五分钟，那猪就倒下了。三个人把猪抬上担架，一溜小跑往回走。进了集体户，他们忙把担架放到地上，方志东和大头脑门子上全是汗。

户里的女生解放、李红、姚小兰、唐秀雯围过来看。

大头咋咋呼呼地喊：“烧水，烧水，快点儿烧水。”

李红问：“这是什么呀？”

“大头的亲戚病了，帮忙送一下医院。”方志东脸上现出悲切的表情。

大头也不甘示弱：“是这么回事儿，志东谈了个对象，可人家妈不同意。结果那对象喝了六六粉。”

志东把盖在猪身上的被单一掀，女生们吓得啊了一声。

志东笑笑说：“看见没？大头心疼了。啥叫爱屋及乌，就是爱她家的姑娘也爱她家的猪。”

大头不高兴道：“瞎说什么呀？”

解放问：“这真是白寡妇家的猪？”

志东说：“那当然，你没看大头都心疼成啥样了。”

“如果真是白寡妇家的猪，咱们可千万别这么干。”

“为什么？”

“白寡妇活得不容易啊。她男人是修水库采石头被炮崩死的，她一个人带着女儿过不容易。她自己和泥修房子，自己扒炕，自己盖猪圈，她容易吗？”

大头辩解说：“我早就说不要弄她家的猪，你们不听。”

志东说："这都弄回来了。"

解放诚恳地说："你们听我一句劝，把猪送回去。"

高强不满地看了一眼解放："你说送回去就送回去啊，我们给大家搞点儿福利费了多大的劲，志东还搭进去了一瓶酒。"

"这是什么福利啊？这样的肉你吃着安心吗？"

"就你高尚啊？就你思想觉悟高啊？你这样说的话，我他妈的还不管了呢。"高强把手闷子向地下一摔，进了男生屋里，唐秀雯忙走过去把手闷子捡了起来。

解放向外面看了一眼道："志东，现在外面挺黑的，你们送回去不会有人知道。"

方志东点了点头："大头，没听见啊？快点儿抬啊。"

大头忙蹲下来抬，女生七手八脚地用被单把猪盖上。

唐秀雯拿着高强的手闷子进了男生的屋里，高强在那里生气。唐秀雯把手闷子放到高强的身旁，高强不耐烦地把手闷子拨到一边。

知青们坐在厨房的桌旁吃早饭，李红在锅旁忙活完，最后一个上桌。大头用筷子扒拉一下菜盆："酸菜熬土豆，又是酸菜熬土豆，李红，你就不能做点儿别的？"

"做别的？得有东西呀，用你身上的肉做呀？"

高强在一旁阴阳怪气地说："我倒是想给大家改善伙食，可是有人觉悟高，不让我们偷别人的东西。"

大家把眼光都盯在了解放的身上。解放停止了咀嚼，沉默了片刻，又接着吃。

高强得意地看了看大家："正好大家伙都在，我就利用这个时间开个会。昨天晚上老队长找我唠了唠，队上的活计已经忙得差不多了。一会儿呢，大家吃完饭就可以到队上去支钱了，扣除今年的口粮钱，队上会把结余的钱发给大家。"

大头嘴里塞着苞米面饼子，他口齿不清地问："一个工多少钱啊？"

"合五毛八分钱。"

鸠山说："这么少啊！"

"这已经不错了。你去问问吧，顶数咱们队高。三队是三毛九，二队才两毛四。知足吧。"

志东说："扣除了口粮钱，也剩不了多少钱啊。"

大头说：“我算了，百八十的差不多吧。”

“一会儿吃完饭支完钱就可以回家了。按农村的规矩，过完正月十五就算过完年了，咱们正月十六回来。差一天也不行。大家听清楚了吧？户里要留两个值班人员，主要是照看着户里别丢东西。有没有愿意留下来的？值班算出工。”

高强看了看大家，见没有人愿意留下来：“那我就直接安排了。今年留女生，魏解放和姚小兰留下来值班，散会。”

解放噌地一下子站了起来：“凭什么让我留下来值班？”

高强说：“我是户长，没这个权力吗？”

解放说：“我下乡三年了，除了第一年没值，第二年是我值的班，去年也是。今年凭什么还让我值？我家里出了事你不知道吗？你愿意安排谁安排谁，反正今年我不值了。”

第六章

卖布的柜台前，人们乱哄哄地挤着。卖布的售货员不紧不慢地量着布，她卖完一份，就有更多的人将手中的钱和布票向她手里塞。魏海柱总算挤到了柜台前，把钱和布票递给了售货员："那个，格的，要五尺。那种，蓝斜纹的，要十五尺。那个……"

售货员不耐烦地把他的手扒拉到一边："一份一份来，先买一种，没看到这么多人等着吗，这是你家开的呀？"

后面有说风凉话的："就是，不能自己全包圆喽。"

售货员问："这种格的要五尺是吧？"

她把多余的钱找给魏海柱，魏海柱接过钱和布票放进自己的口袋。

售货员为魏海柱量布、撕布。魏海柱刚接过布，后面的人就把他挤到一边。魏海柱仍然向前挤，他尽量保持靠近柜台的位置。几个人买完布后，卖布的售货员看了魏海柱一眼问："你还买什么？"

魏海柱说："那种蓝斜纹，要十五尺。"

卖布的售货员说："那种蓝斜纹六毛八一尺，一尺要八寸布票，十五尺是十元二毛钱，布票十二尺。"

魏海柱伸手去掏钱，伸进口袋后手却僵在了那里："我的布票呢？刚才我的布票还在呢。"

见魏海柱掏不出布票，售货员没好气地说："向后让一让，找到了再买。"

魏海柱挤出来，站在离柜台稍远一些的地方反反复复地掏着自己的几个口袋，越掏越失望。

魏海柱回到家里，解放跟了过来："爸，布全买回来了？"

魏海柱叹了一口气说："别提了，我把布票弄丢了。"

"让小偷偷去了？"

"八成是，我咋一点儿感觉也没有呢。"

"爸，别上火。丢了就丢了，再想别的办法。"

"可是，只买了五反的布料，别人过年的衣服咋办呢？"

解放征询着问："要不，到我姑家看看？"

"她家年年向咱家要布票，怎么可能有剩的呢？"

"也许今年就有呢，晚上我过去看看。"

一整晚，魏海柱一直在责备自己。

解放到家时已经十点多了，弟妹们都睡了，魏海柱还呆呆地坐在那里。解放道："爸，我老姑给了我十尺布票。"

魏海柱嘟嘟囔囔地说着什么，一脸的自责。

解放想，爸这是怎么啦？魔怔了？

宪法与邢三儿、嗑巴、大愣来到了三间房。三间房是造纸厂干部的住宅区，因为家家住宅都是三间屋子所以叫三间房。宪法四处看了看："应该就是这里了。"

邢三儿说："问一问不就清楚了。"

宪法找人打听，那人详细地告诉了赵科长家的位置。几个人来到赵科长家的院子，在外面察看动静。

大愣说："找几块砖头飞进去，撇完就跑。"

宪法不同意，他怕砖头伤着人。

嗑巴说："他……他家窗下有个鸡窝，还养着两……两只鸡呢。把他家的鸡剁了好不好？"

邢三儿说："对，把他家的鸡剁了。"

宪法点头，嗑巴马上进院子抓鸡，大愣顺手从鸡窝边操起剁鸡食的菜刀，两只鸡刚叫了两声，大愣手起刀落，鸡头被剁了下来，他把鸡一扔，两只鸡血淋淋地在院子里扑腾。听到屋里有动静，四个人撒腿就跑。

袁秀艳听到动静推门出来，她一眼看到两只无头的鸡血淋淋地在那里扑腾，险些晕倒。

袁秀艳坐在赵军的房间里拔着鸡毛："这事儿肯定是老魏家干的。"

"那我爸为啥拖着不办呢？革委会都同意了。"

“你个傻孩子，你爸不全是为了你吗？”

“为我干什么？没准儿明年招工就有我了。”

袁秀艳叹了一口气：“唉，现在招工哪有个准儿啊，你爸现在手中还有那么点小权力，要是哪天不当科长了，就真的没办法喽。”

“你们要真为我好，就想其他的办法让我进厂。”

袁秀艳把鸡向盆里一摔：“啥办法？一起进厂就是最好的办法。”

“老赵啊，你说这孩子咋回事啊，不吃饭了。”袁秀艳端着饭菜。

赵科长放下报纸：“为啥不吃饭？”

“唉，还不是为了援朝的事儿，他说你不给人家办他就不吃饭，你说这孩子多气人。”

赵科长生气了：“不吃饭就饿着，向着外人，是不是傻呀？”

“可不是傻咋的，随你们老赵家。”

“怎么又扯上老赵家了？”

“傻不是随根儿嘛。中午就没吃，晚上还不吃，这孩子不仅傻，还倔。”袁秀艳把饭菜放到桌上说，“要不……要不你就把魏援朝的事儿办了吧，拖下去家里也不安宁。”

赵科长思考了片刻说：“好吧。”

解放把弟妹们召集起来开会，援朝也坐在一旁。解放对援朝说：“明天不是报到吗？没你的事儿。”

援朝笑笑说：“我也没事儿，听听。”

魏海柱在炕的另一侧裁剪衣服，他拿着尺及粉笔在上面画着，不时停下来，在一张纸上计算着什么。

解放清了清嗓子：“你们也看到了，爸为了给家里人做衣服，费了不少的劲儿。布票丢了后，爸嘴都起泡了。现在买了一些布，虽然还不够，但爸正在想办法。明天呢是小年，也就是腊月二十三。好多东西都是明天发放，这样的话呢，咱们一定要分好工，买好过年的东西……”

鞍钢说：“大姐，我想买鞭炮……”

合营跟着说：“对对对，买鞭炮……”

五反瞪了鞍钢一眼：“买什么鞭炮？妈刚去世才三个月，不能放鞭炮。”

鞍钢嗫嚅着：“为什么妈去世就不能放鞭炮呢？”

五反强硬地：“不能放就是不能放，哪有为什么！”

鞍钢不说话，他嘴动了动，委屈地流下了眼泪。

五反更不高兴了：“哭什么呀？我又没打你。”

援朝按了一下五反，制止她说话。解放看了看鞍钢，问魏海柱：“爸，他们想买鞭炮，能买吗？”

魏海柱稍稍想了一下：“买吧，你妈妈肯定在天上希望你们一天天快快乐乐地活着。给他们少买一些就行了……”

合营立刻显出高兴的样子，鞍钢也不哭了。

五反不满地说：“瞧你们这点儿出息，不放鞭炮你们身上能少块肉啊……”

援朝劝五反：“别打岔，听大姐讲……”

解放说：“明天咱们家得买猪肉。这个年能不能过好，跟能不能买到好猪肉关系很大，估计明天买猪肉的人相当多，得起早去排队，弄不好还非常挤。宪法，你去行不行？”

“没问题。”

“这是钱和肉票，要放在贴身的口袋里，不能弄丢了，能不能买到都不要紧，一定要把钱和票证保管好。”

“放心吧，去年就是我买的肉。”宪法接过钱和肉票，放入棉衣的内袋里。

解放又从面前一堆的票据中拿出几张票，在这几张票上放上钱：“合营，你去买鱼吧，鱼明天也是第一天放，得起早排队。”

合营接过钱和鱼票。

“再有就是大米、白面和豆油。昨天已经放了一天，今天人也不会少，不用起早，吃完饭去就行。五反，你和鞍钢去怎么样？”

“多少斤啊？”

“大米是二十四斤，白面是四十斤，油是二斤四两。”

“那么多让我怎么拿呀？”

“院子里不是有小车吗？鞍钢帮你推回来。”

五反不高兴地说：“鞍钢能干什么呀？”

解放说：“鞍钢现在干活儿挺顶用的。”

鞍钢为了证明自己：“上回我和二哥领过苞米面呢。”

宪法点了点头：“鞍钢现在有劲儿多了……”

解放叮嘱着鞍钢：“到时帮着你姐撑口袋，推车。”

“我知道，上次买苞米面就是我从粮店一直推回家的，是不二哥？”

五反勉强地答应了，解放把钱和粮本交给五反：“口袋在厨房里放着呢，扎口袋的绳儿已经绑在每只口袋上了。”

跃进等不及了："大姐，还没给我分配任务呢。"

"别急，跃进的任务也很重要。你要买糖和酒，糖呢，带包装纸的糖买二斤，橘子瓣儿的散装糖买二斤。酒呢，尽量买好的，如果供应的是瓶酒，就买两瓶。如果供应的是散装酒就买二斤，要提前带好瓶子。"解放拿出了钱，又加了几张钱，"你和五反商量一下，你们是买扎头的绸子呢还是买发夹，再买一盒万紫千红的香脂。然后买两包鞭炮，要那种小鞭儿，知道吗？"

"我知道。"

鞍钢拽了一下解放说："大姐，多给我们买两包吧。"

解放说："两包就够了，没记着妈讲的故事吗？"

合营问："什么故事啊？我怎么不记得。"

解放说："妈不是讲过嘛，说是从前有个人啊，他家里有匹马。他看邻居家的羊不错，就用马换了两只羊。后来呢又看人家养的兔子不错，就用两只羊换了五只兔子。后来又用五只兔子换了两挂鞭炮，两挂鞭炮响过就什么也没有了。我记得妈妈是前年过年时讲的……"

想起了妈妈，解放的眼里浸满了泪水。

天还未亮，解放就悄悄起床来到大屋。宪法和合营还在酣睡，解放把他们捅醒："起来吧，五点多了。"

宪法坐了起来，合营翻个身还想睡，宪法把他的被子掀到了一边。合营只好坐了起来，两个人摸着黑穿衣服。

解放送宪法和合营出门，解放问："装肉和鱼的兜子都拿好了吗？"

宪法说："拿了。"

合营把手中的东西拿给大姐看："我用的是包袱皮儿。"

解放说："行，买完系好，别掉了。宪法你送合营到副食店，那段路黑。"

合营说："我不怕，用不着他送。"

解放目送着宪法和合营走远。走回屋，发现大屋的灯亮了，推门一看，魏海柱已经起来，正坐在那里裁剪衣服。

"爸，离天亮还早呢，再睡一会儿。"

"我睡不着，正好把这个难题处理了。"

"什么难题？"

"为了省钱这块布就没买够，但是怎么利用边边角角把两件衣服都做成了，而且还不难看，这就是学问了。”

解放担心地说：“以前衣服都是我妈裁，你能行吗？”

“没啥难的，和做管道接口下料是一个道理。”

解放开始点火烧水，她把要洗的衣服放到洗衣盆里。

排队的人影影绰绰，宪法站在队伍中，不时地活动着双脚，天太冷了，脚冻得生疼。他的位置还算靠前，前面只有六七个人，而身后则排了二十多人。

卖鱼的窗口一打开，排好的长队一下子就乱了，人们像蛆虫一样向前涌去。合营用力地向前挤着，但在众多的大人面前，他显得无力、单薄。

卖鱼的女售货员大声喊着：“排队！不排队就不卖了。”

她的话没有任何作用，买鱼的人仍然无规则地涌动着。合营不甘心被挤出去，他跟在一个身体强壮的人后面，慢慢地向前挤着，终于挤到了前面。

总算买到了鱼，合营出来的时候不小心，一条鱼从包袱皮儿中掉了，费了好大的劲儿他才从人们的脚下拿回那条鱼。拎着装鱼的包裹，合营在街上闲逛起来，他欣赏着街道两旁人们抢购年货的热闹景象。

肉铺是临时用几根松木杆支起来的，简易的窗口早已打开，但铺子里并没有肉，除了几个站在那里卖肉的人，什么也没有。有人喊：“到点了，为什么还不卖？”

岁数大的男售货员说：“喊啥？运肉的车还没到呢。”

大愣拎着布兜来了，看到队伍中的宪法，他高兴地蹿到宪法的身旁。宪法见是大愣：“怎么才来呀？”

大愣说：“是想早来的，可没起来呀。这下可真好，你排在前面。”

宪法说：“我五点多就来了，冻了两个多小时了。”

“为哥们儿，这也是应该的……”

邢三儿和嗑巴也冒了出来，一齐站到宪法的前面。见有人夹到宪法的前面，后面排队的人不干了，喊：“排队！”

邢三儿、大愣、嗑巴像是没听见一样，站在那里和宪法说笑着。后面的高春明怒了：“你们三个排队！听见没有？”

大愣回头：“说谁呢？谁没排队？五点多就过来排队了，你知道不？”

高春明火了："你说你排队了，谁能证明？"

嗑巴结结巴巴地："那……那你说你……你排队了，谁……谁能证明？"

"我前面的人，后面的人全能证明我排队了。"

邢三儿指着宪法后面的人问："你说，他是不是排在你前面？"

宪法确实排在那个人的前面，因此那个人点点头。

高春明说："我说的是你们仨。"

"我们仨怎么啦？我们是一起的。"

高春明说："一起的就可以不排队啦？"

嗑巴说："我们愿……愿意，你……你管得着吗？"

"给我出去！"

大愣很横："还就在这啦，怎么的？"

高春明上前去拽大愣，大愣奋力挣脱："别给脸不要脸啊，看你岁数大，不愿意和你一般见识，要是别人，我早打他个满脸花了。"

高春明不屑地说："你个小崽子也太霸道了吧？不排队还有理啦？"

"说谁小崽子？"

说话的时候大愣猛地一推一绊，高春明脚下不稳，一下子被摔倒。高强来接父亲，看到父亲被人摔倒在地上，忙上前把父亲扶了起来。

高强走过来抓住大愣的前胸问："为什么打人？"

大愣说："他骂我。"

嗑巴走上前去阻挡着高强："干……干什么？"

邢三儿把包里的半块砖头拿出来，宪法用手拽了一下邢三儿："那是我大姐的同学。"

邢三儿挣脱了宪法的手，上去一砖头就把高强放倒，三个人一拥而上，用脚狂踢倒在地上的高强。高春明要冲过去帮忙，大愣又对高春明使了一个脚绊儿，他又摔倒了。

宪法看着打成一团的几个人，他的内心很复杂。

前面骚动起来，肉铺开始卖肉了，最初的队形已经没有了，宪法利用自己靠前的优势，奋力向前挤去。

二粮店是俱乐部改建的，最初的门厅成了开票处，那里排着三行的长队。鞍钢在角落里看着小车，眼巴巴地盯着队伍中的五反。

开票的队伍像停滞了一样，半天也不动一下。开票室里涌进去许多熟人，他们把粮本直接塞到开票人手中。

队伍中有人喊："不要走后门，我们都排这么长时间啦。"

没想到开票人却不耐烦了："喊什么喊？等着。"

"走后门还有理啊？"

开票人像是没听到一样，她对这些抗议根本不加理会。

跃进收好副食本，将买好的糖和酒小心地放进布袋里。

鲁静松了一口气说："总算买完了，回家吧。"

跃进说："我还要买鞭炮。"

鲁静吃惊道："你家还让买鞭炮啊？我妈不让买，说只听个响儿白瞎钱了。"

"我妈在的时候也买，我妈可支持买鞭炮了。说盼了一年，买鞭炮大家乐呵乐呵。"跃进说着说着，眼泪流了下来。

看到跃进流泪，鲁静马上乖巧地说："走吧，我跟你一起去买。我妈怕我偷着给弟弟买，没给我多余的钱。"

跃进说："我姐也没给我太多钱，主要是怕弄丢了。我爸前几天买布，布票让小偷给偷去了。"

"是吗？那你们的新衣服咋办？"

跃进轻轻地叹了口气："还不知道呢，我姑家给了十尺布票，还是不够。"

"我妈给我买了块好看的布，早送成衣铺了，听说成衣铺都忙不过来，不接活儿了。"

五反终于开上了票，她拿着票、粮证、找回的钱向里面走，鞍钢推着小车紧紧地跟在后面。卖粮的穿着一身蓝大褂，这个特殊的职业让他们神色倨傲。五反把票和粮本递上去，卖粮的心不在焉地在粮本上用红蓝铅笔画了两下，然后又把红蓝铅笔夹到耳朵上。秤是一种小型的台秤，上面加装了铁皮箱，称好后由下面直接装袋。

"快点儿快点儿。"听到卖粮的催促，鞍钢慌忙用布袋去接，突如其来的重量，让鞍钢有些措手不及，面袋重重地向下一蹾，布袋开裂了，大米洒了一地。

五反责怪鞍钢："干什么呀你？为什么不接住啊？"

"我接住来的……"

"接住怎么能把袋子弄坏？想不想过年啦？"五反说着，用手使劲儿扒拉一下鞍钢，鞍钢咧嘴哭了起来。

“还哭，还哭？这怎么办？”

鞍钢停住了哭泣，看着地上的米发呆。他想了一下，果断地脱下了裤子，把两个裤筒扎了起来。五反忙找来了铁皮撮子和扫帚，把大米装到了鞍钢的裤子里。

走出二粮店，五反看到鞍钢脸上还有泪痕：“刚才，看到大米撒到地上，姐都吓坏了。还是鞍钢有办法，要不，姐都不知道该怎么把米弄回家了。”

鞍钢的委屈和缓了一些，他抹了一下流着清涕的鼻子。

五反接着说：“我回家一定说说鞍钢今天的智慧。”

“我也是从书中看到的。”

五反讨好地对鞍钢说：“不生姐的气了吧？”

鞍钢摇了摇头。

合营在卖葵花子的摊前蹲了下来：“瓜子怎么卖？”

“一毛钱一两。”

合营犹豫着，把手伸向上衣口袋，那里装着找回的零钱。

“尝尝，瓜子可香呢。”老太太抓了几个放到合营的手上。

合营尝了尝，果然香，合营舔舔嘴唇说：“买一毛钱的。”

老太太拿起秤，为合营称瓜子。称好后，老太太又抓起一点儿放到秤里，表示她多给了。合营用手撑起裤子的口袋，让老太太直接把瓜子倒进裤袋里。

听到喊声，合营看到大成和顺子站在街道对面。合营招呼他们过去，给了每人一把瓜子。合营问：“你们上哪儿了？”

大成说：“我俩刚刚买了鞭炮，哎呀妈呀，老挤了。”

“吹啥呀？再挤还能有我挤？那人，可以说是人山人海，我硬是挤进去了，买了鱼。”

“我们好不容易才挤进去，大成还买了二踢脚呢。”顺子向合营展示他买的鞭炮。

合营问：“怎么这么多二踢脚啊？”

大成说：“我爸说了，初一吃饺子前多放几个。”

“这二踢脚响吗？”

“不知道，应该响吧。”

顺子起哄说：“光说没用啊，要不放一个试试？”

“我不敢，你放。”大成拿出一只二踢脚递给顺子。

顺子把二踢脚接了过去后犹豫了："我也不敢。"

合营大大咧咧地把二踢脚拿了过去："这有啥不敢的。"

合营小心地剥出引芯，把二踢脚放在马路边的一块平地上："火呢？把火给我。"

大成递给合营一盒火柴。合营心里也有点儿害怕，没有点着就跑，回头看发现没冒烟，就又回去点。三个人捂着耳朵等着二踢脚响，可那引芯燃了一下没有了动静。合营小心地向二踢脚靠近，正当他低头看是怎么回事时，二踢脚响了，合营捂着脑门倒了下去。

大成和顺子吓傻了，两个人把合营扶了起来。

合营坐在马路牙子上，脑门是被鞭炮熏过的煤黑色，流了不少血。大成说："这咋办啊？"

顺子带着哭声："我也不知道。快告诉他们家吧，要不我们该沾包儿[①]了。"

日杂商店正好有卖鞭炮的，人出奇多。跃进有些发愁。

鲁静说："你怎么可能挤得上去啊？"

跃进咬了咬嘴唇："帮我拿着东西，我试一下。"

跃进尝试着向里面挤，但她像一片树叶一样，只能在人堆的外围游荡。鲁静也替跃进着急，她在外面用力地推着跃进，这时柜台里的售货员喊："别挤了，卖完了。"

本来拥挤的人群像溶入了某种液体，一下子无声地散开了。没有买到鞭炮的人不甘心地向柜台里张望，售货员没好气地说："看什么看？看也没有啦。"

跃进不肯走，回去如何跟鞍钢与合营交代呢？另一边的柜台上聚集起几个人，那里在卖暖瓶。

"我们家早就想买了，一直没有卖的。"鲁静高兴地说，"你借我五块钱好不好？回家就还你。"

"就剩这五块钱了，还要买鞭炮呢。"

"鞭炮不是没了吗？你先借我买暖瓶。"

跃进看看卖鞭炮的柜台，售货员无所事事地站在那里。跃进小心地把五元钱递给了鲁静。

这是一只红色的暖瓶，外面是用一种铁皮制成的，上面布满了小孔，

---

① 沾包儿：东北方言，意为惹祸、有责任的意思。

像是用某种工业废料做成的。鲁静把暖瓶放到地上，把瓶塞儿拔出，低下头贴近暖瓶听了一听：“你听一下，有嗡嗡声。别人说这样的暖瓶保温性最好。”

跃进也弯下腰听了一听。两个人正要向商场外走，卖鞭炮的柜台又聚起人来，有人喊：“卖鞭炮啦！”

果然，鞭炮又来了。

看着有人拿着鞭炮走出来，跃进愣了，她忍不住哇哇地哭了起来。鲁静为难地看着跃进：“我也不知道鞭炮还能来啊，回家就把钱还你好吗？”

吕老疙瘩和老婆蹲在市场的边缘卖自家的猪肉。猪肉是切好的三块，摆放在一条麻袋上。

有人问：“猪肉怎么卖？”

“一块二一斤。”吕老疙瘩看那人站住了，“怎么样？来一块？”

“贵了点吧？那边的才一块一。”

吕老疙瘩不屑地说：“我这是什么肉？全是四指膘！他那肉能和我的比吗？”

那人蹲了下来：“便宜点儿吧？”

“不卖。要是便宜卖，早就卖了。”

那人又看了看肉，起身走了。

老婆小声说：“要不一块一卖给他吧，早卖完早利索，还得到商店办年货呢。”

“你懂个屁，他肯定还得回来。”

果然，那个人转了一圈又回来了。他仔细地挑了一块好的。吕老疙瘩称完说：“看见了吧？十一斤半高高的。一斤半一块八，十斤十二块，一共是十三块八。”

那个人掏钱，是三张五元的。吕老疙瘩老婆收钱，小心地把钱揣进厚棉裤里。

上班第一天，援朝被分到了铁工班。车间的工会主席老曲要慰问车间的病残职工和军烈属，要援朝帮着搬慰问品。

援朝弄了辆三轮车跟在曲主席的后面，曲主席风风火火地在前面走着。

吕老疙瘩和老婆走着，两个人非常高兴。老婆说：“多亏你啊，多卖三块多钱呢。”

“就你老娘们儿家家沉不住气，不抻一下能卖好价钱？”

“你能！”老婆白了他一眼，“多卖了可以给你买瓶酒。”

“算啦，给你和大丫各买一双尼龙袜子吧。”

“真的？那几个小子怎么办？”

“小子不用买，他们臭美什么？”

老婆下意识地去摸腰里的钱，不祥的感觉让她慌了神。

“怎么啦？神神叨叨的？”

老婆哆哆嗦嗦地说：“我的钱……我的钱……”

“别猴子烧屁股似的。好好找找，是不是放别的兜了？”

吕老疙瘩老婆把身上的兜翻了个遍，带着哭腔说：“丢了……全丢了……连来时带的五块多零钱也丢了……”

吕老疙瘩老婆说不下去了，她沮丧地坐到马路牙子上，一把鼻涕一把泪地哭了起来。吕老疙瘩不相信那钱就这么轻易地丢了，他翻来覆去地翻着那条用来装肉的麻袋。

吕老疙瘩老婆大声地号了起来，边号边拍大腿：“你这个挨千刀的小偷啊……你让我们怎么办啊……我们拿什么回家啊……我们怎么过年啊……我们过年全靠这点儿猪肉啊……我辛辛苦苦养了一年猪啊……有一半得交国家啊……就剩这么点儿能换钱啊……你可让我怎么过啊……我们可怎么回家啊……车票钱也没有了呀……”

过路人纷纷过来看热闹，人越围越多。

援朝蹬车过来，曲主席坐在上面。曲主席下了车，探头看里面发生了什么事儿，看了一会儿，他从人群里走出来。

走了几步，曲主席见援朝还在那里傻看，他大声喊：“魏援朝！魏援朝！我们走啦！”

援朝马上答应：“来啦！”

听到有人喊魏援朝，吕老疙瘩从人群中挤了出来，他跟着援朝的三轮车跑了两步：“喂，我说兄弟，你停一下。”

援朝停住了车：“你认识我？”

“你叫魏援朝？”

“对，我叫魏援朝。”

“你有个妹妹叫魏解放？”

“魏解放是我姐。”

“哎呀，大兄弟，我是大队打更的，我叫吕建华，人们都叫我吕老疙瘩。一天晚上我值班，快半夜的时候从造纸厂打来电话，说是你妈妈病危，叫我到集体户找你和魏解放，我一想这事儿耽误不得，就跑了六里地到你们集体户，那天你不在，你姐在。你妈妈现在好点儿没？”

“我妈她……去世了。”

“咋整的呢？市里的医院也没治好？”

“市里的医院治不了，是在送省医院的途中去世的。”

吕老疙瘩低下了头：“那太可惜了。”

援朝问：“你们的钱被小偷偷了？”

“是啊，偷个溜干净儿，一点儿没剩。”

援朝沉思了一下说：“走吧，上我家去坐一坐。”

吕老疙瘩推托着说：“这咋好呢？”

“你看，你们不是遇上难处了吗。”

曲主席返回来，看到援朝和吕老疙瘩正在交谈：“你们认识？”

援朝笑笑说：“我插队那地方的老乡。”

曲主席说：“真没想到，你们会摊上这事儿。”

“谁说不是呢？我老婆没经过世面，一遇到这事儿只知道号丧。”吕老疙瘩说完，推了一把已经跟了过来还在抽泣的老婆。

曲主席把魏援朝叫到一边悄声问：“你准备咋整啊？”

“咋整？领家里暖和暖和，让他们吃顿饭。”

“那剩下这一家你就不用去了，我去就行。你下午也不用去厂里了，回头我和韩主任说。”

合营捂着脑门坐在那里，顺子在旁边站着。一位热心的妇女过来看了看合营的脑门：“快回家吧，别把伤口冻着了。”

一位戴着狗皮帽子的男人说：“到医院上点儿药啊，熬发[①]了可不是闹着玩的。”

合营害怕回家父亲揍他，他眨巴着眼睛不肯起来。

解放慌慌张张地跑来，她要察看合营的伤情。合营把盖住脑门的手拿开，脑门血糊糊的一片，看不清伤势怎么样。

解放说：“我们上医院。你能走不？要不姐背你？”

---

① 熬发：东北方言，意为化脓。

援朝领着吕老疙瘩夫妇走进院子，看到门上挂着锁。

援朝把他们让进大屋在炕上坐下。援朝说：“你们先坐着，我去给你们煮点挂面。”

吕老疙瘩说：“不用，我们暖和暖和，下午就坐车回去。”

“啥不用？都晌午了，早就该吃饭了。”

“没事儿，咱农村人都两顿饭。”

援朝去了厨房。吕老疙瘩夫妇在大屋里，他们好奇地打量着城市人家里的一切。

援朝把两大碗热气腾腾的挂面端了上来，吕老疙瘩推托着说：“这么客气干啥？”

“快点儿吃吧，吃完我给你们拿点儿钱，还能买点儿年货。”

第七章

援朝在厨房里为合营与鞍钢钉冰车，周围散放着几块木板和木方。解放与五反、宪法、合营、跃进、鞍钢几个人坐在炕上，他们的中间，放着两包糖。

解放说：“饭菜已经做好了，等爸回来就可以开饭了。今天，跃进买回来两斤橘瓣糖和两斤带包装纸的糖。橘瓣糖留着招待客人，带包装纸的糖全家人平均分了。”

鞍钢问：“如果客人吃不完呢？”

五反白了鞍钢一眼：“你怎么知道吃不完？”

解放笑笑：“如果剩得多，我们再平均分。”

五反打开糖包。解放说：“鞍钢，你查一下多少块。”

鞍钢开始数，他一块一块地数。过了一会儿，鞍钢数完了：“一共是一百九十六块。”

解放对合营说：“合营，你再查一遍。”

合营开始数糖，他是一对一对地数。

“鞍钢查得不对，是一百九十五块。”

鞍钢说：“不可能。”

“我刚查完的，是一百九十五块。”

解放说：“那鞍钢再查一遍。”

鞍钢重新数，这回他也是一对一对地数，是一百九十五块。

解放问：“那么现在告诉我，数糖可以有几种查法？”

合营抢先说：“两种，一种是一块一块地数，还有一种是一对一对地数。”

解放笑着问：“还有没有其他的数法？”

跃进说：“有。”

解放说："对。数糖其实可以有很多种数法，除了一块一块地数，一对一对地数，也可以三个三个地数，五个五个地数。或者其他的数法，我们看到，一块一块地数容易出错，一对一对地数然后乘二比较简单。如果三个三个地数最后要乘三，而且还要加上剩下不够三个的尾数。而五个五个地数也相对地简单一些，可以这样，五……十……十五……二十……二十五……三十……如果现在叫你们去数，你们知道应该选择什么样的数法了吧？那么你们算一下，咱们家八口人，每个人应该分多少块呢？"

合营、跃进、鞍钢拿出笔来，在纸上进行计算。鞍钢最先嚷嚷说："这也除不开啊。"

解放说："鞍钢你不用算了，这样的除法你们还没讲呢。"

跃进做完了，她对解放说："每个人分二十四块，还剩三块。"

解放看合营也算完了："合营，你妹妹算得对吗？"

合营点了点头。解放说："那么我们开始分吧。鞍钢分糖。"

于是鞍钢把糖分成二十四块一堆，共分成八堆，鞍钢的手边还剩三块。

解放把两堆推到旁边说："这是爸的，这是援朝的。好了，每个人拿一堆吧。"

宪法拿到自己的糖，他先剥开一块放进嘴里。鞍钢羡慕地问："二哥，你不留着过年吃？"

宪法说："留着也是吃，现在也是吃。早吃比晚吃好。"

跃进把糖放进一个纸盒里："我可舍不得现在吃。"

鞍钢看着解放问："大姐，那三块糖怎么办？"

五反弹了一下鞍钢的脑门："你就知道惦记剩下的。"

解放说："接着分。"

看解放不像是开玩笑，鞍钢眨巴着眼睛："一人含一分钟，我先含，然后你再含。"

五反敲了一下他的肩："恶心人不？"

解放说："跃进今天买的东西样数最多，一共有糖、烟、酒，虽然鞭炮没买到，但这不怪她，跃进多分一块。"

解放拿出一块糖给跃进，跃进接过。鞍钢的眼神期待地看着解放手中的糖。解放接着说："合营今天买的鱼不错，很早就和二哥起床去买鱼，很辛苦，后来还负了伤，合营多分一块。"

合营不好意思地笑了。

"宪法的任务艰巨，他也多分一块。"

宪法从解放手中接过糖，顺手给了鞍钢。大家四处寻找自己放糖的地方。

解放从自己的那份糖中拿出来两块给了鞍钢，又给合营和跃进各一块。解放又拿了一块给五反，五反没理她。

屋门响了一下，高强走进来，他坐到椅子上，脸色阴沉地对宪法说："我被你们打出脑震荡了，你们家给我治吧。"

宪法气愤地说："你脑震荡和我有什么关系？谁打的你找谁去。"

"你们是一伙的。"

"一伙的？我打你了吗？"

"不在你那里夹楔儿，能有这事儿？不找你找谁？"

"在我那里夹楔儿？我让他们夹了吗？"

"你不让他们夹不就完了吗。"

"我不让他们夹？我敢吗？你爸敢不让他们夹，你不就脑震荡了吗？"

听到吵闹声，援朝从厨房里出来。宪法把今天的事对援朝学说了一遍。

高强说："你是没动手，但那几个人和你是一伙的，你把姓名和住址告诉我，我去找他们。"

宪法不屑地看了看高强："你算是干什么的？我没动手是我知道你是我姐的同学。要不你脑袋就不会这么清醒了。"

高强口气强硬："你别管我是干什么的，你今天如果不告诉我，我就不走了。"

魏海柱下班回来，看到屋里正在吵，他默默地把棉袄挂到墙上。

宪法说："再跟你说一遍，今天这事儿跟我无关。你想找他们，也轮不到问我。让我出卖哥们儿，一点门儿都没有。"

高强气势汹汹地站在屋中央，一动不动地看着宪法。

援朝拍了拍高强的肩膀："算了，走吧。"

高强把援朝的手扒拉到一边。援朝生气了，他眯起眼睛看着高强说："别给脸不要脸啊，这么点儿事儿，至于跑我家耍一通吗？先跟我说说不行？"

高强固执地站在那里，援朝问："你是不是想第二次脑震荡啊？"

援朝一把抓住高强的衣服。魏海柱跨了过来，说："你想干什么？想反天啊？"

魏海柱推开援朝，随手给了他一撇子。

高强对宪法说："我告诉你，这事儿不能算完，咱们有说理的地方。"

高强说完，气呼呼地走出了魏家。

魏海柱看着宪法严厉地说：“宪法，你认识的人绝不是什么好人。邻居跟我说过，在电影院前看到你和几个小流氓在那里晃荡。我先警告你，不许再和那些人来往。再听说你和那些人在一起，看我怎么收拾你。听见了没有？”

宪法嗫嚅地说：“听见了。”

魏海柱接着说：“人要学好，朋友很重要。你说你天天在染缸里，能不沾上颜色？孟母为啥三迁？就是她怕孩子不学好啊！”

鞍钢问：“爸，孟母是谁啊？”

五反说：“爸，是孟子的妈妈吧？”

魏海柱说：“是孟子的妈妈。”

合营又问：“那孟子是谁啊？”

魏海柱说：“孟子、孔子还有老子，他们都是古代有文化的人，写了不少书。”

合营问：“啥叫三千啊？她咋不三万呢？”

解放说：“迁是搬迁的迁，不是千百万的千。三迁就是搬了三次家。”

魏海柱说：“解放说得对，三迁就是搬了三次家。说是孟子的妈妈在那个地方住着，周围都是做买卖的，所以孟子天天学那些叫卖的。他妈妈觉得不好，就搬到了别处。但那个地方离棺材铺近，孟子又天天学那些哭丧的人。于是孟母又搬家，最后这个地方挨着学堂，他们才住了下来。这说明啥呢？说明跟着老鼠学打洞，跟着猴子学爬树。”

援朝听到院里有动静，打开门一看，两名派出所警察出现在面前。一名警察说：“有人报案，说是魏宪法和一起斗殴案有牵联。”

宪法从屋里出来解释说：“这事儿跟我一点儿关系没有，我根本没动他一个指头。”

警察说：“那你跟我们到派出所说清楚，我们不会冤枉一个好人，但也不会放过一个坏人。”

“去就去，我还真就不信，我什么没干就犯了法？”宪法回屋穿上棉袄，跟着警察去了。

在这个过程中，魏海柱一声不吭。援朝在一旁说：“高强这个兔崽子，还真告到警察那里啦？”

解放看了看父亲，起身要穿衣服：“援朝，咱俩到派出所去看看。”

魏海柱制止了他们：“不要去，让宪法长点儿教训。”

解放把很多块布料摆放在炕上，援朝、五反、合营、跃进和鞍钢拿着各自的布料在镜子前比画着，看穿在身上的效果。跃进高兴地说：“多亏了徐阿姨给的布票。”

魏海柱看了看说：“解放，你怎么没为自己买一块呢？”

解放说：“没有我喜欢的。”

“跃进的那种不是挺好，五反的那种格布也成啊。”

“去年做的衣服我下乡也没怎么穿，就穿那件好了。”

魏海柱给鞍钢量尺寸，他把量好的尺寸记到纸上。

解放在旁边帮忙：“爸，这么短的几天，能做完吗？”

魏海柱边为跃进量尺寸边说：“是紧点儿，贪点儿黑吧。你也过来量一下，明天我去给你买块布。”

解放推托着：“爸，我就不做了……”

魏海柱拽过解放：“别说了，听爸的。”

解放打开了左边的衣柜，看着那些剪好的布料，小心地拿出来其中的一件，把布料一块块地摊在炕上。

五反见解放正研究衣料：“姐，你研究什么呢？”

“我在想能不能帮爸一点儿忙啊，让爸做得快些。爸是早晨四点多才睡的。”

五反说：“你可不行，你就是个做鞋垫的水平。”

鞍钢从外面回来，一脸不高兴：“大姐，老周家小三买了三包鞭炮呢。你再领我出去找找呗，看有没有卖鞭炮的。”

“没有鞭炮不是一样过年吗？”

鞍钢带着哭腔说：“求你了，跟我再出去找找呗！”

解放说：“好吧。我和你出去找找。”

五反帮忙把摊在炕上的布料收起来，她顺手把衣料放到右侧的柜中。

转了好多家日杂商店，解放和鞍钢没找到想买的鞭炮。解放想，附近没有，也许远一点儿能找到。这么想着，她和鞍钢坐车来到了江北。刚下车，迎面碰到了李红。解放问：“你怎么在这里？”

“我三姨家在这边，我妈让我送东西。你们怎么跑到江北来了？”

解放说：“来买鞭炮的，家那边的商店全转了，没买到。”

“鞍钢的运气还真好。我老姨给我弟买了两包鞭炮，让我捎回来，可以给鞍钢一包。”李红说着从兜子里取出鞭炮。鞍钢见到鞭炮，赶紧抢在手里。

“这怎么行啊，你老姨给你弟的，李强知道少了一包，还不得翻天啊？”

李红笑了：“他怎么会知道呢？我不说，他不会知道。”

宽阔的江面，冰面如镜，许多孩子在这里滑冰。

极少数的孩子滑冰刀，大多数的孩子滑冰车。还有的孩子什么也没有，他们快速助跑，利用惯性在冰面上滑行。

冰车分两种，单腿冰车和双腿冰车。双腿冰车是跪或坐在上面，单腿冰车是蹲在上面。冰车的辅助工具还有两只冰锥子，用以支撑冰面以使冰车向前滑行。

合营、鞍钢和一群孩子快乐地滑着冰车。合营玩的是一种单腿冰车，而鞍钢玩的是一种双腿冰车。孩子们排成长队，或转圈，或走八字。

一个孩子提议：“咱们比一比看谁滑得快。”

冰车排成一字横排，有人喊了一声，冰车一齐向前冲去。到了远方，他们停了下来，大家喘着粗气笑着。

有人提议比一比谁的水平高，他们四处看了看，发现了一个冰洞。冰洞有一米的直径，是一个不规则的圆形。一个孩子指了指那个冰洞：“看见这个冰洞没？有本事就从那个上面滑过去。”

这个孩子划着单腿冰车冲了过去，到了冰洞那里他冰锥一支撑，跃了过去。其他人也不甘示弱，学着他的样子跃了过去。这似乎成了考验一个人胆量的标准，如果不敢过，那就成了胆小鬼。单腿冰车全过去了。下面轮到双腿冰车了，前几辆靠着惯性过去了。到鞍钢的时候，鞍钢有些胆怯，他看了看那个冰洞，拿不准自己是不是过得去。看着鞍钢犹豫的样子，一个孩子喊了一声：“胆小鬼。”

好多孩子起哄地喊着：“胆小鬼！胆小鬼！”

鞍钢不想做胆小鬼，他咬了咬嘴唇，决心滑过去。快冲到冰洞的那一刻鞍钢又犹豫了，速度降了下来，冰车一歪，正好掉到冰洞里。看到鞍钢落入水中，合营忙扔下冰锥去拽鞍钢。鞍钢被拽了上来，膝盖以下全被冰水打湿了。鞍钢咧开嘴大哭了起来。

合营责备他：“别哭了，别人都过去了，就你过不去？”

鞍钢找不到合适的理由辩解。合营让鞍钢回家，可鞍钢不想回。

“不回家怎么行？棉裤都冻硬了。”合营拿着自己的冰车，领着鞍钢慢慢地向江岸走去。

解放、五反、跃进三个人在厨房里忙活。解放问："五反，白菜焯好了吗？"

五反从沸腾的锅里捞出一片白菜用手掐了掐说："我看还得等一会儿。"

解放说："焯好后煮肉，我把木耳发上。"

鞍钢端着柴火从外面走了进来。解放透过雾气看清进来的是鞍钢："鞍钢现在学会主动干活儿了。"

五反不屑地说："学会什么呀？就知道疯玩儿，是我硬让他干的。"

鞍钢咧嘴笑了笑："咱家做几个菜啊？"

跃进接茬儿道："屋里饭桌上有个菜谱，看看就知道了。"

鞍钢惊讶地说："啊？家里做饭还得用菜谱啊？"

解放说："鞍钢，你进去看看几点了？"

鞍钢进屋后又返回来说："三点过五分。"

"咱们三点半开始炒菜就来得及。爸和援朝是四点半下班，得五点多才能到家。"

五反说："今天是大年三十啊，他们不能早点儿下班啊？"

"好像不行，往年也是正点下班，明天才正式休息呢。"

饭菜已经摆上，合营、跃进和鞍钢三个人在那里剥蒜，五反坐在一旁的炕沿上用捣蒜缸子捣蒜。五反催他们："快点儿剥，爸和大哥马上就到家了。"

解放从厨房进来："到凳子上捣去。把炕沿弄松动了，春天该冒烟了。"

魏海柱和援朝进了屋，看到满桌的饭菜，援朝问："这么多！谁炒的？"

鞍钢说："一共八个菜呢。"

跃进收拾着炕上的蒜皮儿说："全是大姐炒的。"

解放说："木耳拌白菜是五反的手艺。"

合营拿过菜谱："熘肉段、扣肉、木须肉……哪个是木须肉啊？我怎么没见到木须肉呢？"

魏海柱说："木须肉就是鸡蛋炒肉丝。"

合营恍然大悟："鸡蛋炒肉丝啊！"

解放从柜子里拿出酒："爸，你先喘口气，我烫酒去。"

五反把捣好的蒜取出，放到一只碗中，然后倒入酱油。解放拿着烫好的酒回来，给魏海柱倒上。

魏海柱看了看援朝：“你也喝一点儿吧。”

援朝看了看解放，点了点头。解放给援朝也倒了一杯。

合营说：“我二哥要是在的话，他也会喝呢。”

大家看着合营，没有一个人说话，气氛有些沉重。解放坐了下来，看着魏海柱说：“爸，你说句话吧。”

魏海柱慢慢端起了酒杯：“今年家里发生了一件大事儿，就是你们的妈妈走了，她养育了你们这么多年，为这个家操碎了心，可就当我们日子越来越好的时候她走了……”他说不下去了，放下了酒杯，“虽然你们的妈妈走了，但是你们过得更好是她的最大心愿，所以我们还得过下去，而且要过得更好，这样才对得起你们的妈妈。你们都要好好地长大成人，做一个有用的人。”

魏海柱说完，把第一杯酒泼到了地上。援朝见状，也把手中的酒泼到了地上。

魏海柱重新倒了一杯酒：“大家都吃吧。”

……

年夜饭吃完，魏海柱打开柜子，把衣服拿出来放到炕上。鞍钢指着其中的一件说：“这件是我的。”

魏海柱说：“让你姐她们等一会儿再刷碗，试一下衣服。”

解放、援朝、五反、合营、跃进进屋，纷纷找到自己的衣服。跃进找了一下，发现没有自己的衣服，她茫然地看着炕上，那里只剩下一件衣服，是宪法的。

魏海柱感到奇怪：“跃进，你怎么不试？”

“没有我的。”跃进嘴咧了咧，眼泪流了下来。

魏海柱愣了，他不清楚为什么会没有跃进的衣服。他把两个柜子都打开，发现跃进的布料裁好放在那里，并没有做。魏海柱拍了一下脑袋：“跃进别着急，爸爸马上就做，保证你明天早上穿上新衣服。”

跃进擦去了眼泪，她点了点头。

鞍钢拉住解放问：“大姐，鞭炮可以打开了吗？”

“打开吧，和合营分着放，也给你三姐跃进一些。”

鞍钢与合营把鞭炮拿出来，小心地拆封。这是一包二百响的鞭炮，他们分给跃进二十个，剩下的两个人平分。

大年初一的早晨，解放最先起来，她来到大屋，见爸爸仍坐在缝纫机前做衣服，她知道魏海柱一夜没睡。解放对魏海柱说："爸，过年好。"

"过年好。"

"还没做完吗？"

"本来早就应该完的，有个地方跑得不好，重新拆了又弄一遍，现在基本上完事了。"魏海柱伸了个懒腰。

"做完了赶快睡一会儿吧。我现在和面，和好后喊他们包饺子。"

厨房里雾气蒸腾，援朝蹲在厨房里烧火。解放向盘子里装饺子。五反、合营接过解放装好的饺子向屋里运送。

魏海柱在为跃进穿衣服："对不起啊跃进，爸爸脑袋忙糊涂了。"

跃进含着泪摇头。

一家人刚开始吃饺子，屋门就被打开，进来了四五个和合营一样大的男孩子，他们七嘴八舌地拜年。

合营坐不住了，吃了两个饺子就离开桌子。鞍钢也放下筷子说："三哥，我也和你一起玩。"

"不带你，净扯我们后腿。"合营说完要走。

解放说："合营，带着鞍钢，要不你不许去。"

隔着铁栅栏，解放把饭盒递了进去。宪法接过饭盒，面无表情地吃着饺子。

解放眼睛潮湿地说："你不和家人一起过年，大家心里都不好受。你为啥不把警察要知道的告诉他们呢？告诉他们你不就可以出来了吗？"

"我不能不讲哥们儿义气。"宪法边吃边说。

唐家很热闹，姐妹们都回到了家里。唐兴国是家里唯一的男孩子，最小，唐秀雯排行老四，她上面有三个姐姐。

援朝进了屋，见到一屋子的人，他略一躬身向大家拜年。

唐兴国热情地迎了上来："我还正想上你家看看呢。"

唐秀雯的三个姐姐用挑剔的眼光打量着援朝，唐兴国把援朝引到了自己的屋里。

唐家母亲示意唐秀雯进屋："不是一个集体户的吗？人家来了和人家说句话。"

唐秀雯说："有兴国陪不就行了吗？又不是皇帝。"

“怎么说话呢，连最基本的礼节都不懂了？”

二姐说：“长得挺帅的，就是冲着你来的，快进屋吧。”

“长得帅有什么用？就知道和人家打架。”

唐秀雯不情愿地进了屋，坐在门口的椅子上，一句话也不说。

援朝没话找话：“唐秀雯你哪天回来的？”

“和你姐坐一趟车。”

双方再没什么话，唐秀雯无聊地拿起窗台上的一本《毛泽东选集》胡乱地翻着。唐兴国见屋内气氛不那么好，他开始寻找话题：“援朝，你现在什么工种？”

“铁工。”

“铁工是干什么的？”

“工厂里的管道啊、罐状的东西啊，都是铁工制造的。”

“不简单啊。”

唐秀雯把手中的书放下：“那能有什么出息，不过是出大力的。”

听到这话，援朝一脸的羞愧。

唐兴国不高兴了：“你在乡下就不是出大力的了？”

“那不一样，我早晚是要回城的。”

“别吹牛，兴许你以后的工作还进不了工厂呢。”

唐秀雯哼了一声，再不说话。

援朝觉得尴尬，他站起来说：“你们忙吧，我到志东家看看。”

“我也正想去呢，一起走。”唐兴国起身穿衣服拿帽子。

两个人在街道上走着，援朝还没有从沮丧的情绪中走出来，唐兴国歉意地说：“别和我四姐计较，她就是那样的臭脾气，我都懒得搭理她。”

援朝阴沉着脸不说话。

第八章

解放在小屋里修着灯笼，有人敲小屋的门。李红来了。

解放高兴极了，忙把李红让到炕上。解放一边修理着灯笼一边和李红说着话："我今天去你家了，你没在家。"

"出去了，在路上碰到了唐兴国和援朝，去了几位同学家。他们要去大头家，我挺烦大头的，就跑这儿来了。"

"还记恨着他呢？都过去一年多了，他这个人就是开玩笑没轻没重，没什么坏心眼儿。"

"那也不原谅他。你说他把那死蛇放到我的被窝里，弄得我不敢在自己的被窝里睡，后来还是你跟我换，才把我给救了。那套被褥后来也不敢用，给我弟弟了。"

"他不过是想吓吓你。"

"你家五反呢？你家五反行，长得漂亮，体形又好，以后在跳舞上肯定有发展前途。"

"我爸不支持她搞文艺。"

"为啥呀？搞文艺多好啊。就算下乡吧，在公社宣传队也比在集体户干活少。"

"我爸说，搞文艺的那些人，每次来运动都挨整，不是挨斗，就是受批判，反正日子不好过。再说，搞文艺的人都感情丰富，容易动感情，以后家庭生活不稳定。"

李红认真地说："你爸看问题还真准，我家那边住着一家人，女的是唱评剧的，长得可好看了。男的是剧团里画布景的，女的先是挨斗，说是白专道路，后来送到乡下劳动去了。关键是没和领导搞好关系。后来听说女的和一起去的搞乐器的好上了，女的回来一次，就和她丈夫打一次架，听说要离，最后也不知离了没有。他们住的地方就在我们家前趟房，我没毕业时还看过他们吵架。那男的可逗了，有时两个人一吵架那女的就哭，那男的就说，你又把当演员的那一套拿出来了。我不理解，什么叫把当演员的那一套拿出来了？问老师，老师说，大概是说这个女的不是真哭，是在表演呢。”

鞍钢哭着进来，李红忙问：“鞍钢，谁欺负你了？”

鞍钢哭哭咧咧地说：“三哥他们玩不带我。呜……呜……”

解放问：“你三哥呢？”

“他们要去医院那边。”

“怎么跑那么远去玩？太远了，咱就不去了，你在家和大姐玩，还有李红姐，这样不好吗？”

“不……我想和他们玩。”

李红也劝鞍钢：“在家吧，家里多暖和呀！外面怪冷的。”

“我就是想和他们玩。”

“那你就去吧。”

鞍钢支支吾吾：“路黑，我……不敢走。”

援朝回来了。李红说：“正好援朝回来了，让他领你去找他们，准保找得到。”

鞍钢点了点头，擦掉了脸上的眼泪。

合营与顺子带领一群孩子来到医院后院，顺子对合营说：“我们玩藏猫儿吧？”

合营说：“好，愿意玩的举手。”

孩子们全都举手，围成一圈，嘴里吆喝着：“手心手背！”

孩子们分成了两伙。合营说自己伙先藏，顺子不干。两个人石头、剪刀、布，结果顺子赢了。

援朝领着鞍钢找来了，援朝向合营招手。

援朝问：“为什么不领鞍钢玩？”

合营说：“他净扯大家的后腿，再说了，他胆子太小……”

“什么扯后腿，玩嘛，自然有输有赢。胆子小怎么了？不就是玩吗。”

合营嘟嘟囔囔：“我们多一个人也分不了伙啊，那怎么玩啊？”

那些孩子都等着合营。

援朝说：“那少一个人照样玩不成。”

“我们现在不少，正好。”

“你走了就少了。”

“我为什么走？我不走。”

“不领鞍钢玩，我就把你拽回家，那他们就少一个人了。是回家，还是领鞍钢玩，你照量着办。”援朝威胁他。

合营噘着嘴不吭声。顺子知道合营走了就不好玩了，就对合营说：“算鞍钢是你们伙的，我们开始藏了。”

鞍钢高高兴兴地站到伙中。

顺子领人跑远，很快消失在夜色里。

援朝来到唐秀雯家，唐家母亲认出了他：“噢，我认识你。和秀雯一个集体户的吧？初一那天来过……”

援朝点了点头。

唐家母亲走进唐秀雯的房间：“大过年的，睡什么睡？快起来，你同学来了。”

唐秀雯坐了起来：“谁啊？”

“初一那天来过，长得挺受端详的一个小伙子。”

唐秀雯一下子泄了气：“让他进来吧。”

援朝走进来：“大白天的，睡什么觉啊？”

唐秀雯打了一个哈欠：“没什么事儿，不睡觉干啥？”

“没到户里的其他同学家走走？”

唐秀雯不咸不淡地说：“在户里天天见，还没见够啊？”

援朝见话不投机便不再问话。但援朝不问，唐秀雯也不再与援朝说其他的，两个人就那么干坐着。

援朝感到尴尬，他打量着房间问：“兴国呢？”

“出去了吧，吃完饭我就睡了。”

“我现在离开集体户到厂里上班，其实挺没有意思的。”

唐秀雯面露讥讽地说：“当工人多好啊，我现在还是老农民呢，你这就叫站着说话不腰疼。”

“工人是好，可是离开了同学们，特别是你，我总觉得干活儿没有劲儿。”

援朝犹豫了半天，终于胆子壮了起来：“我想，在集体户里这两年，我对你是什么样，你也是知道的。能不能让我们的友谊更进一步呢？”

唐秀雯一下子变得很不耐烦，声音也高了起来：“你是不是觉得你当了工人就了不起了？就比我们农民高一头了？我为什么要和你进一步发展友谊啊？”

援朝愣在了那里，虽然他想到唐秀雯可能会拒绝自己，但没料到她会说出这么刻薄的话来。

门被推开了，唐兴国用手指着唐秀雯说：“四姐，你太过分了。为什么要这样对待援朝？不同意也就算了，说这些伤人的话干什么？在户里接受援朝的帮助时为什么不说？”

唐秀雯嘴硬地说：“我接受过他什么帮助？”

“你怎么忘性这么大？没人要求你滴水之恩涌泉相报，但也不能一点儿都不记得吧？秋收时割苞米，每人两条垄，是谁帮你多割一条垄？就这样你还落在后面。还有，在江蜜蜂镇赶集的时候，外户的知青纠缠你，是谁为你解围的？不是援朝吗？你怎么忘了？”

“那是他自己愿意做的，也不是我求他的。”

唐兴国被气得低下了头，他无奈地说：“援朝，你算了吧，虽然她是我姐，但我也劝你算了。这些事儿她全不记着，你和她还有什么共同语言啊？我记得我下乡的第一天，咱们户那个黑子，不知因为什么事儿我俩吵起来了，当时就要跟我动手。我从小就没和人打过架，吓得不行，是你把黑子推开，还和他动了手。这件事我一直记在心里，我想，在关键时刻帮过我的人，我什么时候也不会忘记的。”

见唐兴国帮自己说话，援朝的心里感受到一丝的温暖，他拍了拍唐兴国的后背，走出了唐秀雯的房间。

一群孩子在一个高坡处玩得不亦乐乎。那是一个由冰雪形成的长长坡道，孩子们依次排队从坡道滑下，像滑梯一样。顺子、大成、合营和鞍钢都在其中。有的孩子在前面的孩子还没有离去时迅速滑下，以撞倒前面的人为乐趣。

玩了一会儿，一个孩子被后面的孩子撞得号啕大哭，有家长顺着哭声找过来，孩子们被迫结束了这个游戏。

顺子、大成和合营聚到一起，天色已经黑了下来，但他们仍不想回家。

合营问：“上哪儿玩呢？”

顺子眼珠转了一转：“我们用鞭炮去崩老李头怎么样？”

大成问：“哪个老李头？”

顺子说：“纺织厂俱乐部打更的那个老李头。”

合营说："纺织厂俱乐部？没去过。"

大成说："纺织厂俱乐部我去过，是和王伟去的。"

合营担心地问："那老李头会不会打我们？"

顺子笑着说："不会。那个打更的老李头一点儿也不厉害，我们淘气他都不敢管，最多就在那里呜嗷地喊两声……"

合营问："怎么进去呢？"

顺子说："门都坏了，根本锁不上，进去可容易了。"

见合营同意去，顺子对身后的人说："下面我宣布，大部队向纺织厂俱乐部进军，没有鞭炮的人就可以退出了，我们的任务是崩打更的老李头。"

孩子们都掏出自己的鞭炮，表示要参加崩老李头的战斗。顺子说："鞍钢你回家吧，胆子那么小，去那里不合适……"

"我有鞭炮。"鞍钢掏出自己的鞭炮，表示要去。

顺子仍然劝他："你跑得慢，我们崩完是要撤退的。"

"不，我要去嘛。"鞍钢说完，他可怜巴巴地看着三哥合营。合营很想让鞍钢回家，但他知道鞍钢肯定会向大姐告状，到时挨一顿说是免不了的，只好说："带他去吧，让他跟在后面。"

顺子说："好吧，你跟在后面，要尽量先撤，好不好？"

鞍钢用力地点头。

援朝在街道上无精打采地走着，听到有人喊自己的名字，只见方志东急匆匆地从街的拐角处走了过来。志东问："干什么呢？"

"没干什么，散散步。"

"散步？就你？得了吧，散步是有小资产阶级情调的人干的事，你这种人，还散步？"

"这不回家嘛，也没什么事，走得慢了点儿。"

"没事就跟我走吧。"

"干什么呀？"

"我二姨和二姨夫到唐山探亲去了，让我看家。一个人在那里没意思，正好咱们喝点儿酒。"

到了二姨家，志东很快找到了一瓶竹叶青白酒。他在厨房里四处寻找一些下酒的菜，只找到了一些咸菜。

"有咸菜喝酒就行。"

志东在厨房里翻到了一些干木耳，他很高兴地把干木耳泡到一个盆里：

“先别急，一会儿加点儿葱花，用盐拌拌，没有比这更好的下酒菜了。”

纺织厂打更的老李头坐在值班室里独自喝酒，一边喝一边哼着《小寡妇上坟》。忽然，一个鞭炮在门口炸响，吓得他哆嗦了一下。老李头站起身来，拎着门口的一把烧煤的小铁锹，小心翼翼地打开了房门。只听当的一声，又一个鞭炮在门口炸响。

“是谁？给我出来！”

俱乐部大厅里空荡荡的，里面堆放着一些乱七八糟的杂物，没有动静。老李头从小屋里走了出来，又有鞭炮在他身边炸响，他吓得直向后躲。有个孩子忍不住嘻嘻地笑了起来，老李头听出是孩子的笑声。

“小王八羔子，我看到你了。”老李头虚张声势地喊，装作要向这边冲过来。有的孩子以为老李头真的要过来，率先跑出了俱乐部大厅，老李头故意跺了几下脚，显示正在追赶，落在后面的孩子逃跑得更加狼狈。

老李头幸灾乐祸地笑了。

孩子们在俱乐部外的大门那里嘻嘻哈哈地笑着，鞍钢也兴奋地混在人堆里。顺子比比画画地说：“看把老李头吓的，直往后躲。”

大成为显示自己的功劳：“那两个鞭炮都是我扔过去的，你们怎么不扔啊？”

顺子说：“我的鞭炮太小，扔不了那么远。”

合营说：“这次你先用一个大鞭炮把他引出来，等他出来，我们一齐用小鞭炮崩他，大家听明白了没有？”

大家都说听明白了，他们学着电影里的动作，悄悄地向俱乐部里行进，鞍钢跟在最后面。

他们躲在一堆水泥袋子堆成的小山后面，合营示意大成开始行动，大成用手中燃着的纸壳点着了鞭炮，向老李头的房门扔过去。一声脆响过后，老李头并没有出来。大成又点了一个鞭炮扔过去，老李头出来了，他骂道：“小兔崽子，你们作妖[①]啊？”

孩子们把点燃的鞭炮一齐向老李头那里扔，无数个鞭炮在他脚下炸响，老李头吓得直向后躲。

趁着孩子们还没有点第二个鞭炮，老李头发出一声喊，向这边冲了过

① 作妖：东北方言，意为故意做些离谱的事。

来，孩子们没有准备，他们一边喊着一边从俱乐部逃了出来。

老李头并没真正追他们。孩子们停住了脚，说着刚才的战况，都说自己扔得准。

合营像个指挥官一样地总结："咱们太没有计划了，一会儿再扔的时候，你们先扔，等他要向我们冲时，我和顺子阻挡老李头的进攻，听明白了没有？"

大家都觉得这个办法好。

顺子说："谁有二踢脚？这回我们用二踢脚崩老李头。"

"我有我有。"大成从口袋里掏出两个二踢脚。

合营问："这二踢脚怎么用啊？"

顺子得意地说："这你就不懂了吧？二踢脚怎么上的天？是靠反作用力。如果后面用砖头挡上，它照样往前跑。相当于一门平射的小炮。"

大成问："真的能这样？"

顺子骄傲地说："那还有假？我在家做过试验。"

孩子们仍学着电影里的动作进入俱乐部，顺子找来一块砖头，将二踢脚对准老李头的房门，二踢脚准确地在房门前炸响。大成高声喊道："崩老李头！"

孩子们跟着起哄："崩老李头！"

老李头出来，几个孩子将小鞭炮扔过去，老李头又叫了一声向这边冲，合营、顺子用鞭炮阻挡，可是他们的鞭炮还没响，老李头已经到了跟前。孩子们又开始向外逃，跑在最后的鞍钢慢了些，被老李头抓住了。

老李头抓住鞍钢向小屋里拖，鞍钢要赖地坐在地上，最终还是被老李头拖进屋去。

合营没了主意，他们从外面绕到小屋的窗前，踩着石头向里面看。

鞍钢蹲在那里哭着，老李头高声吓唬他："我又没打你，你哭什么哭？"

老李头说："你家住在哪里？说了我就放你走！"

鞍钢说："造纸厂……宿舍。"

"你叫什么名字？"

鞍钢不说，只是哭。

"我问你叫什么名字呢，不说就不放你走。"

鞍钢抬头看了看老李头，老李头一副凶神恶煞的模样，他小声地说："我叫鞍……钢。"

老李头没听清楚："什么钢？"

合营用力地拍打窗户，老李头看到他们，走到窗前喊："干什么？看我不告诉你们爸妈去。"

合营大声喊："鞍钢，快跑。"

听到合营的话，鞍钢推开房门就跑。老李头转身看到敞开的门，他无奈地摇了摇头。

合营拍打着鞍钢裤子上的灰土："不叫你来，偏来。"

鞍钢不说话，只是呜呜地哭。

顺子说："还哭，老李头有啥可怕的？问你啥都说，这要是战争年代，你肯定是叛徒。"

大成说："王连举。"

顺子说："甫志高。"

鞍钢停止了哭泣："我不是王连举，我也不是甫志高。"

一些孩子被大成和顺子的话引得更加兴奋，他们有节奏地喊着："王连举！甫志高！王连举！甫志高！"

听到他们有节奏的起哄声，鞍钢又哭了起来。

"谁再喊我就揍他！"合营瞪起了眼睛，孩子们知趣地闭上了嘴。

赵军在桌子前摆弄着相机，赵英坐在一旁织毛衣，袁秀艳在饭桌上摆着纸牌。

赵军问："二姐啊，这些按钮都是怎么用的啊？"

赵英把毛衣放下："这是光圈，天阴的时候，就把它拨到这里。天晴就拨到这里。这是焦距，转动它人就变得清楚。这个是表示快门速度的，多少分之一秒的意思，数字越大表示快门越快。晴天快门快一些，阴天慢一些。"

赵军恍然大悟："一个破照相，还有这么多的说道，我以为把人收进来按一下就行了呢。"

赵英说："还破照相，没听说这个职业吗？那叫摄影！"

"我寻思干摄影的都是走后门上去的。"

"光圈的大小，快门的快慢，相片出来的效果不一样。"赵英把相机重新交给赵军。

赵军想了想："姐呀，相机明天借我用一天呗。"

"干啥啊？"

“还能干啥？和同学照相，用你这相机打狼也不顶用。”赵军半开玩笑地说。

“行倒是行，可里面的胶卷用完了。”

“买个新的呗。”

“就一天啊，用完得赶快还人家。”

“姐，相机是跟谁借的啊？”

“葛一兵。”

“葛一兵是谁啊？”

“我们单位的。”

“面子够大的啊，人家过年不照相啊？”赵军有一搭没一搭地问着。

“他家还有一台好的呢。”

“还有一台？真趁呢？他家开商店啊？”

赵英白了他一眼：“他爸是副师级干部。他妈好像在哪个幼儿园当园长，我没细问。”

赵军笑了：“他是不是追你呀？”

赵英笑笑，没有回答。

袁秀艳把桌面上的纸牌快速地搅乱了，气哼哼的样子。赵军装作很惊讶：“妈，咋的了？谁惹你了？”

袁秀艳把牌摔到一边：“摆了三次。五月都没开，看来五月不顺啊。”

“迷信。毛主席教导我们说，迷信的东西是不能信的。”

“肯定是你小子要给我惹事儿。”

“我能惹什么事儿？”

“谈对象的事儿。”

赵军不理会袁秀艳的话，拿着手中的相机以袁秀艳为对象，不时地调着焦距。

袁秀艳唠唠叨叨地说：“不是我说你，在这一点上，小英做得比你强，你得向你姐学习。”

“学习什么？”

“你看人家葛一兵是什么人家，爸爸是副师长，妈妈是园长。家中只有一个姐姐、一个妹妹，没什么负担。你可倒好，找那么一个人家。”

赵军故作严肃地说：“妈，你可得注意点儿，我只是喜欢人家，人家还没点头呢。你可倒好，变事实了。”

“那你就不能找个好人家？”

“听你说话这口气，怎么有一股嫌贫爱富的味道呢？”

“嫌贫爱富怎么了？谁愿意过苦日子啊？”

“那当年我爸还是大学生呢，他怎么找了你这样的人家啊？我姥爷是地主吧？”

“什么地主，是富农，跟你说过多少遍了。”

“那也算成分不好啊。”

“是你爸追我的。”

赵军故意装糊涂：“我怎么听我爸说是你追他的。”

“你爸他胡说。”

赵英在一旁打着圆场说：“你别逗妈了。妈当年长得那么好看，肯定是爸追的妈。”

“还是我二姑娘会说话。”

一家人围坐在桌旁吃早饭，援朝还躺在那里睡觉。

宪法推了推援朝脑袋：“哥，快起来，今天不是上班吗？”

援朝哼哼唧唧地说：“我头疼……再躺一会儿。”

魏海柱生气了，对着援朝吼：“刚上班就这样，这不是给我丢脸吗？不能喝酒为什么要喝？过年就是理由吗？”

援朝勉强支撑着坐起来，用手摸了摸头说：“爸，我正在发高烧，你跟韩主任给我请个假吧。”

“刚上班就三天打鱼两天晒网的。”魏海柱埋头吃饭。

见爸爸上班了，合营忙放下筷子溜了出去，鞍钢也紧跟合营向外跑。

五反放下碗说：“姐，市青年文工团今天排练，我得早点儿去。”

跃进在旁边说：“二姐，我想去看你们排练。”

五反不以为然地说：“排练有啥好看的？”

解放帮着跃进求情道：“让她去吧，过年跃进净帮着家里干活来的，也没怎么出去玩。”

五反有些勉强道：“好吧，那我说啥时回就啥时回，想早回我也不送你。”

解放说：“援朝，你起来吃点儿东西，然后去打一针。”

援朝一边穿衣服一边说：“不吃了，打完针回来再说。”

赵军穿好大衣拄着拐准备出门，袁秀艳摸着赵军大衣的厚度说：“会不会冻着啊？”

“穿这么多怎么会冻着？我也该出去锻炼锻炼了。”

“在屋里转圈还不是一样？”袁秀艳不希望他出去。

“天天待在家里，憋死我了，去看看户里的同学们。”

赵科长坐在那里看报纸：“别拦着他了，自己的儿子还不知道？属毛驴的，你让他向东，他偏向西。”

袁秀艳白了他一眼：“不是你儿子？”

赵军向袁秀艳说：“妈，拿钱。”

“什么钱？”

“买胶卷啊。”

袁秀艳不情愿地说：“我们出相机，还得买胶卷？你咋净做这发贱的事儿呢？有这口累[①]啊？”

解放洗衣服，援朝在解放对面的小板凳上坐下。解放看他沉默不语：“是唐秀雯不搭理你了吧？”

“你怎么知道？”

解放笑了：“我就奇了怪了，唐秀雯娇滴滴的，像个资产阶级的小姐，你怎么就喜欢这种人呢？啥也不会干，以后娶到家里当摆设啊。脸蛋漂亮吗？我也没觉得啊。”

李红走进来，看到援朝在家有些吃惊：“工厂今天不上班吗？”

解放替援朝回答：“援朝病了，发高烧，刚打针回来。”

“好些了吗？”

“好多了。你坐啊，我去躺一会儿。”援朝离开了厨房。

李红到援朝刚坐的位置，神秘地说：“听说了吧？今年大学招生，在工农兵里推荐，是所谓的推荐和考试相结合。”

解放感到奇怪：“你从哪儿得到的消息？”

李红小声地说：“我大爷家的孩子来看树挂，她说的。人家在北京，这个消息应该准。”

“去年就有人说，到现在也没有动静。”

“不管怎么说，有消息就有希望。”李红想了想，“我出去一下啊，马上回来。”

解放问：“上厕所啊？厕所在东边。”

---

① 累：东北方言，读为 lěi，意为瘾、癖好。

解放来到大屋，见援朝躺在那里翻一本小人书，她责备说："李红来了你也不陪人家唠唠嗑。"

"我不是病了吗。"

"装的。"

"主要是和她太熟了，当年咱家和她家做邻居时，她还流鼻涕呢，我总觉得她风风火火的样子像徐阿姨。"

"风风火火不好吗？"

"我不太喜欢这样的。"

"哼，你就喜欢那种娇滴滴的资产阶级小姐。"解放想起了一句电影台词，"漂亮的脸蛋能出大米啊？"

李红拎着点心和罐头回来。解放责备她："买东西干啥？我还以为你上厕所了呢。"

"援朝不是病了吗？"李红把东西放到援朝的身边。

援朝忙从炕上坐了起来。

"下乡两年多了，还是第一次看你生病。"

援朝说："是啊，我这人皮糙肉厚，一般不得病。"

李红笑了："那你盖上厚被好好睡一觉，发发汗就好了，我改天再来看你。"

合营、鞍钢到家，合营一眼看到炕上的东西："哪来的？"

"人家给你大哥买的。"

鞍钢感叹地说："哇，这么多好东西啊！"

援朝开玩笑似的问合营和鞍钢："想不想吃？"

两个人同时说："想。"

"那我给你们破个闷儿[①]，答对了就可以吃块炉果。"

合营说："你破吧，我们猜。"

"大哥快说。"鞍钢催促道。

援朝清了清嗓子说："远看像灯笼，近看净窟窿。说的是一个过年时用的物品。"

鞍钢问："咱们家有没？"

援朝说："有。"

---

① 闷儿：东北方言，意为猜谜语。

合营嘴里念念有辞："远看像灯笼，近看净窟窿，肯定是圆圆的，因为像灯笼嘛。近看净窟窿，那是什么呢？筛子？"

"不对。咱家哪有筛子啊。再说，过年也用不到筛子啊。"

鞍钢说："松塔，松树上结的松塔。"

"不对，松塔也不是过年用的呀。"

过了一会儿，合营终于说："我们猜不着。"

援朝问鞍钢："你也猜不着是吧？"

鞍钢摇了摇头。

"那我告诉你们啊，远看像灯笼，近看净窟窿——破灯笼嘛。"援朝哈哈笑着说。

鞍钢抓住援朝的胳膊摇着说："不带这样的。"

合营对援朝说："大哥，再猜再猜。"

解放说："我看你们是想吃炉果。"

鞍钢央求着说："大哥你再给我们破一个嘛。"

"不破了，我就会这一个。"

"那我给你破一个，你要是猜不出来，我就吃炉果。"鞍钢在一旁兴致勃勃地说。

援朝问："我要是猜出来呢？"

"那我就不吃呗。"鞍钢答道。

"那谁干啊？反正猜得着猜不着你都没啥损失。我猜着了，没好处。猜不着，炉果少了一块，不干不干。"援朝故意逗鞍钢。

门响了一声，五反和跃进进了家。援朝打趣地说："你们俩还真有口福。"

五反扫了一眼说："在院里就闻着点心味儿了。"

"真的？"鞍钢信以为真。

援朝说："她逗你呢，要是那样，还不成狗鼻子了？"

援朝把炉果包打开，分给大家。援朝发现鞍钢不时地看那两瓶罐头，"合营，去拿螺丝刀来。"

一瓶是山楂罐头，一瓶是菠萝罐头。两瓶罐头打开，每个人都尝了一块，还剩半瓶的样子。鞍钢吃完，不甘心地看着罐头瓶问："这剩下的给谁啊？"

援朝笑了，说："剩下的，全是你的了。"

鞍钢非常高兴，把两瓶罐头放到了一个相对隐密的地方。见大家都看他，鞍钢不放心地说："你们可不能偷吃啊。"

"放心吧，没人吃你的东西。"解放向鞍钢做着保证。

赵军拄着双拐进屋，解放忙搬把椅子让赵军坐。

“能走这么远了？”解放关切地问。

“这算什么呀，我先到照相馆，照相馆不开门，后来又到百货大楼，从百货大楼那里拐到这儿。”赵军摘下帽子，脑袋出汗了。

“怎么样？走路还行？”援朝探过身，看着赵军打着石膏的腿。

“这条腿不敢着地，身体有些发虚。”赵军喘了一口长气说。

五反开着赵军的玩笑：“你这样子，很像《奇袭》里的美国伤兵嘛。”

“是啊，要是挎个破枪就更像了。”

合营和鞍钢一人拿着一支赵军的拐玩，他们装瘸子。

解放斥责他们：“快把赵哥的拐放那里，别弄坏了。”

“没事儿没事儿，尽管拿着玩儿，坏了就烧火，能做半顿饭。”赵军不在意地说，“只是没事儿别拄拐，腿脚好时不知道不能走路的难处。”

赵军从怀里掏出了相机。合营和鞍钢立即被赵军的相机吸引了，他俩扔下拐，围在赵军的身边看。

“我二姐借人家的相机，刚买了一个胶卷，大家照照相。”赵军开始上卷，跃进好奇地看赵军摆弄相机。

“你还会照相？”援朝问。

“昨天晚上才学的。”赵军把胶卷上好问，“谁先来？”

“我先来。”五反马上站过去，把头发整理好，摆出一个造型。

赵军调整着高低说：“一二三，好咧！”

合营和鞍钢都走上前去要照，谁也不肯让谁。

“这样吧，你俩先来一个合影，我再给你们分别照。”

姐妹兄弟六人站好，赵军用一只腿前后蹦着调整着远近，还没按快门，宪法回来了。

跃进欢天喜地地迎上去喊：“二哥回来了。”

宪法对大家笑了一下。

解放问：“吃饭没？”

宪法摇了摇头。

“二哥，我去给你拿饭。”跃进向厨房跑去。

五反向宪法招手说：“正好赵哥给咱们照相，你快过来。”

宪法不紧不慢地走过去。

跃进端着饭菜进来，她先放到一边，快步站到了前排。

“一二三，好。别动别动，我再照一张。”赵军为他们又照了一张。赵军向后过了一下卷说，“下面该解放的了。”

解放在那里站好，赵军为她照了一张：“别动，这个没照好，再照一张。”

赵军要给宪法照相，宪法摆了摆手，他只顾吃饭。

解放说：“行了，这么多，就是洗也得花不少钱吧？”

“你就不用管了。”赵军看了看相机说，“还剩不少胶卷呢。五反，我再给你照两张。”

五反马上走过来，摆了个和以前不同的造型。赵军为五反照完后对解放说：“解放，你过来再照两张。”

解放忙摆手说：“不了，留着给赵叔赵婶照吧。”

赵军用相机对准解放，迅速地照了两张。赵军看照得差不多了，对合营说：“合营，把拐递给我。”

合营拿起立在墙角的拐，自己先淘气地拄两下。

“被人偷吃了。”鞍钢哭哭啼啼地从他藏东西的角落拿出空罐头瓶来。解放感到惊讶，鞍钢的东西没人会动的。睡觉的宪法被吵醒，他不好意思地说：“是我吃了。”

解放哄着鞍钢：“二哥吃了就吃了吧，过年时你不是还说要把好东西给二哥留着吗？”

鞍钢点着头，眼中还是忍不住流泪。

集体户男知青屋里，知青们散乱地坐着。高强主持会议：“今天开会有两件事情。一个是户长改选，另一个是宣布一个纪律。”高强说完慢慢地看了一下大家，“先宣布纪律，最近不允许请假。大家可能听了许多谣言，什么招工啦、上学啦，有的人心动了，影响我们扎根农村的积极性。谁也不许请假，不能回城走后门。也别来找我，找我也不准假。第二个，是选户长。大家知道，当集体户的户长，就应该能为大家牺牲。如果不能牺牲，那还不如不当。根据大队的意见，重新选举正、副户长，每个人将所选的名字写到纸上。”

解放站起来说：“我原来是副户长，就属于高强所说的那种不能为户里做牺牲的人，我郑重地请求大家不要再选我，我决定不再当副户长了。”

高强傲慢地瞥了解放一眼：“那不行，当不当不是你说了算的。”

解放笑了一下：“当，不是我说了算。但不当，肯定是我说了算。”

高强强硬地说：“你不要和我对着干，对你没什么好处。”

造纸车间的机器已经停止运转，车间的高处挂上了巨幅标语：

苦战二十天　检修任务提前完

魏海柱爬在高处更换着管道的配件，更换完后，他向更高的地方攀爬。

妇女们聚集在队部的大炕上选豆种，有队里的女社员，也有女知青，解放坐在最里面的角落里。吕老疙瘩满头大汗地闯了进来：“解放！解放！”

解放马上站了起来。马大哥的媳妇看到吕老疙瘩，惊奇地说：“哟，这不是吕老疙瘩吗？听说你老婆又怀孕了，你快五十了吧？”

吕老疙瘩气喘吁吁地说：“别闹别闹，我找解放有事儿。”

解放跟着吕老疙瘩来到门外。

高强和方志东、唐兴国在仓库里为苞米装袋，堆在墙角的苞米粒子像半面小山，装好的麻袋已码放成一堵墙。

解放急匆匆进来，对高强说：“我要请假回家。”

高强漫不经心地抬起头问：“怎么啦？”

“我爸从高处掉下来，受伤了。”

“不是刚宣布完纪律吗？不准请假。”

“我这情况特殊。”

“特殊情况？你们家就是事儿多。”

解放心中的火气一下子上来了，她冲上去一把揪住高强：“你说的是人话吗？”

方志东马上拉住解放说：“大姐，赶快走，也许还来得及赶上车。”

解放松开了手，气愤地说：“你就不能说点儿人话吗？”

第九章

抢救室外面的走廊里，韩家明、曲主席与援朝等人聚集在一张长椅旁。跃进不时地抹着眼泪，五反扶着她的肩。鞍钢痴痴地坐在长椅上，像是被吓傻了。护士们小跑着从抢救室里出出进进，气氛格外紧张。

解放赶回来了，她问："韩主任，我爸现在怎么样？"

韩家明让解放到旁边的椅子上坐下："解放，别慌。你爸现在一直处于昏迷状态，大夫正在做检查呢。"

解放结结巴巴地问："我爸他、怎么、就昏迷了呢？"

韩家明说："今天是厂里检修的第二天，你爸在三号机的上面作业。十点多钟吧，本来他的活儿干完了，他要到二组那边去，没想到就从上面摔了下来。"

解放疑惑地问："我爸经常登高作业，为什么这次就摔下来了呢？"

"刚才马师傅过来说，一个把手锈蚀了，你爸登高时拽了这个把手，人和把手一起掉了下来。机器都是小日本儿那时的玩意儿，有的表面看着挺好，用手一掰就断了。"

抢救室的门突然打开，魏海柱躺在床上被推了出来。床上面挂了吊瓶，两名护士推着床向前走，护士把魏海柱送到了 320 病房。

一位头发花白的大夫停下来，他来到大家面前，解开了脸上的口罩。韩家明认出这是医院的刘院长。

刘院长问："哪位是家属？"

解放马上说："我是家里的大女儿。"解放又用手指着援朝说，"这是我大弟弟。"

刘院长说："对魏海柱做了详细的检查，心脏、肝脏、肺都没问题。之所以没醒来，主要是脑里的毛细血管出血，压迫他的神经，致使他陷入昏迷。”

解放着急地问：“会有危险吗？”

“不好说。如果毛细血管出血量不大，慢慢止住，那么病人就会很快醒来。已经打了止血针，因为是脑内的毛细血管，不会很快见效。如果出血量大，颅内压急剧上升的话，那病人就难说了。”

解放问：“我们该怎么办呢？”

刘院长说：“你们留在这里也不解决任何问题。这样吧，家里留一个人，单位留一个人，有什么情况可以及时处理。其余的就都回去吧，留在这里也帮不了什么忙。”

韩家明说：“刘院长，请你们一定用最好的药全力抢救魏师傅。”

“这一点请放心，已经安排了最好的大夫。”

韩家明对解放说：“曲主席留下，你们这边援朝留下。援朝这几天就不用上班了，工段那边我去说。”

解放说：“我也留下吧。”

韩家明摇头：“你一个女的留下不合适，让宪法留下吧。”

宪法点了点头。

解放与弟妹们进了屋，屋内的散乱让她吓了一跳。地上放着好几块木板，还有锯、斧子、凿子等工具，炕上还有一个人的被褥没有叠。解放看了一眼合营，合营嗫嚅地说：“我在做手枪，还没做完，听到爸的事，所以就……”合营弯下腰，开始收拾地上的东西。

解放问：“谁的被子没叠？”

鞍钢说：“我。”

“为什么不叠？”

“起来晚了。”

“放学回来呢？”

“先吃饭，吃完饭出去玩了一会儿，后来去医院了……”

“吃完饭为什么不叠？”

“我想，晚上还要睡，就没叠。”

解放严厉地说：“以后不能这么想。天天晚上都要睡觉，就天天不叠被啦？鞍钢你把被子叠啦，然后擦炕。跃进你帮着合营把屋里收拾一下。五反，咱俩做饭吧。”

三个人正在屋里收拾屋子，邢三儿领着嗑巴和大愣闯了进来，他们手上拿着一米长短的木方。

大愣问："魏宪法呢？"

合营有些紧张："他……他没在家。"

"没在家？砸！"邢三儿冲着大愣和嗑巴晃了一下脑袋。

三个人一起动作，屋内易碎的玻璃等物品响成了一片。跃进吓得尖叫起来，鞍钢吓得赶紧跑到炕的一角躲了起来。

听到响声，切菜的解放拿着菜刀过来，对着邢三儿就抡，合营也拿起锯子向大愣冲去。邢三儿喊了声撤，三个人逃走。

五反将手中的小铁锹扔了出去，砸中最后的嗑巴。

解放与五反回到屋里，发现门上的玻璃碎了，衣柜上的镜子和箱子上放置的玻璃杯子也全被打碎。

跃进站在地中央哭，解放安慰跃进说："好啦，没事了。"

解放看着地上那些碎玻璃对五反说："五反，你收拾一下，注意别让玻璃扎着手。"

解放和五反拎着饭盒到医院送饭。刚进三楼，就看到了坐在走廊长椅上吸烟的援朝。见到解放和五反，援朝慌忙把烟掐灭。

解放责备援朝："你怎么不学好呢？"

"心里烦。"

"那也不能学抽烟啊。"

援朝不吭声。

五反问："爸现在怎么样？"

援朝说："还正常，没什么变化，也不知道什么时候能醒。"

三个人向320病房走去。

宪法坐在魏海柱的旁边，他握着爸爸的一只手，慢慢地揉搓着。解放看着床头的吊瓶问："爸有反应吗？"

宪法摇了摇头，五反把饭盒放到床头柜上，低身看了看爸爸，也摸了一下魏海柱的手。五反捅了一下宪法，示意他到走廊去。

五反脸色不好地说："咱家被人砸了。"

宪法有些吃惊道："谁砸的？"

"谁砸的？全是你的好哥们儿。"

“是邢三儿他们？”

“叫什么我不知道，反正我见过你和他们在一起。”

“砸什么了？”

“砸什么了？门上的玻璃，衣柜上的镜子。十只杯子只剩下三只好的。相框也砸碎了两个，衣柜上还有两个坑。”

宪法气呼呼地喘着粗气。五反斥责着宪法说：“以后你就和他们一起混吧，家中早晚还得受你牵连。”

援朝出来，见两个人的表情不对：“怎么了？”

五反把昨晚的事儿说了一遍。援朝装作很轻松地对宪法说：“他们叫什么呀？在哪儿住？”

宪法知道援朝的想法：“我自己的事儿我自己处理，你就不用管了。”

解放劝着援朝说：“砸了就砸了吧，只是有一点，宪法再不能和这些人来往了。”

宪法说：“我发誓，再不和他们来往了。”

解放和跃进拎着饭盒，两个人刚从医院送饭回来。路上碰到了老麻头，老麻头听说魏海柱昏迷了半个多月还没醒，就说要转大医院，市里的大夫大多是二百五。

告别了邻居，解放忧心忡忡地问跃进：“跃进，你说爸为什么到现在还不醒啊？”

跃进想了想：“也许没到时候吧？到时候自然就醒了。”

“跃进，好好学习，以后当一名医生。如果以后家里再遇到这样的事儿，就有主心骨啦。”

“可我的理想是当一名解放军战士。”

“当医生多好啊，如果你是医生的话，就能知道爸什么时候能醒过来。”

跃进看着解放那恳切的表情，她点了点头。

解放睡得迷迷糊糊的，突然传来了拍门声。解放紧张起来，她推了推身边的五反：“也许是爸出事儿了。”

援朝站在门外，他一脸兴奋地说：“爸醒了。”

“醒了？”解放一下子流出泪来。援朝说：“本来我想明天早晨再回来告诉你们的，可是爸说他饿，问大夫吃什么好，大夫说喝点儿粥。半夜了，外面也买不到啊，只好告诉你们给爸熬点儿粥。”

“好，我马上熬粥。”

援朝准备回去。“爸现在脑子一会儿清醒一会儿糊涂，一会儿叫我韩主任，一会儿叫我马厂长，一会儿呢又叫我大夫。我说我是援朝，他好像不认识我。”

宪法马上说：“我跟你过去。”

援朝说：“一会儿你跟大姐、五反一起过去，现在是半夜，路上别碰到坏人。”

援朝回到医院，魏海柱正东张西望找人：“我饿了。”

援朝说：“我姐正熬粥呢，一会儿就送来。”

“韩主任，我跟你说点儿事儿。”

“爸，我是援朝。”

“援朝啊，我想说的是，我饿了，有什么吃的没有？”

“我大姐正熬粥呢，再等一会儿好不好？”

“好好，我等。”

魏海柱再不说话了，但援朝觉得应该和父亲说说话，父亲毕竟已经昏迷十七八天了。“爸，你现在感觉怎么样？”

魏海柱想了想：“感觉？就是饿。”

魏海柱看了一眼援朝，又有了疑惑：“你叫什么名？”

援朝只得耐心地说：“魏援朝，您的儿子。记得吗？”

“哦……”魏海柱虽然答应着，但援朝从他的眼睛里看出他并没有真正认出自己，这让援朝有些伤感。

门开了，解放、五反、宪法走了进来。解放走到了魏海柱的床边喊道：“爸，你总算醒了，可把我们急死了。”

魏海柱疑惑地看着解放，并没认出解放是谁。

五反走上前拉着魏海柱的手问：“爸，你认识我吗？”

魏海柱看了看五反笑了：“你是五反。”

大家一下子变得非常高兴，因为魏海柱终于认出了一个家人。宪法问：“爸，认识我吗？”

魏海柱仔细地看着宪法，他的眉头紧锁，似乎在回忆，却想不起来。

解放说：“别让爸太累了，他能认出五反就说明以后能认出我们，援朝你喂爸喝粥。”

夜晚的街道上没有什么行人，解放、五反和宪法三个人走在回家的路上。虽然很冷，但是三个人都很兴奋。五反高兴地说：“你们说，爸为什么单单认识我呢？”

刘院长放下魏海柱的病例说：“我去看了你父亲，还不错。这样的病例好多，十七八天醒来不算长，别的医院发生过半年一年才醒的。”

解放心情焦急地问：“可他不认识我们了，昨天他只认出了我的大妹妹。”

“你父亲现在还能说话，这很不错了。有更严重的患者，醒来后连说话的功能都丧失了。为什么会这样呢？因为你父亲从高处摔下，不仅颅内出血，而且产生了严重的脑震荡，脑震荡的后遗症很多，严重的丧失语言功能，丧失平衡感，失掉记忆，有的会导致严重的精神疾病，如狂躁啊、自闭啊，这些都有可能。”

“他什么时候能完全恢复呢？”

刘院长耐心地说：“这个可就不好说了。任何生物都有自我复原的功能，只不过有的快些有的慢些。”

听完刘院长的解释，解放陷入了沉默。刘院长看了看解放，又翻了翻桌子上的病历：“有一句话我得告诉你，要有足够的思想准备，这样的病人很多都会产生严重的后遗症。”

“后遗症？会产生什么样的后遗症呢？”

“像这样伤到了脑部的后遗症大部分属于精神疾病。每个人表现各不相同。有的会偏执。什么叫偏执呢？就是一天反反复复地干一件事。有的会抑郁，一天天净想些悲观的事，想着要去自杀。还有的会躁狂，也就是我们所说的打人骂人，甚至会动手伤害人。还有的患者会自闭，自闭就是……通俗地讲就是不和外人交流，他只是生活在自己的世界里。也许，这些情况多多少少在一个患者身上都存在一些……”

在魏海柱的床边，解放把苹果切成小条，喂魏海柱吃。吃了几条苹果之后解放问：“爸，你还想吃吗？”

“想。”

解放说：“爸，我是解放，你记得吗？”

魏海柱点头。

“那我叫什么名字？”

听到解放的问话，魏海柱像是在想，过了一会儿，他回答说：“不知道。”

解放叹了口气，接着喂魏海柱吃苹果条。合营、跃进与鞍钢背着书包走了进来。

魏海柱的眼睛依次看过合营和鞍钢，他的眼睛没有任何反应。看到跃进的时候，魏海柱的眼睛一亮："跃进。"

跃进急忙回答说："哎，爸。"

魏海柱说："跃进，爸对不起你，单单忘了做你的衣服。"

跃进激动地说："爸，你不是已经做了嘛，这件就是啊。"

跃进把自己的衣服展示给魏海柱看。解放看着爸爸，不知不觉地流下了眼泪。

大孟的媳妇从后面紧走了两步赶上徐亚丽："徐姐听说了吧？吴艳华的丈夫醒来后就成了傻子。"

徐亚丽很惊讶："魏师傅醒过来了？"

"我家邻居是市医院的大夫，昨晚上值夜班，早晨碰见我时说的。"

"怪不得呢，前天我去医院，一点儿没有苏醒的迹象。"

"是半夜醒的，醒了就谁也不认识了，跟傻子一样。"

"瞧你这话说的，不认识人就是傻子啦？"

"你说他家怎么净出这样的怪事儿呢？吴艳华一个跟头摔死了，这老魏又从高处掉下来，摔成了傻子。要我说啊，他家是不是坟地有问题啊？"

徐亚丽斥责她道："净瞎说，家里出事儿坟地就有问题？"

徐亚丽进来的时候，韩家明正在打电话。韩家明放下电话说："徐大美人，今天怎么有时间到我这儿来了？"

徐亚丽说："别说没用的。魏海柱醒了，你知道了吧？"

"我刚和曲主席从医院回来。"

"认识你吗？"

"不认识。不过他认识老曲，真是奇了怪了，老曲和他没我熟啊。"

"没什么好奇怪的，家人他还不认识呢。我今天来，是想跟你商量一下，老魏家现在咋整？"徐亚丽坐下。

"咋整？援朝现在伺候魏海柱算公出。我想，年底时有困难补助我再申请一下，为他家弄个困难补助。"

"不是说这个。昨天我去医院，医院说魏海柱很难在短时间内恢复。如果魏海柱一两年上不了班，那他家咋办？"

“那怎么办啊？我也没有办法。”

“老魏这种情况过些日子就得出院。回到家里怎么办呢？解放在下乡，不能老在家。你跟厂革委会说一下，让他们把解放招进厂，解决魏家的根本问题。”

韩家明说：“上回照顾援朝进厂一些人就有意见，现在再说这事儿，我看难。”

“找薛主任试试嘛。”

“怎么说啊？”

“你就咬住两条，一是公伤。是不是公伤？二一个，他是厂里多年的劳动标兵，咱厂的标兵没几个。”

薛主任正在对一个干部作指示：“别的地方抓生产是唯生力论，可我们厂不同哇，我们抓生产是执行毛主席的革命路线。你想啊，《人民日报》《解放军报》、《红旗》杂志全用我们厂的纸，我们就是要抓革命，促生产。”

看到韩家明走了进来，薛主任挥了挥手说：“就这样吧。”

薛主任看了看韩家明：“说吧，什么事？”

韩家明按照徐亚丽教的说了一遍，薛主任想了一会儿说：“好吧，我和其他的领导商量一下。”

“其他人也应该拥护你的决定，没有反对的理由啊？”

这句话让薛主任很舒服，他对韩家明挥了挥手。

解放在病房内扶着魏海柱慢慢练习走路。魏海柱有时走得很好，有时走路就像失去控制一样要跌倒。一名医生进来，魏海柱眼睛死死地盯着医生大声吼道：“你还我布票！”

医生吓了一跳，他摇了摇头说：“我可没拿你布票啊。”

解放歉意地说：“对不起啊，我爸他总想起以前的事儿。”

医生苦笑着说：“理解，理解。”

援朝来接班：“姐，你快回去吧，他们刚吃。”

“下午大夫找过我了，说爸明天可以出院了。”

“出院？爸这病还需要治啊，这样哪行啊。”

“我也这么说。大夫说，这病不是很快能好的病，从现在开始不需要打针了，就是吃药，在这里和家里没什么区别。家里是爸熟悉的环境，有助于他恢复记忆。”

援朝问："姐你怎么想？"

解放说："我同意了。"

跃进跟着五反学习舞蹈，五反在前面示范，教跃进手形和动作。合营坐在小凳上，拿刻刀刻一把未成型的木头手枪。鞍钢趴在炕的里面，他在看一本连环画。宪法躲在屋子的一个角落里，往一根二尺多长的木棍上缠铁丝。

看到解放回来，跃进马上懂事地说："大姐，饭菜都在锅里热着呢，我给你端去。"

解放拦住了她："接着跟二姐学吧，姐自己去端。"

解放吃完饭对大家说："我说个事儿啊，爸明天就出院了，以后咱们在家呢，干什么都要小点儿声，免得影响爸休息。大家尽量多和爸说话，大夫说，多和爸说话，能刺激爸的记忆，让他的病向好的方面发展。大家清楚了吗？"

解放对五反和宪法说："明天爸出院了，援朝也就该上班了。白天我照看咱爸，可是晚上我得做饭，那么从做饭到晚上睡觉这段时间里得有人照顾爸，你们俩再加上援朝轮流来，放学就快回家，帮我一把。"

宪法懂事地说："行，我没问题。"

五反反问道："那跃进、合营、鞍钢他们就不轮啦？"

"我发现爸的脾气相当暴躁，今天在医院好像还想打人，多亏我拽着他。跃进他们那么小，根本按不住他，所以这事你就别攀他们啦。"

"不是攀他们，今年开学后排练节目的任务非常重，我没时间啊！"

解放想了想说："如果真有事呢，家里也不能耽误你，你跟我说一声，我就晚点儿做饭，明天行不行呢？"

五反爽快地说："明天行。"

"那好，你明天先试一天，然后就该宪法的了。"

宪法若有所思地点了点头。

宪法和几名同学从校园内出来。许龙说："听说百货店来了一批仿的军装，去看看好不好？"

有人积极响应。孟庆成问："能看出来仿的吗？"

"细看还是能看出来，颜色有些差别，但是非常像。"

孟庆成问："多少钱一套啊？"

许龙说："听说上衣九块多，裤子八块多。"

“这么贵啊！一套趟绒的衣服也没这么贵啊。”

许龙说：“那不一样，军装多时髦啊。”

宪法说：“你们去吧，我有事。”

许龙劝宪法说：“一起去吧，什么事儿不能明天办？”

宪法固执地说：“不行，今天一定得把这事儿办完。”

许龙和孟庆成离开后，宪法慢慢地活动手臂，一根两尺多长的木棍慢慢地从袖子里滑向手中，上面缠满了密密的铁丝。

邢三儿和大愣、嗑巴有说有笑地在胡同里瞎逛，走在前面的大愣一下子停住，他看到宪法站在前面。

邢三儿并没有慌张，他觉得自己这边是三个人，没必要把宪法放在眼里。邢三儿若无其事地向前走着，径直来到宪法的面前，嗑巴小心地跟在他的后面。

宪法直视着邢三儿：“能解释一下为什么砸我家吗？”

邢三儿说：“为什么？你为什么要出卖我们？”

“我没出卖你们，如果说了，根本不会在里面待十天。”

“少来这套，你不告诉警察，他们根本找不到我们。”

“我再一次地告诉你，我没有向警察说一个字儿关于你们的事情。”

邢三儿说：“我不信。”

“这件事情我也无法证明。就算你不信，就算我说了，那也是咱们之间的事，你应该找我算账，为什么砸我家？”

邢三儿一副不以为然的样子说：“就砸了，你能怎么着？”

宪法咬了咬下嘴唇说：“耍流氓是不是？”

邢三儿笑了：“我们是干什么的，我们不就是流氓吗？”

宪法猛地挥出左拳，把邢三儿打了一个趔趄。

邢三儿生气了：“哟嗬，敢打我？上。”

三个人一齐向宪法冲去，宪法抽出袖中的木棍和对方打在一起。邢三儿他们挨了宪法好几棍，但宪法也多次被他们打倒。巷子口出现了两个警察，邢三儿他们向胡同深处跑去。

宪法爬起来，另选了一个方向逃走。

宪法回到家中，脸上的伤痕被解放发现了。解放问他为什么打架，宪法支支吾吾不肯说。

看大姐真要发火了，宪法只好说出找邢三儿的事。

“他们是讲理的人吗？”解放找出红药水，“来，我给你上点二百二①。”

宪法不情愿地说：“姐，我不上那个，红红的不好看。”

“要什么好看！伤口感染了怎么办？过来。”

看解放口气严厉，宪法只好过去，让解放为他上红药水。

解放让宪法照看着爸爸，她去做饭。

宪法有些抱怨，他认为昨天二姐说好今天她回来照看爸，因此他才出去，可是天色都这么晚了，五反还没有回来。解放要他别什么事儿都攀着二姐，多干一点儿也累不坏人。宪法嘟嘟囔囔地说：“我是那样不爱干活儿的人吗？她回回该自己干的事儿都躲，完了还有理。”

合营和顺子、大成、王伟边打闹边走。每天放学，合营的身边总是聚集一小帮人，他似乎天生就有一种吸引人的特质，身边总有同学围着他转。

大成提议：“到食品厂的家属区去玩好不好？”

大家积极响应，王伟担心地说：“别去了吧？那院有个叫黑子的人挺坏的。”

合营胸一挺说：“怕什么？咱们这么多人还怕他？”

大成责怪王伟说：“就是，胆太小。”

大成领头向胡同拐，合营和顺子紧跟着跑过去，王伟犹豫了一下，也跟了过去。

四个人从食品厂家属区一个有缺口的围墙处钻了进去，那里有个废弃的水泥基座，四个孩子争先恐后地向上爬。爬上去的顺子马上把手放在嘴边，装作拿了一个话筒：“扒火锹，扒火锹，王成呼叫，王成呼叫！”

王伟推了一下顺子：“什么扒火锹？是八五一，八五一，八五一，王成呼叫，王成呼叫！”

四个人都在上面呼叫八五一，并且装作还要隐蔽的样子，好像有敌人正在向这里射击。他们在上面呼叫了一会儿，王伟有些忧虑地说：“我们回家吧，要是让黑子看见，他会来找我们麻烦的。”

顺子张嘴就说：“要回你回，我们还没玩够呢。”

“那边有菜窖。”大成兴奋地指着一个方向，大家顺着他手指的方向望去，果然有一排菜窖。顺子率先从石阶上溜了下去，向菜窖跑去。打头的

---

① 二百二：20世纪70年代对红药水的俗称。

顺子学着电影里的样子，偷偷摸摸地向菜窖行进，合营和大成也是如此。菜窖上了锁，大成气愤地用脚踢了一下，那锁竟然开了。

“开了！你们看，这锁开了！”大成高兴地叫了起来，他打开窖门，看到窖里竖着一架梯子。

顺子有些害怕，他眼睛一转，用话来激大成：“大成，你敢下吗？”

“这有什么不敢的。”大成一边说着，一边下了菜窖。顺子、合营和王伟趴在菜窖边向里边看。

合营小声喊：“里面有什么？”

“白菜。”

顺子也喊：“还有什么？”

“土豆。”

王伟焦急地问：“没有别的了吗？”

“我正在摸呢，这边有两个纸壳箱子……”

顺子高兴地说：“快看看里面是什么。”

“是苹果。”下面传来大成兴奋的声音。

一听说是苹果，顺子急忙顺着梯子下了菜窖。合营见状，也跟着下了菜窖。

王伟守在窖口，听到里面传来咔嚓咔嚓吃苹果的声音，他舔了一下嘴唇，一咬牙也下了菜窖。菜窖里面仍然显得很安静，只能听到他们啃苹果的声音。

过了一会儿，大成说他吃饱了。又过了一会儿，顺子也说他吃不动了。

王伟小心地问：“那……那我们撤吧？”

合营果断地下了命令：“撤！同志们先走，我掩护！”

王伟一听合营的话，马上顺着梯子向上爬。王伟爬出菜窖口后，撒腿就向小区的一个方向跑。王伟的动作引起了小区内一个肥胖的四十多岁妇女的注意，她停下来看，只见菜窖口又爬上来一个人，紧接着又是一个，四十多岁妇女急忙向菜窖这边跑过来。

合营已经爬到了窖口，他想起了什么，于是又从梯子上下来，从纸壳箱子里掏出两个苹果放进了书包里。

合营从菜窖里出来，强烈的阳光照得他睁不开眼睛。待他适应了外面的情况后，他发现大成等人都不见了，等待他的是一个肥胖的女人。肥胖女人一把揪住合营，喊：“你偷了什么？”

合营不停地挣扎，但他无法挣脱肥胖女人的控制。肥胖女人用另一只手翻合营的书包，摸到了里面的苹果，她立刻大声喊起来：“抓小偷啊！”

很多人围了过来。

“你们看看啊，这小子偷我家苹果。”肥胖女人指着合营书包里的两只苹果喊。

一中年男人在旁边说：“算了吧，孩子嘛，淘气。”

肥胖女人不干了：“要是你家苹果被偷，能算了吗？”

中年男人说：“你家老郑当官，还会有人送的。”

肥胖女人翻了中年男人一眼，把合营向自己的跟前拽了一下：“你是哪个学校的？叫什么名字？”

合营瞪着她不说话。肥胖女人的儿子来了，肥胖女人对他说：“你下去看看苹果少了多少。”

肥胖男孩下了菜窖，几分钟后上来说：“有一个整箱的没动，另一个还剩半箱。”

肥胖男孩翻合营的书包，拿出一个作业本读道：“五七小学，五年三班，魏合营。”

肥胖女人问：“你家住哪儿？”

合营还是不说话。

“不说是吧？那我找你们学校啦！”肥胖女人用力提着合营的衣领，试图把他拽走。合营害怕，他全力地反抗着。

肥胖女人揪着合营走了进来，身后跟着那个肥胖男孩。解放放下手中的缝衣针下了地。

肥胖女人恶狠狠地问：“他爸呢？”

“我爸现在神志不清，有什么事跟我说，我是他大姐。”

肥胖女人说：“对你说也行，你家魏合营，今天到我家的菜窖偷苹果，你说怎么办吧？”

合营看了解放一眼，不敢迎接她的目光，羞愧地低着头。

解放问：“合营，你偷人家的苹果了？”

“有什么可说的，这不是明摆着吗？”肥胖男孩说着，把合营书包重重地向跃进和鞍钢他们写作业的桌子上一放，书包里的一个苹果滚了出来，摔落在地上。解放一惊：“合营，你怎么能偷人家的苹果呢？”

合营还是不说话，他的眼泪慢慢地流了出来。

解放对肥胖女人说：“我弟弟不懂事儿，一会儿我打他。”

肥胖女人并不算完："你打他就完事儿了？"

"那你说怎么办？"

"赔。"肥胖女人斩钉截铁地说着，一屁股坐到跃进刚站起的座位上。

解放说："好，我们赔，你说赔多少？"

肥胖女人对肥胖男孩问："还剩多少？半箱？那好，你们就赔半箱苹果吧。"

"半箱？这不才两个吗？"

"他们在里面吃了。"

"他们？都是谁啊？"

"这你别问我，都跑了，我只抓住这一个。"

"那……你是说，全让我们赔？"

肥胖女人说："你们不赔谁赔？那些人我找得着吗？"

炕上的魏海柱被惊醒，他坐了起来，见到陌生的肥胖女人，他大喊一声："你为什么偷我的布票？你这个畜生！"

肥胖女人吓了一跳："什么？我偷你的布票？"

解放马上对肥胖女人说："对不起，我爸他现在精神有问题，总是胡言乱语。"

解放快步来到魏海柱的身边，安抚他躺下。

"好吧，我们赔。你说多少钱吧？"

"半箱十斤。苹果五毛六一斤，赔五块六。"

解放想要说什么，但又忍住了。她走到一只衣柜下面，用钥匙打开最下面的抽屉，从里面拿出十元钱。

肥胖女人一副理直气壮的架势："拿零的，我们没零钱。"

解放说："我们家也没有零钱啊。这有个五块的。"

解放一只手拿着十元的纸币，另一只手拿着一张五元的纸币。肥胖女人夺下那张五元的纸币说："算我倒霉。"

肥胖女人与肥胖男孩在街上快步走着，忽然间肥胖女人的脚步慢了下来："我怎么这么傻呢？六毛钱我怎么就不要了呢？多大的亏呀？"

肥胖男孩劝道："吃亏就吃亏吧。"

肥胖女人不甘心："不行，我得找他们去。六毛钱能买半斤肉呢。"

"哪有再回去的道理？拉完屎，还能再坐回去？"

肥胖女人沮丧地低着头："真倒霉呀，少要了六毛钱。不行，我不能便宜了他家。”

“那你怎么办？”

“我告诉他们学校去。”

解放把钱放回铁盒，她显得心烦意乱。援朝和宪法进屋，发现解放的情绪不对。援朝诧异地问：“怎么了？”

解放没有回援朝的话：“合营，你过来。”

合营顺从地走过来，跃进和鞍钢在旁边紧张地望着他。

“今天是怎么回事？你跟大姐说说。”

合营羞愧地低着头，他不敢看解放的眼睛，他结结巴巴地把事情说了一遍。

听到最后，宪法忍不住喊：“你傻呀？还你掩护。”

援朝把宪法推到一边，对合营说：“你这么小就不学好，上人家菜窖里祸害东西，谁家不烦啊？是不是找打？”

援朝把合营拽过来，举手吓唬他，解放制止了援朝的动作。魏海柱爬起来，嘟囔着要上厕所，宪法马上走过去扶魏海柱去厕所。

解放问：“合营，你偷吃人家东西也就罢了，为什么还要放进书包里两个？”

合营流泪了：“我……我想带回来给跃进和鞍钢。”

听说是给自己的，鞍钢不由自主地舔了舔嘴唇。

解放叹了一口气：“合营，你今天做得对吗？”

合营摇了摇头。

“进人家菜窖吃苹果，还拿了两个，这就是偷东西。是万万不能做的，你记住了吗？”

合营点了点头。解放接着说：“别以为只是几个苹果，小时候偷针，大的时候就敢偷牛偷马了，明白这个道理吗？”

五反和韩梅在街头慢慢地溜达，韩梅提议说：“回去吧，我有点儿冷了。”

五反不想回：“再陪我走一会儿嘛。”

“回家多好哇，暖暖和和的。”

“我不愿意回家。”

“为什么呀？”

“我姐老给我任务，让我照看我爸，让我干这干那的。”

“照看你爸不是应该的吗？”

五反心烦地：“你不知道，我爸现在脑子坏了，老骂人。”

韩家明告诉解放和援朝，厂里为照顾魏海柱的生活，答应让解放进厂，可是韩家明担心五反会闹事儿。

韩家明走后，援朝安慰解放说：“别着急，一会儿五反回来我和她说。”

“还是先等一等吧，五反对你进厂的事儿还没过去呢，你和她说肯定会崩的。”

援朝火了：“还反了她呢，就这么定了她能怎么着？”

解放摇了摇头：“我只能说五反现在还不那么懂事儿。那天爸不知道怎么回事，不认识五反了，骂她小兔崽子，她一下子就和爸发火了，吼着，你为什么骂我？我在厨房里做饭，马上劝她，爸有病你又不是不知道，为什么还和爸发火？她却不认为自己错，后来还哭了，觉得委屈。”

“让她进厂，这个家就更没法过了。”

解放很清楚这些，她却不知道如何办：“这个事儿我真不知道怎么处理，你让我想想行吗？”

赵军把手上提的罐头、水果交给解放，顺手把两个方形纸包放到桌子上。赵军拄着拐走近魏海柱，问：“魏叔，还认识我吗？”

魏海柱仔细地看了看赵军：“不认识。你哪个山头的？”

赵军笑了：“魏叔怎么学会土匪黑话了？”

援朝说：“不知道，我爸这几天老问别人这话。”

赵军说：“我今天下午才回来的。回来就听说了魏叔的事儿，真没想到，魏叔会遇到这样的事儿。”

解放说：“我爸现在好多了。刚出院时，连我都不认识，现在是有时认识有时不认识。”

“如果送魏叔到省医院去治治，会不会更好呢？”

解放说：“这事儿我也打听啦，说是这种情况没更好的办法，只能靠吃药和养。”

鞍钢为赵军搬了把椅子，问：“赵哥，你答应我的枪呢。”

赵军坐下了：“放心，我肯定会给你做的。”

援朝问：“这一阵你去哪儿啦？”

赵军说：“我三姨给我联系了省康复病院，到那里住了一阵子，今天才回来。”

五反说：“怪不得，我看你比以前走路利索多了。”

“看到五反我想起了照片。”赵军转身到桌上取那两个纸包，打开报纸，里面是一大一小两个相框。大的是七姐弟的合影，小的是解放的单人照片。小相框上还放着一叠照片。赵军把照片分给大家，看着大家高兴，赵军有些遗憾地对解放说：“那天魏叔没回来，要是他在的话，那就是全家福了。”

解放回忆着说：“那天，我爸好像上班了吧？”

五反拿自己的照片对跃进说：“这个姿势怎么样？”

跃进凑过去看，轻声地笑了起来。

赵军夸奖五反说：“要说照相，还是五反最上相，而且会摆姿势。”

五反并不领赵军的情：“别瞎说啦，我上相你不帮我弄个小相框装上？”

援朝看不惯五反的做派：“人家欠你的呀？还给你装上？”

赵军说：“本来想都装上来的，可只找到了两个相框。”

五反不满地说：“还是呀，那为啥不装我的呢？”

赵军讪讪地笑着，像是自己的心事被别人看穿了。为了缓解尴尬，赵军没话找话地说：“听我爸说，解放要进厂是吧？”

五反吃惊地看了看赵军，又看了看解放和援朝，解放和援朝根本不接她的目光。五反一下子炸了：“这么大的事儿为啥瞒着我？”

解放平静地说：“不是瞒着你，而是还没最后定。”

五反气急败坏地问：“那为什么不告诉我？”

援朝瞪着她说：“告诉你？你昨天是什么时候回来的？回来时我都睡了。厂里也是昨天晚上才告诉我们的。”

五反一副什么都看透的样子说：“算了吧，我还不知道你们俩的小九九？先是大姐让你进厂，现在你再报答大姐，让她进厂，你俩配合得多好啊。”

宪法看不下去了：“你怎么这样对大姐说话？”

五反反问：“你让我怎么说话？跟你没关系，你别插嘴。”

宪法和五反吵起来，赵军知道是自己惹的祸，但他无力控制局面，只好离开魏家。

解放送他到大门口，赵军带着歉意说：“对不起，是我失言。”

解放轻轻地摇了摇头。

第十章

教室里，跃进和一位女生商量："于丽，小人书能再借一天吗？"

"哪本啊？"

"《一支驳壳枪》，我三哥想看……"

一个男生跑进来，看到了跃进，他随口喊了一声："你哥偷人家苹果！"

于丽瞪了一眼那个男生："讨厌，你哥才偷人家苹果呢。"

跃进一下子没有了说话的情绪，变得闷闷不乐。

于丽问："别听他瞎说，一会儿我就给他告老师。"

那男生跑到一帮男生那里悄声说着他听来的秘密，有的男生鬼头鬼脑地向这边看。

有人带头喊："偷苹果！"

一些人跟着起哄："偷苹果！偷苹果！"

女生们好奇，她们看着跃进，议论着从男生那里听到的事。

看到跃进哭，于丽靠近了她："都说你哥偷苹果，真的？"

跃进抹了眼泪，点了点头。

"他们说，学校准备开大会批判你哥呢？"

跃进惊恐地说："已经赔给人家钱了……"

上课铃响了，班主任柴雅敏走上讲台，她说要选班干部。本来跃进一直是班上的班长，她认为自己肯定能被选上，可是看到有几个男生比比画画在那里做着鬼脸，跃进的心里就升起了一种不祥之兆。

果然，得票最少的两个人是魏跃进和胡海燕，都是二十六票。柴雅敏看了看黑板，用粉笔在前四个人的名字后面画了对号，而在魏跃进和胡海燕的名字后面则画了圆圈："票一样多，我回去考虑一下，看谁担任班干部合适。下面我们打开语文课本第五页，今天我们讲第二课，《鲁米的愿望终于实现了》……”

跃进机械地拿出课本，心里充满委屈。

跃进一进家门就呜呜地哭了起来。解放再三询问，跃进才说出因为合营偷苹果，同学们选班干部都不选自己。

学校怎么知道了合营的事呢？难道那个女人又告到学校了？解放做着种种猜测。

魏海柱专心地在炕上对着几张报纸用粉笔写写画画，用剪刀把报纸剪成衣服的纸样，跃进的事情好像与他无关。

五反从演出现场回来，脸上仍然留着舞台妆。

解放说：“五反，你回来得正好。”

五反照镜子卸妆，心不在焉地问：“什么事儿？”

“跃进说，学校因为偷苹果的事要开合营的批判大会。”

“还不是他自己找的。”

“合营是淘，但这事儿就开批判大会，是不是过分了？”

“我不管，和我没关系。”

解放生气了：“合营不是你弟弟？”

五反梗着脖子问：“这事儿想着问我了？别的事儿怎么不想着我呢？”

“五反，家中现在这个样子，你不能什么都计较。”

“我也想帮家里的忙，可你不给我机会啊。”

“我这不是问合营的事怎么办吗？”

五反想了想：“这事儿可不好办。这偷苹果的事儿，说大就大，说小就小。说大，是思想品德问题。说小，是孩子不懂事，嘴馋。但你也不能让他们不开批判大会吧？”

听五反这么说，解放点了点头。

合营进来，看大家都盯着他，就问：“怎么了？”

解放问：“学校要开你的批判大会？”

合营满不在乎地说：“开就开呗，有什么大不了的。”

五反把海绵摔在桌上：“说得轻巧，同学怎么看你？”

“爱怎么看就怎么看，我才不管呢。”

五反指着合营说：“你就是不学上进啊，这样还能学好？”

解放耐心地劝着：“合营，你去跟老师承认一下错误，跟老师说说这个批判大会能不能不开。”

“我不去，他们愿意开就开呗，反正挨批判的不光我一个，还有四个人呢。”合营把自己的书包挂到了墙上。

五反火了：“这是光荣的事儿啊？你想让全家跟着丢脸。”

鞍钢的班主任毛小君在上面滔滔不绝地讲着：“……大家一定要记住，应用题计算出结果后，一定要写答。第二个，要写名数。清楚了吗？”

“清——楚——了——”全班的同学拉着长音回答。

毛小君看了看手表：“还有点儿时间，我布置一下明天批判大会的发言任务。明天全校开批判大会，批判我们学校的五名害群之马。他们有的在学校里打群架，有的抽烟，有的偷邻居家的苹果，有的故意损坏公家的物品。对于这样的歪风邪气一定要坚决制止和批判。有没有主动要求发言的？”

毛小君见没人举手，就用启发式的口吻说：“难道就没有要求进步的同学？班里的班干部，好，班长举手了。还有没有要求进步的同学？”她见没有人举手，“这是一个多好的机会呀，本来学校一个班只给一个发言的名额，我为了让同学们有更多的表现机会，特地多要了一个名额，你们为什么不争取呢？还有没有？”毛小君把自己的手举得高高的，仍然没有人举手，于是她直接点名，“魏鞍钢，你不想发言吗？”

鞍钢没想到老师点自己的名字，他一时无措。

“你哥是被批判的对象，你上去批判不正合适嘛，这也是你积极要求进步的表现。如果表现得好，我考虑让你最近这一批加入红小兵。”

鞍钢犹豫，毛小君不停地催促他，他只得勉强点了点头。

鞍钢坐在桌旁艰难地写着批判稿，左思右想地选择着合适的词句，合营在旁边不时地对他进行骚扰。鞍钢向解放告状：“大姐，你看他老捅我。”

解放呵斥着合营：“你离鞍钢远点。”

合营嘴里嘟囔道：“他写稿批判我。”

“就算鞍钢不批判你，别人不一样批判你吗？”

合营翻了翻眼睛不吭声。

“你不是不在乎吗？怎么鞍钢写稿你就受不了啦？”

合营蹲下去，慢慢地眼圈红了。

“你哭也没用，关键是要改。以后不犯错误，那谁还会批判你呢……”

援朝把魏海柱扶上炕，让他躺下来。宪法从外面拿来尿盆，合营已经睡了。鞍钢还坐在桌前写着他的批判稿。

解放用手翻了一下鞍钢写的批判稿：“怎么才写一页啊？明天再写吧。”

鞍钢忽然哭了：“明天大会上发言要用的。”

解放责备着鞍钢：“怎么不早说啊？”

鞍钢向解放求援：“你帮我写吧，我实在写不下去了。”

解放为难地说：“我下乡三年多了，现在学校的大批判都流行什么词语我也不会啊。”

“如果明天不上台发言，老师不会让我当红小兵的。”

“我是真的不会啊。宪法，你语文还不错，帮鞍钢写吧。”

“我哪行啊？写个字还凑合，写稿不行。让五反写。”

“五反已经睡了……”

援朝说：“把她叫起来吧，一会儿就能写完。”

解放来到小屋，五反已经睡实了，解放推了推她。五反眼睛也不睁地说：“干什么呀？”

解放求情地说：“你帮帮鞍钢呗，他稿子没写完，明天要用。”

五反打了个哈欠：“咋不早说呢，晚上我想看看他写的是什么，还捂着不让我看。”

解放向她解释：“鞍钢也认为写批判哥哥的稿子丢人。”

五反来到大屋，她问鞍钢：“听说要批判的是五个人，都批判他们什么呀？”

“一个打群架，一个抽烟，一个故意损坏学校的公物，还有……偷邻居家的苹果。”鞍钢吞吞吐吐地说。

五反点了点头：“好吧，你去睡吧。我写完就给你放到这儿，明天早晨想着带到学校就行了。”

礼堂里，批判大会正在隆重地举行。一名学生在主席台上铿锵有力地发言：“……我们决不能容忍这种歪风邪气在我们学校存在，我们要踏上一万只脚，让歪风邪气永世不得翻身，让红色的江山永不变色！”

结束时他做出一个有力的姿势，引起一片热烈的掌声。一位漂亮女生走上来主持会议：“下面由二年一班的学生魏鞍钢发言，他发言的题目是‘加强纪律性，革命无不胜’。”

魏鞍钢开始了他的发言：“毛主席教导我们说，加强纪律性，革命无不胜。毛主席还教导我们说，在拿枪的敌人被消灭以后，不拿枪的敌人仍然存在……”

合营坐在五年三班的位置上，前排有同学回身捅他：“你弟弟批判你呢。”

合营把他的手扒拉到一边，瞪了对方一眼。对方回打合营，合营开始反击。监督的老师看到有学生不守纪律，用手指向这里。两个人赶紧停止了动作。

鞍钢接着念稿：“……他们不注意……改……造思想，……观……地帮助了敌人。对此我们要……”

鞍钢越念越结巴，有时甚至停顿几秒种，五反写得潦草，鞍钢根本不认识那些字。

“……我们要把他们批倒批……让他们成为不……于人类的狗……尿……堆。”

鞍钢在一片哄笑声中走下讲台，他急得流下了眼泪。

在二年一班的教室里，毛小君正在对批判会进行总结，她声音严厉地说：“……有的同学在批判会现场不守纪律，打闹，说悄悄话，还有的偷玩东西。我希望有这种行为的个别同学放学后找我做检讨。”

“魏鞍钢，发言稿是自己写的吗？”鞍钢一脸沮丧地坐在那里，听到老师叫自己他吓了一跳。

“第一页是，后面是我二姐写的。”

毛小君厉声问：“为什么不自己写？”

“写到十点多没写完，就让我二姐帮忙写了。”

毛小君一脸不屑地说：“这么点儿小事也要别人帮助，这是你应该做的吗？你还想当红小兵，这能当红小兵吗？你这是丢我们全班的脸。你听到下面哄你的声音了吗？”

鞍钢无声地流着眼泪。

“还有脸哭？还有点儿班级荣誉感没有……”

鞍钢回到家，五反正要出去，她随口问了一句：“鞍钢，今天的发言怎么样？”

鞍钢呜呜地哭开了，一脸愤怒地道：“都怨你，都怨你。”

五反莫名其妙：“怨我？为什么要怨我？”

“你写的连笔字我根本不认识，上台也念不出来，老师都批评我了。呜……这回红小兵也当不上了。”

五反不高兴了："这事儿怨我？这不是好心成了驴肝肺？从今往后，你的事儿我再也不管了。"

解放回到家的时候，宪法正在报纸上练习书法，家人全围在边上看。解放来到爸爸的身边，魏海柱看了看解放说："解放回来了？"

解放感到很高兴："爸，你现在脑子清醒啦？"

魏海柱点了点头。

"爸，厂里给咱家一个进厂名额，你认为谁进厂合适？"

看宪法练习书法的五反马上掉过头来，她想知道爸爸怎么说。魏海柱很认真地思考："进厂？这事儿不归我管。"

"那归谁管？"

魏海柱很自信地说："组织呀，组织说让谁进厂就让谁进厂。"

解放无奈地笑笑说："爸你说得对。"

解放示意五反跟她到小屋。

"五反，进厂的事儿你怎么想的？"

五反不以为然："我怎么想都没用啊，你是老大，我能说得过你们吗？"

"别说没用的，说说你是怎么考虑的。"

"我怎么考虑的？不能因为老大就什么事都可着你吧？"

"我从来没那么说。"

"反正这次进厂你们应该考虑我。我年底就毕业了，根本就下不了乡。"

"你的意思是让你进厂？"

"我没那么说，我是说你们要考虑我，不能你和大哥说谁就是谁。"

"那你说怎么办？"

五反坚决地说："按咱们家的老办法，全家投票。"

"我没意见。"

解放和五反两个人回到大屋，解放说："宪法啊，先别练了，全家开个会。"

大家坐好后解放说："爸出了公伤后，厂里为照顾咱爸，给了一个进厂名额。现在宪法还有两年毕业，那宪法就不考虑了，这样行吗？"

宪法点头："我没意见。"

"我和五反是进厂候选人，你们认为谁合适，就投谁。"

宪法在一张报纸上写了解放和五反的名字，然后用苞米面饼子把报纸贴到了墙上。

可是魏海柱这一票怎么办呢？援朝想了想说：“爸投不了票，算弃权行吗？”

五反点头表示同意。

解放说：“那么按照年龄大小来投，我的票投给五反。”

宪法在五反的后面画了一个横。

援朝说：“我投解放。”

轮到五反了，她有些犹豫。最后她还是说：“我投自己。”

宪法拿起毛笔在五反的后面画了个竖。

该宪法投票了。宪法没说话，他直接走到报纸前，在解放的后面画了个竖。

宪法转过头对合营说：“合营，该你了。”

合营说：“我选大姐。”

宪法在解放的后面加了一小横。

该跃进的了。五反目不转睛地盯着跃进，她希望跃进能投自己。

跃进问：“可以自己画吗？”

宪法把笔给了跃进，跃进拿起笔在解放的后面加了一竖。鞍钢也跑上前去，在解放的名字下面加了最后一横，正好形成一下正字。这样解放是五票，五反仅得了两票。鞍钢做完这一切，拿着笔笑嘻嘻地跑回来。

五反不高兴了：“笑笑笑，有什么好笑的？”

五反起身就走，鞍钢坐在她身旁的一侧，她随手甩了鞍钢一下，正巧撞到鞍钢的胳膊上，笔上的墨汁弄了鞍钢一脸，鞍钢哇地一声哭了。

援朝生气了：“五反，你给我回来。”

解放劝援朝说：“别惹她了。宪法，你给鞍钢洗洗脸。”

徐亚丽找到韩家明，把和五反谈话的结果说了一遍，徐亚丽叹了一口气说：“你说怎么办？”

韩家明为难地说：“不好办。人家的家事，我们怎么说？”

“作为他家的朋友，我们也不能不管啊。”

“让五反进厂，跟不进一样。她和我们家的韩梅好着呐，总来。我媳妇儿挺喜欢她的，说她乖巧。可我看，她懒，刁蛮，做事儿不踏实。”

“你是魏师傅的师兄，你得帮着拿主意。”

解放扶着魏海柱在院子里练习走路，魏海柱的平衡感有问题，走路总是要跌倒。邻居老麻头从院前走过，一看见老麻头，魏海柱大声喝道：“你站住！”

老麻头吓了一跳，立马站住了。魏海柱吼道：“你这个浑蛋！快还我布票！”

解放马上满脸堆笑地对老麻头说：“大爷对不起，我爸精神上有问题，别和他一般见识。”

老麻头很不高兴地看了一眼魏海柱，满脸怒气地说：“真倒霉，刚出门就挨骂。有病你们去医院呐。”

每周有几个下午，五反都要到学校的礼堂里排练舞蹈。这天排练结束后，宁老师拍了拍手，示意大家聚拢来：“今天的舞蹈动作对大家来说难一些，回去后要多琢磨，多练习，熟能生巧。今天就练到这儿，明天接着排练。解散！”

大家换下练功服陆续向外走。

五反和董丽英、韩梅三个人慢腾腾地换衣服。

韩梅对五反说：“这个动作我老做不好，你教教我。”

韩梅比画了一下那个动作，确实生硬。五反把穿上的衣服脱下，为韩梅示范。

五反笑笑说：“咱们的这个动作还比较简单，在青年文工团也有这个舞蹈，但这里的动作是这样的。”

董丽英问：“在青年文工团你是跳得最好的吧？”

“中等吧。有个叫雯雯的，腿那么长，跳什么都好看。人家从小就受专业训练，咱们根本比不了。”

韩梅问：“你说，为啥学校的就叫宣传队？市青年宫的就叫文工团呢？”

董丽英说：“这还不懂？宣传队就是业余的。文工团，那是专业的。”

五反反问：“那有啥用啊？”

董丽英说：“怎么没用？如果部队或是什么地方招文艺兵，你不就有用武之地了？”

五反说：“家里反对我干这个。”

董丽英点点头道：“往年市里都在年前招女兵，今年一直没动静，不知什么原因改在年后了。上回你不是说厂里给了你家一个进厂的名额，你姐同意让你进厂吗？”

五反摇了摇头。

董丽英问："那你姐进厂啊？"

五反说："没最后定。韩梅，回家问问你爸，进厂怎么办手续。"

韩梅不理解："你让我问啊？"

五反说："你就问进厂都需要填哪些表格。要问你干什么，你就说和我议论过进厂，好奇。"

韩梅点了点头。

宪法一直没有回来吃晚饭，解放怕宪法惹事儿，就让合营出去找。很快，合营回来说放学时在校门口有两个警察找二哥了解情况，他被带到派出所了。

找到志东的哥哥，才知道是邢三儿把宪法给告了。嗑巴的爸爸前不久成了市"革委会"成员，他给派出所打了电话。

五反和董丽英、韩梅在回家的路上慢慢溜达，三个人时常这么乱转，没有什么目的。

韩梅告诉五反她询问进厂事儿的结果，据说要填几张表。五反想了想，她让韩梅跟她爸说帮忙把那几张表要出来，韩梅觉得爸爸不可能帮这个忙。五反就一项一项地教她怎么说。韩梅心里觉得有些古怪，但还是答应帮五反。

跃进坐在小屋的炕上缝补袜子，五反进来，看见跃进她愣了一下："不出去玩啊？"

"袜子露脚后跟了，缝好再出去玩。"

"让大姐缝。"

"大姐每天够忙的了。大姐说了，不会干针线活的女人嫁不出去。"

五反讽刺她说："这么小就谈嫁人，不害羞。"

跃进理直气壮地说："那有什么？早晚要长大的。"

五反不耐烦了："上大屋缝去，我要在这里写东西。"

跃进不动："我不。我又不说话，碍你什么事？"

五反瞪了跃进一眼，见跃进没有要走的意思，只好无奈地坐到了桌前。五反不放心地看了跃进一眼，见跃进很认真地缝补她的袜子，便从抽屉里把表格拿了出来。

五反拧开钢笔，开始填写表格。只填了几个格，五反就被表格上的两个名词给弄迷糊了。一个是出身，一个是成分。这两个词在五反的印象里是一样的，怎么填呢？想了一会儿，五反把表格放到抽屉里，走了出去。五反知道有位退休的吕老师很有学问，就住在附近。费了一些周折，五反找到了吕老师弄清了出身和成分的区别。

跃进很有心计，她感到五反今天不正常。五反走了，她打开了抽屉，看到三张表格。援朝回家，跃进把表格给援朝看，援朝心里的火冒了上来，三下两下就把表格撕碎了。

跃进恐惧地看着援朝："二姐回来该发脾气了。"

"她发脾气？我还发脾气呢。"

解放无力地坐在炕边，她不知道说什么好。五反撞了进来，看到被撕碎的表格，她立刻哭了："你们干什么？"

援朝不客气地说："干什么？还有脸问？"

五反冲口而出："怎么不能问？就兴你进厂别人不能进啊？"

"我进厂是爸同意的。"

"凭什么就是你啊？我为什么就不行啊？我也不是后娘养的呀？"

解放生气了："住嘴！妈走了还不到半年，都是一奶同胞，有什么事不能商量？什么后娘亲娘的？"

小屋里静了下来，跃进害怕地看着哥姐。

五反意识到是跃进告的密，她瞪了跃进一眼。

跃进害怕地上了炕，接着缝补袜子。

援朝看不惯五反的嚣张："敢干还怕别人说？"

五反什么也不说，抓起桌上的一只杯子，用力摔到地上，杯子在地上发出清脆的响声。

援朝一步走到五反的面前："摔谁呢？那表是我撕的，有什么话跟我说。"

徐亚丽正巧来到魏家，看到了五反摔杯子这一幕，她无奈地摇了摇头，走了。

五反强硬地说："你没权管我！"

"谁有权管你？你不是这个家的人？"

"反正你没权。"

"你再说？"援朝要动手，解放拦住了援朝。

走出了魏家，徐亚丽决定去找薛主任。见到了薛主任，徐亚丽先说了自己和魏家的关系，然后说出了她的担忧。薛主任很理解徐亚丽，答应出面解决魏家的问题。

魏海柱围着缝纫机打转，他对缝纫机产生了兴趣。解放问：“爸，干什么呀？”

魏海柱头也不抬地说：“机器坏了，我修修。”

解放劝着：“机器没坏，前两天我还用了，挺好使的。”

解放把魏海柱扶回炕上，给了他几张报纸。五反坐在一张椅子上弄她的头发，一条辫子已经打开，正在编。

薛主任的秘书走进来问：“是魏解放家吗？”

五反不知道来人身份：“对，是魏解放家。”

薛主任秘书问：“你是魏解放？”

“我不是。”五反指了指站在里面的解放。

“我是厂办薛主任的秘书，薛主任让我拿表请你填一下。”薛主任秘书把几张表格拿出来放桌上，五反跟了过去。

“这表让我姐填？”

“对。”

五反问：“为什么是我姐？不是说让我家定谁进厂吗？”

“这是薛主任交代的，至于为什么你得问薛主任，我不过是跑腿的。”

解放拿起表格看了一下：“我填好明天给你送去好吗？”

“不行，立刻填，填完我带走。你填吧，我等着。”

解放看着五反，她有些为难：“我们家再商量商量。”

“薛主任说没商量的余地。如果你不填这名额就废了。”

五反感到惊愕。薛主任的秘书催促着：“快点儿填，填好后我马上送轻工局，后天下午体检。”

解放看了五反一眼，坐下来开始填表。

五反气呼呼地坐到了远处，她头上的辫子因为没有扎束，慢慢地散开。

宪法被放出来了，他回头看了看派出所的大门。

回家的途中有卖糖人的，宪法产生了兴趣，他摸了摸口袋，里面一分钱也没有，只好离开。

厨房里宪法在一块粗大的磨石上磨着菜刀，和解放有一搭没一搭地说话。解放说：“你不能再和那些人来往了。都是社会的渣滓，别再理他们。”

宪法用手试了试菜刀的锋利程度：“我二姐呢？”

解放沉默了一会儿，说：“昨天，厂里让填表，她生气了，晚上也没回来。”

“那她晚上住哪儿啦？”

“不知道。我和援朝一直等她，想出去找，不知她在老董家还是老韩家，半夜把谁家吵醒都不好。”

“我二姐她总是这样，我俩倒是挺像的。”

第十一章

解放听到大屋有响动，马上放下正在洗的衣服来到大屋。魏海柱已经把缝纫机的机头拆下，解放急忙拦住魏海柱。魏海柱面无表情地说：“坏了，我修修。”

“爸，这机器没坏。”解放强行把魏海柱拖到一边，为他拿来了报纸。

宪法一言不发地走了进来，把书包一扔，坐到了一把椅子上。解放把手在围裙上擦了擦：“怎么了宪法？”

宪法黑着脸不说话。

“我问你话呢？”

“我被学校开除了。”

解放吃了一惊，她担心的事儿还是发生了。

“今天一到学校，门口的布告栏里写着开除我的通告。我找了班主任，班主任说是校长的意思。我又找校长，校长说，我影响学校的声誉，被派出所拘留过的全要开除。”

“别急，姐去找你们校长，让他收回开除你的决定。”

宪法不在乎地说：“不用求他，就那破学校，我还不爱去呢。”

解放瞪眼睛：“瞎说，你才十七岁，不去学校你去哪儿？在社会上还不学坏了？”

解放一边解围裙一边说：“你看着爸，他这两天总拆缝纫机，刚才我一没留意他就把机头给拆下来了。你看看会不会安，不行的话，晚上让你大哥安。”

解放找到庞校长：“学校是教育人的地方，总不能因为他犯点儿错就把他推向社会吧？”

庞校长清了清嗓子说：“魏宪法在学校不守纪律是有名的，听说假期已经进了一次拘留所了，我们当时没有加以追究。现在这事儿让市领导知道了，来了电话。学校能丢得起这个脸吗？再不能宽容他了。”

解放争辩说：“市领导？不就是嗑巴他爸吗？嗑巴是什么人你们不知道？一个电话就把你们吓成这个样子？”

庞校长气急败坏地说：“你怎么说话呢？你这样说话我不和你谈了，给我出去。”

“就你们这样的学校，不念也没什么了不起。”

解放气呼呼地走出了校长室。

放学了，学生们像一群羊一样挤出教室。跃进去找鞍钢，发现鞍钢的教室空无一人。他穿过操场来到五年级三班的教室，教室里有两名学生在那里扫地。

跃进问：“魏合营呢？”

“早就走了。”

鞍钢在放学的时候先跑到厕所里蹲了一会儿，出来后发现跃进和合营的班级都空了。

出了校门，鞍钢的脚步慢了下来，前面站着两个外校的学生，鞍钢本能地感到一种无形的危险在向他逼近。他心里打鼓，要不要走过去。

刚要向别处走，一个戴着狗皮帽子的喊：“站住！”

鞍钢仍向前走，狗皮帽子喊：“我让你站住！”

一个穿着褐色条绒上衣的跑过来，把鞍钢拽过去。

“哪个学校的？”

“五七小学的。”

狗皮帽子上下打量着鞍钢：“五七的学生最坏了。”

鞍钢不说话，他的眼神里充满了恐惧。

“你兜里揣的什么？”

“没有什么？”

褐色条绒去翻鞍钢的兜，掏出一块橡皮、两根玻璃丝，还有三把钥匙。

狗皮帽子说：“把书包打开让我们看一看。”

鞍钢不动，但不敢走。褐色条绒把鞍钢的书包摘下，解开搭扣，把里面的东西倒在了地上。除了教科书、本子和文具盒，里面还有一本小人书——《鸡毛信》。

两人看到小人书，眼睛一下子瞪大。狗皮帽子把小人书抓到手里，两个人快速向一个胡同跑去。

解放体检完刚回家，鞍钢就哭着走进家门。

听到小人书被抢了，宪法手中的报纸摔向桌子：“这帮小崽子简直无法无天了。”

“走，领我去找他们。”宪法拽着鞍钢走出去。解放生怕宪法再惹出什么事来，她把手中的包放到桌上说：“合营，你照看咱爸，我去看看他们。”

解放追赶了上来，宪法觉得解放多此一举。

“我担心你吓着那两个孩子。”

“吓着？现在的孩子比我们敢干多了……我们顶多打个架，他们敢明抢了。”

狗皮帽子拿着小人书要翻页，褐色条绒说：“别翻，我还没看完呢。”

“看得真慢，就这么几行字，我早就读完了。”

褐色条绒说：“我在看他拿的什么枪。”

“什么枪？盒子枪呗。”

“我是看盒子枪什么样儿，回家做一把。”

“吹牛，盒子枪是那么容易做的？”

“信不信由你，反正我回家要做一把。”

宪法忽然出现在他们的面前，狗皮帽子看到宪法，第一个动作就是跑，宪法一把揪住他：“想跑？那么容易？”

鞍钢上去把狗皮帽子手中的小人书夺下。

宪法问道：“你们哪个学校的？”

狗皮帽子不说话，褐色条绒面露恐惧地说：“我们是尚仪小学的。”

宪法把他们教训了一番放走了。解放责备宪法不该那么凶，没必要吓唬他们。

宪法说：“就这样他们也不一定害怕。没准他们哪天还会找鞍钢的麻烦。”

全家人正在吃饭，五反回来了。合营停住筷子：“二姐，你不在外面住了？”

五反没好气地说："吃你的饭。"

解放站了起来，为五反盛了一碗饭，放到五反平时坐的位置，五反什么也不说，坐在那里一声不响地吃着。

这天晚上，解放心情苦闷，她来到了徐亚丽家，解放向徐亚丽述说着五反对自己的种种态度。解放不知道如何处理这些问题，徐亚丽开导解放……

解放来到大屋。宪法正在翻一本小人书，边看边乐。解放说："宪法啊，你领爸到厕所去大便。"

宪法放下小人书，过去扶父亲。解放对宪法说："一会儿我要回集体户办手续，得明天晚上才回来。这两天你好好照顾爸。"

"知道了，你都说好几遍了。"

"还有，明天这时候也要领爸去大便，知道吗？"

"知道啦，知道啦。"宪法扶着魏海柱出门。

姚小兰看到解放进来忙喊："解放回来了。"

李红马上从炕上跳下来，去接解放手中的包。唐秀雯看到解放，只是对着解放笑笑。

李红把包放到炕上："是回来办手续的吧？"

解放点了点头："这些天干什么活儿呢？"

李红沮丧地说："别提了，挨家挨户送沙子，准备育地瓜苗。"

解放感到奇怪："怎么要育地瓜苗啊？"

"说是上级的号召，开春后栽地瓜。"

"在哪儿育啊？"

"社员家的炕上呗。"

"那社员家能愿意？"

"还行，说是给工分。"

解放来到男生寝室，屋内只有方志东和高强。解放对方志东笑了笑说："人怎么这么少啊？"

志东说："前屯来了个二人转戏班子，都去看热闹了。"

"现在还有二人转戏班子？"

"偷偷摸摸地演呗。"

解放来到高强的面前递上手中的表格：“签一下字吧。”

高强看也不看地说：“这事儿别找我。”

“你不是户长吗，不找你找谁啊？”

“我到你家让宪法说那几个小流氓叫什么名字的时候你怎么不承认我是户长呢？”

解放火了：“你什么意思呀？不打算签字？”

高强根本不看她：“我就不签，能咋的？”

“不就是握着点权力吗？你以为不签我就回不去呀。”

“爱找谁找谁，反正别找我。”

“我还真就不找你了。”解放说完转身离去。

方志东冷漠地看着高强：“你这么做，太没意思了吧？”

高强看了方志东一眼：“我知道你和魏援朝好，少管我。”

方志东一拳挥过去，把高强打了个趔趄。高强用手捂着脸：“你敢打我？”

方志东笑了一笑说：“为什么不敢打你？”

方志东追上了解放：“把表拿过来。”

“你签字也管用？”

方志东笑了：“公章在我那里呢。”

魏海柱在报纸上画着，宪法坐在一旁看小人书，崔彪走了进来。看见崔彪，魏海柱停下手中的笔，严厉地问：“你哪个山头的？”

崔彪愣了一下：“我跟宪法是同学。”

魏海柱看了崔彪一眼，不再理他，低下头专注于那些纸片。宪法让崔彪坐下，他用手指指脑袋：“我爸这里有问题。”

崔彪点了点头，他心有余悸地看了魏海柱一眼：“听说你不念了，在家干啥呢？”

“没干啥，待着。”

“待着干啥呀？出去挣钱多好啊。”

“干啥能挣钱呀？”

崔彪脸上现出得意的表情：“能挣钱的活多了去了。”

“那你干啥呢？”

崔彪面露喜色地说：“前一阵儿吧，我倒腾点儿粮食，这一阵儿风声紧，停手了。这两天想到郊区的砖厂干临时工。”

"这两年你一直这么折腾？"

"就是瞎混呗，没事儿弄点儿钱花。"

"倒腾粮食没人抓吗？"

"怎么没有？这么跟你说吧，被抓住的时候少。也就是说，你干十回他们抓不着一回，那为啥不干呢？我找你，是问你去不去砖厂干临时工。"

"一个月能挣多少钱啊？"

"不好说，我去年干了几个月，有时能挣六十多块，最好的时候挣过八十多块，少的时候也就四五十块。"

宪法惊讶地说："不少啊？我爸工资才六十多一点啊。"

"活儿累。"

"累不怕呀，只要能挣到钱，累点儿怕什么。"

"你可能没干过那样的体力活，比如说装窑吧，那小车一趟一趟地推，一点儿不能停。一天下来，人就像散架了一样。"

"那也行啊，挣钱嘛。"

"出窑就更苦了，里面烤人呢。"

"我看这活儿行，用不着技术。以前我爸老说我手笨，只能干出大力的活儿。"

"那咱俩到砖厂看看去？"

宪法为难地说："我现在离不开呀，得照看我爸，家里一没人，他就开始闹腾。"

崔彪看了一眼柜上的钟说："那我去了，再不走时间就来不及了。"

五反这天回家早。

宪法问："今天怎么回来这么早，不排练节目啊？"

"指导老师病了，让我们回家自己练。"

宪法高兴了："是吗？那太好了。"

"有什么好的？"

"你回来好呗。我要出去办点儿事，你照看一下爸。"

五反不同意："我不，我还有别的事呢。"

宪法开始穿外衣："不就是练节目吗，在家练吧。"

"你站住，我说了我不看。"

"为什么呀？"宪法回了一下头。

"凭什么让我看呀？"

宪法说："看你这话说的，照看爸是当儿女的义务，你总是嘴上说得好，什么如果让我进厂，我也会把家担起来？谁信呢？咱爸病了这么长时间，你照看过爸几回？光想着进厂有个好工作呀？多亏厂里直接让大姐进厂，要是让你进厂，全家还不得喝西北风？"

五反气急败坏地说："你胡说。"

"我走了，你就在家照看爸吧。"

五反用脚跺地："你给我回来……"

宪法已经蹿了出去，五反气呼呼地坐到椅子上生闷气。魏海柱从炕上下来找鞋。

五反问："你干什么呀？"

"大便……大便。"

五反一下子蒙了："什么什么？"

忽然魏海柱站在那里不动了。五反抽了抽鼻子，她尖叫了一声："啊？你怎么拉到裤子里了？宪法！宪法！"

五反跑到门外，院子静悄悄的，根本没有宪法的影子。

五反回到屋里，魏海柱还是那样一动不动地站着，五反绝望了，她不知所措地坐到了椅子上大哭起来。

魏海柱仍站在那里，他嘴里说着："大便……大便。"

五反的哭声更大了，赵军拄着拐走了进来："五反，你怎么了？"

五反像是看到了救星，急忙拉住赵军说："赵哥，快帮帮我吧。我爸他……他拉裤兜了。"

赵军不以为然地说："病人这不常事儿吗？你去拿手纸，我给他擦了不就完了吗？"

五反慌慌张张拿来手纸，赵军拄着拐走到魏海柱的身边："魏叔，你就这样站着别动啊，我先把你的裤子解下来，你不用动就行……"

五反害羞地来到厨房，一脸的委屈。

鞍钢背着书包向家走，狗皮帽子和褐色条绒又出现在他的面前。

褐色条绒说："跑什么呀？"

狗皮帽子推了鞍钢一下："又想找你哥呀？"

两个人轮流推搡着鞍钢，弄得鞍钢东倒西歪地站不住。

狗皮帽子推搡着："找你哥算什么本事呀？"

褐色条绒用力推了一下鞍钢，鞍钢脚一滑，倒了，他坐在地上哭了起来。

狗皮帽子用手指敲着鞍钢的脑袋说：“你除了会哭，还会干什么？”

鞍钢边哭边说：“你们就仗着人多呗。”

狗皮帽子说：“你站起来，咱俩单打。”

鞍钢站起来，看了看比自己高很多的狗皮帽子，并不敢和狗皮帽子单打。

宋艳霞骑着一辆墨绿色的邮局专用自行车轻巧灵活地在小巷里穿行，显示着她高超的骑车技术。

两个在街头晃荡的小混混看到宋艳霞骑车过来，其中一个把手指放到嘴里，打了个长长的呼哨。

另一个喊：“没气啦，瘪胎啦，瘪胎啦。”

宋艳霞对两个小混混的起哄不予理睬，她灵活地骑着自行车，在一处平房前停住，向住户的报箱里投送报纸。

从小巷出来，宋艳霞骑车来到食品厂的大门口，将车停放在台阶下，从车后的绿色搭兜中取出一沓厚厚的报纸和信件，轻盈地走上台阶，进入食品厂的收发室。

两个小混混一高一矮，看到停在食品厂门口的绿色自行车，两个人相视一笑，摇摇晃晃地走了过来。

矮个小混混问：“知道什么叫四大绿吗？”

高个小混混说：“不知道。”

矮个小混混像背诗一样说出了四种民间流传的四大绿：“大葱叶，西瓜皮，王八盖子，邮电局。”

高个小混混高兴得像是喝了马尿似的：“还真是的，全都翠绿翠绿的。好好，这个好。”

“要不怎么说是四大绿呢。”

高个小混混一屁股坐到了宋艳霞放有搭兜的后架上，顺手从搭兜里摸出一封信来，他看了看那封信的收信人，道：“马……肉？还有叫马肉的？不能吧，叫马内？”

矮个小混混看了看，忽然哈哈大笑起来。高个小混混被他笑毛了，吼道：“你笑什么？”

“马肉？还他妈的牛肉呢，净念大白字，你这高中算是白念了。”

“别在我面前装江南大瓣蒜，你说这字念什么？”

矮个小混混还在笑，高个小混混踢了他一脚说：“你也不认识吧？还说我呢，你也白字先生一个。”

矮个小混混说：“我怎么不认识？这念芮，叫马芮。没听广播里说上海市委书记芮杏文吗？就是这个字。”

高个小混混疑惑地说：“是这个字？真他妈的邪门儿，还有这么写的字。”

宋艳霞从食品厂里出来，高个小混混坐在那里并不让开，宋艳霞把高个小混混手中的信一把夺过去。

高个小混混一惊：“你想干吗？”

宋艳霞反问道：“你想干吗？”

高个小混混嬉皮笑脸地说：“我找信呢。”

宋艳霞拉下脸说：“没你的信。”

高个小混混说：“你手里的就是我的信。”

宋艳霞喝道：“让开。”

高个小混混蛮不讲理地说：“让什么开？你拿了我的信。”

“怎么就是你的？”

“那是你的吗？”

见宋艳霞不吱声，高个小混混得意地说：“这不就得了，既然不是你的，当然就是我的了。”

宋艳霞正色道：“少在这里要无赖。”

“我就要无赖了。你说信是你的，那你说收信人叫啥？”

宋艳霞看了一眼手中的信，还真不认识。

高个小混混调戏地问：“你知道四大绿吗？”

矮个小混混在一旁坏笑，宋艳霞皱了一下眉头，推着自行车就向前走，可高个小混混坐在后架不撒手。宋艳霞猛地将车身倾斜，将高个摔了出去，矮个小混混在旁边大笑。

围拢了一些看热闹的人，高个小混混觉得丢了面子，他上去一脚将车子踹倒。宋艳霞看着这一切，不由自主地向后退了两步。一个老人劝道：“小伙子算啦，好男不跟女斗。”

高个小混混回头看了一眼：“老不死的，少他妈多嘴。”

援朝从人群里走出来：“哥们儿，跟女人动手多没面子。”

高个小混混看了一眼援朝，面带讥讽地走过去，援朝也是一脸笑意地看着他。

“她是你妹子？”

援朝摇摇头说：“不是。”

“是你邻居？”

“也不是。”

“那你算哪根儿葱啊？”

援朝还是笑：“我不是怕兄弟你丢面子嘛。”

“那我跟你动手不算欺负人吧？”

“当然不算，跟我动手算你瞧得起我。”

高个小混混笑了，他的笑意还没有收起，猛地出拳打向援朝，援朝早有防备，他侧身，同时出了一脚，高个小混混一下子被踹倒在地。高个小混混慢慢地爬了起来，看了一眼援朝，恨恨地说：“你别得意，我还会找你的。”

援朝把宋艳霞的自行车扶了起来，自行车的后圈已经扭歪了，他用脚蹬了蹬，总算弄得可以骑了。

宋艳霞不好意思地说：“你能送我一下吗？我怕他们再来找麻烦。”

援朝看了看边走边回头的两个小混混：“你往哪儿走？”

走了一段路，宋艳霞说：“今天的事儿真是谢谢你了。”

援朝不在意地说：“小事嘛，我也没做什么。”

宋艳霞发自内心地欣赏说：“想不到你打架挺在行。”

“下乡的时候没事儿干，老打架来的。”

“你不怕打不过他们？”

“打不过就让他们揍一顿呗。”

“真行，我就佩服你这样的。”宋艳霞认真地看着援朝。

援朝大大咧咧地说：“我姐最讨厌我跟别人打架。”

“你不欺负别人，可别人欺负你呀。”

“我已经好久不打架了。”援朝表示自己已经学好了。

宋艳霞主动伸出手说：“认识你很高兴，我叫宋艳霞，在邮电局第五支所上班。”

援朝握了握宋艳霞的手说：“我叫魏援朝，在市造纸厂机修车间上班。”

两个人笑了一下，继续向前走。

宋艳霞问：“你哪年进厂的呀？”

“今年一月份。”

“一月份？没听说市里招工啊？”

“我有点儿特殊。我妈去年出了意外，去世了，我是被照顾进厂的。”

宋艳霞像是漫不经心地打听着：“哦，你母亲去世了。那你家里还有什么人啊？”

“还有爸爸、一个姐姐、两个妹妹、三个弟弟……”

第十二章

魏海柱用彩色粉笔在几张报纸上画着，解放给弟妹们开会，解放说：“我明天就进厂上班了，现在商量一下照顾爸的事儿。”

援朝说：“这简单，宪法现在也不上学了，白天宪法照顾咱爸不就行了。”

宪法不同意：“我要去砖厂干临时工，已经和人家说好了。”

“一个临时工，说好了又能怎么的？可以不去嘛。我和大姐在厂里上班，谁白天能有时间啊？只有你了。”

“好像我待在家里是白吃饭的，我要出去挣钱。”

解放劝道：“照顾咱爸是非常重要的事儿，谁也不会认为你是白吃饭的。相反，这个事儿别人还做不好。爸犯起病来别人按不住他。你有劲儿，能拉扯住咱爸，这事儿都靠你了，你能帮家里挑起这个重担吗？”

宪法看了看解放，无奈地点了点头。

解放接着说：“那白天就由宪法照顾咱爸了。但宪法天天待在家里也不是个事儿，晚上家里有人了，宪法就可以出去透透气儿。晚上呢，每人值一天好不好？咱们六个人，按照年龄大小，从周一开始排，一人一天，多出来的是我的。”

援朝说：“我多值一天吧，我值周二和周日。周一是大姐，周二是我，周三是五反，周四是合营，周五是跃进，周六是鞍钢，周日还是我。大姐就值一天吧，大家都清楚了吧？”

五反坐在那里没有说话。

天刚蒙蒙亮，解放就起床了。昨天下了一夜的雪，足有一尺多厚，门都推不开了。解放把院子扫出一条小道后，开始做饭。

走在上班的路上，解放的心情很难平静，一想到五反那怨恨的脸，她就感到非常难受。

人行道上不时能看到人们堆的雪人，有的雪人堆得特别好，有人细心地为雪人制作了嘴，用煤块制作了眼睛，甚至还找到了一只玻璃瓶放到了雪人的怀里。雪人那娇憨的样子，给解放带来了一点儿轻松。

马主任领着解放来到高萍的面前："小高，这是新进厂的魏解放，车间决定让她在你们组工作，以后归你领导了。"

高萍不冷不热地说："我能领导谁呀？"

马主任笑笑说："解放啊，这是你的班长高萍，以后你就在这里工作了，有什么事情跟班长说，让班长为你解决。小高，我把魏解放交给你啦。"

马主任说完走了，解放打量了一下高萍，发现她的眉眼有些熟，但不记得在什么地方见过。解放毕恭毕敬地喊了声："高班长。"

高萍转过身上下看了解放几眼："你就是魏解放？"

解放听得出高萍的话语里透着一种排斥，她弄不清这排斥来自何处，因此她老老实实地点了点头。

高萍斜着眼睛看着她："以后在这里工作，要老老实实地干活儿，不能偷奸耍滑，明白吧？"

解放点点头说："我知道。"

高萍头也不抬地说："那去领工作服吧。"

解放一脸的茫然："到哪里领工作服啊？"

高萍不耐烦地说："鼻子下长嘴干什么呀？"

高萍低头忙手中的活，再不理会解放。

看了看高萍，又看了看别的女工，解放走到一位离她近的女工那里悄声问："大姐，请问，在哪里领工作服呀？"

"领工作服呀，那得到福利科。"

"福利科在什么地方？"

"就在大门口。"

经过了一番周折，解放终于找到了福利科。

解放对库房的一位师傅说："师傅，我想领工作服，是在这里吗？我是新进厂的，要领一套工作服。"

"票。"

"什么票？"

“当然是领工作服的票呀？”

解放说：“我没有。”

“没有你领什么工作服呀？”

“我刚进厂，不懂怎么办，你告诉我应该怎么领好吗？”

福利科师傅仔细看了看解放：“新来的？你们班长没告诉你怎么做？”

解放摇了摇头。

“怪事儿，这是什么班长？她在折腾你吧？”他耐心地为解放解释道，“领工作服，先得到车间填单子，标明你领什么物品，找车间的核算员盖章，然后才能到我们这里来领。新进厂的不仅要领工作服，还有其他一些物品也可以领，你问问核算员，都可以领什么东西，让他帮你填。”

四十多岁的余桂兰被高萍指派为解放的师傅，余桂兰告诉解放选纸的要领：“选纸就是把不合格的纸选出来。缺边少角的自然要选出来，还有一些有孔洞的，上面有黑点、黑块和污损的都选出来，有的定量有问题，也就是或薄或厚，这样的也得选出来。明白了吗？”

解放点了点头。解放向自己的操作台走去，余桂兰喊住了她：“你和班长的弟弟在一个集体户？”

解放的脑中一下子闪过高强的面容，忽然明白了让她困惑一上午的问题。解放笑笑说：“是啊，一个集体户。”

“班长这个人，凡事爱拔尖儿，你得让着她点儿。”余桂兰耳语道，“还有，你得想办法弄个这样的东西戴在手上，否则干起活来不顺手。”余桂兰把戴着橡胶皮套的两根手指展示给解放看。

“这从什么地方弄来的？”

“找亲戚在医院手术室要的。”余桂兰又嘱咐解放说，“还有啊，拿纸要注意点儿，这东西看起来挺整齐，但纸边像刀一样锋利，一不小心就割破手。”

张玉林和一群男生玩篮球，他们只穿着秋衣，棉衣都搭在篮球架子上。张玉林的长相帅气，动作也比别人潇洒。

吴腊梅和许娜、王凤英趴在窗前看着外围的男生打篮球，吴腊梅发自内心地赞叹道：“你说他怎么玩得那么好呢，每一个动作都让人看着那么……那么神奇。”

王凤英说道：“是吧？这就叫情人眼里出……”

“西施。”许娜笑着接道。

吴腊梅不在意地说：“忌妒吧？我就愿意看他打篮球。”

许娜问：“那他知道你喜欢看他打篮球吗？”

吴腊梅神色黯然地说：“我怎么好意思让他知道呢？”

王凤英说：“这有什么不好意思的？你要是不好意思的话，我去跟他说。”

吴腊梅假装捶了王凤英一拳说：“找死啊？”

王凤英装作很疼的样子说：“别不好意思嘛。”

吴腊梅坚决地说：“不行，我怕。”

“怕什么呀？”

许娜说：“怕一旦不成功，希望不是全破灭了嘛。”

“这事就得早完早了，拖到最后也是这么个事儿。”

吴腊梅坚决地摇头：“不行，不能让你们把我的希望砸碎了。”

张玉林把篮球扔给了一个男生，开始取篮球架上的衣服，他们晃晃悠悠地向回走。忽然，不远处的礼堂传来了音乐声，他们互相看了看，向礼堂走去。门在里面锁着，他们趴在窗户上向里张望。

礼堂内正在排练舞蹈，宁老师站在前面用双手做着手势，宣传队的同学在那里尽情地舞着。一曲结束，宁老师拍了拍手：“这支舞大家跳得不错，手臂还可以再柔软一些，腰的动作还要加强。下面我们开始下一个舞蹈。”

《南飞的大雁》音乐声响起，五反等人随着音乐从侧幕布里缓缓移出。

张玉林趴在那里看呆了，他觉得五反的动作是那样的迷人。一个穿着黑色半大衣的同学捅了捅张玉林：“走吧，不是要去我家看鸽子吗？”

张玉林恋恋不舍地问：“领舞那个女生是谁啊？”

黑大衣向里看了看说：“那是三班的魏五反。”

张玉林感到陌生：“魏五反？我怎么没听说过？”

“你才转到咱校多长时间啊？”

“快一年了。”

“这不就得了。魏五反还是青年宫文工团的，平时在学校里的时间不多，你不认识正常。走吧，到我家去看鸽子，你要是喜欢，可以送你一对儿……”

张玉林和黑大衣走出了校门，张玉林忽然停下脚步。

“怎么了？”

“借的书落到教室了。”
“明天再取吧。”
“不行，现在就得取，弄丢了没法儿还人家了。”
“那我跟你一起去。”
“不用，你先回家吧，明天我再去你家。”

张玉林穿过操场中央的时候，迎面碰到吴腊梅几个人，见有女生，他装作若无其事地向前走。看见张玉林，吴腊梅的脚步慢了下来。

宣传队的排练结束，人已经散了，只剩五反和韩梅、董丽英慢腾腾地向外走。董丽英说：“我妈说要去看一下姥姥，我得回去了。”
五反问：“你姥姥？手上戴着大镯子的那个？”
韩梅说：“对对对，我也见过。”
“是啊，她不常来我家，一般在我大姨家。前些日子刚查出了癌，也不知道还能活多长时间。”
韩梅恐惧地说：“癌症啊，太可怕了，什么癌啊……”

张玉林站在礼堂的门口，不停地向礼堂里面张望。五反、韩梅、董丽英出来，张玉林迎着她们走了过去。张玉林直视着五反问：“你是魏五反？”
五反感到奇怪，不认识这个人啊。她答应着：“是啊。”
张玉林向她晃了一下脑袋说：“我找你有事儿。”
韩梅和董丽英站在那里等五反。见她们不走，张玉林对她们说：“我和魏五反有点事儿，你们先走吧。”
韩梅和董丽英有些犹豫，五反对她们说：“没事儿，你们先走吧。”
韩梅和董丽英走了。张玉林说：“我是六班的，叫张玉林。”
五反说：“听说过你，是转来的。有什么事儿？”
“今天我看到你跳的《南飞的大雁》，真是好极了，我觉得我们应该成为朋友。”
五反一听这话立刻笑了，讥讽地说：“成为朋友？你算老几呀？是不是觉得自己长得英俊，别人就都想和你搞对象啊？回去好好照照镜子，真的以为自己是白马王子啊？”
五反气呼呼地说完这番话，头也不回地走了。张玉林呆站在那里，他没想到从五反的嘴里会说出这么尖刻的话，他痛苦地低下了头。

吴腊梅和许娜、王凤英躲在礼堂的门斗后面偷听着张玉林和五反的谈话。五反走后，吴腊梅看张玉林那么痛苦，她愤怒地踢了一脚身边的雪，低声吼道："走，找她算账去。"

吴腊梅领着许娜、王凤英风风火火地向五反走的方向追去。

五反走得很快，她在追赶韩梅和董丽英，忽然从胡同里闪出三个人。五反知道领头的吴腊梅，她是学校女生中的一霸。三个人把路堵住，五反认为自己并没有得罪吴腊梅，她犯不上为难自己，便想从旁边绕过去。吴腊梅拦住了她。

"你干什么？"

吴腊梅看着五反的脸说："干什么？我还想问你呢，你刚才干了什么？"

五反不说话，她不知道吴腊梅说这话是什么意思。吴腊梅追问："你为什么不说话？敢干就敢说，现在怕了？"

"我刚才在排节目，有什么不敢说的？"

"完了呢？完了你又干了什么？"

五反不知道刚才和张玉林见面的事会和吴腊梅有关，因此她决定不说这事。

"你知道我吧？"

五反当然知道这个以能打架闻名的吴腊梅，五反点头。

"认识就好，省得我自己介绍了。你是不是觉得自己是八中长得最漂亮的女生？"

"我没那么认为。"

"好，有自知之明就好。不要觉得自己长得好看点儿就可以为所欲为，一是比你长得好的大有人在；二是长得好就可以侮辱别人吗？"

听到这里五反明白了："我知道了，是张玉林让你们来的，那这个人就更可耻了。"

吴腊梅马上喝道："不许你这样说张玉林，你这样说是要付出代价的。"

吴腊梅开始动手打五反："你为什么要侮辱他？"

五反很快被吴腊梅打倒，吴腊梅还不放过她，她边打边说："他想和你交朋友有错吗？"

五反的衣服被扯破，吴腊梅接着打五反："他这么好的一个人，你却让他那样痛苦！"

说到这里，吴腊梅自己也哭了。停了一小会儿，吴腊梅更加发疯地殴打五反。

造纸厂不愧为江北的大厂，下班时大门一打开，下班的人流像潮水一样涌了出来。

大门外的一侧，宋艳霞扶着自己的绿色自行车站在那里，她在人群中搜寻着魏援朝的身影。拎着饭盒的解放从里面走出来，与宋艳霞擦肩而过。

下班的人流慢慢变得稀少，宋艳霞终于看到了援朝。看到宋艳霞在向自己挥手，援朝看了看身边的两位青工，然后走了过去。

“有事儿？”

宋艳霞说着早就编好的理由：“车坏了，修车铺不愿给修，你能帮我修修吗？”

一位青工忙起哄说：“能修能修，没有援朝修不了的。”

解放下班回家，宪法问：“大姐分到哪个车间了？”

“选纸车间。”

宪法点了点头说：“唉，就我是吃干饭的。”

解放坐下来耐心地对宪法说：“可不能这么说。你不照顾爸，我和援朝都不能安心上班，总得留一个。你在家照顾爸，就相当于上班了。”

宪法点头，但他仍然不高兴，起身为解放倒了杯水。

解放喝了口水问：“爸今天怎么样？”

“不太好。早晨爸上厕所的时候，碰到了老麻头，爸骂他。老麻头想要和爸说道说道，我再三拦阻，老麻头才嘟嘟囔囔地走了。你说爸怎么这样，见谁骂谁。遇见认识的还好说，遇见不认识的不得和爸动手啊。”

解放叹了一口气道：“爸别的事儿没记得多少，倒是丢布票这事儿记得死死的。”

解放走到魏海柱的身边问：“爸，喝点儿水吧。”

魏海柱机械地说道：“好，喝水。”

解放把茶缸递给了魏海柱，他接过去狠狠地喝了一大口，解放接回茶缸放回原处。解放翻弄了一下魏海柱面前的那堆纸样问：“爸，你这又是在画什么呀？”

魏海柱眼神空洞地说：“跃进的衣服。”

“跃进的衣服不是已经做完了吗？”

“没有，我就把她的给忘了。”魏海柱显得有些失落。

“我看看……”解放想仔细看一下那些纸片。

“别动别动，弄乱了。”魏海柱不高兴了，他用手护着那些纸片。

解放无奈地摇了摇头：“宪法，你出去散散步吧。”

“姐，我帮你做饭吧。”

解放理解地说：“你照顾爸就是帮了姐的大忙。出去溜达溜达吧，一天关在家里也不好受，出去散散心。”

宪法穿衣服准备出去，赵军拄着拐走了进来。

看到解放，赵军问：“大叔的病这几天怎么样？”

解放无奈地说：“还是老样子。”

赵军问：“大叔，好些了吗？”

魏海柱抬起头瞪着赵军，赵军见对方的目光犀利，心虚地笑笑。魏海柱忽然吼了一句：“你他妈的还我布票！”

“布票是吧？”赵军不慌不忙地掏了掏口袋，真的掏出了两张布票递给了魏海柱。魏海柱接过看了看，又喊了一声：“不够，其他的你藏哪儿了？”

赵军彻底愣在了那里，支支吾吾地说：“其他的？其他的真没有，就这些……”

解放走过来哄他说：“爸，没人拿你的布票，这人是我同学，他送你的布票。”

魏海柱的情绪稳定了，犹犹豫豫地说：“送我的布票？”

魏海柱虽然疑惑，但他相信了解放的话，低下头研究那两张布票。

宪法看没什么事儿就说：“赵哥你坐啊，我出去了。”

赵军随口问一句：“看电影啊？”

宪法疑惑地问：“电影？有新电影啊？”

“我来时正卖票呢，有人打起来了。”

“什么电影啊？”宪法来了兴趣。

“阿尔巴尼亚的《地下游击队》。”

“赵哥有没有门子，帮买两张呗。”

“行，我想想办法。邻居倒是有在电影院上班的，只是没有什么交情，不知道能不能求得动。”

“那先谢谢赵哥了。”宪法说着要走。

解放想起了一件事：“你先下菜窖拿点儿白菜，拿完再走。”

赵军和解放坐在桌子的两侧。赵军问：“怎么样？上班的感觉还好吧？”

解放看了看赵军，摇了摇头。

“不好？怎么回事？”

解放把白天的事儿说了一遍。赵军愤愤不平地说：“我早就说高强这个人心眼儿太坏，你还劝我大度点儿。怎么样，现在看清了吧？他们家是一路货色。”

“仅仅这样就算了。我领完工作服回来，她竟然当着许多人的面说我想把领工作服当成工作。”

赵军立刻火了：“你当场骂她呀。一个小班长，不知道自己姓什么了？”

解放自嘲地说：“命苦啊，一进厂就碰上她。”

五反衣衫不整地回到家，嘴角流着血，解放吓坏了：“五反你怎么了？”

五反哇地一声哭了起来，魏海柱听到声响，好奇地向这边张望。

宪法把筐扔到厨房就冲了进来：“二姐，谁欺负你了？”

五反抽抽噎噎地说了经过。

解放问：“你知道那个叫吴腊梅的家住在哪里吗？”

五反点了点头。

解放说：“那你告诉姐，姐去找她。”

火车车厢里，李红和唐秀雯坐在靠窗的位置。闲得无聊，李红问：“你还记得那次去天岗公社的事吗？”

唐秀雯迷糊了：“去天岗公社的事？什么时候？”

李红不耐烦了：“你去过几次天岗公社？不就去过一次吗？魏援朝为了你跟人打了起来。”

“那次他跟人打架了？”唐秀雯更是记不住了。

“你都忘了？你这个人真是的！在供销社买面包，有两个本地小子向你身上挤，你和这两个小子骂了起来，你竟然忘了？”李红失望地说，“我看出来了，别人对你好你都记不住。”

吴腊梅的母亲正好在家，她是一家刺绣厂的副厂长。解放把吴腊梅打了自己妹妹的事情一说，夏副厂长倒是很通情达理，不仅说要严厉管教吴腊梅，还主动拿出钱来赔被吴腊梅扯坏的衣服。这样一来，倒让解放不好意思了。

在邮政五支所，援朝把自行车拆开擦洗上油重新组装。

宋艳霞羡慕地说："你修车技术这么好，跟谁学的呀？"

援朝说："没学，看看就会了。"

"看看就会了？吹牛。"

"真的。我家一直没自行车，我爸是厂里有名的八级钳工，没有他不会修的机器。小的时候，常有人求我爸修自行车，我在旁边看，看几回就会了。"

"真的呀？"

"真的。虽然没自行车，但我早早就会骑了。"

"为什么？"

"修好车，我就推出去偷着学，三下两下就会了。"

"你是个天才。"

"不要瞎说，毛主席才是天才呢。"

援朝把自行车翻转过来，把车把正了正说："好了，你骑两圈试试。"

援朝把自行车推到院子里，宋艳霞骑着车子在院子内转圈，她边转边说："比以前轻快多了。"

"那就好，算我没白忙活。"

宋艳霞眼睛一转，故意向援朝冲去，援朝也不闪避，待到车子过来时，他轻轻一闪。宋艳霞一捏闸，车子定在那里，她就势倒在援朝的身上，援朝忙扶住宋艳霞。宋艳霞不动，援朝感到不自在："别闹了，我该回家了。"

宋艳霞说："我得请你吃饭。"

"吃饭就不用了。"

"那不行，要不你就拿着修车费，要不就请你吃饭。"

"这么点儿活儿。"

"你不知道吧？我们每个月有两块五毛钱修车费。"

"光修车费就两块五？"

"当然了。"

"好吧，今天你请我，等我开工资了请你。"

"说好了呀，到时不能耍赖。"

"向毛主席保证，说话算话。"

"好吧，那你骑车带着我。"

"到哪里呢？"

宋艳霞想了想说："军烈属食堂你知道吗？"

援朝骑上车，宋艳霞紧跑两步坐到了后架上，她用一只手环住了援朝的腰。

赵军留在魏家照看魏海柱。

五反去了厨房，赵军在屋里百无聊赖，他拄着拐杖看柜子上面的相框里镶的照片。

魏海柱说："我要喝水。"

"哦，喝水是吧？"赵军找到一只大搪瓷茶缸，打开盖看了看，把茶缸递给魏海柱。

魏海柱对赵军的拐杖产生了兴趣，他左看右看："这是你的？"

赵军笑笑说："是我的。"

"在哪儿买的？"

赵军还真不知道在哪儿买的："在……在医院吧。"

魏海柱伸出手："给我看看。"

赵军把一支拐杖递过去，魏海柱拿过拐杖仔细看着。

"做得怎么样？"

魏海柱用专家的眼光审视了一番说："一般，强度不够。"

"强度不够？怎么会呢？"

魏海柱拿着拐杖在炕沿上敲了敲，又用两手握两端，要用膝盖撞。

赵军忙阻拦："魏叔，这可不能弄断了，没了这个，我回不去家了。"

魏海柱用内行的话说："里面得加钢筋。"

"好，我告诉医院，让他们加钢筋。"

合营、跃进和鞍钢走进家门。

赵军摸了一下鞍钢的头："怎么才到家呀？"

鞍钢说："路上玩来着。"

合营从怀里掏出一把火柴枪对赵军说："跟同学借的。"

赵军对火柴枪产生了兴趣："给我看看。"

"等一会儿啊，看我给你打一枪。"合营装上火柴，朝着角落放了一枪，动静不小。

魏海柱被响声惊得抬起头，大喊："抓小偷！"

跃进忙对魏海柱说："爸，没有小偷，是合营放枪。"

魏海柱四处看看，见没什么异常，又低下头来研究纸样。

赵军把枪拿过来，详细地研究了一番："跟别人借的？"

合营说："我借他小人书，他借我枪，明天还他。"

“这枪不复杂，我也能做。”

鞍钢问：“真的？”

“真的。我先找车链子，过几天就给你做一把。”

“太好了，真的给我做啊？”

“当然是真的了。”

“太好了，跃进，赵哥说给我做一把。”

跃进说：“听说车链子不好弄。”

“是吗？我想办法。”

顺子拿着小人书走进来：“小人书还你。”

合营说：“不是说好换一天吗。”

“我哥不让。”

合营不高兴了：“怎么这么赖呢？书你看完了就来要枪，有你这样的吗？”

顺子说：“我哥说，用枪换小人书看吃亏。”

“那也不能说了不算啊！”

顺子不说话，他把小人书放到炕边上，站在那里不走。

赵军说：“算了合营，还人家吧，我保证一个礼拜把枪做出来，到时你就有玩的了。”

合营不情愿地把火柴枪交给顺子。

晚上，解放把和宪法到吴腊梅家的过程学了一遍。五反问：“如果她再打我怎么办？”

宪法说：“我去收拾她。”

“那我还是挨打呀。”

宪法从柜子下面拽出一根一尺多长的橡胶棍。宪法把棍子递给五反说：“这个东西好，打到哪里都不出血，而且也没有痕迹，但可以把人打晕。”

五反接过那根橡胶棍。

宪法问：“会用吗？”

五反摇头。宪法说：“那我教你。大姐帮忙做一下样子。假如大姐来打我，用这只手架，这只手挥棍，看明白没有？”

五反反复练习着宪法教她的动作，宪法夸奖说：“对对对，二姐真聪明，不愧是学舞蹈的，一教就会。这其实和舞蹈的动作是一样的，也是一些套路，运用熟了，就成了武术。还有，如果她先上脚的话，那你就得这样了。看明白了没有？这样，对对对，二姐要是练武的话，准是好手。”

宪法看五反练了一会儿，上前说："假如我是那个吴腊梅，现在要打你，你做好准备呀。"

宪法一出拳，五反迅速一架，上来就是一棍，正巧打在宪法的头上，宪法夸张地揉着脑袋。

五反不好意思地说："我没用力呀。"

宪法笑了："我吓唬你呢。"

李红和唐秀雯从车站出来，唐秀雯说："这么晚了，找个地方吃完再回去吧。"

李红舍不得花钱："吃什么呀？回家吃多好。"

"回家还得做，吃完回去不就省事儿了吗。"

"我妈一见我回来，可愿意给我做饭了。"

"那是你妈。我妈一见我回来，总说我没赶到饭口上，害得她还得做一次。"

"你妈怎么这样啊？"

"她不愿意干家务活儿，从小就讨厌做家务。"

"你和你妈一个样，都不愿意干活儿。你妈妈的遗传。"

"吃完再回去吧，我请客。"

"那就吃完再回去吧。去哪儿啊？"

"军烈属食堂吧，那儿的熘肉段不错，我和高强去过。"

李红吃惊地问："啊？你和高强去过呀？"

唐秀雯知道说走了嘴，她遮掩地说："还有别人。"

援朝和宋艳霞来到了军烈属食堂，选择了角落里的一张桌子。宋艳霞问："想吃什么？我去开票。"

援朝看着菜谱拿不定主意："你看着买吧，我没来过。"

唐秀雯和李红走了进来，援朝愣了，他没想到会在这里遇见她们。李红跑了过来："援朝！"

援朝奇怪地问："什么时候回来的？"

"刚下车，过来吃点儿饭。这位是？"

援朝介绍说："这是宋艳霞，邮电五支所的。宋艳霞，这是我们集体户的，这是李红，这是唐秀雯。"

宋艳霞向她们点了点头说："既然碰上了，那就一起吃吧？你们坐在这里，我去开票。”

宋艳霞非常大度地把唐秀雯和李红按到凳子上，自己去开票。宋艳霞开完票，到取菜处排队，李红忙跑过去帮宋艳霞端菜。

……

四个人从食堂出来，宋艳霞大方地和李红、唐秀雯告别。援朝骑上车，宋艳霞紧跑两步坐到了后架上，她把手环到了援朝的腰上，援朝的身体顿时变得僵硬起来。

李红看到了这一动作，脸色立刻变了。她颓然地坐到了马路牙子上，号啕大哭起来。

第十三章

赵军来到一家修车铺，摊主仍然点着矿石灯在干活儿。赵军说：“师傅，这么晚还不下班啊？”

修车师傅说：“这车是下午接下的，要大修。”

“这么玩命干，钱一定不少挣吧？”

“每月挣的是一脚踢不倒的钱啊。”

“一脚踢不倒？你这说法有意思。”

“有本事的谁摆摊修车啊，都到工厂上班了。”

“那也不一定，像我这样的，只能下乡。”

“下乡也不错啊，总有机会招工的。”

“难说啊，混一天算一天吧。师傅你这里有没有换掉的旧车链子呀？”

修车师傅诧异地问：“你也要车链子？”

“是啊，有没有？”

“原来有一根，早就让人要去了。现在几乎每天都有来找车链子的，说是做火柴枪。你要那个干啥？”

赵军笑笑说：“我也想做火柴枪啊，给……给我弟弟做。”

“这玩意儿不好掏登[①]了。”

赵军着急地问：“上哪儿能买到呢？”

修车师傅想想说：“哪里恐怕也找不到了。现在的孩子疯了似的找车链子，除非你到商店里买新的。”

赵军问：“新的一根多少钱啊？”

修车师傅不确定地说：“四五块钱吧，比玩具枪还贵，犯不上。”

---

① 掏登：东北方言，寻找、寻觅之意。

进了家，袁秀艳迎了上去：“这一大下午跑哪去了？”

赵军把拐杖放到墙角：“出去转了转。”

赵科长坐在桌旁摆弄半导体，赵军问：“爸，听什么呢？”

赵科长说：“直播乒乓球比赛呢。”

“哪儿和哪儿呀？”

“中国和日本。”

“谁和谁呀？”

“中国队的胡玉兰和日本队的大官行江。”

“谁赢了？”

“刚开始比，第一局。”

袁秀艳唠唠叨叨地数落赵科长：“你说这直播有啥听头？也看不见，就听解说员在那里瞎喊。”

赵科长瞪了她一眼：“别乱说话。”

袁秀艳还了赵科长一个白眼，问赵军：“吃饭没？”

赵军说：“还没呢。”

“跑到这时候也不知道饿。”袁秀艳为赵军端来饭菜。

袁秀艳坐在桌旁看着赵军吃饭：“你都上哪儿走的啊？走得太多也不行。”

“大夫不是说得积极锻炼吗？总不动该肌肉萎缩了。”

“那也用不着走一下午啊。”

“我先是在外面走来的，到下班的时候我就到魏解放家去看看，她不是第一天上班嘛。”

“她分哪儿去了？”

赵科长在旁边替赵军回答：“分选纸车间了。”

“那个车间好吗？”

“怎么说呢？算不上好，但也不差。关键是那儿缺人。”

赵军不满意：“爸，你怎么把她分那个车间去了？”

“那儿不好吗？女工多，活儿也不累。环境还可以吧。”

“我没说活儿累不累。魏解放正好分到了高强姐姐的班里。你们知道，高强的蔫坏是有名的，他姐和他一个味儿。”

袁秀艳在旁边加纲：“要不怎么就说是一家人呢。”

赵科长说：“一个班怎么了？干自己的活儿不就完了。”

“可不是那么回事儿，高萍是个小班长，手里有点儿小权可会用了，坏心眼儿多着呢。”

赵科长疑惑地说：“不能吧？魏解放和高强有矛盾，但不等于和高萍也有矛盾啊。”

赵军把面前的碗筷一推说：“爸，你以为现在人都那么讲原则？嘁，早不是那样了。”

“那你啥意思？现在刚去也不能调整啊。”

袁秀艳站起来说：“你怎么还非得找这个魏解放不可呀？你说你是找不到对象了还是怎么的？”

赵军说：“妈……解放她不是我的同学嘛。”

袁秀艳不满地把筷子向桌上一顿说：“什么同学？我看你就是想和她搞对象。你说什么人不能找，非得找那么一个拖家带口的人？”

“瞧你说的，好像她结过婚似的。”

袁秀艳声音缓和了下来：“她的情况比结过婚的都差。我早就和你说过，找对象一定要门当户对，你就是不听。”

赵军开始和袁秀艳开玩笑：“妈，这你就不对了。你当年是啥人啊？我爸是大学生，我爷爷还有工厂，算个资本家吧？你家虽然有几亩地，但在我爷爷的眼里就是穷人。你说，我爷爷当时要是这么说你，你会怎么想？”

袁秀艳不服气地：“我怎么了？我当时也是国高毕业，后来响应国家号召直接参加了国家建设，要不我也考大学了，你问你爸。”

赵军装作不相信的样子问：“爸，是这样吗？”

赵科长说：“那时女的大多文盲，像你妈妈这样念完高中的没几个。”

袁秀艳得意地说：“这回相信了吧？那时国高毕业的比现在的女大学生还少呢。”

“我爷爷没嫌你家穷？虽说十多亩地，但离大地主的标准还差很远哪。”

赵科长说：“你妈当年可会说了，到我家去了一次，你爷爷奶奶就全让她打发得乐呵呵的。”

“真的呀！我妈太厉害了。妈，如果解放答应和我处对象，让她也好好跟你学，把你打发得乐呵呵的。”

袁秀艳装作不高兴地说：“去去，这孩子，胳膊肘向外拐，随谁呢？”

“那肯定是随我爸呀。”

选纸车间里的工人正在紧张地忙碌着，高萍对大家说：“大家停一下，这个活儿是谁干的？”

高萍指着一摞选好的纸张严厉地问，没有人应声。高萍不满地说："都不说是吧？那我也能查出来，查出来你就吃不了兜着走了。"

高萍在一个小本上记着选好各摞纸张的编号。解放的师傅余桂兰紧张地向解放走去，解放看着那摞选好的纸张，她无法确定是不是自己干的活儿。

余桂兰小声问："小魏呀，你是不是没在选好的产品上写自己的工号啊？"

解放疑惑了："写工号？没有人告诉我呀。"

余桂兰说："怪我，昨天忘了。在装纸的木框上，要写上自己的工号。"

两个人看着狂怒的高萍，一时不知道如何是好。余桂兰走过去，向高萍说了她昨天并没有向解放讲要写工号的事情。高萍把手中的小本向地下一摔喊："魏解放，你过来。"

解放走了过去。

"魏解放，为什么不写工号？"

解放说："没有人告诉我要写工号。"

高萍转身对余桂兰说："那么这是你的责任了？"

余桂兰站在那里不吭声，解放看了师傅余桂兰一眼说："没写工号是我不对，但现在补上不就完了吗？也没造成什么损失。"

"如果质检不合格算谁的责任？"

"现在不是没质检吗？你发现了补上不就完了吗？"

"完了？我要是不发现呢？"

"你现在不是已经发现了嘛，当班长的不就是应该发现这样的问题吗？"

"我还领导不了你了是不是？不写工号还有理了？"

高萍向解放的身边凑，余桂兰忙拦住高萍说："你别生气，是我的责任。"

高萍将地上的小本一脚踢向远处："你要是真有能耐你就上别的地方去。你不是有能耐吗？你愿意上哪儿上哪儿去，别在我们班待了，哪儿好上哪儿去。"

解放不说话，她走回自己的操作台，继续工作。

余桂兰捡起高萍的本子交到她手里，小声地向高萍说着软话。高萍绷着脸在那里生气，像是别人欠了她钱似的。

赵军刚出家门口，袁秀艳追了出来："你怎么不戴上线手套啊？又要上哪儿去啊？"

"出去走走。"

袁秀艳把一副线手套塞到赵军手里。袁秀艳在那里念叨："这孩子，怎么傻到冻不冻手都不知道呢！"

赵军来到五金商店，在售卖自行车零件的柜台前寻找车链。柜台里放着一只只的瓷碟子，摆放着滚珠、螺栓、螺母、轴承等零件，一只碟子上摆放着一根完整的车链条，上面的价签标明：4.35 元。赵军吸了一口冷气，太贵了。

八中校园的布告栏前，一群女生争先恐后地观看一张红纸上写的内容。布告上写着：

征召女兵通知

解放军某部在我市征召女通讯兵十六名，望我校适龄女青年踊跃报名，保卫边疆，建设国防。

报名地点：体育组办公室

一九七一年二月一十二日

最早看到消息的是董丽英，她马上回到班里喊五反和韩梅。三个人跑到布告栏前又认真地看了一遍。

韩梅乐呵呵地说："我们三个一起报名好不好？"

董丽英说："我不太想报。"

五反问："为什么？多好的机会呀！"

董丽英有些支支吾吾。

韩梅马上对未来有了憧憬："如果我们三个都能当上兵，并且在一个部队，那该多好啊！"

董丽英似乎被这个美梦吸引了："好，我和你们一起报名。"

赵军四处转修车摊，果然如那位修车师傅说的那样，旧车链子全被人搜走了。

赵军只好回家，刚进家属区，赵军和翁大爷打招呼："翁大爷，今天没上班啊？"

翁大爷说："我退休喽，这个月刚办的手续。"

赵军附和着说："退休好，可以享享清福。"

翁大爷像是不高兴地说："享什么清福呀，人退休就是说这个人老了，不中用喽。"

赵军笑着说："翁大爷有六十吗？不像啊。"

"六十整啊，不到年龄工厂也不让你退呀，到了年龄想多待一天也不行。"

赵军逗翁大爷说："还想多待？这么多年还没干够呀？"

翁大爷深有感触地说："干的时候吧，总觉得干够了，一天也不想干了。可真要退下来呢，又有些舍不得了。人是不是有些怪？听说你受了伤，恢复得咋样了？"

"快好了。"

"你这是干吗去了？"

"翁大爷，你知道什么地方能买到旧自行车链吗？"赵军并不抱什么希望。

"要那玩意儿？那得到修车铺里去找啊。"

"我去了，修车铺里都没有。"

家属院里的虎子和另几个孩子在他们身边滚铁环，虎子凑过来问："叔叔要买旧车链子？我知道什么地方能买到。"

赵军没想到无意的问话竟有了收获："什么地方？"

"我同学家开了修车铺，那里能买到。"

"多少钱啊？"

虎子张嘴就说："三块。"

赵军一听，觉得这小子有点儿满嘴跑火车："净他妈的胡扯，我刚才到商店里看了，新的才四块多点。"

听赵军这么说，虎子眨了眨小眼睛说："可能一块钱也能买下来。"

一块钱这个价格赵军倒是能接受："行。你要是能买下来我多给你两毛钱，让你买糖吃。你叫什么名啊？"

虎子说："我叫虎子，那我哪天告诉你信儿。"

"好，我家住在……"赵军想告诉虎子自己家的位置。

"我知道你家。"虎子说完，滚着铁环跑远了。

赵军问翁大爷："谁家的孩子？我怎么不认识。"

"虎子家前年搬来的，在前院。那年你已经下乡了。"

五反、韩梅、董丽英终于熬到排练结束，她们不想回家，为将要到来的征兵激动着。

韩梅问董丽英："你说，我们当兵的理想能不能实现？"

董丽英说："当然能实现啦。"

五反笑了："那好，我们好好庆祝一下吧。"

董丽英问："怎么庆祝啊？"

五反小声地跟她们嘀咕了几句。五反跑到播音室挑了一下唱片，迅速跑到侧幕里，韩梅和董丽英在那里等她，很快，歌声响起来：

呜——轰隆隆轰隆隆，车轮飞，汽笛叫，火车向着韶山跑。穿过峻岭越过河，迎着霞光千万道，嗨，迎着霞光千万道……

随着歌声，五反、韩梅、董丽英像一列小型火车一样，慢慢地从侧幕里滑出。

阳光灿烂照车厢，车厢里面真热闹，真呀真热闹。藏族大爷弹起琴，新疆姐姐把舞跳。蒙古族叔叔唱起歌，一路歌声一路笑一路笑。呜——轰隆隆轰隆隆……

随着歌声，三个人尽情地舞着。

五反、韩梅和董丽英三个人走在回家的路上。

韩梅说："填表的时候，我的手不停地抖啊。"

五反问："抖什么呀？"

韩梅说："激动呗。"

五反说："那要是真当上了，还不得睡不着觉啊！"

董丽英说："韩梅要是真当上了兵，多了不敢说，三宿睡不着那是肯定的。"

韩梅说："我才不能那样呢。"

董丽英："那怎么样？"

韩梅说："也就是五宿吧。"

三个人笑起来，韩梅抱怨地说："什么时候体检啊？真是急死人了。"

董丽英说："不是说等通知嘛！"

在纺织厂的拐角分手后，五反回家。她哼着歌，心情非常愉快。五反想，若是真当上了兵，生活将会发生怎样的变化呢？五反后悔没问招兵的是哪个部队、在什么地方。正当五反想入非非的时候，吴腊梅领着许娜、王凤英从胡同里闪了出来。

吴腊梅抱着肩膀看着五反，五反最初的反应非常惊慌，她的手摸到了身后的书包，慢慢地镇定下来。

吴腊梅冷漠地一笑："还敢让你姐找我家，不想活了？"

吴腊梅向五反逼近。五反慢慢后退，把手插进书包里。吴腊梅出手向五反打来，五反架住对方的手，抽出棍子就打出去，正好打在吴腊梅的脑袋上，吴腊梅应声倒下。

吴腊梅挣扎着要起来，五反上去又是一棍，吴腊梅趴在那里不动了。五反看看许娜和王凤英，她们害怕地向后退着。

五反站在那里俯瞰地下的吴腊梅，吴腊梅也在看她。五反用脚踢了一下吴腊梅的身子，吴腊梅丝毫没有想起来的意思，五反站了一会儿，转身走了。

徐亚丽回到家时，李红已经趴在桌子上了。她闻到一股浓重的酒味儿："你怎么喝上酒了？这孩子。"

李红已经醉了。

"赶快上炕躺着，怎么自己喝上酒了，还醉了！"

李红不想上炕躺着："我没醉，就是难受。"

"难受也不能糟践自己啊。"

李红终于哭出了声："妈……你不知道……我难受……我心里痛啊……我是那么喜欢魏援朝啊，你说他怎么就不懂我的心啊……"

李红这么一哭，徐亚丽心里也难受，她安慰着女儿说："妈知道。可是这事儿，妈实在是帮不了你……"

"妈，你说……我难道真的配不上他吗？"

"我的红好着呢。可是这事儿得靠缘分……"

赵军走出家门，虎子站在家门口："我等你好长时间了。"

"为什么不进屋？"

"我不敢。"虎子说着从书包里掏出一个纸包，一张破报纸包着一条旧车链。

赵军笑了："行啊你小子，多少钱？"

“一元。”

赵军从口袋里掏出一张一元钱，又找到了两角钱，他把钱递给虎子说：“拿钱买糖吃吧。”

赵军看了看纸包中的车链，他注意到上面有许多油泥，随后又想，修车铺刚换下来的链子这样也很正常。

赵军回家，袁秀艳诧异地问：“怎么刚出门就回来了？”

“做点儿东西。”

“做啥呀？”

“你不懂。”

袁秀艳埋怨赵军说：“你说了我不就懂了。”

赵军开始翻抽屉找东西，找出了钳子，又找铁丝。袁秀艳受不了他的折腾：“到底找啥呀？”

“铁丝。”

“你手里那个不是吗？”

“太细，得要八号线。”

“八号线是啥样的？”

“最粗的那种。”

袁秀艳说：“仓房里有好大一卷子，你爸帮人盖仓房时拿回来的，不知是不是八号线。”

赵军责备袁秀艳说：“你咋不早说呢？”

解放下班进家，看到宪法坐在椅子上，脸色很不好看。

“宪法，怎么啦？”

宪法犹豫了一会儿还是说了：“姐，爸今天又骂邻居了。”

“骂谁？”

“麻大爷。”

“爸怎么老骂他呀？”

宪法不安地说：“麻大爷也是这么说。他是真急眼了，骂了爸好几句，我都没敢吱声。本来咱就没理，我劝他说爸是病人，让着点儿。他说病人也不能天天骂呀，我这么大岁数就该你爸骂呀？”

“爸怎么就认准他了？”

解放要去做饭，宪法说：“今天一个同学来了，让我到砖厂干临时工。”

解放早就知道宪法要出去干活的想法，她说：“姐不是说了嘛，照顾咱爸比挣钱重要。你照顾爸，等于是让我和援朝挣钱。”

宪法叹了一口气说：“我一天天闷在家里，心里难受啊。”

“宪法，你好好考虑家里的实际情况，你得学会为家里分担事儿。”

“咱爸是工伤，不能让厂里照顾咱爸吗？”

“已经照顾我进厂了，再让厂里派人，说得出口吗？”

宪法沉默。

解放了解宪法的想法：“宪法，别想别的了，帮着姐照顾爸，也许过个半年爸就好了。你说是不是？”

宪法点头，解放赞赏地拍了一下宪法的肩。

赵军坐在桌前，拿着钳子在撅铁丝，桌上摆着车链和车内胎等物件，他在制作火柴枪。

袁秀艳边收拾屋子边唠叨：“多大的人啦，还玩这个？”

赵军不服气地说：“多大的人啦？不还是孩子吗？”

“没个正形儿，不能长大呀？”

“长大干啥？不长了，也不娶媳妇儿啦，天天待在家里，让你和我爸养活我。”

“那可不行，我还等着抱孙子呢。”

解放坐在一张小凳上想着心事。援朝下班回来，走进了厨房：“姐，怎么了？”

解放不好意思地抹了抹眼角说：“没什么，想点儿事儿。”

“是不是高萍又欺负你了？”

“乡下那么苦姐都过来了，她不算什么。”

“五反惹你了？”

“没有。五反这两天吵着当兵，家里也帮不上忙。她若真能当上兵，工作就有着落了。”

援朝疑惑地看着解放，拿了个小板凳坐下来。

解放看了一眼身边的援朝：“我在想宪法，他这个年纪，天天把他关在家里不让他出去，让他照顾咱爸，虽然这样咱们可以放心上班，但对他来讲的确是个难事儿。天天只面对着咱爸一个人儿，时间长了谁也受不了。”

“宪法发脾气了？”

解放摇了摇头："宪法想到砖厂干临时工，我让他暂时打消了念头，不过这早晚是个问题。"

方志东去买肉，碰到了徐亚丽："徐阿姨今天休息？"

徐亚丽说："哪里呀，特意请了半天假。这几天李红不吃不喝的，不知道为她做点儿什么东西吃好。"

方志东诧异地问："李红病了？"

徐亚丽叹了一口气："不知道她怎么了，那天回来神色就不对劲儿，问她也不说。第二天一个人在家喝了不少酒，把自己喝醉了。"

"喝醉了？"

徐亚丽犯愁地说："我现在是一点儿办法也没有。"

和徐亚丽分手后方志东去了唐秀雯家，李红是和唐秀雯一起回来的，那么发生了什么唐秀雯当然知道。从唐秀雯家出来，方志东感到心情很郁闷，他不清楚大大咧咧的援朝为什么会有李红这个死心塌地的女孩爱他，最关键的是援朝还不把这当回事儿。

方志东找援朝谈。援朝说他和李红不可能，因为太熟了，没有那种感觉。方志东知道这事儿确实不能勉强。

赵军把枪栓系上车内胎剪成的皮条，拉开枪栓，从火柴盒拿出一根火柴装上，朝无人处一扣扳机，当的一声非常响亮。

枪声把袁秀艳从卧室里引了出来："我的小祖宗，你又在那里作什么妖呢？"

"试试枪好不好使。"

袁秀艳不高兴地说："刚睡着，这一枪就把我弄醒了。"

"该起来了，都睡一个多小时了。"

袁秀艳唠唠叨叨地说："这不没啥事儿嘛。"

"晚上又该说我爸翻身影响你睡不着觉，其实呢，睡不着觉就是白天睡多了，和别人翻身没多大关系。"

"总替你爸说话，你自己一个屋，站着说话不腰疼。"

"我在集体户不也睡大炕吗？不仅这边有人翻身，那边也有人翻身。别人翻身就睡不着觉，那就别睡觉了。"

赵军又装好了一根火柴，当的又是一枪。

"嘿，你吓我一跳，上外面放去。"袁秀艳装作要打赵军的样子，赵军拿着拐杖站起来，把火柴枪揣到兜里。

徐亚丽在厨房里忙活，有人敲门。徐亚丽开门：“是志东啊，快进来，我刚才还想啊，应该把你叫到家来吃饭。李红！同学来看你了。”

方志东向里屋走去。李红看到方志东：“你怎么来了？”

方志东认真地说：“来看看你呗。”

李红扁一扁嘴：“我才不信呢。”

方志东凑近她说：“实话告诉你吧，我在街上看到你妈买肉，馋虫上来了，到你家能吃点儿好的，所以就来了。”

“实话？”

“当然是实话，徐阿姨没和你说？”

李红想了想说：“好像说过见到你了，我没认真听。”

“咋回事儿呀，头不梳脸不洗的，快洗洗脸梳梳头。”

徐亚丽把炒好的菜摆到桌子上，看到李红洗脸梳头，她的心稍稍宽慰了一些。李红梳洗完毕，徐亚丽已经把碗筷全摆上了桌：“快招呼你同学吃饭吧。”

方志东与李红坐到了桌旁，徐亚丽劝他们快吃。

方志东问：“不等一下李叔？”

“他今天厂里加班，不等他。每样菜给他留了一点儿。”

方志东看着李红：“李红你吃啊。”

李红拿着筷子并不夹菜。方志东放下筷子说：“是不是没打招呼就来吃饭你不高兴啊？”

李红看了方志东一眼说：“没胃口。”

“没胃口？在集体户你吃东西从来不挑。我来你家，这么多的好菜你没胃口？要是这样的话我就回去了。”

方志东站起来要走，徐亚丽忙把他按住：“走啥走，吃完再走。”

李红看了看方志东，把筷子伸向了菜盘。看到李红吃菜了，方志东也开始吃起来。

方志东说：“我爸的一个好朋友说，过些日子有一批招工。”

徐亚丽忙问：“招工？消息准确吗？”

方志东小声说：“非常准确。我爸的这个好朋友是工业局的，专管招工这方面的事儿。”

“那李红够条件吗？”

“够，我和李红都够。”

李红停下来问：“都什么条件啊？”

方志东认真地想了想说：“什么政治思想，这些就不用说了。反正得下乡满两年的，咱们户去年来的不多吧？只有六个是不是，唐秀雯的弟弟唐兴国是去年来的，其他的全都满两年了。”

徐亚丽担忧地说：“那也不可能全招上来呀！”

“我担心的就是这个事儿呢。政审肯定会下去一批，除此之外，那就保不齐谁上了。”

“那可怎么办啊，李红不知道这次能不能招上来。”徐亚丽犯难了。

李红赌气地说：“招不上来就招不上来呗。”

“那可不行，下一批还不知猴年马月呢。”

“我今天来就是告诉你们，得早做准备。”

“怎么准备呢？”徐亚丽忙问。

“小队大队那边得先给头儿们送点礼，这边有人就先做些工作。”

“你这方面是行家啊，是不是做得差不多了？”李红话里带刺儿地说。

“我要是行家不早就招上来了，还用等到今天？”

李红说：“你这么精通，今年肯定能上来。”

“上不上来咱说了不算哪。要是算的话，我早就让你上来了。”

李红撇撇嘴说：“就是说说嘴吧，真到了关键时候，你能让着我？”

方志东信誓旦旦地说：“怎么不能？不是今天吃了你家的饭就说这话。要是我放弃了你就能上来，我肯定会让给你。”

徐亚丽把菜向方志东那边推了推：“你看志东说得多好，来，多吃点儿。”

李红在那里若有所思地看着方志东。

“看我干什么？吃你家点儿肉你心疼了？”

李红笑了一下，把筷子也伸向了菜盘。

魏海柱从炕上下来，低头找鞋。宪法赶紧走了过去：“爸，你要干什么？”

魏海柱说：“我要上厕所。”

宪法忙找来了鞋，扶着魏海柱走出家门。

桌子旁，合营、跃进、鞍钢正趴在那里写作业，解放正在厨房里忙碌着，赵军拄着拐走进来。

鞍钢高兴地喊：“赵哥，你终于来了。”

“赵哥，这几天我可想你了。”合营说。

赵军笑笑，摸了摸鞍钢的头。

跃进说：“赵哥，合营和鞍钢这些天总念叨你呢。”

赵军逗合营说：“是想我吗？”

“当然了。”

赵军问鞍钢：“更想那把枪吧？”

鞍钢认真地点头，赵军把手伸进裤兜，一下子掏出了火柴枪。赵军把火柴枪举到空中说：“怎么样？是不是那种火柴枪？我说话算不算数？”

合营跳了起来：“哇，真是太好了。真漂亮啊，这是八节的，顺子的那个才五节。”

鞍钢说：“赵哥先给我看看。”

赵军把火柴枪交到鞍钢的手里：“怎么样，我说话算话吧！说一周就一周，保证把火柴枪做出来。”

合营问：“响吗？”

“试试？绝对比顺子的那个响！”

“真的呀？”鞍钢问。

“当然是真的，链子长有劲儿，可响了！”赵军从兜里掏出火柴，递给了合营。合营装上火柴，向没人处打了一枪。听到响声，解放从厨房出来。

解放问：“什么响？”

赵军说：“我给合营和鞍钢做了个玩具。”

援朝下班，赵军问：“怎么才回来？”

援朝说：“先去了趟志东家，他没在家。”

援朝看到鞍钢手中的火柴枪：“谁的枪？我看看。”

跃进马上说：“赵哥给做的。”

援朝把枪拿在手里仔细看了看，用手拉了拉枪栓，欣赏了一下用八号铁丝弯制的枪柄：“你做这个手艺还真不错。”

赵军不好意思：“小时候把心思全放到做玩具上了。”

屋门被一下子推开，一对粗壮的夫妇闯了进来。援朝问：“找谁呀？”

一脸络腮胡子的正是虎子爸，他粗鲁地问：“谁是赵军？”

赵军站起来说：“什么事？”

虎子爸揪住赵军：“为什么让我儿子偷人的车链子？”

赵军愣了：“什么？偷人家的车链子？”

虎子爸说：“虎子说是你让他偷的。”

赵军说：“他说谎！”

虎子爸一眼看见合营手中的火柴枪："那这是什么？"

虎子爸冲过来要打赵军，援朝抓住虎子爸挥舞的手臂："有话慢慢说。"

虎子爸挣扎了两下，援朝的手更有力，他只好把手放开。

援朝松开虎子爸的手："说说，怎么回事？"

虎子爸说："刚才，我们正吃饭，人家找上门来了，说是我家虎子把人家的自行车链子给偷了。我说不可能啊，他一个孩子，偷那玩意儿干啥？不顶吃不顶喝的。他们说做枪，可我家根本没枪。人家不走哇，说是有人看见了。我把孩子打了一顿，他说车链子交给赵军了，是赵军让他偷的。我们到赵军家找他，他妈妈说在这里。人家丢车链子的人在我家里等着我们赔他呢！"

"说我让他偷的？真是岂有此理。"赵军脑袋顿时大了，他把那天的经过说了一遍，虎子妈不信："你这么说，我们就能相信你吗？"

赵军说："找翁大爷做证吧，他家没多远。"

虎子妈说："我真不信了，孩子能平白无故地要你一块钱？还多给两毛？"

赵军说："去找翁大爷就是了。"

援朝穿外衣："我和你一起去。"

"不用你去，我又没做亏心事儿，怕什么。"赵军站起来拄着拐和虎子爸妈走了。

解放看了看援朝，对合营、跃进和鞍钢说："饭已经好了，你们和爸先吃。我和你哥看看赵军是怎么回事儿。"

解放解下腰上的围裙，和援朝一起出了门。

找上门的失主坐在虎子家不走。虎子怯生生的眼睛一会儿看看赵军，一会儿看看自己的妈妈，显得非常恐惧。

失主装作大度地说："一根儿车链子，用不着弄出这么大的动静。"

虎子妈板着脸说："不行！这关系到我家声誉的问题，要真是虎子的问题，我就把他的手剁掉。要是别人的问题，那就吃不了兜着走！"

听到虎子妈恶狠狠的话语，虎子咧着嘴哭了起来。虎子妈随手给了他一下："号什么？一会儿有你号的。"

虎子爸带着翁大爷进来，一进屋虎子爸就说："翁大哥，请你把那天的经过给我们说一下。"

看着虎子在那里哭，翁大爷有些为难："这……这是孩子的事儿，孩子犯点儿错是难免的，何必要这样呢。"

虎子妈摆出一副不罢休的架势："不行！一定要说清楚。"

翁大爷把那天的经过如实说了一遍。

虎子妈半信半疑地问："不是赵军让他偷的？"

翁大爷说："人家赵军根本没说过那个话儿。"

"学会偷了！还会撒谎了！"虎子妈劈头盖脸地打起虎子来，"他爸，把菜刀拿来，我非得把这双贼爪子剁掉不可。"

虎子爸也冲上来，对着虎子打了起来。

翁大爷看不下去，把两口子拉开。翁大爷声色严厉地说："对孩子不能这样，谁小时候儿没犯过错儿！"

虎子妈仍对虎子吼："你拿那一块两毛钱干什么了？你要不说我就打死你。"

虎子哭着说："我拿钱买吃的了……"

虎子妈又要打虎子，解放拦住了她。

赵军对失主说："这事儿就算了吧，小孩子，不懂事儿。"

失主说："你们是算了，可是我的损失怎么办啊？"

听失主这样说，虎子妈又要打，赵军制止了她，他从口袋里掏出三元五角钱递给了失主："手中就这么多，新的也才四块多，你再添点儿。你那根链子已经很旧了……怎么样？"

失主勉强地说："行吧。"

赵军对虎子爸说："事儿就这样算了吧。虎子是个孩子，没必要打他，谁都是从小时候儿过来的，你说呢？"

虎子爸无话可说。

赵军送翁大爷回家，翁大爷对赵军说："这家人不地道，使劲打孩子就是不想赔钱。"

赵军笑笑说："我看出来了，所以我出就是了。"

解放忙接过话说："我把钱给你吧。"

赵军不高兴地说："说啥呢？我本来都准备到商店买新的了，没想到虎子会拿来车链子，就算是我买了条新的吧。"

第十四章

赵军回到家，袁秀艳马上问："他们找到你了？"

赵军没好气地说："都告诉人家在哪儿了，能找不到吗？"

"他们来了不走，我有什么办法？"

赵科长说："这不怪你妈，你妈没经过这阵势，人家呜嗷一喊，你妈立刻没主意了，马上就说你在哪儿在哪儿。"

"倒不是别的，找到解放家去了，我这不是丢了一圈人吗？"

袁秀艳气呼呼地说："有啥丢人的，还不是因为你给她弟弟做枪吗。"

赵军笑了："那也是啊，干啥事儿都要手工钱啊？"

袁秀艳也被赵军逗笑了："那最后咋整了？"

"咋整？赔钱呗。"

"谁赔的？"

"我赔的。"

袁秀艳打了他一下："你傻呀？怎么能让你赔呢，要赔也得他们老魏家赔呀。不行，我得找他们去。"

赵科长拦住了袁秀艳："找什么找？老魏家那一大家子人，就挣那么点儿工资，你能让他家出吗？"

"哪么点儿工资呀？他家现在不是有三个人挣工资吗？"

赵科长不耐烦地说："他家多少人呢！再说了，那援朝和解放两个人都是徒工的工资，两个人加一起还没有你一个病休的工资高呢。"

"没钱是没钱，但这事儿不应该我们家掏钱。"

赵军说："解放要把钱给我，我没要。"

"你没要？"袁秀艳转身对赵科长说，"你听听，这就是你儿子。你有钱啊，你是地主还是资本家？"

赵军强硬地说：“我爷爷是资本家。”

这句话把袁秀艳给逗笑了：“资本家现在也不是什么光荣的事儿，你瞎嚷嚷啥。”

跃进在那里捧着一本书看，这书没头没尾又黑又黄。五反想看一看跃进的书，跃进慌忙躲闪。

“什么书啊？这么入迷。”

“二哥借来的，巴金的。”

五反吃惊地说：“啊？巴金的，该不是写爱情的吧？”

跃进小声地说：“嘘！小点儿声。你管人家写不写爱情呢，人家写得可好了。”

五反警告她说：“这要是让学校知道了，是要受批判的。”

跃进不屑地说：“谁会那么蠢把书带到学校去啊，在家看不就完了吗。”

五反也来了兴趣：“那你快看，完了我看。”

“恐怕来不及了，二哥说明天人家就来要了。”

解放在厨房忙完了进屋，合营总算把枪从鞍钢手上哄到了自己的手中。解放告诫他：“不能再放了，爸已经睡下了。”

“我只是看一看。”

解放对援朝说：“钱应该给赵军，他出钱不合适。”

援朝说：“赵军这人我了解，他不会要的，还不如不给。”

“赵军也是，人家拿条车链子说是买的他就信呢。”解放还在想着车链子的事儿。

援朝说：“人一着急难免脑子断电。”

宪法在一边说：“没听说嘛，陷入爱情的人是愚蠢的。”

解放奇怪地问：“你说谁呢？”

“赵哥呀。”

解放疑惑地问：“这文绉绉的转[①]词儿是从哪儿学的？”

跃进晃晃手里的黑书：“这里，这书里这样的词可多了。”

解放看看跃进手中的书：“宪法你行啊，天天在家看这些，以后可以到茶馆说书了。”

“反正爸睡觉或画图时我也没事干，干吗呀，看书呗。”

---

① 转：音 zhuǎi。

五反问："那你咋说赵哥是陷入爱情里的人呢？"

"没看出来呀？那你比赵哥还蠢。"

解放脸红了："瞎说什么，睡觉睡觉。五反，吃完了吗？吃完了把桌子捡下去。"

解放和五反收拾桌子，援朝穿上衣服要出门儿。

解放问："你要上哪儿啊？"

"出去有点儿事儿。"

……

五反刷碗，解放把各种东西归置到原位。解放发现了五反的脖子处有一污痕。

解放问："你脖子怎么了？"

五反摸了一下脖子说："脖子？没怎么呀。"

解放让五反低下脑袋："我看看。"

解放看了看，发现是一道黑印。解放问："这里怎么会蹭到脏东西？"

五反想了想说："哦，可能是今天打架时弄的。"

解放惊讶地问："又打架啦？"

"是，但这回我赢了。"五反得意地说。

"和谁？"

"还是那个吴腊梅。"

"又找你碴儿了？"

"她又过来打我。多亏那根胶棒，要不我又让她打了。"

"后来怎么结束的？"解放关心地问。

"我把她打倒了，我看她在地上没起来就走了。跟她来的女生看见我，吓得脸都白了。"

解放点了点头说："行了。这事儿就这么结束了，要记住一个道理，不受人欺负，但也绝对不欺负人。"

夜色下，方志东和李红在街道上慢慢地走着。方志东说："我不是说了嘛，你别送我，送这么远，我还得往回送你。"

"那你就送吧。"

援朝推着宋艳霞的车子，两个人在轧马路。宋艳霞高兴地说："我真没想到，这么晚了你会来找我。"

“怎么，不高兴？”

“当然高兴。”

“那我以后天天来找你。”

“好啊，就怕你做不到。”

“怎么会做不到呢！”

早晨，合营偷偷地把火柴枪放进自己的书包里，被鞍钢发现了。鞍钢刚要喊，合营用眼神制止了鞍钢，两个人一起出门。鞍钢说：“把枪给我。”

合营想了想说：“行吧，今天你带，明天归我，行不行？”

鞍钢说：“行，一人一天。”

合营不情愿地把书包里的火柴枪和火柴拿出来交给鞍钢，鞍钢把枪和火柴小心地藏到书包里的隐秘处。

跃进后出的门，她看到鞍钢正在把火柴枪往书包里揣：“怎么上学也带枪？老师看到要没收的。”

鞍钢说：“我不会让老师看见。”

“那上课时不能玩啊。”

下课了，学生开始打闹起来。外面雪大，课间操取消，休息时间长了不少。鞍钢显摆地从书包里拿出了火柴枪给许斌和姜海军看。

许斌马上喊：“哇，真棒啊，八节的火柴枪。”

姜海军说：“放一枪放一枪，看看响不响。”

鞍钢骄傲地说：“比顺子的那支响多了。”

姜海军故意地：“吹牛，有的八节火柴枪也不响。”

鞍钢不服气了：“吹牛？你听一听就知道了，能吓你一个跟头。”

鞍钢装好火柴，姜海军过来抢，他说：“我替你放。”

鞍钢说：“不，我放，你松开。”

姜海军不松手：“你自己的，什么时候不能放。”

“不嘛，我在家也没放几枪。”

姜海军和鞍钢争抢着火柴枪，正抢着，枪响了，只见一支火柴插在了许斌脖子上。许斌用手摸了一下脖子，慌忙把火柴拔下来，手上沾了一大片的血，他吓了一跳，惊恐地哭了起来。

毛小君走进来，同学们都坐好了，只有许斌还在哭泣。

毛小君喊道：“许斌，你怎么回事？哭什么？”

许斌哭哭咧咧地说：“他……他拿枪打我……”

毛小君愣了一下：“什么？拿枪打你？谁？”

“魏鞍钢。”

“魏鞍钢站起来！”

魏鞍钢害怕地站了起来。毛小君走到许斌那里，她查看了一下许斌的伤口说：“出血了！”

听到毛老师这句话，许斌又哭了起来。

毛小君说：“马小敏，你领着许斌到医务室去上药。”

马小敏是班长，她大大方方地领着许斌出了教室。

毛小君说：“魏鞍钢你说说是怎么回事。”

魏鞍钢低着头不说话。

毛小君大声喝道：“听见没有？说一说怎么回事！”

魏鞍钢吞吞吐吐地说：“我装好了火柴，老太太当时在身边，他抢……”

毛小君打断他：“什么老太太？说名字，不许说同学的外号。”

魏鞍钢只好重新说：“我在枪上装好了火柴，老太……姜海军在旁边抢，后来枪就响了……”

“姜海军，你站起来。”

姜海军站了起来。

“是这么回事吗？”

姜海军不吭声。

毛小君说：“你不说话就表示魏鞍钢说得没错……”

姜海军马上反驳了一句：“他要是马上给我，那枪也不会响……”

毛小君生气了：“你还有理了？你们俩给我出来，到前面站着去。”

魏鞍钢和姜海军慢慢腾腾地走到前面，面对着墙站着。

“我说过多少次了，不能玩火柴枪，危险，你们就是不听。这是打到许斌的脖子上了，要是打到眼睛上怎么办？你们家赔得起吗？”

毛小君走到魏鞍钢的座位旁，翻他的书包，把火柴枪拿走：“谁再玩火柴枪，我不仅要没收，还要把他交给学校，让学校处分他，同学们记住了没有？”

“记——住——了！”

马小敏和许斌回到了教室，许斌的脖子上多了块白色的纱布。

解放跟高萍请假：“我弟弟在学校里发生了点儿事儿，学校让我去一趟。”

看着解放离去的身影，高萍对一个女工说起了解放的坏话："你看看，她们家就是事儿多，二弟弟刚从派出所里出来，又有一个弟弟在学校里惹祸了，家风不好啊。"

青年文工团正在排练，韩梅和董丽英躲在一个角落里如醉如痴地看着。《万泉河水清又清》的歌声响起，一队舞蹈演员从侧幕中滑出，韩梅随着音乐声点头，并陶醉在其中。

董丽英说："你看人家这音乐选的，就是好听。"

"是啊，咱们学校的节目可没这个好。"

董丽英羡慕地说："还是文工团啊，专业水平。"

"我看领舞还没有五反跳得好呢，就是腿长。"

"看完再说，也许最拿手的还没跳出来呢。"

"还用得着看完吗？行家一伸手，就知有没有，她刚才那个甩手动作做得就硬，还不如我呢。"韩梅说着做了一个动作。

董丽英笑了："人家还是比你强啊。"

韩梅争辩说："强也强不到哪儿去。"

舞蹈结束，演员们迅速回到侧幕。

五反看到她们，快速地跑了过来："你们怎么来了？"

韩梅夸她："你跳得真好。"

董丽英也说："韩梅说领舞都没你跳得好。"

"别瞎说。"

韩梅说："我看你就是跳得比她好。"

五反自信满满地说："人家比我早到半年呢。不过我早晚会比她跳得好的。"

三个人边说边向外走。

五反说："你们来肯定有事儿。"

韩梅笑了："听说武装部已经公布了到市医院体检的名单，在武装部的大门口贴着。"

五反疑惑地问："学校没公布？"

董丽英说："说还没到，体育老师说明天公布。"

三人来到市武装部，布告栏上贴着六张大红纸，上面用毛笔密密麻麻地写着参加体检人员的名字，红纸前挤满了来自各校的女生。

“快看！我的名字！我的名字！”韩梅跳着脚喊了起来。

五反和董丽英也高兴起来，三个人接着找下去。

韩梅边看边说：“一个学校的应该写到一起呀。”

五反说：“哪个缺德鬼干的，一点儿规律都没有。”

董丽英说：“别着急，慢慢儿找。”

五反说：“能不急吗？恨不得一下子就找到，明天就去当兵。”

董丽英忽然说：“快看！这儿，这儿。”

五反高兴了：“啊？我的，真好！”

五反转过身搂住了韩梅和董丽英，跳了两下。五反平静下来，说：“接着找吧，还没找到丽英的呢。”

“哎，这个！”韩梅喊了一声，并用手去指。三个人望去，发现那个名字是“宋丽英”。韩梅表情一下子变得很沮丧，她责备自己说：“我这眼睛怎么看的。”

五反安慰大家说：“可能是心太急了吧，咱慢慢儿找。”

很快她们就看完了最后一张红纸，仍没有董丽英的名字，董丽英捂着脸蹲在了地上。

五反也蹲下来，安慰着董丽英说：“丽英，别急，我们再找一遍。”

五反和韩梅站起来，重新开始看名单。董丽英神情沮丧地站在那里不动，似乎早就知道自己的命运。

五反和韩梅又找了一遍，还是没有找到董丽英的名字。两个人像是做错了什么事一样来到董丽英的面前。

“祝贺你们。”董丽英说完，眼泪就流了下来。

五反说：“丽英，我猜是他们弄错了，怎么可能没有你的名字呢？是不是他们把董丽英写成宋丽英啊？”

韩梅想了想说：“也对啊，董和宋发音还挺像的，可能是弄错了。”

董丽英勉强笑了一下：“我知道你们是在安慰我。”

韩梅说：“我们去问问吧。”

五反说：“对，去问问，正好他们还没下班。”

董丽英还在犹豫，两人拉着她向武装部的院里走去。

她们来到征召女兵的办公室，那里有两个军人在办公。

五反大大方方地说：“请问，哪位是负责招女兵的？”

那个穿四个兜的军人站起来说：“我负责，你们有什么事？”

五反指着身后的董丽英说:“她叫董丽英，可体检名单上没有她的名字，却有一个叫宋丽英的，董和宋发音很接近，是不是弄错了？”

“我查一查，你们坐吧。”四个兜的军人指着一条长椅说，他从抽屉里拿出一个硬皮的夹子，在上面找了起来。

四个兜的军人问:“你们是十二中的？”

五反说:“不是，八中的。”

“那就不对了，宋丽英是十二中的，父亲叫宋哲，母亲叫胡玉娟。”

五反着急地问:“那怎么会没有她呢？”

“你说她叫什么丽英？”

韩梅说:“董丽英。”

“八中的？”

“对，我们全是八中的。”

四个兜的军人开始翻八中的档案，五反回身轻触董丽英的胳膊，示意她不要急。四个兜的军人终于找到了董丽英的档案，他看了起来:“是没有她的名字，政审没有通过。”

五反问:“为什么没有通过？”

“具体的我不便透露。”

董丽英黯然地低下了头。

第十五章

魏家人在吃晚饭，五反背着书包从外面回来。

宪法看见五反："这美滋滋的样子，捡到金元宝啦？"

五反说："比捡到金元宝还高兴。"

解放问："什么事儿这么高兴？"

五反坐到了桌旁："今天……我荣幸地在市武装部的布告栏里，看到了自己的名字……我后天可以参加体检啦。"

宪法问："报名就能体检吧？"

"才不是呢，董丽英就没能通过，她都哭了，弄得我和韩梅心里也挺难过的。"

解放问："为啥没通过呢？"

五反说："去问了，政审不合格。丽英爷爷是地主。丽英说她爷爷不是像刘文彩那样的大恶霸地主。家里不过有二十多垧地，雇了几个长工。"

鞍钢说："那就是周扒皮，半夜鸡叫。"

五反说："别瞎说。"

解放说："二十多垧地？那也算可以的了。我和你大哥下乡的那个地方，还有七八垧地就划为地主的呢。"

五反说："董丽英说，她爷爷雇了七八个长工，还有一座自己的大院子。"

解放说："也算是个中等的地主了。"

五反说："董丽英说，她爸十五岁就出来参加革命了，为什么政审还是通不过呢？"

解放说："这种事儿，不是老百姓能弄懂的，快吃饭吧。"

跃进走过来碰了碰五反说："二姐，你要是当上兵了，答应我一件事儿好吗？"

"二姐能当上兵吗？"

跃进说："能，肯定能。"

五反高兴了："那二姐答应你。"

"你当上兵后，能送我一件女式的军上衣吗？"

"如果二姐当上，就送你一件军上衣。"

"太好了，谢谢二姐。"

听到五反答应给跃进军装，合营也说："二姐，我也要军装。"

鞍钢也说："二姐，我也要军装……"

五反说："二姐哪有那么多军装送你们啊？"

解放说："就是，一年才发两套，你们把二姐的军装拿去穿了，二姐穿什么？没军装穿了，那不又是老百姓了？"

跃进瞪了合营一眼："女式的，你能穿吗？"

鞍钢对二姐没答应给自己军装感到委屈，他的眼泪在眼圈里转着。合营见五反不答应给自己军装，他又说："那二姐给我弄条武装带。"

五反说："腰带？腰带也不知道发一条还是两条，如果两条的话……我……"

没等五反说完，鞍钢说："我要腰带。"

五反说："好好好，腰带给鞍钢。"

听到五反说给自己腰带，鞍钢才高兴起来。

合营见腰带要不成："军用背包给我弄一个吧？"

五反无奈地笑笑："好吧，给你个军用背包。"

宪法慢悠悠地说："瞧瞧你们，全都变成军迷了。"

大家笑了起来。解放止住笑："快吃饭。"

赵军走了进来。

解放问："吃饭了吗？"

"吃过了来的。"

"再吃点吧，没什么好吃的。"

赵军摆摆手说："不吃了，现在是光吃饭不干活儿，心里可不舒服了。"

全家人陆续吃完，解放对五反说："五反你领着他们收拾一下吧。"

五反问："我大哥还没回来，这菜用不用放锅里？"

"锅里已经留了。"

赵军问："这援朝干什么去了，还不回来吃饭。"

"不知道哇，天天回来很晚，也不说干什么去了。听说最近有招工？进行得怎么样了？”

赵军说：“我也一直等着呢，最近好像又没动静了……”

赵军的话还没有说完，门被推开，许斌妈领着许斌走进来，气势汹汹地看着屋内的每一个人。

魏海柱看到来了陌生人，他的精神一下子高度紧张起来，正巧许斌妈用眼睛打量着他，魏海柱一下子站了起来，喝道：“你来干什么？”

许斌妈愣了。魏海柱用手指着她说：“你这个小偷，还我布票！”

解放赶紧走过去，扶着魏海柱向炕那边走，解放劝他说：“没人偷你布票，快躺下休息吧。”

解放把魏海柱安置好，她对许斌妈说：“我爸有病还没好，别介意。坐吧。”

许斌妈坐了下来：“你们家谁是管事儿的？”

解放说：“有什么事儿跟我说吧，我是家里的老大。”

许斌妈说：“魏鞍钢用火柴枪把许斌打伤了，你知道吧？”

解放说：“我到学校去了，毛老师跟我说了。“

“那你说怎么办吧？”

“毛老师说是鞍钢与人争抢时枪走火的。发生了这种事儿，我也觉得不好意思，想到你家去看一看，还没去呢，正巧你先来了。”

“你们家就会推脱，和人争抢走火，这样就可以把责任推到别人身上是吧？”

“我没有推脱责任。这是毛老师说的。不信，你让孩子说说当时是怎么回事儿。”

许斌妈把许斌推到前面：“你说，是不是魏鞍钢用火柴枪把你打了？”

许斌说：“魏鞍钢要放枪，姜海军也要放，魏鞍钢不给，姜海军就抢，后来，枪就响了……”

许斌妈用手推了一下许斌的脑袋说：“你这个傻玩意儿，会不会说话呀？”

许斌说：“本来就是这样嘛。”

许斌妈一下子把许斌拽到一边：“把我家许斌打成这样，就完事啦？”

解放说：“我想听听你的想法。”

“什么想法？赔钱吧！”

“赔多少？”

“那我不知道，反正是你家惹的事儿，你们看着办。”

解放想了想说：“那这样吧，你家孩子换药的收据你都收好了，最后我一并给你报销好不好？”

许斌妈急了：“那才几个钱儿？”

“你想要多少钱？”

“我不知道，你们看着办。”

解放说：“我已经和你说了，给你报销这次换药的钱。其他的，没有了。”

许斌妈说：“你是不是以为我好欺负呢？”

解放郑重地说：“我没那么认为。你也看到了，我爸爸身体不好，有病还没好。我母亲去世了，现在家里兄弟姐妹七个，家里没有钱。”

许斌妈看着赵军喊：“没有钱就算了？那也不能就这样完事啊！”

赵军损了她一句：“你别看着我。瞎吵吵什么？”

解放说：“你有理讲理，用不着大声喊。”

许斌妈站起来，扯着许斌向外走：“我还不信了，找不到讲理的地方了，看有没有人能管你们。”

许斌妈走后，赵军跟着解放来到厨房，他愧疚地说：“真对不起，没想到给合营和鞍钢做把枪，会带来这么多麻烦。”

解放笑着说：“我没有怪你啊。”

“不是你怪不怪我，我自己觉得做错了。”

“你给合营和鞍钢做枪是好事儿，合营和鞍钢拿到枪那天，他俩比过年还快乐，这快乐是你带给他们的。那天晚上，鞍钢是枕着枪睡的。还有什么比快乐更重要的呢？再说了，男孩子给家里惹点儿祸是不可避免的。”

“你可真会说话，我都感动了。”赵军动情地看着解放，解放有些不好意思地低下了头。

两个人回到大屋，五反问赵军：“赵哥，你姐当兵，她一年发几套衣服啊？”

几套？这个问题赵军还真回答不上来，他正琢磨如何回答时，宋艳霞走进了屋内。宋艳霞进屋就坐到椅子上，什么也不说，她一脸的泪痕。

解放看了跟进屋的跃进一眼，小声问：“怎么回事？”

跃进摇了摇头：“不知道呀，刚才上厕所，她打听咱们家，我就把她领来了。”

解放说：“姑娘，你别哭，有什么事儿慢慢说。”

宋艳霞还是不停地哭，解放越问宋艳霞哭得越厉害。

赵军要回家，解放送赵军出去。到了门口，赵军停了下来："是援朝的女朋友吧？"

解放惊讶地问："援朝的女朋友？没听说呀。"

"没听说？怎么会呢？我都知道他交了一个女朋友。"

"真的？听谁说的？"

"方志东说的，说援朝交了个女朋友，邮电局的，姓宋。"

"就这些？"

赵军想了想说："就这些，我以为你知道，就没多问。"

"我不知道，他一点儿没说，不过最近他晚上总出去。"

"这就对了，是不是援朝惹人家生气了？"

赵军说完走了，解放要回屋，五反出来了，她着急地说："姐，怎么劝都劝不好啊，她到底怎么了？"

解放说："我哪知道啊？"

"她谁啊？以前没见过呀。"

"可能是你大哥的女朋友吧。"

"为什么要哭啊？"

"我怎么知道？"

"不是怀孕了吧？"

解放用手点了一下五反的脑袋："小小的年纪，思想那么复杂。"

五反笑了一下："我就是猜一下嘛，要不，怎么会跑到咱家来哭呢？"

两个人回到屋里，解放坐到了宋艳霞的身旁："请问，你是姓宋吗？"

宋艳霞点头。

"别急，援朝快回来了，他惹你生气了吧？"

宋艳霞摇头。

解放和五反正在劝解宋艳霞的时候，援朝进家了。看到宋艳霞坐在那里哭，援朝也是一愣："你怎么来了？"

看到援朝回来，宋艳霞反倒哭出声来。已经睡着的魏海柱被吵醒，他要坐起来。解放见到这种情景，忙过去让魏海柱重新躺下。

援朝问："你怎么了？不说出来，也不知道怎么帮你啊！"

宋艳霞抽泣着说："我……没有……地方住了。"

援朝愣了一下："你怎么会没有地方住了呢？"

宋艳霞断断续续地说："我哥……他要……结婚，把我……打出来了。"

"你哥哥结婚，为什么要把你打出来？"

“我哥他结婚没地方住，让我从小屋里搬出去，我往哪儿搬哪我，我的三个弟弟住另一个屋，他们都十六七了。他就把我打出来了。”宋艳霞擦着脸上委屈的泪水。

听到这里，解放和五反总算明白了，解放气愤地说：“这也太过分了，哥哥怎么能这么对待自己的妹妹呢？”

宋艳霞说：“他不是我的亲哥。我母亲死得早，在我六岁时就死了。后来我父亲又为我找了个继母，他是我继母带来的。”

五反看不过去了：“你家的房子是谁的呀？”

“是我爸单位分的。”

“那你爸不管啊？”

“他在家里不管事儿，是我继母做主。”

解放无奈地说：“遇到这样有了后媳妇儿就忘了自己孩子的人你也没办法。”

宪法说：“要我说呀，把她哥哥打一顿是最好的办法。”

解放推了他一把说：“不要瞎说，别人家的事儿，怎么能容你们插手，你吃饭撑着啦？”

援朝沉默不语，他不知道如何处理面前的这件事情。解放向援朝使了个眼色，两个人来到了厨房。解放说：“事情已经很明显了，小宋她……她叫宋什么？”

“宋艳霞。”

“宋艳霞这个后妈很厉害，她爸在家说了不算。家里就那么点儿地方，三个弟弟不小了，没法儿住到弟弟那个屋，哥哥又要占这个屋结婚。你说她怎么办？”

援朝生气地说：“哪有这样的爸爸，一点儿不为女儿着想。”

“没听她说嘛，她爸在家不管事儿，啥叫不管事儿？就是说了不算。这样的话，宋艳霞在家能不受气吗？”

援朝捏了捏自己的手关节，发出嘎巴嘎巴的响声：“依我的脾气，跟宪法说的一样，把她哥哥打一顿，赶出去。”

宪法也到了厨房：“对，我赞成，咱俩现在就去？”

解放坐了下来：“别瞎说，别说你俩没结婚，就是结婚了也不能那样做，那是人家的私事儿，你没权力管的。”

五反也进了厨房：“那怎么办啊？”

四个人沉默了，过了一会儿，解放问：“援朝，你和她处了多长时间了？”

"还不到两个月。"

"你觉得会处得长吗？"

"她这个人挺能吃苦的，也是真心喜欢我。至于能不能处长，我也不能把话说死，就这样处着呗。"

解放说："要不这样吧，让宋艳霞住到这里吧，让她和我们一起挤小屋。"

五反说："我不同意，本来这屋就够小的，住三个人都勉强，再挤进来一个人，怎么住啊？再说了，还没结婚就住我们家，不怕人家笑话？"

解放说："谁笑话呀？那你说现在怎么处理？让她到外面待着？这大冬天的能在外面待吗？四个人是挤了点儿，但还不至于挤得睡不着吧？就这样吧，明天合营、跃进他们还得上学呢，时间不早了。"

五反噘着嘴，想说什么又无法说出来。

早晨刚一上班，高萍递给解放一沓标签："这批纸要发到七号库，你把标签填一下。"

高萍说完走了，解放在纸垛上开始填标签。填好标签后，解放向成品上贴标签。这批纸并不多，解放很快就贴完了。解放正在选纸，高萍怒气冲冲地走了过来："你是怎么干的活儿？"

解放说："怎么了？按你吩咐干的活啊。"

"让你把纸发到一号库，怎么把纸发到七号库啦？"

"你当时说的是七号库啊。"

"怎么可能？我干了这么多年，从来没出过错。"

"我刚进厂，根本不知道有个七号库。你不说，我怎么知道？"

"你不要无理狡辩，你的耳朵有问题吧？"

"你不要进行人身攻击，不过我可以很认真地告诉你，我耳朵没一点儿问题，甚至听到过你背后说我的那些坏话。"

"这么说，是我领导不了你了呗？你可以走啊。"高萍气急败坏地说。

"我为什么要走？领导把我安排在这里，我就在这里认真工作。"

"认真工作？说得真好听，你那叫认真工作？把发到一号库的产品发到七号库。"

"你就是那么告诉我的。"

"我那么告诉你的？你有证据吗？"

"我不可能让你把每次告诉我的事儿都写下来，并让你签字。"

解放的师傅佘桂兰走了过来："别说没用的了，把弄错的产品换过来不就完了吗。”

高萍恨恨地看了解放一眼，走了。

看着解放委屈的样子，余桂兰说：“我和你说过，高班长这个人报复心强，遇事儿要让着她点儿。”

赵军拿着自己的拐杖，在路上慢慢地走着，他似乎还不习惯不用拐杖走路。

马主任迎面走了过来：“小军呐，我看你好多了。”

“是好多了，马主任今天算是准时下班了？”

“可不，差不多天天有事儿，今天总算没什么事儿了。”

“马主任，魏解放在你们那里干得怎么样啊？”

“魏解放吧，干得不错，但她不知道怎么得罪高萍了，高萍最近总是找她的毛病，今天上午两个人还吵起来了。”

“怨谁呢？”

马主任犹豫了一下说：“这事儿还真就不好判断了，高萍说让魏解放把产品发到一号库去，魏解放说高萍告诉她的是七号库。你说，当时又没录音，我能说谁对谁错？”

赵军点点头说：“是不好判断啊。”

“不过高萍总找魏解放的碴儿是肯定的，她跑到我这儿来告状，说魏解放是故意弄错的。”

“马主任，你可得主持正义啊，不能偏听偏信。”

“是啊，我说魏解放根红苗正，怎么可能故意弄错呢？故意弄错，那不成阶级敌人了？”

“马主任说得好，不能被人利用。”

“我又不傻，怎么可能被人利用？”

赵军进了家，赵科长在听半导体：“怎么不拄拐了？”

“今天去了医院，大夫说我恢复得挺好，现在开始，每天要进行不拄拐的训练。”

赵科长说：“不拄拐好，看你拄着那个玩意儿我难受。”

“你以为我愿意拄啊！”

“再这么恢复一阵儿，差不多就全好了。”

“爸，我问你，招工的事儿有没有消息啊？”

赵科长叹了一口气："还没有动静呢，没下来文件。文件没到，一切都是小道消息。只有下了文件，才算正式的。"

"这我懂。可是文件什么时候才能下来呀？我不想再回集体户了，直接休到招工算了。"

"我也急呀，你妈天天念叨这事儿，我耳朵都听出茧子来了，我也不知道什么时候能下文件。"

"我妈上哪儿去了？"

"她说前院的老白家管她要咸菜，给人送咸菜去了。"

赵军小声说："正好我妈不在家，跟你说个事儿啊。"

赵军把遇到马主任的经过和父亲说了一遍，赵科长对解放的遭遇深表同情。赵军一看有希望："爸，你就帮忙给她换一个工作吧。"

"给谁换工作？"袁秀艳人没到声音先到了，"又是魏解放吧？老赵，你可不能听小军的。"

赵科长心虚地说："不过是说说嘛。"

袁秀艳指指点点地说："你说你丢人不丢人啊？咋就看上魏解放了，别人都不行啊，妈不是说给你介绍个好的吗？"

赵军像是不好意思地说："别人也行。"

袁秀艳立刻来了兴趣："你看谁不错？"

"刘长瑜不错，妈你帮我找她吧。"

袁秀艳有些蒙："谁？刘长瑜是谁？谁家的孩子？"

赵科长说："《红灯记》里演李铁梅的那个。"

"这孩子，捉弄你妈，那样的人全国就一个。"

下课时间，鞍钢从教室里出来，到学校的水房喝水。喝完水后鞍钢漫无目的地溜达，他看到隐蔽处有三个高年级的同学在抽烟。鞍钢想要走开，一个高个子向他招手："过来！"

鞍钢胆怯地走了过去，高个子说："我们干啥呢？"

"抽烟呢。"

"想去告诉老师？"

鞍钢摇头。

"那你为什么要走？"

"我回教室。"

"还是想告诉老师嘛。"

“我保证不告诉老师。”

“你怎么保证？”

“就是……就是……”鞍钢无法说出他如何保证。

高个子嘲笑地说：“你无法保证吧？”

鞍钢无话可说。高个子说：“我告诉你一个保证的方法。”

“什么方法？”

高个子把手中的香烟递给鞍钢说：“吸几口，这样你就肯定不会告诉老师了。”

“我不会呀。”

高个子说：“只要往里吸就行。”

鞍钢一时拿不定主意。高个子厉声说：“吸啊！吸三口。想找打是不是？”

鞍钢害怕了，他赶紧吸了起来。高个子看到一位女老师向这边走来，忙使了个眼色，三个人全溜走了。

鞍钢被吸入的烟呛得咳嗽起来，咳嗽之后他又吸了一口说：“行了吗？”

没听到回答，鞍钢抬头一看，只见女老师站在他面前，女老师一把揪住鞍钢问：“你是哪班的？”

鞍钢被呛得流出了眼泪：“我……我……”

毛小君满脸怒气地看着鞍钢：“说说，为什么学抽烟？”

鞍钢不说话，他用脚踢着地面。

毛小君：“为什么不说话？”

鞍钢说：“我没学抽烟。”

“安老师把你带到办公室时，你手上还拿着烟呢。”

鞍钢仍旧不吭声。

“你想不想说？你要是不说，我就把你大姐找来。”

鞍钢把事情的经过说了一遍。毛小君说：“这么说，你是被冤枉的。”

鞍钢使劲儿点头，毛小君向着坐在那边的安老师问：“安老师，他抽烟的时候，你看到别的学生跑了吗？”

安老师说：“没看见啊，就看见他自己在那里抽烟。”

毛小君转过身来对鞍钢说：“这回你还有什么可说的？”

“真是那三个高年级的同学逼我抽的！”

“你撒谎也要说个让我相信的。”

“我没有撒谎。”

“谁会相信？退一步讲，你看到他们抽烟，为什么不报告老师？还向他们说肯定不告诉老师。这是不敢向坏风气作斗争的表现。他们让你抽你就抽？你的立场哪里去了？刘文学面对偷辣椒的地主，他是选择斗争而不是妥协，你为什么不跟他们斗争？”

鞍钢小声说：“我不敢。”

“就凭这一点，你就不配当毛主席的红小兵。你说你一直想当红小兵，就你这样，我能让你当吗？你经不起阶级斗争的考验。”

鞍钢带着哭腔说：“可我不听他们的，他们就打我呀。”

“毛主席的红小兵连死都不怕，还怕他们打吗？”

鞍钢低下头来无话可说。

“你要对今天的事情有深刻的认识，要写一篇深刻的检讨，听见了没有？”

“听见了。”

“回教室写吧，写不完不能回家。”

鞍钢慢腾腾地离开了老师办公室。

鞍钢在教室门口碰到了合营，合营对鞍钢说：“快点儿取书包，我们回家。”

鞍钢吞吞吐吐地说：“我回不了。”

“为什么啊？”

“老师让我写检讨。”

空荡荡的教室只有鞍钢一个人坐在那里，他愁眉苦脸地拿出了本子，在一张空页上写下了“检讨书”三个字，然后就看着那三个字发愣。鞍钢思前想后接着写了下去：

> 我今天做了对不起伟大领袖毛主席的事，我不该抽烟。

鞍钢想，毛主席不是也抽烟吗？为什么我抽烟就对不起毛主席了呢？鞍钢感到这样写不妥，把这页撕了。

鞍钢重新开头：

> 今天，我看到了一种坏风气，就是有同学抽烟，我没有勇敢地和这种坏风气作斗争，辜负了伟大领袖毛主席的期望。我今

后……

鞍钢勉强把一页写满后，把检讨书撕下，走出了教室。

合营无聊地待在自己的班里等鞍钢，忽然他看到小操场上有几个孩子在踢球。那几个孩子他见过，都是学校老师的孩子，合营乐颠颠地跑出去，加入了踢球的队伍。

合营和他们踢得正欢，球向合营滚来，合营一高兴，飞起一脚，球应声飞起，直朝一扇玻璃窗飞去，只听一声脆响，玻璃碎了。

屋里马上有一位男老师探出头来喊："谁干的？"

几个孩子都把手指向合营。

"你进来！"男老师喊道。

合营恨恨地看了那几个孩子一眼，很不情愿地走进去。

男老师问："你是哪个班的？"

"五年三班的。"

"叫什么名字？"

"魏合营。"

男老师把合营的名字记到了办公桌上的一张纸上："打坏东西要赔知道吗？"

合营点头。

"这是学校的公共财产，如果不赔，你就不能去上课。这玻璃呢，比一般的玻璃大，算一块五毛钱吧。你明天上学时把钱交给我，听见了吗？"

"听见了。"

"能做到吗？"

"能。"

合营出了办公室，他听到那男老师的声音："把球拿回来，让你们回家玩去不听，你们不踢球，能把玻璃打坏吗？"

鞍钢和合营向家的方向走着。

鞍钢说："一块五啊，那得买多少好吃的啊？"

"不交这钱，那老师就不让我上课。"

"他怎么知道是你呢？"

"他用笔在一张纸上记下了我的名字和班级。我胡乱编个年级和名字就好了。”

“看你脸也能认出你呀。”

合营沮丧地低下了头。

五反、韩梅和董丽英说笑着向礼堂的方向走。迎面走来了吴腊梅，韩梅面露紧张之色，五反警惕地把手伸向了书包。五反发现吴腊梅同样紧张，她像是没看到五反似的，匆匆地走了过去。

五反、韩梅和董丽英坐在各自的书包上。韩梅说：“我看吴腊梅好像很怕你。”

五反说：“第一次，她领人把我打了。第二次，我一棒子把她打倒在地，她站都站不起来了。”

董丽英羡慕地说：“真的？”

“当然是真的。”

韩梅说：“没听说你会打架啊。”

五反得意地说：“现学的，我大弟教我的，像咱们这样有舞蹈功底的，学打架是小菜一碟。”

韩梅高兴地说：“真的呀？好学吗？”

“好学，不比舞蹈难。”

董丽英央求五反说：“那你快教我们吧。”

“那也不能在这外面学啊，哪天在练功的台子上学。”

韩梅说：“明天就体检了，我有些紧张。”

五反说：“有什么好紧张的，不就是体检吗。”

韩梅不好意思地说：“听说得脱衣服。”

董丽英说：“肯定得脱衣服检查呀，当兵嘛。”

韩梅扭扭捏捏地说：“听说还有男医生？”

五反说：“不可能，要是那样的话我就不体检了。”

韩梅赞同地说：“就是，恶心死了。”

董丽英说：“可是，不体检就当不了兵呀。”

五反信心满满地说：“我想，肯定会安排女医生的。”

吴腊梅和许娜、王凤英坐在几块散乱的石头上。

许娜说：“腊梅，我看那个魏五反现在有些狂了。”

吴腊梅一脸无奈地说：“那怎么办？我打不过她。”

王凤英说："我们家那儿有个叫大艳儿的，打架绝对是一把好手，要不我们去找她，让她帮忙？"

许娜摇头："我不同意，人家凭什么帮你呀？再说了，人家就是帮你，也肯定有条件的，不如我们自己想办法。"

吴腊梅说："许娜说得对，求别人不如求自己。"

王凤英说："听说她们三个全都报名参军呢，好像只有魏五反和那个韩梅通过了，那个叫董丽英的没通过。"

吴腊梅问王凤英："你明天也参加体检？"

王凤英说："就是去凑凑热闹，能去就去，去不上拉倒。"

许娜不服气地说："看魏五反的那个样子，好像一定能当上兵似的。"

吴腊梅问："体检是在市医院进行吧？"

许娜说："是，怎么啦？"

"你妈妈不是在市医院吗？"

"对呀。"

吴腊梅立刻高兴了："这不是大好的机会吗？"

"什么机会？"

"你妈妈在哪个科？"

"五官科。"

吴腊梅压低声音说："许娜，让你妈妈帮个忙，让魏五反和韩梅体检合不了格，当不成兵。"

许娜为难地说："我妈不一定听我的呀。"

吴腊梅说："你这样对你妈说，你说魏五反和韩梅……算了，你只说魏五反，那个韩梅就算了，多了你妈反而不信了。你就说魏五反天天欺负你，总是找碴儿打你，反正是坏透了，不能让她去当兵，让你妈想办法让她体检不合格，你听明白了吗？"

许娜犹犹豫豫地："试试吧，不知道我妈能不能听我的。"

吴腊梅抓住许娜的手说："一定要试试，算我求你了。"

第十六章

魏海柱正处在狂躁之中，不停地动这个动那个，宪法设法让他平静下来。魏海柱要打开缝纫机，宪法上前阻止：“爸，不弄这个好吗？”

魏海柱放弃了缝纫机，又看上了柜上的座钟，魏海柱要搬座钟，宪法按住了座钟：“爸，这个也不行。”

“它坏了，我修修。”

“没坏，这不走得好好的吗？”

“坏啦，你不懂。”

“爸，我跟你到外面走走好不好？”

“不去！外面有什么可去的。”魏海柱执拗地说。

“那给我姐裁衣服吧？”宪法不知道如何哄他。

“给谁？”

“给我大姐做吧，她没什么衣服。”

魏海柱终于同意了：“好吧，你给我她的尺寸。”

“这儿有，全在这儿记着呢。”宪法拿来了解放的尺寸，并把几张纸放到魏海柱的面前。

魏海柱想起了一个问题：“你大姐买布了吗？”

宪法说：“还没有呢，你先把样子弄好，然后再买。”

魏海柱看了宪法一眼，低下头开始工作，忽然，魏海柱警觉起来，似乎听到了什么，他小声说：“有小偷。”

魏海柱操起一根短小的用来捶衣服的木棒。

宪法说：“没有小偷，我在家你就放心吧。”

门响了一下，援朝下班回来了。宪法说：“大哥，今天怎么回来这么早？你第一。”

宪法把魏海柱手中的木棒拿下来，让他专心画衣样。

援朝说：“我第一？你出去透透气吧。”

宪法说：“你一个人看爸行吗？”

“你一个人都行，我怎么就不行？”

“爸今天有点儿烦躁，你得注意点儿。”

“行，我知道了，你出去溜达溜达吧。”

宪法穿好鞋出去了。援朝走过去看魏海柱画衣样，但他看了一会儿就觉得没什么意思。援朝问：“爸你画得不错，还得多长时间才能画完啊？”

魏海柱头也不抬地说：“早呢。”

援朝离开了那里，在桌子旁边坐了下来，宋艳霞回来了。

“你今天也回来这么早？”

宋艳霞说：“我寻思早点儿回来做饭呢。”

“知道早回来做饭了？以后能当个好媳妇儿！”

宋艳霞瞪了他一眼：“跟我一起做吧。”

援朝看了魏海柱一眼，见魏海柱在那里认真思考的样子，援朝放下心来：“好吧，我和你一起做。”

“你先把大锅点着火，饭和菜由我来做，你烧火就行了。”宋艳霞在那里洗手。

援朝开始烧火。宋艳霞一边淘米一边和援朝说话：“我昨天一宿也没睡好。”

“怎么了？小屋挤得慌？”

“不是，我在想我们家的事儿。”

“有什么可想的，还用得着整宿想？”

“我活得太窝囊了。”

“现在不是有我了嘛，以后再也不用受那窝囊气了。”

“同事听说了我的事儿，都说我应该把家里砸一遍，让他们不得好。”

“有什么用啊？不解决任何问题。”

“我咽不下这口气呀。”

“毕竟是你的亲爸，那样你爸会伤心的。”

“他伤心？得了吧。我哥打我，他都不阻止，算什么爸爸！”

“你爸肯定也有无奈之处。”

“他有什么无奈之处？就怕老婆不跟他过。”

援朝见宋艳霞生气，不再和她争论，低头烧火。

“援朝，求你个事儿好不好？”宋艳霞停住了手。

“什么事儿呀，说得这么郑重？”援朝笑呵呵地问。

“你揍他一顿好不好？”

援朝愣了：“揍一顿？那是你哥呀。”

宋艳霞把手中水瓢向锅台上一扔，发出“当”的一声脆响：“他把我打出来了，你不知道吗？”

魏海柱被响声惊了一下，警觉地站起来，下地拿起了那个捶衣服的短棒。

援朝耐心地劝：“我打他不是问题，就算他再有力气，再能打架，我都不怕。可是我若把他打了，以后你怎么回家？你爸怎么和他们相处？我出面不合适。”

魏海柱从里屋向外张望，厨房里已有雾气，只能看到援朝和宋艳霞两个人在厨房里影影绰绰晃动。

“用得着想那么多吗？他打我时想那么多了？你说，你给我说说。”宋艳霞拽着援朝的衣服让援朝说。

魏海柱看两个人拉扯到一起，立刻冲了出去，对着援朝的头部就是一下，援朝应声倒地。

宋艳霞吓得尖叫起来。魏海柱拿着捶衣棒恨恨地说：“小偷！他是小偷！”

宋艳霞哭着喊：“援朝！你怎么了？”

见援朝没有反应，宋艳霞的哭声更大了：“你怎么能打援朝呢？”

魏海柱面无表情地喊：“小偷跑哪去了？”

解放进门，看到眼前的情景，她忙把躁动不安、四处寻找小偷的魏海柱扶进里屋。正巧五反也回来了，看见倒地的援朝，吓得也哭了起来：“哥，哥你怎么了？”

五反扭过头来对着宋艳霞，“我哥为什么会这样？”

宋艳霞不安地解释道：“我……我俩吵起来了，大叔出来打了他。”

五反一眼看到刚返回的宪法：“你上哪儿去了？”

宪法一时语塞：“我出去转了一圈。”

五反好像抓到了什么把柄：“不是让你在家照顾爸吗？”

宪法立刻翻脸了：“哎，我就不能出去玩？照顾爸咋就成了我一个人的事儿？每次轮到你晚上照顾爸，你做了几次？不都是我替你做的吗？现在却反过来教训我。”

“做错了事儿还不让人说？”

“我怎么做错了？我照顾爸一天，大哥让我出去走一会儿我就有错了？

按你这么说，我还不管了呢，谁愿意照顾爸谁照顾。我明天就去砖厂干活儿，好像我天天在家是吃闲饭的。”宪法把怨气全发泄出来。

五反根本不说软话，她强硬地说：“你爱照顾不照顾，不照顾也没人求你照顾，缺了你还做不了槽子糕了？”

宪法指着五反说：“好，这话是你说的啊，明天我就不干了，你来照顾。”

“爱干不干。”

解放从大屋出来：“五反，你瞎说什么？”

“我没瞎说，他不干就不干，有什么了不起！”

“你少说两句行不行？”解放蹲下来喊援朝，“援朝，你醒醒。”

“我怎么躺地上了？”援朝说着站了起来。

五反说：“爸以为来了小偷，拿棒子打了你。”

“爸怎么这么有劲儿！我一下子就什么也不知道了，像是睡了一觉。”

“爸现在怎么这样呢？这要是把援朝打个好歹的，可怎么办啊？”解放有些担忧地说。

宪法对援朝说：“我出去时和你说过，爸今天有些烦躁，你注意点儿。”

援朝说：“你是说过，但后来爸挺好的，我就没在意。”

“爸白天几次拿着棒子向外冲，说是有小偷……”

五反责备他说：“那你应该告诉哥呀！”

宪法说：“我不是告诉了吗？”

“我是说，你应该告诉爸拿棒子……”

宪法不高兴了：“我是不是也得把爸上厕所花了多长时间再说一遍呢？”

“不怪他，是我大意了。”

解放问：“援朝，你和小宋吵架了？”

“我俩，也不算吵，就是戗戗[①]了几句。”

“艳霞，为什么戗戗？”

宋艳霞说：“我……我让他打我哥，他不肯。”

五反毫不客气地说：“你这不是里挑外撅吗？让我哥打你哥，派出所来抓人让我哥扛着，你这是安的什么心？”

宋艳霞也不示弱地说：“我安的什么心？我和援朝谈恋爱，求他办点事儿不应该吗？用得着你来教训我？”

“那你也不能把他往火坑里推呀！”

---

① 戗戗：东北方言，意为拌嘴。

“我怎么把他往火坑里推？”

“把人打坏了，派出所不找他呀？”

“我让他往坏了打吗？”

五反不依不饶：“打架有准儿吗？万一打坏了呢？”

“万一打坏了，我替他蹲监狱。”

“说得轻巧，到时候就鼠迷[①]了。”

“我说话算话。”

“那也不行，蹲监狱有替的吗？”

“都少说两句。援朝，你进屋照看爸。”解放说完开始做饭。宋艳霞自觉地继续着刚才没有完成的活儿——淘米。

五反向灶里扔了一些树皮，见树皮不多，她拿着一个铁丝编的筐去取树皮。

“艳霞啊，今天这事儿你做得真不对。”

宋艳霞不说话，只是默默地干活儿。

“虽说你和援朝谈恋爱，但这样的事儿不能让援朝去做。他们对你不好，但你毕竟是在那个家里长大的，那里有你亲爸，有你同父异母的三个弟弟。总之那里是你家。虽然你哥和你没有血缘关系，可你们毕竟也在一起生活了十几年。如果援朝真的把你哥打了，你以后还怎么回那个家？还怎么相处？”

宋艳霞认错地说：“大姐说得对。”

“以后别再想这样的蠢事了。”

跃进和她的班主任柴雅敏走进家门。跃进说：“大姐，我们老师来了。”

解放忙放下手里的活儿：“柴老师快进屋坐。”

柴老师坐下：“你是魏跃进的大姐吧？”

解放笑笑：“我是老大，叫魏解放。宪法给柴老师倒水。”

“水我就不喝了，有几句话我跟你说一说。”

解放知道肯定有事：“是不是跃进不守纪律了？”

“跃进在这方面做得很好。今天班级出墙报，你家跃进和另三个同学留下来出墙报，当时我挺忙的，也就没管他们。可我刚到办公室，就有个孩子跑来说魏跃进晕过去了。我忙向教室跑，到教室的时候魏跃进已经醒过来了。我想她是不是晕高啊，出墙报得登桌子。他们说她没上去，在下面

① 鼠迷：东北方言，意为老实、没能耐。

就晕倒了。领她到校医那里看了看，不发烧也不头痛。校医说，这孩子得到大医院检查，看看到底哪儿有毛病。”

解放问：“跃进，你现在哪儿不舒服？”

“没不舒服。”

柴老师说：“这样更要重视，没什么症状就晕倒的人，一定要到医院里做彻底的检查，这是校医跟我说的。”

柴老师走后，五反问：“跃进，你以前有过这种情况吗？”

“有过。”

“什么时候？”

“很久以前。”

五反疑惑地说：“我怎么没见到你这样啊？”

“就是要晕倒，可我扶住了东西就没倒。”

宋艳霞忙说：“那跃进快上炕躺一会儿吧。”

“我不，我还要写作业呢。”

合营和鞍钢进来。解放见到他俩：“怎么才回来呀？”

鞍钢说：“我今天挨留了。”

“挨留了，为什么？”

合营在旁边揭发他说：“老师让他写检讨。”

听了鞍钢的事儿，解放叹了一口气：“老师虽然说得有道理，但有时候我们不能和坏人坏事作斗争，因为我们打不过他们，这也没有什么大错。听懂了吗？”

鞍钢点了点头。看到合营那得意的样子，鞍钢向解放揭发道：“他把学校的玻璃打坏了……”

五反问：“合营，你打坏学校的玻璃了？”

合营立刻像霜打了的茄子。

许娜的妈妈迟大夫坐在一张椅子上织毛衣，许娜走进来：“妈，跟你说个事呗。”

迟大夫说：“说吧，什么事？”

“你明天给人体检？”

“是，怎么了？”

“我们年级有个叫魏五反的，这个人可坏了，你到时让她不合格呗。”

迟大夫抬起头来看着自己的女儿说：“人家坏不坏，和你有什么关系？再说，这是关系到一个人一辈子的大事儿，我怎么能随便就让人家不合格？”

“你不知道，她总是欺负人。”

迟大夫停下了手中的活计：“她欺负过你？”

许娜点了点头，她想起了吴腊梅对自己的信任和重托，一下子流出了眼泪。

迟大夫用手擦了擦许娜的眼泪：“你说她叫什么名？”

“魏五反。”

援朝和宋艳霞先吃完，两人拎着饭盒走出了家门。合营、跃进和鞍钢已经吃完，他们准备上学。合营猛地走向厨房里的解放，看着冲进来的合营，解放愣了一下：“怎么了？”

“钱……给我一块五毛钱。”

解放想起了昨天的事，忙掏出钱给了合营。

回到大屋时解放发现宪法在穿衣服，解放问：“你穿衣服干什么？”

宪法说：“到砖厂去干临时工。”

“你去干临时工，谁来照顾爸呀？”

“我二姐，她不是说她能干吗？”

五反说：“干就干，谁怕这个呀，以后你不要用撂挑子吓唬人。”

“没吓唬你，你干吧。”

五反说：“但今天不行，今天我得体检。”

“五反，你少说两句行不行？”

“我不说了，我体检去。”五反说完走了。

“宪法，你听姐说，你二姐什么性格你清楚，为什么和她较劲儿呢？”

“姐，我已经待得够够的了。她不说，我也想跟你说了，再这样下去我早晚也要精神失常。”

解放看着宪法长长地叹了一口气：“姐理解你，姐会想办法让你不这么痛苦的。不过今天你还得再照顾爸一天，我今天想想办法，好不好？”

宪法点了点头，把穿好的衣服慢慢脱下来。

医院的走廊内站满了一群一群的女生，五反和韩梅站在一个角落，董丽英挤过喧闹的人群找到了她们。

五反高兴地：“你怎么来了？”

“这是你俩一生中重要的日子，我能不来吗？”

韩梅说："你不到学校上课，老师能让吗？"

董丽英说："我对老师说肚子痛，请假，老师同意了，他还以为我闹情绪呢。"

五反关心地问："丽英，没能体检的难受劲儿过去了？"

"看你俩来体检，心里还是难受。想着以后这样分开了，能不难受吗？可我希望你们能有一个好前途。"

韩梅搂住她："真是好姐妹，当上了兵我会天天给你写信的。"

"也用不着天天，一周写一封就够了。"

一个护士站在走廊里喊："魏五反、韩梅，你们进来。"

解放在操作台上工作着，她的脑袋里全是跃进晕倒的样子。解放来到高萍的身边："班长，我想请会儿假。我妹妹……"

高萍打断她："别跟我请假，车间刚刚搞会战你就来请假，有这么干的吗？要请假找主任。"

"一个多小时就够了……"

"别跟我说。"

解放看了高萍一眼，高萍挑衅地："看什么？不给你假不高兴是不是？"

在医院的一个角落，五反、韩梅和董丽英在那里议论着体检的经过。五反说："和我一起进去的那个女生把我笑坏了，医生说什么她都听不见。我离得比她远都听见了，最可笑的是那医生说，人民。她回答说，树林。像对暗号似的。"

韩梅笑着说："和我一起体检的那个女生也挺有意思，她除了能看见第一个 E 以外，其他的全是乱比画。怎么还有那样的眼神？"

午休的时间，解放匆匆来到赵军家。见到赵军，解放着急地说："有个事儿求你帮我一下。"

"咱们之间还什么求不求的，你说。"

"昨天晚上，跃进被老师送回，说她在学校晕倒了，什么原因不清楚。老师说，一定要到大医院检查一下，上午跟高萍请假，她不给，还说了我两句。"

赵军愤愤地说："她想干什么呀？你应该骂她一顿。"

"算了，我还得在她手下干，和她闹僵没什么好处，你能带跃进去市医院检查一下吗？”

“没问题呀，我待着也是待着。”

解放心存感激地说：“你总是在我最难的时候帮我。”

“说这些干什么。”赵军不好意思地挠挠头。

解放从口袋里掏出十元钱。

“这是干什么呀，我回来再说好不好。”赵军把解放的手推了回去。

“你到五七小学三年二班找她。”

赵军站在那里看着解放远去的背影。袁秀艳从屋里出来：“在这里傻站着干什么？回屋吃饭，饭都凉了。”

“不吃了。”

袁秀艳逗儿子：“哟，人家和你说句话就不吃了，她的话还顶饱啊？”

“顶，听了可以三天不吃饭。”

“是吗？这样的媳妇儿娶回来行，不用买粮。”

“你同意了？”

袁秀艳瞪起眼睛：“我同意什么了？”

赵军笑了一下，推老妈进屋。赵军端起饭碗，吃饭的速度明显加快，三下两下地把饭向嘴里送，袁秀艳埋怨道：“干什么呀？又没人和你抢。”

“吃完了有事儿。”

“又是魏解放的事儿？”

“跃进昨天晕倒了，说是得到医院检查一下。”

袁秀艳停住了筷子：“晕倒？这可不是好事儿，一定得查个清楚。”

“就是啊，解放也挺着急的。”

“赶紧领跃进到医院检查呀，找你干什么？”

“她是想去，可那个高萍不给假。”

“这个高萍真不是个东西。”

“那让我爸帮着把解放调出来，你还不让呢。”

袁秀艳语重心长地说：“你爸在厂里容易吗？你要知道有多少人盯着他那个职位呢。不把他整下来，别人能爬上去？所以你爸做事儿得谨慎，如果什么事儿让人家抓住了把柄，就会用这个来整你爸，帮解放调工作这事儿容易让人盯上，你爸暂时还不能做，得慢慢找机会。”

赵军高兴了：“原来妈考虑问题还这么长远啊。”

“你妈还有好多智慧你不知道呢。”

赵军站起来擦了擦嘴：“妈，我得去了，给我拿十块钱。”

"拿钱？她没给你钱？"

"拿了，我没要。人家一求你办事儿就收人家钱，不好。"

"那样不好，也别管我要啊。"

"你不是我亲妈嘛！"

袁秀艳站起来到柜里取钱。赵军接过钱一看："不是说十块嘛，怎么给二十呀？"

"看病多带点儿没错儿。"

"真是亲妈。"

赵军领着跃进回来，解放忙问："大夫都说了些什么？"

赵军说："化验结果明天取，初步诊断是贫血。"

"贫血？跃进怎么会贫血？"

"大夫说，妇女贫血多，这样的孩子贫血就不正常。"

"怎么办呢？"

"贫血就得补血。"

"怎么补呢？"

"除了吃药，还得多吃有营养的东西。一般有营养的东西都补血。"

"没有别的了？"

赵军拿出了三个药包递给解放："大夫开了一些药，说先吃着看看，按上面的说明吃就行。"

解放把药包放到柜面上说："饭也好了，在这儿吃吧。"

赵军看了看柜上的座钟说："不啦，我回家吃。明天我去取化验结果。"

合营在一旁说："赵哥在我家吃嘛。"

"是不是嫌饭菜不好啊？也没有什么好吃的。"

"如果你这样说，那我就在这儿吃了。"

解放白了他一眼："吃吧，药不死你。"

赵军笑了。合营悄悄来到赵军身旁问："赵哥，那条车链子你才做了一把枪，应该还有吧？"

解放送赵军回家，赵军说了他到学校找跃进的经历："……几个老师截住我，把我当成拍花的了。"

解放笑笑："跃进这病呢，不知道什么时候能好。我爸的病就够愁人的了，现在她又得病，哎……"

赵军说:“别着急，跃进年纪小，好治。”

解放沉默。

赵军停下说:“我们往回走吧。”

解放笑了一下，听了赵军的话，往回走。

“有一件事儿我一直不知道该怎么说。”

“你还不知道我？该怎么说就怎么说。”

“就是宪法，他一直照顾我爸。他毕竟年龄还小，总在屋里待着待不下去，他说他要疯了……”

“你怎么说起来这么费劲儿呢。我听明白了，就是宪法不想照顾你爸了，是不是？”

“是的，这事儿愁死我了。”

“跟我说就完了嘛，我去照顾魏叔你放心不放心？”

解放说:“你这么一说，我心里就更过意不去了。”

赵军郑重地说:“你有事找我，说明看得起我，就是再大的事儿，我赵军都不带眨眼的。”

“我知道你帮我做了那么多的事儿。”

“也没做什么，都是小事儿。”

“那天在病房，我可能说错什么了……你别在意啊。”

“其实，能帮你做些什么，我感到很幸福……”

“我们家，总是麻烦很多，以后可能会更让你操心……”

赵军说:“这个我愿意。”

他们回到了魏家的大门口，解放说:“那……你快回家吧，累了一下午了。”

“好，我保证七点到。”赵军恋恋不舍地走了。

解放又追上去:“这是十元钱……不知够不够？”

赵军推开她的手:“以后再说吧。”

袁秀艳坐在桌旁打毛衣，赵军高兴地进了屋:“我爸呢？”

“躺下了，写了一天的材料，肩周炎犯了。”

“我爸也是的，下面好几个科员，让他们写啊，当官哪有像他那么辛苦的？”

“这是厂领导让他写的，他不放心。”

“我爸又不是秘书，操那份闲心干啥？”

袁秀艳想起了跃进："跃进检查得怎么样？"

"化验单明天取，大夫说初步判断是贫血。"

"贫血？"

"这个病好治吗？"

"有好多人贫血都不治，补补就算了。"

"怎么补呢？"

"吃大枣，喝红糖水。还有好多东西都补血，什么红小豆啊、黑芝麻呀，多着呢。"

"我记得咱家有红糖来的？"

"有着。"

"那赶快找出来。"

"干啥？"

"你不是说红糖补血吗？"

袁秀艳把毛衣向桌上一摔说："你是属耗子的吧？净把咱家的东西往外倒腾[①]。"

"人家不是贫血了嘛，再说红糖也不好买。"

袁秀艳去找红糖："有这样一个傻儿子真是愁人啊！"

赵军讨好地说："妈，以后我挣钱了，多给你买几斤。"

袁秀艳转身说："娶了媳妇儿没忘了娘，妈就知足了。"

"哪能呢。媳妇儿要是不听妈的话，一天打她三遍儿。"

"嘴上说说吧。现在哪个不是气（妻）管炎，敢动媳妇儿一下？"

"还用看吗？看你把我爸管的，溜直，一点儿权都不长。"

袁秀艳把红糖拿出来："瞎说，我哪有那么厉害。"

早晨，赵军拿着红糖就向外走。袁秀艳喊："去哪儿？"

"有事儿。"

"那饭也不能不吃饱……"袁秀艳话还没说完，赵军已经没影儿了。

解放不停地看柜上的座钟，马上就要七点了。

解放对穿好衣服的宪法说："你得等赵军来才能走，把每天要帮爸做什么交代好，别有遗漏的地方。"

"我知道。"

---

① 倒腾：东北方言，意为搬运、挪移。

赵军走进来，他稍微有点儿喘："我没……来晚吧？"

解放说："没有没有，时间正合适。那……我先走啦。宪法跟你说说要做的事。"

"这是我妈给跃进的红糖。"

解放把红糖放进柜里："替我谢谢伯母啊。"

赵军催促解放说："快走吧，上班别晚了。"

宪法说："赵哥，真不好意思，让你帮忙。"

"咱们哥们儿，没说的。"

"我这些天在家待得像傻子一样。"

"我理解。"

"一会儿呢，你得领我爸到那边的厕所去解大号。这些他都会，你只要跟着他就行，不过他好像脑子里没有男女厕所的意识，记着别让他走进女厕所。"

"知道了，还有呢？"

"还有你要记着拿手纸，我爸有时忘拿。"

"我会记住的，还有呢？"

"我爸想拆缝纫机，要不就想拆座钟，这些祸害东西的事儿不能让他做。现在他最常干的就是画衣服样子，纸都在这里。"宪法指了指那些纸张的位置，"你把纸、粉笔、直尺还有卷尺给他，也可以让他给你画衣服样子。他的做法是先画样子，然后拿着样子在布上剪裁。"

赵军点头："还有什么事？"

宪法拿着柜上的一个药瓶："每天中午他需要吃这种药，一次两片。你给他倒水，要他吃药，他会依着你。"

赵军把柜上的药拿到手中看了看："两片是吧，什么时间？"

宪法说："饭后半小时就行，饭在锅里。"

"那我就知道了。"

"我爸他小便的时候知道喊你，要马上给他尿罐，他便完后，最好把尿倒了，可以倒到那边围墙的下面。有时我懒得跑，直接倒在门口的下水道里。回来后用水冲一下尿罐，尿罐在这里。"宪法告诉尿罐的位置。

赵军说："我记住了。"

"是不是这事儿特烦？"

"没有。"

"我照顾我爸快两个月了，心里特烦。"

赵军挥手：“没事儿，你走吧，该干什么干什么。”
宪法穿戴好出了门。
赵军走近魏海柱说：“魏叔，以后我来照顾你啦。”
魏海柱看了看赵军，并不说话。
“那，我们上厕所吧。”赵军拿好了手纸，两个人慢慢出门。

第十七章

青年文工团进行舞蹈彩排，五反在比较靠前的位置，舞蹈是《南飞的大雁》。韩梅和董丽英在台下焦急地等待着。

舞蹈刚刚结束，《红色娘子军连歌》的音乐立即响起。换好服装的演员又英姿飒爽地出现在舞台上，五反也在其中。

董丽英焦急地说："她们还有几支舞蹈啊？"

"谁知道啊，可真能跳啊，也不歇一歇。"

彩排总算结束了，舞蹈演员们在台上散乱地走动，韩梅和董丽英走近了舞台。

韩梅小声喊："五反。"

五反听到喊声向台下看。因为台上用了灯光，她一时看不清韩梅和董丽英在哪里。董丽英使劲儿挥动着手臂。

五反来到台边，董丽英抢着说："名单已经公布啦！"

"公布了？在哪儿？"

韩梅说："武装部门口。"

"你们没去看一看？"

董丽英说："没有啊，这不等你嘛！"

"那你们等一等啊，我去换衣服。"

布告栏前挤满了人，三个人从后面挤到前面来，定定地看着那些写满人名的红纸。韩梅叫了起来："有我。"

韩梅欢快地跳着，指着自己名字的那个地方。五反笑了一下，继续向下看，她的脸色慢慢僵硬起来。看完最后一个名字，五反脸上像挂了霜，整个人失去了生气。

看着五反沮丧的样子，董丽英劝她："别急，弄错也是有可能的。"

韩梅拉着五反说："我们去找他们。"

五反却打不起精神来，勉强地跟着两人向武装部走。

韩梅变得闯劲儿十足，一点儿也不扭捏。韩梅问："请问一下，体检哪个人负责？"

军人扭头看了一眼说："他到医院去了，你们什么事？"

"我们想问问，为什么名单上没有她的名字？"韩梅指着身后的魏五反说。

"为什么？没有就是不合格呗。"

韩梅追着问："哪里不合格呀？"

"不合格的原因不向你们本人公布。"

董丽英在旁边插话问："为什么呀？"

"不为什么，就是不公布。"

"她身体那么好，怎么会不合格呢？"韩梅着急，她的声音有些大。

"你别和我急。我和你说过了，我不负责这方面的事情。"军人说完，向三位女生笑了一下。

三个人出了武装部，坐在武装部门前的台阶上。突然，五反捂着脸呜呜地哭了起来。

韩梅劝她说："五反别哭，我们明天再来找好不好？"

董丽英也跟着抹眼泪，三个人抱在一起哭了起来。哭了一会儿，韩梅擦干眼泪说："今天先回去吧，明天再来问。"

五反犹犹豫豫地说："就怕明天来不及了。"

董丽英说："怎么会呢？"

五反不说话，她向武装部的院里看了一眼，那里的人已经下班了，不时有人出来，三个人站起来向回走。

张玉林迎面走了过来，看见五反，张玉林高兴地凑过来说："魏五反，听说学校宣传队要参加市里的汇演是吗？"

五反看了张玉林一眼，像是没看见他一样。

张玉林在后面追着喊了一句："干吗不理人啊？"

五反没回头，她还沉浸在自己的痛苦之中。

赵军陪着魏海柱在家属区散步，四处是陈旧的积雪。一个老头儿有些鬼祟地看了魏海柱一眼，魏海柱立刻发作了：“你在干什么？”

赵军被魏海柱吓了一跳。

老麻头转过身来：“你又骂我！”

魏海柱上去抓住老麻头的衣服：“不骂你骂谁？你为什么偷我布票？”

“你骂我多少次我都不和你一般见识。谁偷你布票？”

魏海柱强硬地说：“就是你偷的，我都看到了。”

赵军把魏海柱拉开，赔着笑脸说：“对不起……”

老麻头不干了：“我这么大岁数还没人天天骂我呢，凭什么骂我？”

赵军说：“大爷，别生气，他有病。”

“有病就可以随便骂人？我还有病呢，我骂你行吗？”

“大爷，他真的有病。”

“有病就去医院啊，精神病就去精神病院，为啥让他四处骂人？”老麻头絮絮叨叨地走了，魏海柱站在那里，像是看别人的事情，完全置身事外，赵军轻轻地叹了一口气。

屋里已经点灯，合营、跃进、鞍钢在桌旁写作业，魏海柱趴在炕上，赵军为他按摩。

五反进屋，坐到椅子上就哭。听到哭声，宋艳霞从厨房里赶了过来：“五反怎么了，和别人打架了？”

五反摇头。

“那怎么了？和姐说。”

五反哭着说：“合格名单没有我……”

“没有你？怎么会呢？”宋艳霞听到这个消息也愣了。

“就是没有……”五反大哭起来。

“那你哪里不合格呀？”

“不知道……他们不告诉……”

“五反别哭，我大姨家的孩子在市武装部开小车，姐去找他，看看能不能问出什么来。”宋艳霞把围裙摘下来说。

听到这里，五反反而埋怨她了：“那你不早说……早让他帮忙不就没事儿了……”

宋艳霞叹了一口气：“我妈死得早，和他家基本上不来往了。以前他在武装部开小车，现在还在不在那里我都不知道。”

解放和援朝一起到的家，见赵军还在给魏海柱按摩，解放过意不去："累了一天了，歇歇吧。"

"不累，正好可以活动活动。"

解放问："我爸今天的表现怎么样？"

"正想跟你说呢，魏叔今天把一个老人给骂了，那老人不依不饶的，说魏叔天天骂他。我好说歹说总算把那老人哄走了。魏叔这样下去，会不会更严重啊？"

"那是前趟房的麻大爷。我咨询过大夫，目前这种病也没有什么好的治疗办法，主要靠养。"

赵军提出自己的看法："我感觉魏叔的病主要在精神方面，是不是到精神病院去看一看，或者到那里去住院？"

援朝过来说："我不同意让爸到精神病院住院。你想啊，爸如果一去住院，那别人会说，他们家一点儿也不孝顺，把他爸送精神病院了。再说了，爸去了精神病院，别人该有话说了，你爸是个精神病，他们肯定会这么说。"

解放想了想说："如果不去医院，你照顾我爸行吗？"

赵军说："我照顾魏叔是没问题，主要怕耽误魏叔的病。"

"那你就先照顾我爸，我再问问大夫怎么办。"

宋艳霞和五反一进屋，解放、援朝和宪法立刻围了上去。解放问："怎么样，打听出来了吗？"

五反哭丧着脸不说话。宋艳霞给大家解释："找到了我家的那个亲戚，人还在武装部开车，他说明天会打听。但他又说就是打听出是怎么回事恐怕也来不及了，明天早晨一上班就开会确定最后的人选。"

解放安慰五反说："五反，既然是这样，就没必要再折腾了，知道了原因还能咋的？"

五反则坚决地说："我一定要知道到底是什么原因。我的身体哪儿有病啊？竟然说我不合格！"

宪法说："知道了自己哪儿不合格不是更闹心。"

"我不闹心，就是要知道怎么回事。"

援朝想了想说："也好，明早让艳霞陪你去，知道了到底是怎么回事，才能知道以后还能不能报名。要不以后有了机会也不能报名。"

第二天早晨，宋艳霞和五反早早地来到市武装部，得到的消息是五反的耳朵有问题。五反信誓旦旦地说自己的听力比别人的好，宋艳霞的亲属想了想说只有一个办法，那就是到市中心医院再去检查一下，因为武装部只承认市中心医院和市医院的检查结果，如果能在会议结束之前赶回来，也许还能帮上忙，宋艳霞忙骑车带着五反去市中心医院。

中心医院人患者不少，五反总算检查完毕，听力没有一点儿问题，当她们满头大汗赶到武装部的时候，会议已经结束了，女兵的人选已经确定。

五反立刻沮丧地坐在地上哭了起来。

解放在厨房里忙活，跃进从里屋出来："我帮你烧火吧？"

"不用，写你的作业去。"

"写完了。"

解放在那里收拾猪肝："跃进就是懂事儿，帮我把白菜洗一洗吧。"

跃进干着干着，感觉头晕，她停了下来。解放忙问："跃进，你怎么了？"

"我晕。"

"赶快进屋休息。"解放拿来毛巾，让跃进擦干手。解放让跃进坐在椅子上，"要不到小屋躺一会儿？"

"不用，我总是一阵儿一阵儿的。"

"姐为你买了一些猪肝，都说猪肝最补血，跃进吃了猪肝就不贫血了。"

解放从厨房端来一小碗猪肝放到跃进的面前："这是给跃进补血的。"

鞍钢用力地吸了吸鼻子："真香啊！"

合营看了一眼猪肝，把筷子伸向桌子上的白菜。

解放看了一眼合营和鞍钢："跃进快吃，吃完病才能好。"

跃进抬头看了看大家，不情愿地夹了一块猪肝放进了嘴里。鞍钢控制不住自己的馋意问："猪肝好吃吗？"

宪法拍了一下鞍钢："瞎问什么？那东西能好吃吗？不好吃。"

援朝说："那是给你三姐治病的药。"

鞍钢嘴硬地说："谁想吃？我只是问问。"

跃进想了想，把一块猪肝夹到鞍钢的碗里，鞍钢马上放进自己的嘴里嚼了起来。

解放说："那是你三姐治病的。"

"我已经放嘴里啦！"鞍钢的意思是吐出来别人就嫌了。

看着五反坐在那里不开心，跃进把猪肝夹一块放到五反的碗里。五反不说话，把猪肝还给了跃进，站起来向外走。

解放问：“五反，你干什么去？”

“我在门口溜达溜达。”

跃进看了看合营，夹起一块刚想递，解放说：“跃进，这猪肝得全吃了治病才有效果。”

跃进很不情愿地把猪肝放进了自己的嘴里。

鞍钢吃完了一块猪肝，他舔着嘴唇说：“猪肝真好吃啊，等我以后有钱了，就天天吃猪肝。”

宪法说：“瞧你那没出息的样，只知道吃猪肝，天下好吃的东西多着呢。”

“猪肝最好吃。”

宪法说：“我给你讲个故事吧。”

跃进抬起了头：“快讲快讲，我爱听。”

合营说：“我也爱听。”

鞍钢说：“二哥快讲。”

宪法说：“从前吧，在一个村里有几个老头，快过年啦，他们在一起唠家常，不知道哪个老头说起了皇帝。有个老头说，我要是当了皇帝呀，我就下令，东边这条街上的粪全归我捡，别人谁也不许捡。”大家笑，宪法接着讲，“一个老头问他为啥光要东边这条街上的粪呢？西边的那条街也一齐要了，你是皇帝呀，你要是要，谁敢不给啊？那老头说，西边的那条街谁要啊？走多少趟也捡不到几摊牛粪，我才不要呢。”

大家又笑。

“一个老头就笑话他说，你都当皇帝了，还捡什么粪啊？真没出息，我要是当了皇帝呀，我就打一把金斧子，天天用金斧子上山砍柴。”

大家又笑。

“另一个老头笑了，他说，你们呀真是，当了皇帝还用干活吗？不是可以天天待着嘛。我要是当了皇帝呀，我就天天围着炉子吃烤地瓜。一个老头说，烤地瓜有什么好，我要是当了皇帝，我天天吃白面馒头蘸糖，预备两包糖，一包红糖一包白糖，想蘸红糖就蘸红糖，想蘸白糖就蘸白糖。”

解放和宋艳霞笑得有些喘不过气来。

鞍钢问：“完了？二哥再讲再讲。”

宪法说：“又有一个老头说啦，那些有什么好吃啊，我要是当了皇帝啊，我就天天吃猪肝。”

鞍钢听明白了：“你这段是瞎编的。”

宋艳霞和跃进已经睡了，解放和五反还没睡。解放叠衣服，五反趴在那里看一本书。解放叠完衣服，对五反说："五反，睡吧。"

"我睡不着。"

解放脱衣准备睡觉，五反一下子坐了起来。

解放吓了一跳："你怎么了？"

五反说："我知道了。"

"你知道什么了？"

"我知道给我检查耳朵的那个人是谁了。"

"是谁啊？"

"叫什么我还真不知道，只知道她是那个女生的妈妈，她们长得真像啊，我当时怎么没想到呢！"

鞍钢和球球还有一个女生在操场的一角玩挑棍子①。三个人出棍子。球球最多，鞍钢第二，女生最少。大家把棍子交给那个女生，由她向地上撒，球球挑。

球球小心翼翼地挑，他拿走了两根棍，到第三根的时候，棍子动了。

鞍钢说："动了动了。"

女生也喊："动了动了。"

球球蛮横地说："没动没动，根本没动。"

鞍钢说："动了动了，我都看见了。"

"就是。"女生说。

"没动没动，你说动了吗？"球球问看热闹的一个男生。

男生不肯做证："不知道，我刚才看别处来的。"

"动了动了，该我了。"鞍钢说着就要上前挑棍，球球一把推开鞍钢，鞍钢没防备，一下子摔倒了。鞍钢站起来说："你干吗推我？"

球球理直气壮地说："你玩赖。"

"我怎么玩赖啦？明明是你动了，不信你问她。"鞍钢用手指一起玩的女生。

女生见球球一副蛮横样儿，她胆怯了："可能动了吧？"

---

① 挑棍子：一种游戏，将雪糕棍堆放到一起，想办法把雪糕棍移出，拿出最多而不使其他雪糕棍移动者为胜。

见那女生这么说，球球虎视眈眈地看着鞍钢："怎么样，没动吧？"球球上前又推了鞍钢一下，"你再玩赖我就揍你。"

球球的头发忽然被合营揪住，合营一下子把球球摔倒在地。球球挣扎着要爬起来，合营冲过去骑在球球身上打了他好多拳，球球哇哇地哭了起来。

鞍钢动了恻隐之心，劝合营说："三哥，别打了。"

合营从球球身上起来："再敢欺负我弟弟，我肯定不会饶你。"

球球站起来，扭身向一边走："有能耐你就在这里等着。"

合营说："等着就等着，谁怕你呀？"

看热闹的男生说："去找他哥了。"

合营说："找他哥我就怕呀？我就在这里等着。"

鞍钢有些害怕："三哥，我们回家吧？"

"不回，我就在这里等着，你要是走啦，他就真以为你怕他了。"

球球回来了，后面跟着他哥哥。看热闹的都自觉地离合营和鞍钢远了些，害怕打起来殃及自己。球球哥哥大摇大摆地走过来问："你打我弟弟了？"

合营说："打了，谁让他欺负我弟弟来的。"

球球哥哥说："你以为你是五年级就了不起？"

"说那么多废话干什么？想打就打。"

两个人往一起凑，先用肩膀撞，撞了若干下之后，一方吃了亏或被撞痛了，双方才开始正式打。最后，合营觉得自己吃亏，他不依不饶地追着球球哥哥满操场跑。

诊室里没有患者，迟大夫在看医学书，五反推门走了进来，她来到迟大夫的面前坐下。

迟大夫放下书问："你哪里不舒服？"

五反从随身背的书包里拿出了中心医院的检查报告，放到了迟大夫面前。迟大夫拿过五反的检查报告看了看问："你想看什么病？"

"我看什么病，还想问你呢？"

迟大夫吃惊地说："你这人怎么回事？"

"我怎么回事？我叫魏五反，你不会对这个名字没有印象吧？"

迟大夫又看了看报告上的名字："你要干什么？"

五反瞪着眼睛说："我要干什么？因为你的体检报告，我没当上兵，这就是你想要的结果吧？"

“我为什么要这个结果？我跟你没冤没仇的。”

五反不信任地说：“没冤没仇？你是许娜的妈妈吧？你不会连这点也不敢承认吧？你是在帮助她吧？”

“我为什么要帮助她呢？我说过，我和你无冤无仇。那么你欺负过我们家许娜吗？”迟大夫问道。

“没有，我和你家许娜从来没有发生过冲突。发生了这个事之后，我去找过部队负责征兵的人，他们说可能是市人民医院的失误。直到昨天晚上我还在想，堂堂市人民医院，为什么会出现这么一个失误？把我一生前途给断送了。我怎么也想不明白，可是当我想到你的面孔时一下子就想到了许娜。就是那时，我也不知道许娜的名字，我是今天上午才打听到的，她叫许娜，是八中五班的。她的好朋友叫吴腊梅，你一定听说过这个名字吧，就因为我和吴腊梅有过节，你们家许娜就恨我，她一定是这样告诉你的吧？”

五反说完定定地看着迟大夫。迟大夫的眼里闪着犹疑的目光。

五反啪地拍了一下桌子：“你倒是说呀？”

“我没那样做。”

“那为什么会有这样的结果？你倒是看看，我的耳朵哪里听力差？”

“体检的人多，出现差错是难免的。”

五反用手指着迟大夫说：“你不要拿这个来当借口。为什么会出现在我身上，你心里一定清楚，你这样做，心里难道没有愧吗？”

诊室来了就医的患者，迟大夫说：“请你让一下，让别人看病。”

“让别人看病，那我怎么办？你知道我多想去当兵吗？我以后怎么办？我的一生都让你给毁了。”五反说完，趴在桌上呜呜地哭了起来。

迟大夫回到家，把手中的包扔到椅子上，大声喊：“许娜！许娜！”

许娜答应了一声：“干什么？”

“你给我出来！”

许娜迟疑地来到迟大夫的面前。

迟大夫说：“说吧，魏五反的事儿到底是怎么回事儿？”

许娜的目光闪闪烁烁，她不敢看迟大夫的眼睛。

“到底是怎么回事儿？”

许娜说：“我……我……”

“她欺负过你吗？”

“没有……”

“你什么时候学会撒谎了啊？！这事儿要是在医院里传播出去，让我在医院里怎么做人？我在医院里工作了二十年的名声就全叫你给毁了啊！”迟大夫说完哭了起来。

“妈，我错了。”

迟大夫仍然坐在那里哭，过了一会儿，许娜递了条毛巾给迟大夫：“妈，她去找你了，那个魏五反？”

迟大夫点了点头。

“那怎么办哪？”

“我也不知道。”

五反、韩梅和董丽英三个人坐在俱乐部门口的台阶上。

董丽英说：“依我看，咱们三个把许娜揍一顿。”

韩梅说：“揍一顿顶什么用，揍一顿五反也当不上兵。”

“出口气呗，要不这口气出不来。”

五反不说话，她眼睛看着远方，似乎在想另一个问题。

董丽英用手碰了碰五反，五反平静地说：“打她一顿她只是痛一会儿，那有什么用，我的心得痛多长时间啊？”

董丽英和韩梅互相看了看，她们沉默了。

合营、跃进走在回家的路上，合营一眼看到了跟他打过架的球球哥哥，合营马上跑过去和球球哥哥打作一团。合营是一副玩命的打法，球球哥哥挣脱了合营的手后逃走了。跃进责备哥哥不该打架：“人家现在也没惹你，为什么还要跟人家打架啊？”

“那天打架的事还没完呢。”

“这样打来打去的，什么时候是头儿啊？”

合营强硬地说：“我不管，见到他一次打一次。”

远处有一个租小人书的书摊。跃进提议说：“我们去看书吧？”

合营说：“好啊，看谁跑得快。”

合营说着就向前跑，跃进紧跟在他后面。跃进刚跑了两步，立刻感到头晕，她停下来扶住了路旁的一棵树，跑在前面的合营又跑了回来：“跃进怎么了？”

“头晕。”

合营着急地问："那怎么办？"

"没事儿，现在已经好啦。"跃进说着慢慢地向前走去。

跃进来到赖大爷的书摊前，渴求地看着赖大爷摆放在书箱上的小人书。合营一眼看到坐在小板凳上的球球和他哥哥，他冲过去，揪住了球球哥哥。

赖大爷看要打架，忙过去把合营拽住："怎么回事？他在我这里看书，就是我的顾客，你打我的顾客是不对的。"

经过赖大爷的劝合，两个人都保证以后不再打了。赖大爷奖励他们每人免费看一本小人书。

球球哥哥乖乖地坐下，他的眼睛仍警惕地看着合营。

迟大夫正在给一位患者看病，五反走了进来。迟大夫立刻紧张起来，说话也变得口吃："你这是耳底化脓了，我给你开……开些药。"

"是口服还是外用？"

"都……都有。"

五反若无其事地站在那里，她平静地注视着迟大夫，目光里有种让迟大夫不安的力量。患者走后，五反坐到了迟大夫的面前，五反不说话，她只是看着迟大夫。

又来了一位患者，五反站起来把座位让给了那位患者，站到一边。迟大夫给患者看完病后，五反又坐到了那里，她凝视着迟大夫，一声不吭。迟大夫被五反盯得心里发毛，几次想开口说话，最后还是把话咽了回去。迟大夫受不了这种折磨，她起身走了出去。

解放下班，看到屋内只有赵军和魏海柱两个人："谁都没回来吗？"

"没有。现在我理解宪法了，一个人在家不好受。"

解放笑着说："怎么办哪，要不中午回来陪你说说话？"

"不行，你待不了十分钟就又得走，还不把你累坏啦？"

"让你这么熬，我心里也过意不去啊。"

"那好办。"

"怎么办？"

"每天回来后陪我说半个小时话，作为补偿。"

解放打了他一下说："想得美。"

赵军回到家，推开屋门就闻到了炒菜的香味儿："不年不节的，你们又做什么好吃的啦？”

袁秀艳打开厨房门，只见赵科长在那里掌勺炒菜。

“我爸掌勺，肯定来稀客了。”

袁秀艳说：“真有福啊，饭好就回来，看看屋里是谁？”

赵军向大屋走去，一眼看到坐在那里的大姐赵春：“大姐，什么时候回来的？”

大姐站起来打量赵军：“听妈说你受了伤，好了吗？”

“差不多了，不想回乡下干农活儿，泡一段时间再说，你怎么回来了？”

赵军的大姐一身军装，显得特别英武。赵春说：“我是出差路过这里，明早就走。”

“到哪儿啊？”

“哈尔滨。要推广一项新技术，医院派我去学习，三天结束。顺道回来看看爸妈，绕了一个小弯儿。”

“是啊，不犯纪律吗？”

“不犯，和领导说了。”

“姐，我求你个事儿呗？”

“啥事儿？说。”

“把你的军装给我一套呗。”

“不是给了你一套嘛，还要？”

赵军憨憨地笑了笑，说：“我想要套女式的。”

大姐神秘地笑了笑：“要女式的，有对象了？”

赵军不好意思了：“有了个目标，不是得溜须一下吗。”

大姐感慨地说：“真快啊，小军都知道追女孩儿啦，那大姐帮你。不过得等几天啊，大姐回驻地后才能给你寄。”

第十八章

解放和五反坐在厨房里的小板凳上谈话。解放说："姐知道你心里堵得慌，可你这样闹下去也不是个办法。"

五反恨恨地说："我就是要让那个迟医生不得安宁！"

"这最终也改变不了什么。你却把时间浪费了。"

"我年轻，有的是时间，怕什么？"

"有时间练练舞蹈不好吗，何必非得跟她置气①呢？"

五反不吭声。解放又问："韩梅现在情绪好些了吗？"

"我跟她不一样，她是最后被刷下来的，我是被这个迟医生做了手脚弄下来的。如果她没动手脚，也许我就当上兵了。"五反说着，眼睛又潮湿了，她用手抹了抹眼睛。

"一生怎么也得有几次这样的事儿，你才经历一次。"

两个人都不说话，她们在小凳上坐着。过了一会儿，五反似乎想明白了："虽然刘院长找了你，但如果要想让我不去闹，那个迟医生得给我道歉。"

"她能答应吗？"

"不答应我就还去闹。"

解放略微犹豫地说："好吧，我去跟刘院长说。"

"还有，把我去中心医院体检花的钱报了，一块钱呢。"

迟大夫正在看病，刘院长领着五反走进来。看到五反，迟大夫的动作显得僵硬。患者走后，刘院长说："迟大夫，魏五反你已经认识了，跟她道一下歉吧。"

---

① 置气：东北方言，意为怄气、赌气、较劲。

迟大夫脸红红地："魏五反，发生了那样的失误，真的很对不起你，我向你道歉。"

魏五反看了迟大夫几秒钟："是你女儿让你做的吧？"

迟大夫的脸色苍白，她不知如何回答这个问题。

魏五反又问："你心里不感到羞愧吗？"

"我感到很羞愧。"迟大夫说完，不禁流下了眼泪。

魏五反定定地看了迟大夫几秒钟，她的眼中也慢慢地流出了泪水，转身走出了诊室。

迟大夫伏在桌上呜呜地哭了起来，刘院长诧异地看着趴在桌上的迟大夫。

赵军正在为魏海柱做按摩，解放下班了。赵军取出一个白色的布包交给解放。解放问："什么呀？"

"给你的。"

解放接过布包看了看："你姐寄给你的？"

"是呀，寄到我爸那里了，昨天我妈才取了回来。"

"呀，是军装啊！"解放从里面抽出一套崭新的军装，她惊喜地看着赵军。

"穿上试试？"

"不是给你的吗？"

"我有一套，这套是女式的，专门给你要的。"

"真的呀！"解放高兴地穿上上衣，站在镜子前左照右照："你看部队这军装，做得就是合身。"

"喜欢吗？"

"嗯，太喜欢了。"

"喜欢就好。"

"不过，这东西太贵重了，我怎么好意思收下呢。"

"反正是女式的，拿回去我也穿不了。你就帮帮忙呗，别浪费了……"

"你可真会说呀，跟谁学的？"

"一见到你我就变得能说会道了。"

解放笑了："学坏了。"

宪法一身疲惫地走了进来，赵军说："宪法回来啦，累得够呛吧？"

"今天出窑，把人都累垮了。"

赵军说："快躺下歇一会儿吧。"

"没事儿，坐一会儿就成。赵哥累了一天，快回去吧。"

解放说："往天这时候他们都放学了，今天这是怎么啦？要不宪法你去学校看一看？"

赵军说："宪法不累吗？要不我去看一下？"

宪法站起来说："我去吧。"

赵军坐在大屋的门口处，在这里他既能看到魏海柱，又可以和解放说话，解放在厨房里忙活着。

赵军说："宪法干的这活儿太累了，干点儿轻巧的活儿不好吗？"

"哪有轻巧的活儿啊？"

"扒树皮不好吗？如果想去我爸可以帮忙。"

"最初他想去扒树皮来的，后来又觉得砖厂挣得多。"

宪法回来了："学校大门被封了，不让进，里面的学生都没放学。"

解放忙问："怎么了？"

宪法皱着眉头说："外面围着不少看热闹的人，听说是发现了反动标语。"

黑板被抬进了办公室，拿着相机的警察调整着角度拍照，另两名警察站在黑板前，看着黑板出神。

一名警察在办公桌前记录，柴雅敏和贾秀娟坐在那里有些不知所措。柴雅敏说："……下午第二节课的时候，我走进五年三班的教室，想找贾秀娟问个事儿，一眼看到黑板上写的这些字，我一看，这不是反动标语吗？我立刻让学生喊来了校长，校长看了后，让人把黑板保护了起来……"

记录的警察问："会不会是外面的人写的？"

贾秀娟说："应该不会。我们班第一节没课，班里的学生上自习，中间我到班里去过一趟，发现很多学生跑到操场玩去了，当时有两个班级在操场上体育活动，所以班里的学生也跑到操场上玩。"

"有多少学生跑到外面了？"

"一多半吧，在教室的不太多。"

"你还记得留在教室的都有谁吗？"

"记不清了，当时还想是不是把他们叫回来上自习？离下课不到二十分钟了，就没叫他们。"

"还有没有其他情况？"

"没有了。"

记录的警察把本子递给柴雅敏和贾秀娟："你们看一下，按上自己的手印。"

五年三班的学生坐在教室里，无所事事地四处张望。门口站着一名女老师，室内还有一名男老师心事重重地走来走去，他对学生的不安和躁动仿佛没有看到。

其他班级的学生陆续放学了，学生四散而去。一些好事的学生来到五年三班的窗前，趴在窗户上向里张望。门口的老师僵硬地站在那里，不理睬那些靠近的学生，跃进和鞍钢也站在那里等着合营一起回家。

合营先是用根木棍捅前座的后脑勺，前座回身与合营打闹起来，后座也加入了打闹的游戏，弄出了响声，惊动了室内的男老师，男老师严厉地看了他们一眼，两人停了手。班主任贾秀娟匆匆走上了讲台，班级里静了下来。

贾秀娟说："下面大家拿出纸张来听写。"

学生纷纷翻书包开始向外拿本子，有学生问："是用作文本的纸还是用笔记本的纸？"

贾秀娟说："哪种都行。"

撕纸的声音响成一片，贾秀娟说："准备好了吗？我开始念了啊。"

贾秀娟展开手中的一张纸慢慢念道："王二小住在大王村……"贾秀娟在前面来回地踱着步子，"……他今年八岁了……"

王伟问："他写男的他还是女的她？"

合营在下面接话把儿："男的他呗，要是女的她，就叫王二丫了。"

学生们哄堂大笑，贾秀娟生气了："魏合营，就你话多。"

合营依然边笑边在纸上写着。贾秀娟接着念道："上小学一年级，他爷爷说，我八岁时已经给地主放猪了……"

王伟又问："贾老师，猪字我忘记怎么写了。"

合营又接话："对，猪只记吃记不住别的。"

很多学生在笑，贾秀娟敲了一下合营的脑袋："能不能闭嘴？"

贾秀娟狠狠地瞪了合营一眼，拿起粉笔，想在黑板上写个猪字，黑板已经被抬走了，她只好在前面的墙上写了个大大的猪字。

"你现在的生活多么幸福啊，你要听毛主席的话，当好接班人。"

贾秀娟终于把字条上的话全部念完了："写好没有？写上自己的名字和学号，从后面传到前面来。"

贾秀娟细心地把收到的纸张清点了一遍，确认所有人都交了，她把这沓纸放到一个夹子里夹好。

贾秀娟说："明天正常上学，下课。"

同学们嘻嘻哈哈地走出了教室，合营和他的前后桌推推搡搡地走出教室。

看见合营进屋，解放长长地出了口气："怎么才回来？"

鞍钢说："学校里发现反动标语啦。"

解放问："什么反动标语？"

跃进说："不知道，反正是反动标语。警察都来了五六个呢。"

宪法问："在哪儿发现的？"

合营骄傲地说："我们班。"

宪法说："你们班？你没发现是谁干的？"

合营说："不知道。那节是自习课，好多同学跑到操场上去玩了，我在教室里玩了一会儿，觉得没意思，也到操场上去玩啦。回来时，看到几个老师往外抬黑板。"

赵军问合营："没看到上面写的啥？"

合营想了想说："没有，一个老师在前面用报纸挡着，什么也看不见。"

"怎么现在才放学啊？"宪法追问。

"去了两个老师，不让动。后来贾老师让我们听写了一段稀奇古怪的话，交上去才回家。"

赵军与解放互相看了看，他们一头雾水。

"有的同学不会写，我全写上了。"合营显得扬扬得意。

解放送赵军出小区，两个人慢慢地走着。赵军很想去握一下解放的手，几次都在关键的时候缩了回来。

赵军看了解放一眼，发现解放也在看他。赵军感到很甜蜜，他下定决心要拉解放的手。正当他把手伸向解放的时候，解放一声尖叫。赵军问："怎么回事？"

解放惊恐地说："猫……谁家的猫！"

一只猫从他们身边溜了过去。

天刚亮，解放和宋艳霞到厨房做早饭，有人敲门，宋艳霞走去开门，两名警察立在门口。警察说要找魏合营了解情况。宋艳霞蒙住了："合营还没起床呢。"

解放慌忙走进大屋，屋里的援朝和宪法已经起床，合营、鞍钢和魏海柱还在酣睡。

解放推了推合营：“合营啊，醒醒。”

合营坐了起来。解放说：“合营啊，起来穿衣服。”

合营仍然昏昏欲睡的样子：“我困。”

解放的心里有一种不好的预感，她小心地对合营说：“合营，姐跟你说，派出所的警察来找你了，你呢，不要害怕，自己做了什么就说自己做了什么，没做的不要承认，听清楚姐说的话了吗？”

合营说：“听清楚了。”

“记住了吗？”

“记住了。”

合营穿好衣服来到门口，看到警察他并没有慌张。

黑脸警察说：“你是魏合营吗？”

合营说：“是。”

“我们找你了解情况，跟我们走吧。”

解放想要跟去，黑脸警察说：“我们是派出所的，调查完情况就让他回来，你们就不要去了。”

合营走后，援朝说：“看来警察怀疑咱家的合营了，要不不可能这么早把合营找去。”

解放说：“我也是这么想的。怎么办啊？”

“咱俩到派出所去问问，看到底怎么回事。”

解放决定和援朝到派出所去探听消息。

学校的小会议室里，大家正研究学校出现的反动标语。学校的吴主任和公安局的周主任互相谦让着。

吴主任说：“周主任先讲。”

周主任推托着：“还是吴主任先讲吧。”

吴主任清了清嗓子说：“今天，参加会议的有市革委会的领导，市公安局革委会的领导，市教育局革委会的领导，我们学校革委会的成员，此外还有学校的工宣队成员。下面请公安局的周主任为大家介绍一下反动标语案的侦破情况。”

周主任向大家点了点头：“经过我们一个夜晚加一个上午的紧张侦破，反动标语案的情况已经基本清楚。这是由两个学生分别写成的话，因为凑巧合在了一起，就构成了反动标语。这两名同学是五年三班的曲长河和魏合营。曲长河写了前半句，魏合营写了后半句。经过我们与这两名同学核实，他们本人也都承认那半句确实是他们写的。看来呢，事实已经清楚，如何处理这两位同学，请在座的各位领导给出意见。”

吴主任说：“请市领导凌主任作指示。”

凌主任摆摆手：“吴校长啊，噢噢，现在叫主任了，吴主任，学校应该先拿出一个处理意见，我们市里和教育局革委会再议一下，老郝你说是不是？”

教育局革委会的郝主任连连点头：“对对对。”

吴主任想了想说：“那好，根据学校的调查，学生曲长河今年十三岁，学生魏合营今年十四岁，两人学习都不好，魏合营还是一名降级生。平时两个人都不守纪律，愿意打闹，并且有乱写乱画的毛病，经我们调查，两个人都出身工人家庭，没有不良的社会关系。我们觉得这两个人虽然犯了这样的错误，本质还是好的，应该以批评教育为主，对他们采取批评教育的方式来加以解决……”

工宣队的黄师傅打断了吴主任的讲话：“我不同意你的看法。”

吴主任笑了笑介绍说：“这是学校工宣队的黄师傅。”

黄师傅义正词严地说：“这个问题是大是大非问题，不是用批评教育的方式就能解决的。我们要把他们抓起来送进监狱，最差也应该送他们去劳教……”

吴主任皱着眉头：“就事儿说事儿，不要上纲上线。”

黄师傅冲着吴主任发起火来：“我这是上纲上线吗？这是无产阶级和修正主义的较量，是你死我活的斗争。”

吴主任感到黄师傅说话没有谱儿：“这是孩子的教育问题，和工厂的情况不一样，你们工宣队……”

黄师傅强硬地说：“工宣队怎么了？工人阶级必须领导一切。”

吴主任实在忍不下去了：“黄师傅，你是工宣队的成员不假，但市革委会的领导还没有作指示，你自己就想把案件定性了？还有没有组织纪律性？”

黄师傅一时语塞：“我错了吗？”

凌主任说：“今天呢，学校方面提出了两方面的意见，一种是批评教育，另一种是抓起来。这都有道理，但对待这类的案件我们要慎重。回头我和郝主任再商量一下，看这个案件如何处理，那两名学生呢，先由公安局看管起来，等有了处理结果再说。就这样吧，散会。”

五年三班的教室里，魏合营和曲长河的座位空着，教室内的气氛很是压抑。贾秀娟站在讲台上训斥着学生："我们班发现了反动标语。为什么会在我们班发生？这是有些人不注意思想改造的结果。我在班里反复强调，不能乱写乱画，有些人把我的话当成耳旁风，左耳朵听，右耳朵冒，这回怎么样？有好果子吃了吧？以后老师的话要认真听，那些资产阶级和小资产阶级的东西绝不能带到课堂里来……"

鞍钢随着放学的人流走出教室，他习惯性地向合营的教室走去，路上遇到了球球。

球球对身旁的同学说："写反动标语那小子的弟弟。"

球球上前抓住鞍钢衣服："反动标语是不是你让你哥写的？"

鞍钢争辩："谁让他写啦，我没让他写。"

"还嘴硬？"球球动手把鞍钢推倒在地，鞍钢坐在那里咧着嘴哭了起来。

球球的同学向外推球球："别打了，他也没惹你，你打人家干什么？"

球球很有理地说："谁让他哥写反动标语来的。"

"又不是他写的。"

"那也不行，他哥写反动标语，他也不是什么好人。"

跃进走在回家的路上，身后是一帮男孩子，忽然有一个人喊："魏合营的妹妹。"

大家都向前看，不能判定是不是跃进，一个学生跑到跃进的前面特意确认一下。他鬼模鬼样的动作，引起了后面学生的哄笑，一位学生带头起哄："魏合营！写反标！"

大家跟着喊："写反标！写反标！"

"写反标！大坏蛋！"

"写反标！大坏蛋！"

他又想出了新花样："写反标！进公安局！"

"写反标！进公安局！"

起哄声很有节奏，跃进也不回头，她默默地流着泪。突然，跃进感到头晕，她停了下来，摇晃了两下，晕倒了。

男生看到她倒在地上，很快一哄而散。鲁静从后面走来，见跃进昏迷不醒，忙向跃进家跑去。

第十九章

解放和跃进走进家门，赵军看到跃进脸上全是泪，忙问："跃进怎么了？"

跃进委屈地说："他们骂合营。"

赵军安慰她："不用担心合营，事情总会搞清楚的。"

赵军发现解放也是哭过的模样，他小声问："怎么了？"

"跃进刚才晕倒了。"

赵军自言自语："值得注意啊，她晕倒的间隔越来越短。"

"什么间隔？"

"以前你说跃进晕倒过，那时还不频繁，现在一个月内已经有两次了。"

解放点了点头。

赵军和解放来到厨房，解放坐在一只小木凳上，她显得很沮丧。赵军站在那里，一时不知说什么好："解放，不要着急，总会有办法的。"

解放带着哭腔说："合营那里还不知道结果，跃进的病情又加重了，你说这可让我怎么办啊？"

解放说完深深地埋下了头，赵军把手轻轻地放到解放的肩上，安慰她："别着急，不管多么艰难，我一定会跟你一起渡过难关。"

解放感激地说："多亏有你，要不我都不知道怎么办好了。"

凌主任问："吴主任，现在学校的形势怎么样？"

吴主任说："自打发生了这个事情以后，各班的班主任都对本班的学生进行了教育。组织了班会，要求学生表态，绝不乱写乱画，学生们的觉悟有了很大的提高。"

"学校老师认为应该如何处理？"

“老师认为对学生应该以教育为主，不能轻易地把学生送去劳教。偶尔犯错误与那些历史反革命不同……”

黄师傅在一旁插话说：“我不同意你的说法。学生怎么了？学生就能放弃对思想的改造吗？有这样的学生存在，我们不把他们抓起来怎么能行？”

吴主任说：“对这样的学生我们要分别对待，要分清哪些学生以教育为主，哪些学生以惩罚为主……”

黄师傅刚要反驳，凌主任抬起手，示意黄师傅安静，黄师傅不满地白了吴主任一眼。

凌主任说：“这两天市里有重要的会，一直没有时间和大家见面。昨天会后，我和郝主任通了下气，又把情况向市里一把手作了汇报。下面我说一下市里的决定，对于五七学校发生的反动标语案，市里决定按一般错误对待。对两个当事的学生，给予批评、教育和帮助，要让他们认识自己的错误。市公安局会马上把他们放出来，让他们回班级正常学习。”

工宣队黄师傅一听急了：“就这么放出来了？”

凌主任反问道：“不放出来还能怎么样？”

黄师傅争辩说：“至少也得送去劳教吧？”

凌主任说：“我说过了，这是市里的决定。他们两个还是学生，年龄小，思想也不成熟。犯的错误又不是有意为之，所以还是以批评教育为主。学校呢，要对他们开个帮助会，认真找出他们身上的错误。吴主任，这些由你亲自安排。”

五年三班的黑板上写着醒目的大字：帮助曲长河、魏合营改正错误大会！全班同学表情严肃地坐在那里，贾秀娟在讲台来回地走动，她不时地看看手腕上的表。门开了，曲长河与魏合营走了进来，身后跟了一名警察。

“贾老师，人交给你们了。”警察向贾秀娟点了一下头，转身走了。曲长河与魏合营不安地站在贾秀娟的面前。

贾秀娟看了看两个人，几天不见，两个人像是瘦了一些：“你们回到自己的座位坐好。今天，我们在班里帮助曲长河与魏合营，他们犯了错误，需要我们大家的帮助。我以前曾反复地强调过，乱写乱画不是一个好习惯，有些人就是不听，导致了今天这样严重的后果，我们必须认真地改正这样的错误。今天能不能踊跃发言，这是考验每个同学跟歪风邪气斗争性强不强的试金石，谁第一个发言？”

礼堂后台的休息室内，五反、韩梅与董丽英三人坐在一张破椅子上闲聊。董丽英问：“五反，你弟弟现在怎么样啊？”

“进去之后吓得够呛。”

“公安局打他了吗？”

“打倒没打，就是连唬带吓的，他一个孩子，根本意识不到他们说的什么是真的。”

韩梅说：“你说，这无意中写几个字，也算犯错？”

五反长叹了一口气，不再说这个事情：“这次我们学校女兵走了几个？”

韩梅：“三个。”

五反羡慕地说：“要是我们三个该多好啊。”

韩梅说：“走的那三个里面有一个叫杜月月的，你没见她那样，哎呀，我都不好意思说了。”

董丽英碰了碰韩梅：“说嘛，有什么不好意思说的。”

“那天，来接兵的霍参谋也在。那个杜月月就这样看着人家霍参谋。”韩梅做了一个抛媚眼儿的动作，“我看当时霍参谋都站不稳了。你们说有意思不？”

韩梅又把抛媚眼儿的动作做了一遍。韩梅说：“如果五反当时也跟霍参谋这样，他怎么能不要你呢。”

“早告诉我呀。”

“我这不是刚学会吗？以前我也不会呀。”

董丽英开玩笑地：“还用教吗？人家杜月月是怎么会的？”

韩梅也感到奇怪：“对呀，她怎么会的呢？”

“这事儿吧，有的人天生就会，有的人累死也学不会。”五反说完，向韩梅做了一个抛媚眼儿的动作，三个人都笑了。

董丽英想起了一个事儿：“听说了吗？省芭蕾舞团要到咱们市演出。”

“省芭？是省芭吗？”五反急着问。

董丽英说：“当然是省芭啦。”

韩梅问：“什么时候？”

董丽英：“下星期三吧。”

“能不能弄到票啊？我太想看了。”五反向往地说。

“听说相当难弄，一张票一块五毛钱呢。”

“一块五我也认，求谁能弄到票呢？”五反琢磨着可以求助的人。

三个人从礼堂出来，看到张玉林站在不远的地方。韩梅小声地对五反说：“喏，找你的。”

五反脸上现出不快，小声地嘟囔了一句：“烦人。”

看到五反出来，张玉林快步走了过去：“魏五反，我找你有事儿。”

五反停住，对张玉林翻了一下白眼儿：“什么事儿？”

张玉林刚想说，看到韩梅和董丽英在旁边，他又止住了。韩梅对五反说：“我们在前面等你。”

张玉林看两个人远去：“你别冷冰冰的好吗？”

“有事儿说事儿，没事儿我走了。”五反作势要走。

“我弄到了省芭蕾舞团演出的票，想不想去看？”

五反看了他一眼：“和你？我不去。”

“真不去？不去别后悔啊，票可相当难弄。”

“那我也不能和你去呀，和你去别人会怎么说我啊。”

张玉林对五反家很了解：“你不是有个妹妹吗？可以和她一起去呀。”

张玉林的话让五反心动：“那你不去呀？”

张玉林得意地说：“我弄了三张票，你才用两张票啊。”

五反一时拿不定主意。张玉林催促她：“怎么样，去吧？”

看五反不说话，张玉林从口袋里掏出两张票，递到了五反的手边，五反犹豫了一下，接了过来。

下课铃响，教室里开始沸腾，学生们跑跑跳跳。一个学生用力一推，另一个学生就摔倒在魏合营的身上，合营用力向外推他，他马上返身与合营厮打。有人看到合营占了上风，马上去打魏合营，他一边打一边喊：“打反标！打反标！”

这口号很有煽动力，更多的人加入了打合营的行列，合营被打得没有还手之力。上课铃响，一些打魏合营的学生跑回了座位，还有两个学生在那里继续打。

靠门的一个学生喊：“老师来了。”

两名学生迅速跑回了自己的座位，贾秀娟走进教室，看到合营从地上爬了起来，贾秀娟问合营：“你怎么了？”

合营带着哭腔说：“他们打我。”

“为什么打你？”

“我不知道。”

贾秀娟用恨铁不成钢的口气说：“我跟你说过多少次，下课不要和同学打闹，就是不听。”

合营委屈地说：“我没和他们打闹……是他们打我……”

贾秀娟不耐烦地说：“好啦好啦，快回去吧，别耽误我讲课好不好？”

魏合营一瘸一拐地走回自己的座位，他无声地哭了。贾秀娟像没有看到一样，继续上课：“下面我们把书翻到第二十八页，今天我们讲第七课，《仇恨的伤疤》。现在，我先把课文念一遍。贫农张大爷，手上有块疤。大爷告诉我，这是仇恨疤。过去受剥削，扛活地主家。两顿糠菜粥，饿得眼发花。年底要工钱，反而把我骂，听到地主骂，我怒火三丈八，挥起铁拳头，一拳打倒他。跑出狗腿子，一齐把我打，砍伤我的手，留下这块疤。大爷说到这，久久没说话。抬头望恩人，热泪滚滚下。救星毛主席，恩情比天大。听完大爷话，我把决心下，不忘阶级苦，牢记血泪仇。紧跟毛主席，誓把红旗插天下……”

随着贾秀娟念课文的声音，合营的眼泪更加止不住了。

放学路上，合营背着书包往家中走。班中的一个同学从后面跑过来，照着他的脑袋就打了一下，合营被打得愣了一下，待他缓过神来，马上追打那个同学。

这时过来了更多的同学，他们喊着：“打反标！打反标……”对合营又打又踹，很快，合营被打倒在地。

合营倒在那里，像死去了一样。他们还不算完，每人又过去踢了一脚。正当他们踢得起劲的时候，宋艳霞骑车路过这里，她大声吼着：“你们干什么？”

没等宋艳霞下车，学生一哄而散。宋艳霞走过去扶起了合营：“傻弟弟，你为什么不跑啊？”

合营哭着说：“我跑不过他们。”

“为什么打你呀？”

“他们说我写反标……”

“怎么能这么欺负人呢？也太不像话了，明天我去告诉你老师去……”

“没用……老师不管。”

宋艳霞看着合营脸上被打的血痕，忍不住哭了。

艺术剧场热闹非凡，门口两侧的宣传栏上，贴着大幅演出海报，很多人拿着钱在门前转悠，期望能等到退票。

张玉林戴着一顶崭新的军帽，显得相当英俊。他在台阶上站着，等待着五反的出现，很多看演出的人已经入场了。

看到三个人向自己靠近，张玉林已经有了不好的预感，他转身想走，大愣喊："哥们儿别走啊。"

张玉林只得站住。大愣说："走什么呀，见到我们大哥也不打个招呼？"

邢三儿上下打量了一下张玉林："哪个学校的？"

张玉林老老实实地回答："八中的。"

邢三儿说："八中的，认识我不？"

"不认识。"

"不认识也对，那听说过勇子没？"

"前几年八中毕业的吧，不是死了吗？"

邢三儿用大拇指指了一下自己："那是我哥。"

看到眼前的这个人是勇子的弟弟，张玉林感到自己的腿有些哆嗦。邢三儿一伸手把张玉林的军帽摘了下来，拿到手里看着："还戴个军帽，不怕被人抢喽？"

张玉林不敢说话，邢三儿把军帽戴到自己的头上，问嗑巴："我戴好看不？"

嗑巴说："好……看，非常好……看。"

"那……就借我戴两天。"

"我也不认识你呀？"

"我不是和你说了吗？我是勇子的弟弟。"

大愣和嗑巴在一旁笑。邢三儿说："再说，你戴着也不安全，万一被人抢了呢？"

大愣在旁边帮腔说："就是，抢军帽的人多。"

"还是我们大哥给你保管合……合适。"

张玉林央求说："大哥，求你把帽子还给我吧。"

邢三儿眼睛一瞪："我不是说借戴两天吗，你怎么就这么不开面呢？你干什么来了？"

"看演出。"

"票呢？"

张玉林不说话，大愣上前去翻张玉林的口袋，很快翻出一张票来，大愣把票递给了邢三儿。邢三儿拿在手中看了一眼说："就一张票，不可能啊？明明是等人嘛。”

嗑巴又上前翻张玉林的口袋，什么也没有翻出来。邢三儿把那张票看了看，说：“位置还不错，就一张票，你们怎么办啊？”

大愣说：“你先进去吧，我和嗑巴有办法。”

“那我就先进去啦？”

嗑巴说：“进吧进吧，快开……开演啦。”

邢三儿刚要走，张玉林不知哪来的勇气，一把拉住了邢三儿：“大哥，帽子就借给你了，票给我留下吧。”

邢三儿瞪起眼睛：“干什么？”

“大哥，把票给我留下吧。”

邢三儿不客气地推了他一把：“松开，还敢拽我？”

嗑巴一把揪住张玉林的前胸：“不……不想活啦？”

大愣把张玉林推到一边说：“别给脸不要脸啊，今天够给你面子啦。”

张玉林眼睁睁地看着邢三儿拿着自己的票进了剧场。

场内的座位将要坐满，五反领着跃进急匆匆地找到自己的座位。五反高兴地说：“还好，我以为我们得晚呢。”

跃进说：“听说迟到不让进呢。”

邢三儿坐在五反的边上，看五反长得漂亮，他用色眯眯的眼睛盯住五反不放。

跃进问：“你不是说同学也来看演出吗？”

五反四处打量了一下，没发现张玉林：“没来，也许坐在别的地方吧。”

邢三儿没话找话：“你同学让我陪你看芭蕾舞。”

邢三儿一边说着，一边把胳膊搭在了五反的肩上。五反把邢三儿的胳膊推掉，厉声说：“你干什么？”

邢三儿一副不在乎的样子：“不干什么，陪你看芭蕾呀。”

“流氓。”

邢三儿说：“你说谁流氓？”

“说你。”

“是不是欠揍？”

“你打一个试试？”

邢三儿见前后左右的人都在看他：“好男不跟女斗。”

邢三儿说完，仍然大咧咧地坐在那里，身体向五反这边倾斜。五反看了看令人恶心的邢三儿，领着跃进向外走。

张玉林沮丧地坐在一只垃圾桶旁，真正的欲哭无泪，他不时地用拳头捶打自己的腿。

张玉林偶然抬头，看到五反领着跃进已经走下了剧场的台阶，忙喊着追了上去："魏五反，你听我说……"

五反气得说不出话来："不听。"

"你怎么不听我说呢……"

"我为什么要听你说？"

"这事儿不怪我啊……"

"难道怪我？"

"你听我解释一下行不行……"

"我不听解释……"

来了一辆公交车，五反领着跃进跳了上去，张玉林站在那里难过地低下了头。

赵军一身疲惫地走进家门，袁秀艳不满地问："你这一天天都跑到哪里去啦？"

"不是跟你说了嘛，玩，四处玩呗。"

"吃饭了吗？"

"今天还真没有，没有人留吃饭。"

袁秀艳马上去厨房端来了饭菜，赵军大口地吃了起来，袁秀艳数落他说："我说你这么多天了，一大清早就跑出去，到天黑才回来，怎么天天出去呢？"

"这不是好不容易有个玩的机会吗？反正队里知道我受伤了，不用回去干活儿，在家你还烦，不出去玩干吗？"

袁秀艳用怀疑的眼神看着他："可不能出去干坏事啊。"

"你说我干坏事能干什么呀？抢银行？这腿还跑不快，你说我能干什么坏事？"

"妈害怕你跟社会上不三不四的人学坏了。"

"妈你放心吧，我要是想学，早就坏啦。"

袁秀艳看了一眼赵科长："老赵啊，把你那破报纸先放一边去，说说小军以后怎么办啊。"

赵科长把手中的报纸放下："怎么办？也只能走一步看一步，没有机会，你让我怎么弄？"

"我看你好像对小军的事一点儿都不关心似的。"

"还要怎么关心，天天说就是关心啦？"

赵军拿起碗筷，袁秀艳把他手中的碗筷夺走，去了厨房。见母亲去了厨房，赵军压低声音对父亲说："爸，你想办法给解放换个工作呗？"

赵科长犯愁地说："她工作才几天啊，没理由啊！"

"高萍总给她小鞋穿，实在是气人。"

"总得有合适的机会才行啊。"

"有什么临时的工作把她调出来啊。"

赵科长点了点头，又拿起了那张《参考消息》。

魏家围着桌子吃饭，解放对跃进说："跃进快点儿吃，我们到郊区那个诊所看一看。五反没事吧？你收拾碗筷，合营和鞍钢一会儿要去看电影。"

五反说："市青年文工团要排练，吃完饭就得走。"

解放嘱咐她说："回来时跟谁结个伴儿，别要单崩儿[①]。"

"和五中的马丫一起回来，她家就在那边的十字路口。"

解放征询地问："要不宪法今天洗碗吧？"

宋艳霞说："我负责了，你们该干什么干什么吧。"

宪法说："我和你们一起去吧，郊区也不安全。"

解放说："援朝，那你在家照看爸。"

"没问题。"

合营早早放下筷子，在旁边等鞍钢，鞍钢看到合营不吃了，心里长了草，把碗中的饭拨回去一些。

徐亚丽介绍的这位大夫大约有五十岁，姓庾。

庾大夫先是为跃进号脉，不时地皱着眉头。庾大夫让跃进撩起后背的衣服，在那里叩诊。

庾大夫摘下听诊器问："小妹妹多大啦？"

跃进说："十一。"

"晕倒前都有什么感觉？"

"胸前发闷。"

庾大夫转身问解放："你是她什么人？"

---

① 单崩儿：东北方言，一个人的意思。

“我是她大姐，母亲去世了，父亲现在有病……”

庚大夫说：“我以前在省城医院就是胸外科的，我的初步诊断是先天性心脏病。”

“先天性心脏病？”

“对，这种病现在没有什么药物可以治疗，唯一的办法是动手术。”

“动手术？”

庚大夫肯定地说：“是的，没有别的办法，而且，你得到省城医院去做，市医院做不了这种手术。”

解放担忧地问：“心脏动手术，那得多少钱啊？”

庚大夫说：“具体的数我也说不准，你们到省城医院去检查一下，看我说得对不对。我觉得她的病情在发展，最好是今年就做，不能再耽误下去了，早做对她的恢复有好处。”

跃进懂事地说：“谢谢大爷。”

庚大夫拍了拍她的头说：“没事儿，做了手术，该干啥干啥，一点儿也不影响成长，以后还照样生孩子。”

解放惊喜地问：“真的呀？”

“真的，生孩子绝对没问题。”

解放和宪法、跃进向郊区的汽车站走。跃进问：“大姐，做手术很疼吗？”

解放耐心地说：“做手术时要打麻药，打了麻药后你就什么也不知道了，等你醒来后，手术就做完了。”

“我有点儿害怕。”

解放说：“不用害怕，去做的时候，姐肯定在边上守着。再说，那么多人都做手术，说明不疼，你说是不是？”

“如果疼呢？”

“真疼的话，大夫就给吃止痛的药，这下放心了吧？”

跃进信任地点了点头。

第二十章

五反从青年文工团回来，看到魏海柱正拆卸座钟，座钟的后面已经被他打开，五反忙过去说：“爸，这个不能拆。”

魏海柱抱着座钟不撒手，五反没办法：“大哥，你在哪儿啊？快来管管爸。”

援朝从小屋里跑出来，把魏海柱手中的座钟抢下。

五反责备地说：“让你看着爸，怎么不守摊儿呀？”

五反一边说着，一边向小屋走去，打开门，看到宋艳霞正在穿衣服，五反愣住了，明白了为什么援朝没在大屋里照看父亲，五反张口就说：“不要脸。”

“你说谁？”

“谁接话儿就说谁。”

“凭什么说我？”

“自己清楚。”

“我不清楚，你把话说明白。”

“不要脸有什么不清楚？”

“说谁不要脸？”

“爱说谁就说谁。”

宋艳霞冲上来，两个人撕扯到一起。

解放进屋时两个人仍在撕扯，解放上去把两个人拉开：“干什么？”

五反和宋艳霞都不说话，五反厌恶地看了宋艳霞一眼，铺被褥准备睡觉。

合营央求宪法说：“二哥，再给我们讲个故事吧。”

“对，二哥讲个故事吧。”鞍钢也说。

“好，今天给你们讲个米田共的故事。”

援朝把魏海柱安置好，也过来听宪法讲故事。

鞍钢问：“二哥，什么叫米田共啊？”

“粪字怎么写？”

鞍钢比画着说：“上面一个米字，下面是一个共字。”

宪法说：“以前的繁体字是上面一个米中间一个田字然后一个共，现在简化了，才成了一个米和一个共。”

合营马上说：“我知道啦，米田共的故事就是粪的故事。”

宪法说：“合营说得对。从前有一个秀才到农村去，看到一个老农在田里干活儿，秀才就问，大兄弟你叫什么名字啊？农民一听秀才管自己叫大兄弟，非常高兴，他说我一个干农活儿的，也没有名字啊。秀才一听这个农民没有名字，就想捉弄他。秀才说我给你起个名吧，你就叫米田共吧。”

鞍钢和合营在那里乐。

“农民问，这米田共有什么讲究啊？秀才说，你是农民，姓米多好啊，有米、有田，而且大家都有。农民一听非常高兴，他觉得秀才为自己起了个非常好的名字。怎么感谢人家啊，农民高兴得不行。秀才一看自己管他叫粪，他还乐，哪有这样的傻子啊，就想进一步捉弄这个农民。秀才问，米田共，你有几位令尊啊？”

合营问：“啥叫令尊啊？”

宪法说：“你看，你跟老农一样了吧？秀才当时就猜到老农肯定不知道令尊是什么意思，所以他就问他有几个令尊。令尊就是父亲的意思，就像父亲也叫爸、爹，只不过令尊是书面上的叫法。”

鞍钢说：“我明白了，就像哥也叫兄一样。”

“对。实际上，秀才问老农这话时，就有骂人的意思。哪有问人有几个爹的。老农也不懂啊，令尊是什么呢？是儿子吧？一定是儿子。他就对秀才说，我有三个令尊啊。秀才一听他这么说，心里就乐。老农想，人家都问我啦，我也问问人家啊。他问秀才，你有几个令尊啊？秀才一听，老农也敢回骂自己，于是他吹胡子瞪眼睛地说，你胡说什么？老农一看，哟，秀才生气啦，一定是没有儿子。在农村，没有儿子是丢脸的大事。老农心想，人家为自己起了个好名，得感谢人家才行啊，于是他就说，你没有令尊啊？那我把我家那个三儿给你当令尊吧。秀才更加生气。老农不知道原因啊。他说，干什么呀，你要吃我米田共啊？”

援朝也跟着鞍钢、合营一起笑了起来。

屋门打开，解放领着跃进进了屋。合营跳下地接过解放手中的旅行袋，鞍钢也马上下地查看解放的旅行袋。

援朝问：“姐，怎么这么快就回来啦？”

解放说：“我们下车就去省医院，本来省医院看病挺难的，没想到正好遇到一个退号的，要不怎么也得等两天。”

五反和宋艳霞从小屋里赶过来。五反问：“姐，跃进的病怎么样？”

“确诊了，是先天性心脏病，得动手术。”

宋艳霞问：“动手术？那得多少钱啊？”

“手术费得七百多块钱，再加上来回的各种费用，怎么也得八九百吧。”

五反问：“那……家里有多少钱啊？”

“所有的钱凑一起不到一百元。”

宪法问：“那怎么办啊？”

“想办法吧。不过得尽快，省医院说现在没床位，有床位时给我们打电话。也就是说，随时都可能有床位。”

看合营和鞍钢翻旅行袋，五反拍一下鞍钢：“瞎翻什么呀，找吃的是不是？姐是带跃进看病的，哪有时间买吃的。”

解放说：“确实没时间，不过，在车站附近买了点儿糖。”

合营忙问：“在哪儿啊，怎么没找到？”

跃进说：“把边上那个拉锁拉开。”

鞍钢马上打开拉锁，拿出一个纸袋，里面装的是糖。

解放说：“鞍钢，你给大家分一分。”

援朝看魏海柱那边没什么事了，坐到了椅子上：“你这又弄啥呀？”

五反说：“窗帘。”

“不是有一个了吗？”

“这是新流行的式样。”

“我结婚倒是可以用哈。”

五反瞪起眼睛说：“跟这个姓宋的结婚，我可不给你。”

援朝不解地问：“咋的？她怎么惹着你啦？”

“我不喜欢她。”

“我喜欢她就行呗。”

五反语气恶毒地说："你没见过女的呀？就她那样你就让她给你当媳妇儿？"

"她不挺好吗？"

"不好。"

"哪儿不好啊？"援朝很客气地问。

五反刚要说话，李红走了进来。

五反站起来打招呼："李红姐来啦？"

李红问："大姐呢？"

"上街了，李红姐你坐啊，我给你烧点儿水。"五反说。

看着援朝，李红的情绪有些异样："在工厂里还好吗？"

援朝说："还好。你呢？怎么回来啦？"

"队长让我和志东回来买化肥。刚回家，听说了跃进的事儿。钱凑齐了吗？"

"还没呢，家里只有不到一百元……"

李红掏出六十元钱放到桌上。

援朝不好意思地说："怎么能要你的钱呢？快拿回去。"

李红语气坚定地说："我一点儿一点儿攒的，别嫌少。"

"是太多了。"援朝拿起钱，要塞到李红的手中，李红向外推着。宋艳霞进来，看到援朝握着李红的手。

宋艳霞吃醋了："哟，这么快就摸到手上去啦。"

援朝把手缩回来说："你瞎说什么？"

宋艳霞不服气地："怎么瞎说，不是正摸人家手吗？"

李红红着脸说："你不要误会。"

"我误会？那天在饭店，你看援朝的眼神儿就不对，我就知道你惦记着他。现在趁我不在家，想来个深入敌后啊？"

援朝很想发火："你这个人怎么这样？人家李红来给跃进送钱，你怎么好赖不懂呢？"

五反走进来说："打呀，我最愿意看你们打架啦，怎么不打了？"

宋艳霞镇定了一下情绪说："我跟你哥开玩笑呢。"

五反一脸怒气地："开玩笑？不像啊。快跟我哥打上一架，然后黄了，你看我高兴不高兴？"

宋艳霞笑了："那我还真不能让你的愿望实现了，你这愿望太宏伟了，哪能那么容易就实现呢。"

五反把手上的水杯递给李红："不过，就你这样小心眼儿，黄铺[1]是早晚的事儿。"

宋艳霞马上换了副笑脸说："哦，李红是来给跃进送钱的啊，我真误会了。其实吧，自从我跟援朝谈对象以后，不知怎么回事儿，一看到别的女的和援朝谈说话就来气，是有点儿小心眼儿哈，李红你别往心里去啊。"

李红说："没什么，只要你对援朝好，这么做我理解。"

解放和合营一起拎着一个包袱，里面是收音机。

"姐，为什么叫信托商店呢？"

"缺钱可以拿东西在这里卖，在这里买东西也便宜。"

两个人走进信托商店，一个戴眼镜的老头查看收音机。

老头问："还打算赎回去吗？"

解放说："不啦，我妹妹有病要动手术，急需用钱。"

老者把收音机接上电，旋动调钮，里面传来了各电台的声音，老头把收音机关上："二十元钱。"

解放一惊："二十元？这么少！我爸妈说，当年花了一百二十多块钱呢。"

老头不紧不慢地说："这都过去多少年啦？现在流行晶体管，电子管的已经不受欢迎啦。二十元已经是照顾你。"

解放犹豫着，一时拿不定主意。老头站在那里一副爱卖不卖的样子。解放咬了下嘴唇把包袱重新系上。

自由市场，有人在卖东西，这些人并不吆喝，有人来时才把自己的东西给顾客看，一副时刻准备逃跑的样子。

解放和合营来到市场，把包袱皮打开。一个戴眼镜的中年人停了下来："这东西怎么卖？"

解放说："五十元。"

中年人摇了摇头走了。忽然，自由市场里乱了起来，小贩们纷纷向一边跑去。解放不明所以，紧张地向远处望着，她问一个正在跑的人："怎么了？"

"纠察来啦。"

解放拎起收音机要跑，几个臂戴红色袖箍的市场纠察已经围了上来，大愣说："想跑？也不看看我们是干什么的。"

---

① 黄铺：东北方言，这里是散伙的意思。

邢三儿上来把解放手中的包袱夺过去。

合营喊："干什么？那是我家的。"

邢三儿得意地说："你家的？那是以前，现在没收啦。"

解放说："凭什么没收？"

"凭什么？就凭这个。"邢三儿指了指胳膊上的袖标。

大愣说："少跟他们啰唆，我们走。"

邢三儿把收音机交给身边的嗑巴，解放上前拽住邢三儿："把收音机还给我，我们又没犯法。"

邢三儿说："没犯法？在自由市场里卖东西就是走资本主义道路，走资本主义道路不犯法？"

邢三儿甩开解放的手，与其他人一起向前走去，解放和合营紧紧地跟在后面。

解放对邢三儿说："我们知道错了，你把东西还给我们吧，我们再也不来自由市场啦。"

邢三儿头摇得像拨浪鼓："那可不行，我们还没还过东西呢，再说啦，蹲市场这些人我还不知道？"

解放解释说："家里有难处，妹妹要做手术，凑不齐钱。"

"这我不管，反正东西不能还你。"邢三儿根本就不听解放的解释。

来到市场办公室，屋里的人都是一脸冷若冰霜，解放见要不回收音机，便和合营往外走，走到门口她又折回来："没收了我的东西，总得写个字据吧？"

邢三儿感到突然："嘿，我还头一次听说要字据的！"

"不是市场管理办公室吗？没收东西就得给收据。"

嗑巴说："我们这里没收东西从来不写收……收据。"

"不写收据，我就不走。"解放拉着合营坐了下来。

邢三儿看解放真不走："你们还真不走啊！那谁，你给她写个收据不就完了吗？"

嗑巴说："怎么写……写啊？"

邢三儿说："你就写，没收红灯牌收音机一台，让老张在上面盖个章儿。"

嗑巴趴在一张桌上写收据，写完后到另一间屋里盖章儿。邢三儿接过来看了看说："拿去吧，还非要什么收据，要了收据有什么用啊？还想把东西取回去呀？笑话。"

解放接过收据，瞪了邢三儿一眼。

援朝和宋艳霞在屋里吵架。援朝说："怎么每次我和女的说话，你总鼻子不是鼻子脸不是脸呢？"

宋艳霞理直气壮地说："你现在不是和我搞对象吗？"

"和你搞对象不假，我和别的女的说说话，也并不是想要和她们怎么样啊。"

"毛主席不是说过，要防微杜渐嘛。"

"你少拿毛主席来压我。我告诉你，别说咱们俩是谈对象，就是结婚了还有离婚呢。"

"你想跟我黄？"

"你以为我不敢？"

宋艳霞气急败坏地说："你占了我的便宜你就……我看你敢？"

"你也知道，我这个人没有什么不敢的，不要吓唬我。"

宋艳霞看着援朝软了下来："我也知道我那样不好，但一到那时候我就忍不住。"

援朝也放缓了口气："如果再那样的话，我可真的不客气了。"

解放与合营走进屋来，援朝问："收音机卖出去了？"

解放一脸愁容地坐到了一张小凳上："别提了，收音机被人没收了。"

一帮小女孩在一处宽敞的地方跳皮筋儿。两个小女孩儿边跳边唱："小皮球，香蕉梨，马兰开花二十一，二八二五六，二八二五七，二八二九三十一……"

跃进走了过去，她站在旁边看着。当有人"坏"了以后，跃进走过去说："带我一个吧。"

领头的小女孩看了跃进一眼说："你就别来掺和啦。"

跃进说："我跳得挺好的……"

"我妈说了，你这样的人说不定哪下子就死了，让我们离你远点儿。"

跃进听了这话，像被什么击中了一样。领头的小女孩不理她，继续和另外几个小女孩跳皮筋儿。跃进站在那里，泪水慢慢涌了出来。

解放发现跃进哭了，忙放下正在洗的衣服，擦干了手："跃进怎么啦？"

跃进怯怯地问："姐，我会死吗？"

解放心头一震："你怎么问这个？"

跃进流着泪说："她们说我不定哪天就死了。"

“她们瞎说。姐怎么能让跃进的病治不好呢？姐肯定会把跃进的病治好的，你说是不是？”

跃进很信任地点了点头。

解放又语重心长地说：“你的病是严重，但你不也看到了，姐在给你准备钱，做了手术后就什么事儿也没有啦，可以和别人一样，照样结婚，照样生孩子，是不是？”

跃进高兴地点了点头。

“所以呢，你什么也不用想。姐就专心筹钱，等到省城医院来电话，我们就去省城。”

“不是缺那么多的钱吗？”跃进担心地问。

“这个不用你操心，姐有办法。进屋看书吧，好不好？”解放安慰她说。

跃进听话地进了屋，解放若有所思地洗着衣服。

五反收拾屋子，将废旧物品收拾出来堆放到一起。有废旧的小锅、饭盒、铁管、工作服、棉絮、鞋底、课本、报纸、铁丝、螺栓螺母。合营与鞍钢在院内拿着翻找出来的物件玩耍，五反把废旧物品装到一个铁丝筐里。

五反说：“合营过来，纺织厂那边的胡同知道吧？那里有个废品收购站，你到那里把这些卖了。”

合营说：“我不敢。”

“才这么远有什么不敢的？”

合营央求说：“二姐，你去吧？”

五反说：“大姐让我把玻璃擦一遍，我和鞍钢都得擦玻璃。要不你擦玻璃，我去卖废品？”

合营想了想：“那我……还是去卖废品吧。”

五反对他许诺：“卖回钱后，姐给你一毛钱买糖。”

解放和五反在厨房里擦玻璃，鞍钢为她们洗抹布。

赵军走进了厨房，解放把抹布交给鞍钢，问赵军：“今天不是让你休息，怎么又来了？”

“天天来，一天不来好像有什么事儿没办似的。”

解放笑了：“是不是像抽大烟似的，上瘾啦！”

赵军看着鞍钢和五反离自己远一些，就小声说：“一天看不到你就不得劲儿。”

解放也小声回了一句：“没正经的。”

“就喜欢看你生气。”

解放瞪了他一眼：“贱皮子。”

“我妈也这么说我。”

解放扑哧一声笑了。

赵军从口袋里掏出一百元钱放到了锅台上。

“你哪来的钱啊？”

“我没钱，可我爸那儿有钱啊。”

“你跟他们借的？”

赵军笑着说：“借什么呀？找到存折，从里面取了一百。”

“这样的话可不能收，你把钱拿回去。”解放拿起钱来向赵军的身上塞。

赵军推开她的手：“你先收着，我回去和他们说一声。”

解放说：“本来，我想按着宪法一个月能挣多少也给你开份工资，可现在……反正我是欠着你。”

“开啥工资啊，我在家闲得要命，让我跟魏叔说说话不挺好吗？”

“你妈知道你天天到我家吗？”

“没和他们说，也许不知道，也许装着不知道。反正他们也管不了我。”

“那先说好，算我借你的。”解放郑重地说。

“你就收着吧，我在知青点有点儿存款，等我回队里干活时取出来还他们就行了。”

合营费力地提着铁丝筐向前走着，王伟、顺子和大成滚着铁环从胡同里蹿了出来。大成用手指了一下：“看，反标。”

王伟仔细辨认：“真的是反标哎。”

大成说：“该不是又要搞破坏活动吧？”

他们站在那里看了一会儿，追了过去。看到以前的朋友，合营讨好地对他们说：“你们玩呢？一会儿……”

三个人谁也不搭理合营，合营把想要说的话咽了回去，他们挡住了路，合营识趣地绕开他们。看着合营走远，大成说：“这家伙要干什么？”

“好像是卖废品。”顺子说。

王伟问：“是不是偷来的呀？”

大成说：“八成是。”

三个人不约而同地追上去并拦住了合营。看着气势汹汹的三个人，合营很是害怕：“怎么啦？”

顺子气汹汹地说：“怎么？看看你是不是偷公家东西了。”

“我没有偷……偷公家东西。”

大成怀疑地说：“没有？没有你嗑巴什么，肯定偷了。”

“没有。”

“还嘴硬。”顺子说着给了合营一拳。

“我没嘴硬，这是我家的。”合营抹了一下嘴角，顺子的一拳把他的嘴打出血了。

王伟像是发现了什么似的：“上回学校让交废铁，你说没有，现在怎么就有啦？”

“我家没废铁嘛。”

王伟把筐里的几段铁管翻出来：“这不是废铁？”

“我不知道我姐从哪里找到的。”

顺子又给了合营一拳：“反标就是会撒谎。”

合营哭了：“你干吗打我呀？我以前还给过你好吃的呢，还借过你小人书呢……”

顺子狠狠地吐了一口：“呸，写反标还有理啦？给过我好吃的，翻小肠呀你？给过我好吃的，就得对你好？”

王伟鼓动地说：“把东西给他扔了，看他还能不能卖钱。”

三个人抢了一些筐里的东西，王伟把东西扔到围墙的后面，顺子把东西扔到下水道的井里，大成把东西扔到路旁的水沟里。

三个人回来又抢，合营哭着死死地趴在最后的那一点儿东西上，不让他们抢：“你们不能抢我的东西呀……我妹妹还得治病呢……”

顺子照着合营的身上胡乱踢了几脚，见来了人，忙和大成、王伟滚着铁环跑远了。

合营哭着站起身，他看了看扔到水沟里的破衣物，又到下水井旁看了看，默默地离开了那里。

韩家明来到市场管理办公室，邢三儿正跷着脚抽烟，看到韩家明他打了个招呼：“姑夫今天怎么有空来了？”

“找你有点儿事儿。”

邢三儿得意扬扬地：“不是想借给我钱买皮鞋吧？”

韩家明赔着笑脸：“净开玩笑，谁知道哪句话真的。”

邢三儿点点头:“姑夫找我什么事儿?”

韩家明从口袋里掏出了那张收据,邢三儿接过收据:“还真挺神的,上午开出去的,下午就回来啦。这事儿怎么和你挂上钩啦?”

“我师弟家的孩子生病,要动手术,缺钱,一糊涂,把收音机弄到了自由市场。你看在有病孩子的分儿上,把收音机还给他们吧。”

邢三儿颠颠脚:“大家都知道我没收个收音机,都想到饭店里喝一顿呢。我看了孩子的面子,大家不给我面子啊。”

“一个旧收音机,值不了多少钱。”

“不值钱,那也够我们喝顿酒吧?”

“咱们是亲戚,你应该给个面子。”

邢三儿加重语气:“正因为是亲戚,才没撵你走。要是别人,我早让他滚球子喽。这样吧,要想拿收音机呢,拿十块钱来,说别的废话也没用。亲戚归亲戚,事儿归事儿。这也算给你面子啦,要是换别人,你看他二十块钱能拿走不?”

韩家明叹了一口气说:“真是不能跟你们打交道啊,平白无故地就得拿十块钱。”

韩家明左掏右掏,只掏出来八块钱,最后又掏出了两角钱。邢三儿把两角钱还给韩家明:“算啦,谁让咱们是亲戚呢,你把收音机拿走吧。”

邢三儿大声喊里屋的人喝酒。大愣问:“八元够喝吗?”

邢三儿踹了他一脚:“八元还不够喝,想喝茅台呀?”

合营回到了家,五反还没擦完玻璃,她从窗台上跳下来问:“卖了多少钱?”

“八毛六。”

“怎么这么少!”

“就是八毛六。”

五反严厉地说:“跟我说实话,是不是偷着买东西了?”

“我没有。”

“没有?我上回去卖破烂儿,还没今天的多呢,也卖了一块多呀。你老实告诉我,是不是偷着花了?”

“真没有。”见二姐说他偷着花钱,合营委屈得哭了起来。

五反的心软了:“没有就没有呗,哭什么呀?”

合营哭得更厉害了:“是少了些,可不怪我。”

“怎么回事？”

“我去的路上，顺子他们打我，还把一些东西扔进了下水道，我捞不上来。”

五反恨恨地说：“怪不得，姐错怪你啦。你说都谁打你了？姐去找他们家去。都谁？顺子，还有谁？”

合营摇了摇头说：“二姐，算了吧，你要是找他们家，下回他们还得打我。”

五反像是不认识合营似的：“你怕什么呀？”

合营小声地说：“算了吧。”

五反看着变得懦弱的弟弟，她无可奈何地摇了摇头。

解放正在切萝卜，宪法进来：“姐，切这么多萝卜干啥？”

“腌些咸菜。我领跃进去省城看病，你们如果没时间做菜的话，就吃些咸菜。”

宪法心疼解放：“姐，不用这样，你还想着这些。人就怕逼，到时候一逼就知道做饭做菜了。”

看解放仍不停手，宪法从口袋里掏出来一沓钱，放到了菜板的边上。看到这么厚的一沓钱，解放吃惊地问：“你哪儿来的这么多钱？”

“有四十块是我这个月在砖厂挣的。”

“其余的呢？”

“问那么多干啥。”

解放不安地说：“不是，宪法，咱们可不能……那啥，你知道吗？”

宪法信誓旦旦地说：“姐，你放心吧，我一不偷二不抢，这钱绝对是干净的。”

解放狐疑地看了宪法一眼。

“真的，我不骗你。”宪法认真地说。

宋艳霞突然从小屋里冲出来，冲着泔水桶猛吐。解放忙走过去问：“怎么了？”

宋艳霞说：“恶心。”

解放为宋艳霞捶着背：“到门口那个诊所看看吧。”

解放和宋艳霞来到诊所，一位老中医在那里值班，他为宋艳霞号脉。过了一会儿，老中医说：“没啥大事儿，过几天就好了，这不过是怀孕初期的正常反应。”

解放瞪大了眼睛看宋艳霞，宋艳霞也非常吃惊。

回来的路上，宋艳霞急于向解放解释，她说：“姐，我们，那，什么，那次，都没控制住，就那么一次，真的。没想到，就……这样了。”

解放不说话。

解放在厨房里切萝卜丝，她不时地向院子里看着。院子里，援朝和宋艳霞正在说着什么。过了一会儿，宋艳霞和援朝走进了厨房。援朝说：“姐，你也知道了，艳霞她怀孕了。我们准备结婚。”

解放放下刀，把萝卜丝收进一只盆里，向里面倒了一些盐，撒上辣椒面、味素等调料，开始搅拌：“结婚我同意，目前你们只能先做准备，比如说租房啊什么的，现在家里没有钱给你们办喜事，你们也知道，跃进的病是排在第一位的，等她手术后，家里才能考虑你们的事情。”

宋艳霞说：“姐，我和援朝结婚啥都不要，只要他跟我领结婚证就行。”

解放说：“现在时兴的是三转一响，四十八条腿儿，咱家不能给你们这些，但我想，摆两桌，请邻居亲戚吃吃饭还是应该的。”

宋艳霞动情地说：“姐，我真的没想那么多，我在咱们家生活了这么长时间，感到挺幸福的。至于东西，我和援朝都上班挣工资，以后慢慢置呗。”

“你能这么说让我高兴。等跃进手术后，看家里的情况，如果有钱的话姐会帮你们置办一些东西，比如买只手表什么的。”

“姐这么说，我就更心满意足了。”

第二十一章

援朝和宋艳霞在一个家属区里转悠，见那边出来一位岁数大的女人，援朝急走两步赶了过去："大婶，跟你打听一下，这附近有没有出租房子的？"

大婶说："现在家家房子都不够住，哪儿还有出租房子的呀？真没听说谁家有房子向外租。"

宋艳霞显得沮丧："哪儿都没有出租房子的，别人结婚都住哪儿呢？"

援朝搂着宋艳霞的肩膀说："好啦，到别的地方看看吧。"

解放在桌子上记账，身边堆了厚厚的一沓钱。五反问："姐，钱凑够了吗？"

解放叹了一口气，坐在那里沉默不语。

"还差多少？"

解放说："现在才七百，至少还得准备一百。手术就得七百多元，我们不能准备得可丁可卯，来回得坐车，还有吃饭、住店……"

五反吃惊地说："还差那么多啊？"

两个人陷入深深的沮丧之中。

省医院打来了电话，要跃进马上到省城去。

电话来得突然，这让解放很上火。钱还差很多，解放一时不知道该怎么办。解放想了一会儿，决定到大舅家走一趟。大舅家有钱，但大舅妈多半不会借。

来到大舅家，解放开门见山地讲了跃进要动手术的事儿："大舅，大舅妈，我实在是找不到可以借的人了。"

大舅妈思量了一会儿说："解放，我们也知道你的困难，我们家的情况也在这里摆着呢，你大哥在部队，二十七岁了刚找个对象，这得花钱是不是？你姐还下乡呢，往回调的话也得花钱是不是？”

“我知道你们的难处，跃进明天就得到省城手术。如果凑不上钱，就没法手术。大舅，我妈妈毕竟是你的亲妹妹，看在这个情分上，你帮帮跃进吧……”

大舅看了看大舅妈，他表情复杂地说：“要不我们……”

大舅妈根本不让他有说话的机会：“没什么好说的。我们就看在你妈妈的面子上给跃进十元钱，再多也没有了……”大舅妈说着从口袋里掏出了十元钱，放到了桌上。

解放站起来，看也没看那十元钱，直接向外走去。大舅赶紧站起来，拿起那十元钱去追解放：“解放，拿着这钱……”

解放已经走远，大舅拿着十元钱的手还在那里举着。

大舅回到屋里：“你就不能把那钱先借给解放一百，你留那钱下崽儿啊？”

大舅妈说：“怎么不能下崽儿？在银行里还有利息呢，借给他们给你利息啊？！”

“那不是我亲妹妹嘛。”

“你亲妹妹，她不是死了吗？那老魏现在是病了，要是没病，我敢保证，他不出一年就得再找个媳妇儿……”

“你怎么知道人家会再找个媳妇儿……”

“你们男人我还不知道……”

“你少整这些没用的，就说你借不借吧？”

“借啥借，借了他们拿啥还？没听说已经拉了六百多元饥荒了？一大家子人，拉了这么多的饥荒拿什么还？”

解放垂头丧气地进了屋，屋内坐着援朝、五反、宪法和宋艳霞。援朝和五反迎了上去，援朝问：“借到了吗？”

解放摇了摇头。

“那怎么办呢？”五反显得很焦急。

“跃进呢？”

宋艳霞说：“写完作业睡下了。”

解放坐了下来，拿起桌上的水杯，喝了一杯凉开水。

“大舅为什么不借？”援朝有些愤愤不平。

"他做不了大舅妈的主。"

"那钱不够怎么办啊？"援朝问。

"回来的路上我想过了。我和跃进先拿这些钱去，你和艳霞这两天再想想办法……你看这样行吗？到时艳霞通过你们邮局把钱电汇到省医院胸外科……"

"也只能这样了。"宋艳霞说。

五反说："大舅做不了主是一方面，大舅这个人本身也抠。要想花他一分钱，比登天还难。"

宋艳霞拉了拉援朝，在旁边小声地说了几句什么，援朝点头，然后来到解放的身边："姐，艳霞想到她姨家试试，也不知道能不能借到……"

艳霞拉了拉援朝，两个人离开家。

宪法看了看他们离去的背影："姐，我哥要结婚啦？"

解放感到诧异，她从没说过这个："听谁说的？"

宪法说："在砖厂那边看到他们了，他们要租房子。"

五反问："为啥急着结婚？"

解放不想和他们多解释："他们有他们的情况，知道他们要结婚就是了。"

"厂里能同意吗？"宪法提出了一个关键的问题。

五反说："厂里同不同意有啥关系呀，厂里不同意就不能结婚啦？"

"还真让你说着啦，厂里不同意你还真不能结婚。"

"为啥呀？"

宪法解释说："为啥？听说，我只是听说，一般工厂里学徒工不允许结婚。我哥这进厂还不到一年，我不知道造纸厂有没有这条规定。再一个，厂里不给开证明，你是无法登记的。什么晚婚规定呀什么的，多了去了。"

解放听了直点头："宪法说得挺在理的，你听谁说的？"

宪法说："我这不是也上这么长时间班了，厂里有一个大哥要结婚，我听他说的。他说砖厂男的规定得二十五周岁才给开证明，小于二十五岁想开证明，门儿都没有。"

解放急了："你哥才二十啊，造纸厂也够呛，艳霞多大？"

五反想了想："好像比我哥大一岁。"

宪法问："如果不行的话，我哥他怎么结婚呢？"

解放想不出办法了："走一步算一步吧。"

车站正在检票，解放和跃进排在队伍的后面。大舅找到解放，掏出了五十元钱："解放，这是五十元钱，我偷着取出来的，你们先用吧……"

解放知道大舅的不容易："大舅，这能行吗？"

"没事儿没事儿，她发现了再说……"大舅急匆匆地离开了。

一位银发苍苍的医生坐在解放的对面，解放看着面前的手术申请单。银发医生说："……其实，现在的这项手术已经相当成熟，在手术中一般不会发生什么情况。但是，任何事情都不能说百分之百，因此我要把这手术中的风险告诉你，有的可能是百分之一，有的可能是百分之零点儿，但对于我们，一定要对你说。"

解放忧虑地说："大夫，你这么一说，我的腿都软了……"

"这么跟你说吧，风险可能很小很小，但是一旦发生，那就是百分之百了，可能几千名患者里才有一个，你签这个，是如果真的发生了，医院免责。"

"免责是说，在手术台上人死了的话，医院不负责任是吗？"有些名词解放还是第一次听说。

"是这个意思。"

"我不签你们就不会做手术对吗？"

"当然。"

"那我签。"解放签下了自己的名字，她的手抖得厉害。

跃进躺在床上，解放坐在她的身边，跃进的眼睛呆呆地看着天花板。解放摸了一下跃进的脸："想什么呢？"

跃进转过脸说："你说人死了会是什么样呢？"

解放一愣："你怎么会想这个问题？"

"我觉得吧，死，可能就是你的想法再也不能指挥自己的身体了，就飘啊飘啊地在天空四处飘，想到什么地方都成，不用吃饭，也不用睡觉，而且干什么都不累……"

"别说这个了，你说这个姐心里难受。"

"姐，我知道这个手术有风险。如果我真的死了，我就能到天上陪妈妈了。妈妈一个人在天上多孤单啊，我去陪她，她也能快乐一些。"

"别说了。"解放伏在跃进的身上哭出声来。

跃进躺在床上，挂着点滴，解放趴在跃进的身边打盹儿。一个护士走过来，为跃进量体温，解放惊醒：“哎呀，我睡着了。”

护士说：“我看这几天全是你一个人护理啊，这怎么能行啊？你今天休息一下吧，我会仔细照顾她的。”

“没事儿，我挺得住。”

“你还是回旅店睡一下吧，我会定时来换点滴的。”

“那我就睡一下啦，你看着点滴，我真有点儿熬不住了。”

“不回旅店？”

解放吞吞吐吐地说：“来时钱没凑够，就没住旅店。这样省些钱。”

护士感慨地说：“你这姐姐当的，到我们值班室那里睡一会儿吧，那里有床。”

“谢谢，不用了。”解放趴在那里睡了过去。

晚饭时分赵军进了家门，他觉得气氛不对。袁秀艳板着脸问：“这钱你动了？”

“正想和你们说呢，我取了一百。”

“干啥了？”

“借人啦。”

“借人一百！你开银行呀？”

“人家不是急用嘛，我队里有钱，等我回去还你们。”赵军笑嘻嘻地说。

“借谁了，还得你取钱还我们？”

“解放她妹妹到省城里动手术，钱不够，我一急，就从这里拿了钱。”

“到省城动手术，啥病啊？”

“先天性心脏病。”

袁秀艳说：“不是说贫血吗？怎么又先天性心脏病了？”

“市里的二百五大夫你能信吗？”

宋艳霞接解放和跃进回家，一进屋，跃进看到赵军，她喊了一声：“赵哥。”

“跃进回来啦，感觉好些没？”看到跃进脸色红润，赵军很高兴。

“好多了。”跃进走到魏海柱面前，“爸。”

魏海柱抬头一看：“跃进，你去哪儿啦，怎么好几天没看到你？”

“爸，我去省城啦。”

魏海柱面露喜色：“哦，省城好，买布没？买布爸给你做衣服。”

“没买。”

魏海柱有些失望，解放走过来：“爸，我们去省城给跃进看病，没时间买布。”解放取出一袋糕点，从纸袋里拿出了一大块饼干给魏海柱，“爸，在省城买的，你尝尝。”

魏海柱接过饼干吃了起来，解放又递给了赵军、宋艳霞、跃进各一块，赵军看了解放一眼，把手里的饼干掰开，把大半的给了解放。

赵军问：“手术顺利吗？”

“顺利，大夫说，跃进的手术效果非常好，恢复得也快。本来可以再住两天，跃进非要出院不可，她想回来上学。”

“跃进这样用功，以后准有大出息。”赵军表扬她说。

宋艳霞问：“跃进现在去上学，能行吗？”

“大夫说，上学没问题，但身子有些虚，别累着就行。”

宋艳霞说：“那，我天天送她接她吧，我有自行车。”

“那就让你受累啦，房子找到了吗？”

宋艳霞摇了摇头说：“没有，我知道我哥为什么把我打出来了，不把我打出来，他根本结不了婚。”

合营在回家的路上走着，胡同里转出了球球哥哥。球球哥哥拦住合营：“以前的账还没算呢，打完我就完事了？”

球球哥哥见合营不反抗，他更嚣张，对合营动起手来，他打了合营很多下，心满意足地离开了。

高萍一脸怒气地说：“你根本不把我这个班长放在眼里。”

“怎么了？”

“去省城为什么不和我说一声？”

“马主任说他说。”

“可他没和我说啊。”

“那是他的事。”

“你跟我说一声不就没这事了？”

“我怎么知道他不跟你说？”

援朝向解放说他到厂工会开证明的事儿：“那林干事一点儿也不好说话，厂里人都说林干事犟，谁求都不给面子。”

解放焦急地说："没法结婚，艳霞肚里的孩子就不能要。"

援朝坐在小板凳上无言以对。

解放向援朝询问道："要不，求人找个医院把艳霞肚里的孩子打掉？再拖一阵儿，恐怕就无法打胎了。"

援朝双手抱着头，显得很痛苦。

"你说话呀，到底怎么办？"解放追问他。

援朝一脸无奈地说："办这些事儿我哪有经验啊。"

解放听人说林干事是徐亚丽的初恋，别人求不动，但只要徐亚丽开口，事儿肯定能办成。最初徐亚丽有些顾忌，但李红爸爸说我都不怕你怕啥呀。果然，徐亚丽一出面，林干事二话没说就把证明开了。

援朝费了不少劲找到了一间房子，等援朝领人去收拾时对方却不租了，因为街道办公室知道了，要给房东办学习班，房东吓得赶紧收回了钥匙。

宋艳霞说："姐，今天我和援朝又跑了好多地方，还是没找到房子，这可怎么办哪？"

沉默了一会儿，解放把盆擦净放好："在家里住吧。"

宋艳霞说："家里哪有地方啊？"

解放说："你们俩个住小屋。大屋呢，一边是我和五反、跃进住，另一边是爸、宪法、合营和鞍钢，有点儿挤，也只能这样啦。"

"那……能行吗？"宋艳霞担忧地问。

"不行怎么办，你们不结婚？"

"我怕五反有意见。"

解放说："五反我和她说。明天，援朝你把炕中间做道隔板吧。"

五反和解放坐在小屋的炕沿上，五反不停地悠荡着她的腿："我不同意，凭啥他们结婚我们就得搬出去？"

解放耐心劝她："这不是没房子嘛。"

"没房子别结婚哪，为什么硬结婚，让我们跟着遭罪？"五反振振有词地说。

"我们不是他的姐姐妹妹吗？兄弟姐妹有困难的时候，我们不帮他一把，还有谁能帮他一把呢？"

五反不说话。

“小的时候，你在外面受了欺负，援朝没少帮你打架，为了这个，咱爸没少打他，他从来没说过抱屈的话，为什么呢？因为他是你哥，为了妹妹不受欺负，挨了爸妈的打也不能吭声，谁让你是他的妹妹呢。”

五反脸上的表情明显发生了变化，解放接着说：“现在援朝要结婚，没有房子就结不了婚，也只能是这样，等以后他们找到房子的时候就搬出去，你看行不行？”

“行吧。”五反终于说。

晚上，大家围在一起，看宪法写请柬，他写好了一张，解放问：“西头吴大娘家的，谁去送？”

跃进说：“我去。”

解放说：“这张近，让跃进去吧。”

宪法接着往下写：“下面请谁呢？”

解放说：“胡大爷。爸有病胡大爷过来看过好几回呢？怎么也得告诉一声。”

“胡大爷叫啥呢？”宪法犯了寻思。

“我也记不得，就写请胡大爷光临。”

宪法写完：“这张谁送？合营送吧。”

合营说：“他家那里黑，我不敢。”

五反问：“你怎么变得这么胆小了？”

“我送吧。”鞍钢拿过请柬跑了出去。

第二十二章

星期天，魏家的炕上摆了两桌，屋内的空地摆了两桌，院内也摆了一桌。赵军和魏海柱在邻居家的小屋坐着，魏海柱显得不安："为什么不回家？"

赵军耐心地跟他说："家里有客人，我们先在这里待着。"

魏海柱对柜上的一只闹钟产生了兴趣，赵军制止了他："这个不能动。"

魏海柱又对一尊毛主席的石膏像产生了兴趣，赵军把他的手按下："这个更不能动，千万不能动。"

屋内的客人已经吃了起来，援朝和宋艳霞敬酒。援朝敬到韩家明那里，韩家明接过酒杯："援朝是我看着长大的，一晃儿就到了娶媳妇的时候了，时间真是快啊。祝你们新婚幸福，永远听毛主席的话，将革命进行到底。"

韩家明一扬头，把杯中的酒干了。

屋门响了一下，进来三个人，是宋艳霞的父亲宋哲，还有她的继母和哥哥。挨门的一位青工见来人也不坐，就问："你们是谁呀？"

宋哲怒了，他大声地说："我是谁？我是她爸！"

屋内的人看着宋哲，愣在了那里。宋哲怒气冲冲地看着屋内的人，见大家都不理他，就从桌子上抓起一只碗，用力摔到了地上。听到响声，在厨房里忙活的解放、徐亚丽、姚小兰、五反都来到了大屋。

宋艳霞吃惊地看着父亲，呆立在那里一动不动。援朝显得很气愤，想过去，韩家明拦住了他。韩家明把手中的酒杯放下，走到了宋哲的面前。

韩家明笑呵呵地："这位大哥，有话好好说嘛。"

"好好说？你知道我是谁吗？"

"还别说，我还真不知道你是谁，但不管你是谁，都应该有话好好说嘛。"

"我好好说？你让我怎么好好说？"宋哲指着宋艳霞，"你让她自己说，我是不是她爸爸？”

宋艳霞的眼睛里慢慢地流出了泪水。

“我没说错吧？可是，他们今天结婚，我这个当爸的，却刚刚知道。还不是女儿自己告诉我的。这事儿放在谁身上谁不生气？请了这么多的人，就差家里这几个人吗？”

解放走上前去：“宋大爷，我是援朝的姐姐，在办宴席之前，我让艳霞回去告诉过你们，也许当时你们不在家。现在既然来了，就到炕上坐吧。”

解放伸手让三位上炕，宋哲甩掉解放的手：“少来这套，你们老魏家不打招呼，就把我家的闺女给娶了，旧社会的地主老财也不能这么干吧？”

宋艳霞慢慢地走到宋哲面前：“爸，我就知道你会给我来这么一出。那天我回家取衣服，就我哥和嫂子在家，我对他们说，我要结婚了。可没有一个接我话的。我说，爸妈不在家，你们跟他们说一声吧。还是没有人搭理我，你说，我还怎么跟他们说呀？”

韩家明劝宋哲说：“老宋大哥呀，既然是误会，就别跟孩子计较了，上炕喝酒吧。”

“不行，我非要计较不可，有这么办事的吗？不打声招呼就把我们家闺女给娶了，我们家的面子往哪搁呀？”

韩家明拉住宋哲：“老宋大哥呀，这我就得批评你啦。今天是你闺女的婚礼，是个大喜的日子对不对？你再说这些话就没有意思了，在婚礼上说这些话，不是闹事儿吗？”

“我就闹事儿了，你们能把我咋的吧？”

宋艳霞的大哥也激动起来，他一伸手，把桌上的盘碗扫掉好几只。

屋内死一般寂静，解放要上前说话被徐亚丽拦住。

韩家明说：“老宋大哥，虽然不认识你，你的事儿我也听说了，这个年轻人虽然是宋艳霞的大哥，但是他却不是宋艳霞的亲大哥，是继母带来的。”

宋哲蛮横地说：“是继母带来的又怎么样？那也是我的儿子。”

“话说得不错，但他就有些不理智了。在妹妹的婚礼上打碎了这么多的碗和盘子，不太吉利吧？”

“谁让老魏家做事儿这么损的？”宋哲仍然不肯罢休。

“老魏家做事儿损？我还真没听说过。我听宋艳霞讲，她亲生母亲死得早，你又找了她继母。继母带了这个大哥，你们又生了三个小子。至于宋艳霞小的时候在家受不受苦，遭不遭虐待，我没有调查，也不好随便说。但宋艳霞是被她哥打出来的，有这事儿吧？她大哥结婚没有房了，就想到了她的小屋，可是你家就那么大的地方，那三个弟弟也都十四五了，你让宋艳霞住哪儿？宋艳霞不腾地方，她大哥就打她，宋艳霞没办法了，跑到对象家里，和援朝的姐姐妹妹们住在一起，那个时候，你老宋干啥去啦？为什么不站出来主持公道？大儿子把闺女的房间占了结婚用，你眼睛瞎了看不见？那个时候你干什么去啦？我知道，你为了能搂老婆，就什么都不顾了，要不老婆晚上不让你搂啊。就从这点上推断，宋艳霞小的时候也没少受委屈。”

宋艳霞站在那里泪流满面。

韩家明接着说道：“宋艳霞是不是你的亲闺女啊？你这么做，对得起死去的那个老婆吗？今天话我就给你说到这儿了，你呢，如果愿意就上来喝杯酒。如果不愿意就赶快走。有一个事儿你们要记住，那就是别拿碗和盘子撒气了。我是机修车间的主任，这里坐的，全是我手下的工人，如果这个年轻人再那么发狂，不用老魏家的人出手，他们就会把他的手打断，到时别说我没告诉过你们。”

听了韩家明的话，有三四个年轻人站了起来。宋哲看了看韩家明，失去了刚进门时的嚣张。徐亚丽说：“艳霞她爸上炕喝杯酒吧。”

“我还有什么脸喝酒啊。”宋哲慢慢转身，与宋艳霞的继母和大哥走了出去。

徐亚丽和五反捡拾地上的碎碗和盘子，韩家明向宋哲的背影看了一眼说：“没事啦，大家接着喝。”

方志东来到魏家院内，手上拎着一只面袋。援朝从屋内走出来，高兴地说：“怎么才来啊？”

方志东笑了：“队长不给假啊，今天是偷着跑出来的，搭的是货车，要是坐票车，现在也到不了。”

“还找什么队长呀，跟高强说一声不就完了嘛。”

方志东小声地说：“高强现在不得烟儿抽啦，被公社办学习班啦。”

援朝感到意外：“什么事啊？”

“一两句话也说不清楚，等你忙完了再和你详细说吧。”

援朝忙领他进屋：“好好好，先找个地方坐下喝酒。”

方志东指了指手中的面袋子：“这个放哪儿？”

“什么呀？”

“吕老疙瘩捎来的，特意从大队跑来，要我交给你，是葵花子，现在炒吧，咱户晚上会有人来。”

家属区内，合营边走边玩，他的嘴里含着糖。远处走来了王伟、大成和顺子，合营顿时显得紧张，他不由自主地向路边靠了靠。王伟、大成和顺子看到合营，他们停了下来。合营从口袋里掏出四五粒糖果递了过去：“今天我大哥结婚，你们吃糖吧。”

三个人互相看了看，谁都没有动。突然，顺子把合营手中的糖打落在地：“反标，你少来这套，想用糖来收买我们是吧？”

“我没有收买，就是想请你们吃糖。”

“还说没收买，你就是想收买革命群众，再去写反标。”

顺子不容分说，上去对合营拳打脚踢，然后一个脚绊把合营放倒在地。

“我没有收买……我请你们吃糖也有错吗？”合营哭了起来。

顺子停住手，看了看王伟和大成：“你们怎么不打呀？”

王伟和大成木然地看着顺子，顺子又踢了合营一脚：“今天先饶了你，要是再写反标的话，我们天天打你。”

三人慢慢走远。大成责备顺子：“你怎么老打人家呀？”

王伟也说：“你要不打人家，我们不是有糖吃了？”

顺子问王伟：“你还记得那次用线拴钢笔调理①走路人的事儿吧？他非得让我出钢笔，我的笔险些被人拿走。”

王伟说：“最后不是要回来了吗？”

“是要回来了，我急成什么样啦，这仇我能不报吗？”

“最后那次是你非要玩的，人家合营都不想玩啦，你说非要玩最后一把的。”

“玩最后一把，为什么不用他的钢笔？”

“废话，你要玩，凭什么用人家的钢笔？”

“你怎么专门向着反标说话？”

“我没向着他，就是觉得你说话比较浑蛋。”

顺子义正词严地说：“我告诉你，和反动派站在一个立场是没有好下场的。”

解放进屋，赵军问：“忙完了？”

“是啊，总算忙完了。你看，这一天让你挺难受的，在这个小屋里，还

---

① 调理：东北方言，意为欺骗、糊弄人。

不能上桌喝酒。”

“我和大叔在这里吃得挺好的。”

解放看着赵军，眼里含着感激：“真是难为你了。”

“又说这个。”

解放走到魏海柱身边轻轻地喊了一声：“爸。”

魏海柱停下了手中摆弄的东西，看着眼前的解放。

“爸，援朝今天结婚了。”

魏海柱说：“结婚好。”

“援朝结婚，家里也算完成了一件大事。援朝和艳霞都有工资，他们肯定能把日子过好。以前呢，有你和我妈操心这个家，我一点儿也没感觉到你们的不容易，那时候哇，一天天就知道忙自己的事。现在我妈走了，我这才知道，一个家如果没有了妈妈，这个家的天就塌了一半儿。家里处处就不像家了。我接过了妈的担子，虽然没有我妈做得好，但我努力去做了。现在，爸你病了，我才感到管这么大一个家不容易。可是，就算我吃些苦、受点儿累，我都没有什么可抱怨的，我只是怕让弟妹们受了委屈。我想呢，就是我再苦再累，我也要让弟妹们过得好，让他们一个个都能长成对国家有用的人。爸，你放心啊。”

“我放心，我放心。”魏海柱说。

赵军在一旁听得眼睛有些潮湿。

小屋内布置得充满喜气，许多地方贴了双喜字，炕上放置着新被褥。解放走进小屋，看到躺在那里的宪法她愣了一下：“宪法，你怎么躺这儿了？”

宪法睁开眼睛，他坐了起来。

“宪法，你的脸色怎么这么白呀？”

“没什么，累了。”

“整个下午我就没看见你，跑哪儿去了？”

“没干什么，有点儿事儿出去了一趟。”

解放摸摸宪法的额头：“也不发烧啊？跟姐去医院吧。”

“不用去医院，就是没休息好。”

跃进站到了小屋的门口，好奇地听着两个人的谈话。

“跟我去医院检查一下，如果医院说没事儿就没事儿。”

宪法见瞒不过大姐：“姐，我……我刚刚献了血。”

“献血？为什么要献血？”

“还记得我上回给你的钱吗？那是我跟人借的，我答应用献血的钱还他。今天总算把钱还完了。”

“你今天抽了多少啊？”

“可能是六百毫升吧，我也不太清楚，反正是还完了，以后再不欠他的钱啦！”

解放一下子哭了起来，她搂住宪法的头：“傻弟弟啊，你为什么要这样啊？家里需要钱你也不能借这样的钱啊。”

“我想帮姐减轻点儿负担……”

跃进听到宪法的话后也哭了，她哭着走进屋来。

宪法安慰跃进：“二哥没事儿，这不是好好的嘛！”

跃进仍是哭：“我知道你是安慰我。”

“跃进不哭了，过两天二哥就开工资啦，到时给你买喜欢的书好不好？”

赵军回到家中，袁秀艳问：“怎么才回来啊？”

“还不够早吗？都闹洞房呢，我没掺和，提前回来了。”

赵军拿起桌上的苹果咬了一口。

袁秀艳问：“他家摆了几桌啊？”

赵军说：“五桌，屋里摆了四桌，院里摆了一桌。”

袁秀艳：“几个菜啊？十个还是十二个呀？”

“几个菜？这个……这个我还真不知道。光顾吃了。”

“几个菜你都不知道？那你吃啥啦？”

“就是低头吃呗，谁还去数几个菜啊？”

“你说这个儿子是不是有点儿傻？怎么啥都不知道呢？”

赵科长说：“我到哪儿吃饭也不数有几个菜啊。”

“你们爷儿俩真像。我寻思着，小军以后是在家里办呢还是去饭店？在家里办吧，能省一些钱。在饭店办吧，体面，但得多花钱。”

“我这不还早呢吗？你怎么现在就想这个事儿？”

“小军啊，有人给我介绍了一个人。这个叫毛小君，是五七小学的老师，她爸是自来水公司的头儿。介绍人都跟我定好了，明天下午三点钟你们见面。”

“不见。”

“为啥不见？”

赵军很认真地说："人家家庭条件不好，你说人家跟咱们家门不当户不对，这人家条件好了，你咋不说门不当户不对了呢？"

"这不挺门当户对的吗？"

"我爸是个科长，人家是公司的领导，就门当户对？"

"介绍人把咱们家的条件跟对方说啦，对方也没说什么呀。再说，咱家经济条件也算好的，尤其是我的儿子长得一表人才嘛。"

"什么一表人才呀，整个一毛驴子脾气嘛。"

"毛驴子脾气那是我说的，别人谁敢那么说呀？"

赵军赌气地说："要去你去啊，反正我不去。"

"我去算什么呀，又不是我找对象。"

赵科长发话了："小军，你妈都和人家定好啦，你不去怎么行呢？"

"就是，你不去让我坐蜡？"

赵科长语重心长地说："去见面只是了解一下对方，也不一定就非得相处啊，你说是不是？"

赵军眼睛转了一转："我今天在婚礼上都和同学约好了，明天出去玩。"

赵科长问："是相亲重要还是出去玩重要啊？"

"去见毛小君也行，但爸你得把解放的工作给换一下。"

袁秀艳不满地说："又提这事儿，跟相亲有什么关系？"

赵军说了句狠话："我爸要是不管，我就不去相亲啦。你们看着办。"

赵科长说："好好，最近还真有一个机会，要搞一个展览，抽调两个人。我看看能不能把魏解放调去。"

"别看看呀，你就定了不就完了嘛。"

赵科长瞪大眼睛说："工厂是你家开的呀，不得向领导汇报呀？领导同意了才成啊。"

赵军说："这还差不多。你说今天在酒桌上碰到了几个同学，一说起解放的工作，他们都觉得不好，说赵军他爸管这事啊，给动动。我能说不帮忙？"

袁秀艳白了他一眼："你就是想讨好那个解放，这样的家庭不能要。"

赵军高声说："我不是说了明天跟你去相亲了吗，你再说我不去了。"

第二十三章

一伙年轻人在闹洞房，一个穿着邮电局制服的男青年从人群中蹿出来："下面，让新郎新娘交代问题，把新郎新娘带过来。"

众人把援朝和宋艳霞推过去。绿衣青年说："先让新娘交代问题，你们亲过嘴没有？"

宋艳霞只是笑，不说话。绿衣青年鼓动着大家说："领了结婚证，这说明什么呢？男女再亲嘴儿就不犯法了。都要入洞房了，嘴还没亲过，我们能答应吗？现在请新郎和新娘为大家表演亲嘴儿节目。"

宋艳霞捂着脸不肯，和援朝同一班组的青年工人在后面推着援朝，方志东也在边上半真半假地威胁着援朝。

门开了，高强走了进来，屋内的人大多都不认识高强，并不在意，他们发现援朝的表情变了。

援朝用冷冷的目光看着进来的高强。绿衣青年看了看高强，又看看援朝，看到援朝眼中流露出一股杀气。

绿衣青年说："又来了朋友是不是？现在时间也不早啦，今天就闹到这儿吧，大家撤吧。"

大家纷纷向外走。方志东想留下，高强示意他到院子里等一会儿。

屋内只剩下三个人，援朝、宋艳霞和高强。援朝不看高强，他走到桌子前，为自己倒了杯茶水，喝了下去。

高强走过来说："听说你结婚了，真为你高兴。"

援朝冷冷地说："用不着为我高兴。"

"我是真诚来祝福你的，你咋这么说话呢？"

"你让我怎么说话？这已经不错啦。今天是我结婚的日子，我不想在这个日子跟人动手，你赶紧走吧。"

“我知道你烦我，但也没必要这么大火气吧。”

援朝一激动，把杯子碰掉了一只，发出了清脆的响声。宋艳霞走过去说：“援朝，别这样对人家。”

“别管我，你知道他是谁吗？他就是大名鼎鼎的高强。”

“高强，你是高强？那你姐高萍也不是个好东西。”

援朝头也不回地向小屋走去，宋艳霞跟着援朝。

高强抱着头坐在那里，显得极其痛苦和无奈。

宪法和解放扶着魏海柱走了进来。宪法把魏海柱扶到炕上，为魏海柱脱衣，五反跳上炕去为魏海柱铺被。

解放看着高强，她的表情很平静。高强说：“你在工厂上班，还好吧？”

解放笑了：“好不好你不清楚？你姐天天给我小鞋穿。”

高强尴尬地说：“那我还真不知道。”

“我觉得你姐呢，比你有本事。你是明面上来，真刀真枪地干。你姐明面的也干，背地里也干，总而言之一句话，不让我好过。”

“我回去说说她……”

“千万别说。我和你的矛盾，你不说她是不会知道的。你说了，我现在每天就这样，你还要说，不让我活啦？”

宪法走了过来：“我哥他没请你吧？”

“没有，可我有事儿找他。”

“没有就好，我还真怕是他请的你，我撵你也不是，不撵你心里不舒服。”

宪法说完就把高强向外推。

“别那样，宪法！”解放制止他说，“让他自己走。”

高强犹豫了片刻：“我真的找援朝有事儿。”

解放说：“我管不了那么多，那是你和他之间的事。”

五反气愤地说：“你这个人怎么没脸没皮呢？你看都几点了，你不睡觉我们还不睡觉啊？”

高强站在厨房里，看小屋亮着灯，停了一会儿，他还是敲响了小屋的门。宋艳霞打开门，高强一步跨进屋，立刻给援朝跪下了：“援朝，你救救我吧，我有大麻烦了。”

援朝坐在炕上冷漠地看着跪在地上的高强：“有麻烦自己解决，我救不了你。”

高强哭了起来："看在过去我们是兄弟的分上，救我一把吧。"

五反与跃进躺下睡觉，并拉上了布帘。解放把灯拉灭后来到厨房，从半敞的门中，她冷冷地看着跪在小屋里的高强。

高强说："援朝，你不能这么不讲情面吧？那天晚上，你被派出所带走后，大队的吕老疙瘩来了，说你母亲病危。我听了这个消息后，二话没说，立刻套上马爬犁去送解放，我知道，只有到四十多里的参场大站才有可能找到去市里的货车。当时的天那么冷，我刚从被窝里钻出来，冻得浑身直打哆嗦。我们马不停蹄地跑了两个小时才赶到参场大站，在那里找到了一列回市里的货车。在路上，我怕解放冻着，还把大衣给了解放，不信，你可以问问解放。"

援朝仍然坐在那里说："我不用问解放，我知道这事儿你做了。但你做了这事儿就可以那样对待我姐吗？就可以把宪法弄到派出所里蹲十多天吗？"

高强接着说："援朝，我知道我后来做错了。因为生解放的气，所以那样对待解放。同样，也是因为生解放的气，把你家的宪法给告了。我对不起你们，但是，当初，大队要批判你，要给你办学习班，是我硬挡着把事儿给平息了。你第二次被派出所抓去，为了你在派出所不再挨打，我安排户里的知青到派出所守着你，这些你都忘了吗？"

"我没忘，但我同时也记着是你把宪法弄到派出所里蹲了十多天，我也记着你姐姐处处和解放作对。"

援朝语言仍很冰冷，但表情已经舒缓下来。

"援朝，现在，我真的遇到大麻烦了。"

"你能遇到什么麻烦？你那么会溜须领导，下面的人也维护得不错，你能遇到什么麻烦？"

"援朝，不是这样的。公社追查手抄本，查来查去，现在查到我这里了，因为确实是我抄的。"

"你抄的你承认就完了呗，那有啥可说的？你的笔迹，赖也赖不掉。"

"我没想赖，公社让我交代从哪里抄的，如果交代不出来，就要认定是我写的，这性质就严重了。我说是从二道河子集体户一个叫杨国宝的知青那里借的，公社找到杨国宝，他不承认，说他根本没借过我手抄本。现在公社把我关起来让我反省，有人告诉我说，如果查不清楚，公社就要把我送去劳改。援朝，这是劳改啊，那我这一辈子就完了。我想起来，那次去二道河子集体户，是你跟我一起去的，我们见了那个杨国宝，你是能证明的。"

“你和杨国宝是怎么认识的？”

“公社开会，他是二道河子集体户的户长。”

援朝说：“怪不得，人家是户长，还要继续进步呢，怎么可能承认借过你手抄本？”

“没想到，他为了自己的进步，连朋友都不认了。”

“算了吧，你们不过才认识几天，他出于义气，把手抄本借你了。但是不是把你当朋友可不好说。何况，就是朋友，不讲义气的不是也很多吗？比如说你吧，说句实话，我和解放对你不薄吧？”

“那是。”

“可你一旦反目，不是很疯狂吗？不仅自己对解放不好，连你姐也不放过解放，这是一个朋友应该做的事吗？”

“我当时……”

“你不用解释，你起来吧高强，你的所作所为，我是不会忘的。列宁说过，忘记过去，就意味着背叛。这是列宁说的，你认为我会把你过去做的全都一下子忘记吗？如果是别的朋友，我可以立马过去做证。可是对你除外。我去老虎沟，得耽误一天工，别说你不给我开工资，就是你给我开工资，你说我犯得上吗？”

高强仍跪在那里：“援朝，我知道你是个讲义气的人。这次，我是从关着我的公社偷着跑出来的。如果你不帮我做证，我这次回去是罪上加罪，肯定会马上送我去劳改的。如果送去劳改，那我这一辈子就毁了。援朝，这关系到我一辈子的事儿啊，你就帮帮我吧。”

“现在知道什么是一个人一辈子的事儿啦？当初解放找你签字，没签字她不能进厂，这是不是一辈子的事儿？”

“是。”

“宪法进派出所，他在里面蹲了十多天，因为这个，他出来和那几个人打架又被拘留，学校把他开除了。一个学生，没有学校接收他了，他必须得到社会上去，这是不是改变一个人一辈子的事儿？”

“是。”

“这些事儿你全做得这么无情，你怎么可能就指望我会为你去做证？”援朝用手指着他说。

“援朝，我没想到会造成这样的后果。现在，这事儿只有你能帮我，你就帮帮我吧。”

援朝不再说话，他也不再理高强了。宋艳霞对高强说：“今天是我们的新婚之夜，你不能总跪在这里吧？我们怎么睡觉啊？”

高强喃喃地说：“我现在实在是没办法啦，已经走投无路了……”

赵军来到院内，看到小屋里仍然亮着灯，他趴在门口向里张望，看到解放站在厨房内，他轻轻敲了敲门。

解放过来开门，惊奇地问：“你怎么回来啦？”

赵军嘿嘿地笑着：“回来看看你。”

解放打了他一下：“没正经的，怎么了？”

赵军很不好意思地说：“我明天下午三点有事儿，你看能不能……我知道这很麻烦……”

“行，我让五反或是宪法明天下午替一下你。如果他们不行的话，就我替。总之你放心好了。”

“略早一点儿，两点半就得来接我的班。”

“好，你就放心吧。”

赵军惊讶解放这么晚还没睡，解放就把高强找援朝的事说了一遍，赵军说援朝不该去。

赵军深情地看着解放，解放感受到了赵军的目光，她不好意思地把头扭到了一边。

院子外传来一阵脚步声，两个人影走进院子，原来是李红和唐秀雯。

解放问：“怎么这么晚才赶过来？”

李红气喘吁吁地说：“别提了，队长不给假，等我和唐秀雯赶到车站时，车开走了，我俩是搭货车赶回来的。”

李红把一个信封递给解放：“户里人给援朝凑了份子。”

“高强在里面吗？”一直没说话的唐秀雯开口了。

解放说：“在，正和援朝商量事儿。”

唐秀雯焦急地问：“援朝答应了吗？”

“好像没有。”

唐秀雯顿时显得不安：“高强是偷着跑回来的，如果援朝不为他做证，那他就真的完了。”

高强从门里出来，唐秀雯冲向前去拉住了高强：“怎么样，援朝答应了吗？”

高强摇了摇头。唐秀雯激动地说：“他怎么能这样呢，这时候他不伸手帮一下啊？”

高强沮丧地说："怪我，公社愿意怎么处理就怎么处理吧。"

唐秀雯坚决地说："不能这样回去，公社肯定要送你劳改。"

"我认了。"

"不行，我进去求他。"唐秀雯拉着高强就向屋里走。

宋艳霞和援朝正在铺被，听到敲门声，援朝喊："还没完没了了？"

唐秀雯还是敲，援朝打开门后愣了。唐秀雯拉着高强进了屋："援朝，我是专门来求你帮助高强的。"

援朝看了看她，一声不响地坐了下来。

唐秀雯说："小宋，今天我到这里来，知道是你们的新婚之夜，但这事关系到高强一辈子的命运，只好打扰你们。"

宋艳霞大度地说："没关系，也不是外人，都是同学和一个集体户的。"

唐秀雯对援朝说："援朝，你到公社就是为高强证明一下，对你来讲，也不用担什么责任。"

"我为什么要去做这个证明呢？"

唐秀雯眨了眨眼说："咱们不是一个集体户的吗？"

援朝点点头说："我也这么想，但你问一问高强，他做那些事儿时，想到我和他是一个集体户的了吗？"

唐秀雯问高强："你做什么事儿了？"

高强低头沉默不语。

"我不知道高强做了什么，但他这个时候了，你帮他一把，他会感激你一辈子。"

"他高强不是一个知道感恩的人，他是一个记仇的人。这次不去，你们都会记恨我，我不在乎。恨就恨，我不在乎多一个人恨我。"援朝做出一副无所谓的样子。

唐秀雯急了："我知道你是一个讲义气的人，你如果帮了他，他的命运就会改变，这是一件多么好的事啊。"

"当然是好事，但那是对你和高强，跟我没任何关系。"

解放、赵军、李红站在厨房里听着小屋的对话。李红从赵军和解放的中间穿过去，走进了小屋。

李红的出现，让援朝大吃一惊："李红也来啦！"

"我和唐秀雯一起回来的。援朝，你还是去公社一趟吧。如果你不去，心里肯定不会安宁。所以，我求你去一趟，这样，我们大家的心里都安宁。"李红情真意切地说。

想着李红对自己的好和为自己家做的事，援朝沉默了。

“在集体户的时候，你跟外户打架，高强没少帮你。”说到这里，李红不说了。

沉默了一会儿，援朝缓缓地说：“好吧，我答应你。”

唐秀雯一下子变得很轻松。李红说：“好，那你就明天赶过去吧。”

“行。”援朝说。

唐秀雯马上说：“不行，明天过去对高强不利。明天的车到公社就是下午了。我们明天怎么跟公社的人交代呢？你今天跟我们一起坐半夜两点多的那趟车吧？”

李红一听这话立刻生气了：“唐秀雯，这你就过分了。人家这是新婚之夜，你让人家援朝坐两点多的车去？”

“要不高强怎么能对公社的人说得清呀！”

李红气愤地说：“你就想着高强，怎么不想想援朝呢？”

“结婚后的日子长着呢，也不差这一天两天……”

“你这个人是不是太不要脸，太得寸进尺了……”李红愤怒了。

“我今天半夜走。”援朝的表态让屋内的所有人都愣了，宋艳霞怨恨地看着援朝。

援朝已经躺下，宋艳霞仍穿着衣服坐在那里，援朝说：“快睡吧，我想先眯一会儿，一会儿还得赶车呢。”

宋艳霞不满地问：“为什么帮高强？”

“你不也看到了，唐秀雯和李红都来说情，再不答应，就太不像话了吧？”

宋艳霞不依不饶地：“那为什么不和我商量商量？”

“你也在场，在那种情况下，怎么和你商量？”

“那你就决定去啊？你不是很有原则性吗？来了两个女的一劝你就去了？”

“你这是说什么话呢？”

“我说的什么话？我说的是实话。”

援朝坐起来说：“我和唐秀雯、李红是一个班的同学，下乡又在一个集体户。在一起这么多年了，人家大老远地来求我，我能不给人家面子？”

“别说那么好听啦，刚才唐秀雯也说了，你以为我听不出来？是不是向人家求爱人家没理你啊，这样的人你还想着她干什么呀？”

援朝生气地：“宋艳霞，你太过分了。”

“戳到你心窝上了吧？”

“今天是什么日子你也知道，我不想和你吵架。”

“既然知道今天什么日子，那为什么还要半夜就走？”

“既然答应帮了，差这一天吗？”

“那不一样，意义不一样。以后我只要想起新婚第一夜，就要想起我是一个人过的。”

“宋艳霞，你哪点都好，就是这无理取闹让人烦。”

“我没有无理取闹，我是看这两个人不顺眼，为什么偏偏是她们两个来？就是她们认为她们能劝得动你。那个李红以前一心想跟你好，你以为我看不出来？”

“我不是没和她好和你好了嘛。”

宋艳霞固执地说：“那我也不能让她靠近你，我不能让她有任何可乘之机……”

门被用力敲了几下，五反在门外喊：“吵架能不能小点儿声？让不让我们睡觉了？”

宋艳霞也生气了：“不能，还没吵出结果呢。”

“那也别吵了，明天早晨直接离婚。”

宋艳霞赌气地说：“这事儿你说了不算。”

“宋艳霞，我告诉你，你最好把声音给我放低点儿，否则没你好果子吃。”五反说着回大屋去了。

屋里静默，援朝长长地叹了一口气：“你说这是何苦呢。”

宋艳霞委屈地说：“我何苦？你问问刚结婚的夫妻，哪个在新婚之夜，丈夫出去帮别人忙？我这话说错了吗？”

援朝穿上衣服要走，宋艳霞一下子扑了过来，抱住了援朝呜呜地哭了起来。援朝抚摩着她的头说：“艳霞，别这样。我明天晚上就回来。”

“我不是因为这一夜，是怕李红或是唐秀雯把你夺走。”

援朝安慰她说：“你看，我们俩都登记啦，是合法夫妻了，她们怎么会夺走我呢？”

“我长得没她们好看，性格也没她们好。”

“我选了你，就是因为你有你的优点。”援朝替宋艳霞擦去眼泪。

宋艳霞带着眼泪笑了。援朝说：“如果你把这条改正过来，你就相当优秀啦，你说我一和哪个女的说两句话你就和我吵，这哪行呢。”

第二十四章

一群女孩子正在跳皮筋儿，跃进和鲁静玩得正欢。周彩玲走上前去把皮筋儿扯下："魏跃进！你给我过来。"

跃进一脸惊呆的表情："怎么了？"

"怎么了，你为什么说我的坏话？"

"说你坏话？我没有啊！"

"你还敢抵赖？你别以为你有病我就不敢打你。"

周彩玲突然出手打了跃进，跃进也不甘示弱，两个人搂抱在一起，撕扯起来，鲁静急忙跑过去把她们拉开。

跃进和周彩玲站在柴雅敏的面前。柴雅敏问："说说吧，为什么打架。"

周彩玲理直气壮地说："她说我坏话。"

跃进争辩道："我没说。"

柴雅敏摆了一下手："跃进先别说话。彩玲，她说你什么坏话了？"

周彩玲气呼呼地说："她说我妈解放前是干那个的。"

跃进一听急了："我没说，根本不是我说的。"

"彩玲，你说有人告诉你的，能告诉我这个人是谁吗？"

"她不让我说。"周彩玲似乎很在意做人的原则。

"你动手打了跃进，是你认为跃进说了你坏话。跃进身体不好，刚动完手术不久，如果是跃进说的，情有可原。如果不是跃进说的，你知道你会受到什么样的处理吧？"

周彩玲一听害怕了。柴雅敏接着说："那么现在，为了证明你的清白，你必须得说出是谁说的，你要是不说，那所有的责任全是你的。"

周彩玲哭了起来："是班里的胡海燕。"

解放接到通知，要抽调她出来办毛泽东思想成果展览，这让她感到意外，她想起昨天晚上赵军欲言又止的样子。

解放走进俱乐部的主任室，一位很有风韵的中年女性坐在办公桌后，她就是俱乐部的翟主任。翟主任说话和动作都很夸张，一看就是演员出身："听说你刚进厂没多久？"

"还不到两个月。"解放老老实实地回答。

"以前是学校宣传队的？"

"曾经是，进宣传队没多久，家里就不让我去了，在家哄弟妹。"解放觉得没必要对翟主任撒谎。

"那你能给我朗诵点儿什么吗？"

解放略微想了想，她清了清嗓子："我为您朗诵一首毛主席的词《沁园春·雪》——北国风光，千里冰封，万里雪飘。望长城内外，惟余莽莽；大河上下，顿失滔滔。山舞银蛇，原驰蜡象，欲与天公试比高。须晴日，看红装素裹，分外妖娆。江山如此多娇，引无数英雄竞折腰。惜秦皇汉武，略输文采；唐宗宋祖，稍逊风骚。一代天骄，成吉思汗，只识弯弓射大雕。俱往矣，数风流人物，还看今朝。"

"还看今朝。Huán，还，还看今朝。"翟主任对解放的发音进行纠正。

"是，我没受过专门训练，有些字发音不准。"解放虚心地接受着翟主任的指点。

"这已经相当不错了。你基础很好，以后会有发展的。"翟主任似乎对解放还满意，"走，到你们的办公室去。"

"这就是你们的办公室，厂里说还会抽调一个人来，你和她一个办公室。你呢，就算是考试合格了。"

"合格了？"解放感到十分欣喜。

翟主任十分傲气地："是啊。别以为厂里派一个人来我就会接收，如果条件不行，我照样会把人退回去。要知道，除了布置展览，你们还要为参观的人解说呢。"

解放发自内心地说："翟主任，请以后多帮助我。"

"放心，我会对你们进行培训的。"

"翟主任，那我现在需要干些什么呢？"

翟主任想了想说："也没什么事儿，先把卫生搞一下吧。"

解放打来了水，开始用抹布擦拭各处，一边擦一边自言自语："数风流人物，还看今朝。怎么会是还 Huán 呢？"

砖厂正在出窑，宪法用小车把烧好的砖往窑外运，他明显有些体力不支。崔彪看宪法脸色不好，拉着宪法来到了窑外，他递给宪法一支烟，为宪法点着。管事儿的老潘戴着安全帽走过来：“小兔崽子，又偷懒耍滑。”

“别瞎嘚咕[①]，烟瘾上来了。”崔彪嘴上这么说，还是讨好地拿出烟为老潘点上，老潘叼着烟到别的地方转悠去了。

崔彪向宪法传授经验：“看到了吧？这就是会抽烟的好处。你想歇着吧，没有借口，但你要是说抽烟，没人会说你。”

宪法说：“我爸没出工伤时告诉过我，不要学抽烟。”

“抽烟能解乏，还能解闷儿，多好。”

“这玩意儿辣蒿蒿[②]的，有什么抽头？”

“那你是不会，你得使劲儿往里吸。就这样……”崔彪做了个示范。

宪法依样吸了一口，他被呛得咳嗽起来。

“这东西学不了。”宪法把烟扔到地上。

“哎，别扔啊。”崔彪赶紧把宪法的烟捡了起来。

“你不知道，在抽烟人的眼里，烟就是最好的东西，没见过犯烟瘾时捡人家烟头的？”

“有那样的人？”

“怎么没有。”

“不可理喻。”

崔彪笑了：“你吧，常弄出点儿词儿，像个知识分子。”

宪法望着远方说：“我妈活着的时候总希望我以后能当个大学教授。她说我会学舌，别人嘴里说了什么话我都能记住。谁承想，后来和邢三儿混到了一起，就再也不愿意学习了，觉得跟着他谁也不敢惹自己，感觉挺好的，混到现在才明白，那有什么用啊。”

“那时你确实挺威风的，还记得有一次邢三儿想揍我，是你拦住他的。”崔彪想起了以前的事儿。

“有这事儿？我都不记得了。”

“你还好，没跟他们学坏。”

宪法笑笑：“没学坏，可也差不多了。”

---

① 嘚咕：东北方言，意为翻来覆去地念叨。

② 辣蒿蒿：东北方言，意为口味比较辣。

崔彪小声嘱咐宪法："一会儿干活悠着点儿。"

"怎么悠着啊？"

"偷懒还不会？把节奏放慢。"

"你是说磨洋工啊？"

"我看你身体好像不舒服，慢点儿干。"崔彪把烟头扔掉，用脚踩灭。

宪法和崔彪在窑里装车，老潘进来对宪法说有人找。宪法出窑一看，血头老乔站在一辆自行车旁。

老乔把魏宪法肩上的灰掸掉，似笑非笑地说："宪法，这话儿我不知道该怎么说。昨天让你献了那么多，可是今天又有要A型血的，我手中A型血的人全都不在市内啊，怎么样兄弟，能不能帮帮忙啊？"

宪法说："乔叔，我不欠你钱了吧？"

"不欠了。"

"那我就不想去了，再献身体受不了。"宪法说完想走。

老乔拦住了他："宪法，话可不能这么说。当初，你让我帮忙时我说过什么没有？你一下子借了那么多钱，我打过锛儿没有？说是以后还，我一没要利息，二没要你打借条。咱们都是站着撒尿的人，说话算数。现在，大哥有了难处，你不帮大哥我不会怪你。可是病人在那里等着呢，你总不能见死不救吧？"

宪法想了片刻说："好吧，我去请个假。"

乔叔说："假已经替你请好了，不就是那个老潘嘛，我送了他一盒烟。"

青年文工团正在排练舞蹈，指导老师拍了拍手："下面我们把所有的动作连贯起来练一遍。音乐——走！"

音乐响起，是电影《地道战》的插曲："太阳出来闪金光啊，哪怕敌人逞凶狂，我们撒下了天罗地网哎，要把那些强盗豺狼全部消灭光，全部消灭光……"

指导老师站在前面边总结边示范："这几个动作做得不那么到位啊。"

五反悄悄地问身边一位戴表的女生："几点了？"

戴表的女生看了看表："一点半。"

五反说："一点半？"

指导老师不高兴了："你们俩嘀咕什么呢？全体注意啦，我们趁热打铁再来一遍。音乐——走！"

五反又问那个戴表的女生："几点了？"

戴表女生不满地说："两点四十，你怎么总问时间啊？"

"两点四十，坏啦。"五反跑向指导老师，"我家里有急事儿，得请个假。"

五反说完就跑了。指导老师看着五反的背影说："我还没说行不行呢，你怎么就走啦？"

五反快速地从青年宫走出来，她三步两步下了台阶。在大门远处待得无聊的张玉林看到五反出来他又惊又喜，急忙跑下台阶，追上了五反。

"五反，你停一下，我有话跟你说。"

五反看也不看他："我没时间。"

"你听一听我说一下那天的经过……"

"我没时间跟你磨牙①。"五反继续向前走着。

张玉林沮丧地停在了那里，过了一会儿，当五反的身影快要消失的时候，张玉林又追了上去，他跟踪着五反，五反根本没有察觉。

魏海柱不时地摆弄着屋内的各种物品，如果是不重要的物品，赵军则不予理会。有些怕被魏海柱弄坏的物品，赵军则制止魏海柱拿到手中。在制止魏海柱的过程中，赵军不时地看柜上的座钟，已经两点四十五了，没有任何人回来，赵军长长地叹了一口气。五反进了屋，赵军说："你可回来了。"赵军说着看了一眼柜上的座钟，急匆匆地向外走。

五反嘲讽地说："急什么呀，找媳妇儿呀？"

赵军想说点儿什么，他苦笑了一下，还是走了。

毛小君和她的妈妈在街心的一个小公园里等着袁秀艳和赵军。袁秀艳一看到她们连声说："真是对不起，我们来晚了。"

毛母说："没关系，我们也是刚到。"

袁秀艳说："本来跟孩子已说好，可他上街路上碰到了同学，多说了两句话……"

"孩子嘛，总是没个轻重缓急。"毛母宽容地说道。

"这是我家的赵军，在造纸厂青年点的集体户。"

赵军向她微微鞠了一躬。毛母高兴了："这大小伙子，一看就知书达礼。"

---

① 磨牙：东北方言，意为纠缠。

袁秀艳乘机夸道：“我家孩子可老实啦。”

毛母说：“一看就是个挺仁义的孩子。这是我家的毛小君，在五七小学当老师。”

毛小君向袁秀艳和赵军点头。

毛母说：“那边有张椅子，你们俩到那边唠唠吧。”

赵军和毛小君走向那边的椅子，而袁秀艳和毛母则走向另一把椅子。

……

赵军把那张椅子擦了擦说：“坐吧。”

毛小君没话找话地说：“你这个人还挺细心呢。”

赵军说：“细心倒是算不上，有点儿小聪明。”

毛小君笑着说：“小聪明也不错啊，人就怕脑袋不够用。”

“你还别说，脑袋有时候还真不够用。”

“真的吗？”

“真的，现在就有点儿不够用了。”

毛小君轻轻地笑了起来。

魏海柱摆弄着一只手电筒，他好像发现了什么，停下来侧耳倾听，听了一会儿他向外走。五反上前拉他：“爸，你要干什么啊？”

魏海柱警觉地说：“有小偷。”

五反向外看了看：“哪儿有小偷啊？”

魏海柱被五反拽回来，他坐到了炕上，拿着手电筒对五反说：“这个设计是不对的。”

五反对手电筒不感兴趣，她不予理会。

魏海柱固执地问：“你说，这个设计是不是不对？”

“我哪知道啊？”

“这么简单的问题，你怎么可能不知道？”

“这些东西我不懂。”

“不是懂不懂的问题，是认识的问题。”魏海柱摆弄着手中的手电筒，“这设计肯定是不对的。”

五反厌烦地看了魏海柱一眼，她不愿再听魏海柱的唠叨，走出大屋来到了小屋。

毛小君挽着母亲向袁秀艳和赵军告别，毛母说：“两个人也认识了，如果没什么不满意，就常交往吧。”

袁秀艳说：“是啊，我看你们聊得挺好的。”

毛母和袁秀艳看了看毛小君和赵军，也看不出他们互相满意还是不满意。毛母说：“那我和姑娘先走啦，明天我再跟你通个话。”

赵军和袁秀艳慢慢向外走，袁秀艳悄声问：“这姑娘怎么样？”

赵军漫不经心地说：“还行。”

袁秀艳高兴了：“这么说你满意？”

赵军趁着袁秀艳不备一瘸一拐地走路：“还行吧，感觉稍微有点儿缺心眼儿。”

“什么地方缺心眼儿啊？”

赵军边想边说：“也不是太缺。人家有心计的姑娘早早就恋爱了，哪还有等到现在的。”

“这就是你说的缺心眼儿？”

赵军又想了想说：“她的名字也是个问题。”

“什么问题？”

赵军郑重其事地说：“我叫赵军，她叫毛小君，这两军对垒，必有一伤啊。”

毛母和毛小君向外走，毛母问：“你们唠得怎么样？”

毛小君说：“也没怎么样。”

“那你对他是满意还是不满意啊？”

“也没不满意，也不是太满意。”

“你这孩子，怎么说话呀？你啥意思，先处处看？”

“那就先处处看吧。”毛小君回头，看到赵军一瘸一拐，她急忙拉住毛母回头看：“妈，你看他走路腿瘸。”

毛母回头，看到了赵军一瘸一拐：“瘸？他妈说他腿受过伤，已经好利索了呀。”

毛小君疑惑地说：“看来是没治好，在骗我们。”

毛母断然地说：“那，这个对象我们不能处了。”

第二十五章

张玉林仍在院外转悠，不时向院里张望，他看不到里面的五反，就大着胆子走进了院子，趴在门玻璃上向里面看，却什么也没有看到。张玉林不死心，他犹豫了一下，轻轻地拉开了屋门，走了进去。

魏海柱听到外屋有声音，他警惕地看着门口，悄悄地下了地，把那根捶衣棒拿在手里。

站在魏家的厨房，张玉林发现有两个门，大屋的门和小屋的门，他不知道五反会在哪个门里。他见大屋的门没有挡窗帘，走过去趴在上面向屋里张望。

魏海柱站在那里，他看到一张鬼鬼祟祟的脸，魏海柱抡起了捶衣棒，用力打了过去。一声脆响，玻璃碎了，张玉林满脸是血地站在那里，叫了一声。

听到叫声，五反忙从小屋里跑出来。看到满脸是血的张玉林，她吓坏了："你怎么来啦？你的脸……"

五反看魏海柱要冲出来，忙开门把魏海柱手中的捶衣棒抢下，扶他回到炕上。魏海柱指着门后："小偷，抓小偷……"

五反忙安慰他说："没有小偷，哪有什么小偷？"

解放回来，看到满脸是血的张玉林，忙问："怎么了？"

张玉林不说话，只是用手捂住自己的脸。

五反从屋里出来说："爸以为他是小偷，打碎了玻璃，把他的脸划破了。"

解放疑惑地问："他是谁呀？"

五反觉得一下子解释不清楚，只是笼统地说："他是我们学校的。"

解放赶紧取来了毛巾让张玉林捂住伤口："走，我领你到医院去。"

医生在处理张玉林的伤口，张玉林紧张地问：“大夫，会落下疤吗？”

医生觉得他的问题好笑：“疤？那是肯定的呀，你想啊，拉了这么长的口子，可能不落下疤吗？”

“会很难看吗？”张玉林接着问。

“这就不好说啦，这要看伤口愈合的情况。”

“那我以后是不是就变成个丑八怪了？”

医生安慰他道：“也不能那么说……”

张玉林哭了起来，医生不耐烦地说：“你哭什么呀？”

“我以后可怎么办啊？”

“什么怎么办？该怎么办就怎么办呗。”

“以后我可怎么找对象啊？”

医生烦了，他教训张玉林说：“你这个人思想怎么这么复杂，你才多大啊，就想这个问题？”

张玉林扭头问解放：“那……五反以后会和我结婚吗？”

解放想了想说：“这个，这是五反自己的事情，我怎么可能替她说啊？”

医生好奇地问：“怎么，是五反把你弄成这样的？”

“不是。”

“那不就得了，人家为什么要和你结婚哪？”

张玉林突然夸张地叫了一声，向外躲。

医生把张玉林的脑袋扶正说：“忍着点儿，大小伙子，这点儿痛还忍不了？”

魏家的人都在，赵军也坐在屋内的一角。

解放说：“现在爸的病情越来越重，如果再不把爸送医院去，就该耽误病情了。这不是我们不孝顺爸爸，而是他这个病必须得到专业的医院里进行治疗。”

跃进问：“我们想爸爸了怎么办？”

解放解释说：“如果想爸爸了，就去医院看爸爸。医院还是让见病人的。”

援朝说：“听说住院费用挺高的，厂里会同意吗？”

解放想了想说：“我去找厂里谈。我想，厂里没理由不答应吧。”

赵军从魏家出来，援朝送他。

赵军问：“这次回去做证顺利吗？”

援朝说：“挺顺利的，还记得炼油厂的喜子吗？”

"记得，上回因为唐秀雯打起来了，他把我打得够呛。"

"就是他，现在抽到公社管学习班那些人了。"

赵军不屑地说："就他？不给他办学习班就不错了，还让他管学习班的人？怎么不咋地的人全升了呢？"

毛小君站在讲台上为学生们讲题："这道题在我们作业中是比较难的，很多同学不会做，下面我把这道题讲一讲，同学们要注意听。"

毛小君在黑板上画了两个端点，分别写上赵庄和李庄。

毛小君说："甲从赵庄到李庄去，他每小时行进 8 里。当他走了 45 分钟后，乙从李庄到到赵庄去，他每小时行进 10 里,30 分钟后甲乙相遇，问，赵庄和李庄之间的距离是多少里？如果接着走下去，谁先到达目的地？"

毛小君在两个村庄中间画了一个点，用红色的粉笔标上："他们在红色的这个地方相遇。那么赵庄和李庄之间的距离是多少里呢？甲走了多少里……所以说，两个村庄之间的距离是 15 里。那么是甲先到还是乙先到呢……我们这样算……现在大家看明白了吧，谁先到？"

学生喊："乙。"

毛小君说："对，是乙先到。"

鞍钢转了转眼睛，说："不对，是甲先到。"

鞍钢的声音在教室里显得非常突兀，室内一下子安静下来，同学们纷纷向鞍钢望去。

毛小君清了清嗓子："魏鞍钢，你站起来。"

鞍钢站了起来。

毛小君问："你说什么？"

鞍钢自信地说："我说你做得不对，应该是甲先到。"

毛小君惊讶地问："我做得不对？那……你把你的所谓的正确答案写到黑板上吧？"

鞍钢很自信地走到前边，拿起粉笔在黑板上写了起来。写完后，鞍钢自信地一笑。毛小君看了一眼鞍钢写的算法，问："你们认为对吗？"

同学们一片茫然，毛小君问："认为魏鞍钢做得对的同学举手。"

有两三个举手后见无人举手又迅速地放下。

毛小君又问："认为我做得对的同学举手。"

全班同学除了鞍钢以外，全都齐刷刷地举手。

毛小君看了鞍钢一眼："魏鞍钢。"

魏鞍钢站了起来。

毛小君问："现在你知道哪个答案正确了吧？"

魏鞍钢看着黑板，不情愿地点了点头。

毛小君随后批评道："魏鞍钢，不要认为自己学习好就自高自大，这样继续下去，是要跌跤的。"

鞍钢站在那里，眼泪涌满了眼眶。

毛小君说："你坐下吧，下面我们就这道题做个测验，大家不用抄题，直接把算法和答案写到纸上就行。"

毛小君把魏鞍钢的答案擦掉，把自己的算法也擦掉，在前面漫不经心地磕掉黑板擦的灰。

过了一会儿，毛小君问："大家做完了没有？做完写上名字交上来。"

厂里批准了魏海柱住院治疗，解放和五反请了假，赵军也跟了去。从医院归来，五反说："姐，那医院又是铁丝网又是大铁门的，不是跟蹲监狱一个样吗？"

解放自言自语地："是有点儿像监狱。"

五反又问："爸犯病的时候，护理人员会不会打他啊？"

赵军拿不准地说："应该不会吧？"

张玉林的脸上缠着绷带坐在椅子上，张母数落着张玉林："你就是个熊蛋包，脸让人弄成这样就完事了？"

"那我能怎么办？"

"你不会到她家吃去、住去？"

张父并不认同张母的说法："净说些没用的，上人家吃住就解决问题啦？"

张母骂道："三杠子压不出屁的东西。"

解放和赵军进屋，解放把两包点心和一网兜水果放到桌上："大叔大婶，我是魏五反的姐姐，早就想过来看看张玉林，可忙了一天，才得出点儿空。玉林，怎么样，好些了吧？"

张玉林顺着解放的话说："好一些了。"

张父对张玉林的说法不满意："好个屁，刚过两天就能好一些？"

张玉林说："我这不是客套一下吗？"

"客套什么，这事儿能客套吗？"

赵军把话接了过来：“大叔，咱们有话好好说，是不是？你这样狠嗒[1]孩子，有什么意思啊？”

张父强硬地说：“我家的孩子，我愿意怎么恨得就怎么恨得，你管得着吗？”

赵军笑着说：“大叔，我是管不着，但我觉得你这么做没什么意思。”

张父问：“你是什么人，轮到你来说话？”

“我是什么人，我肯定和这事有关系啊！要不，我能跟着来吗？”

张父觉得赵军的身份可疑：“你是魏五反的哥哥吗？”

“我不是魏五反的哥哥，我是她对象。”赵军说完，用手指了指身边的解放。解放看了他一眼，没有说话。

张父说：“说说吧，你们打算怎么赔偿。”

赵军像是有了什么发现：“什么什么，赔偿？你们怎么会想出这个词儿啊？真可笑。”

“可笑什么，把人打成这样就完事了？”

赵军马上说：“这事儿越说越让人听不明白了。你知道张玉林为什么会被打吗？他是偷摸地闯进老魏家的，你问问他是不是这么回事。”

张父用严厉的目光看向张玉林，张玉林低下了头。

赵军接着说：“如果张玉林是魏家请去的客人，如果他是正常进入魏家的，就像我们刚才是敲门进来的，那如果发生了这样的事儿，我们得负责任。现在，张玉林偷摸地闯进老魏家，这就像你们家半夜正在睡觉，忽然发现屋里有一个外人，你们拿东西把他打了。别说是打坏，就是打死了，也不犯法。不信你们可以去问公安局，看是不是这样的情况。还有一点，他这样进去，打他的人是一位精神病患者。今天上午我们已经把魏叔送到江南市郊的精神疾病医院了。你们也可以去问一下，精神病患者打人需不需要赔偿？你们到公安局问清楚后再找我们好不好？”

赵军站起来拉了一下解放说：“我们走。”

解放懵懵懂懂地跟着赵军离开了张玉林的家。

一条比较幽暗的小街，解放和赵军慢慢地向前走着。

“我都打算问对方要多少赔偿了，你那么一反问，我就什么也没说。”

赵军眼睛一瞪：“赔什么偿，你有钱哪？”

---

① 狠嗒：嗒，da 轻声。东北方言，意为大声训斥。

解放打了他一下："我什么时候成了你对象了？"

赵军得意地笑了起来。

在学校的礼堂里，五反、韩梅和董丽英练完了节目在那里闲聊。董丽英问："五反，你爸把张玉林给打了？"

"算是吧。"

"什么叫算是吧？打了就是打了，没打就是没打。"

"打倒是没打到他，可那破碎的玻璃把他的脸划破了。"

韩梅惊讶地问："张玉林的脸划破了，怎么回事啊？"

五反把那天的事情说了一遍。韩梅说："可惜了，那张脸多英俊啊，这回得有疤了。"

董丽英嘲讽地说："韩梅就喜欢张玉林那样式的，长成那样有什么好哇？旧社会管那叫小白脸儿，一些吃软饭的才长成那样儿。"

韩梅不懂地问："啥叫吃软饭的？"

董丽英解释说："就是……就是靠女人养活的人。"

"那，那张玉林没到你家去闹？"韩梅担心地问。

"我姐到他们家去了一趟，最后怎么办还不知道呢。"

董丽英说："张玉林的脸受伤后，听说吴腊梅哭了好长时间。你真要注意呢，人要是急眼了，什么事儿都干得出来。"

五反不以为然地："是我爸弄的，又不是我弄的。"

韩梅劝她说："急眼了，她还会想这个吗？"

五反无奈地摇了摇头："遇到张玉林，算我倒透霉了。"

合营、跃进和鞍钢在大屋里写作业，鞍钢停下笔在那里发呆。解放问："鞍钢，我看你写作业总是走神儿，怎么了？"

鞍钢不停地眨巴眼睛，一时不知如何说起。

"我在想学校的事儿。"

"学校有什么事儿？"

鞍钢吞吞吐吐把那道题的事儿讲了一遍。根据解放的判断，她认为鞍钢的做法是正确的。解放陷入了沉思，这种让老师下不来台的做法哪个老师能接受呢？

解放说："鞍钢，我知道你聪明，爱学习，这是你身上的优点。今天上午的事儿，你做得没有错，但毛老师不一定能接受。以后再出现这样的事儿，你应该把疑问记下来，回家问我，或者问其他的哥哥姐姐，你听懂我的意思了吗？”

鞍钢说：“听懂了。”

解放正在往一块展板上贴着照片，赵军开门走了进来，解放问：“你怎么来啦！”

赵军调侃地说：“你这是衙门啊，我还不能来？”

解放说：“你看你这人，还挑礼啦，我是说你怎么有时间过来？”

“我现在有的是时间。以前天天照看魏叔，现在不照看了，觉得好像没事儿干一样。”

“那我给你找点儿事儿干呗？”解放像是开玩笑地说。

“行啊。”

“帮我把这个照片说明写一下。”

赵军拿起照片认真地看了一下，把照片放下说：“这活儿我哪会啊，怎么这说明都得你们自己写啊？”

“到了这里，什么都得干。布置完成后，还得当解说员。”

“还当解说员啊？那可真不错。”

“不错什么呀？一想到在那么多人面前解说，就难为情。”

“怕什么呀？如果长得不漂亮，人家还不让你解说呢。”

“我漂亮？”

“我是发自内心地这样认为。”赵军看着解放认真地说。

解放一下变得不自信了，她开起了玩笑：“漂亮有什么用啊？漂亮的脸蛋能出大米啊？”

“出，出，当然出大米。”

“算了吧你，净瞎说。”

“这里就你一个人啊？”

“还有一个小刘，到工会取照片啦。”

赵军神秘地说：“告诉你一个好消息。”

“什么好消息？”

“我被招工了。”

“真的？”

“还有谁啊？”

“还有方志东和李红。”

“姚小兰怎么还没上来啊？”解放焦急地问。

赵军解释说：“本来有姚小兰，因为她父亲的历史问题被刷下来了。”

解放发自内心地说：“你能招工，值得庆贺。”

“我也觉得应该庆贺，我买了两张电影票，你晚上陪我看电影吧。”

解放知道一起看电影的含义，她有些羞涩地点了点头。

援朝、五反、宪法在看鞍钢的测验卷，鞍钢在那里哭。

援朝说：“鞍钢别哭了，明天我找你们老师去，这也太欺负人了，明明做对了，却给零分。”

五反说：“我也跟你一起去，我要拿这道题好好埋汰埋汰她，什么老师啊，自己做错了还不许别人说？”

解放走进屋子：“鞍钢怎么啦？”

五反说：“他们昨天测验，鞍钢做得对，老师却给零分。”

解放不以为然地说：“零分就零分吧，不过是小测验。”

五反愤愤地说：“他们的老师坏就坏在这里，她又宣布这次考试算作期中的成绩啦！”

“昨天鞍钢和我说了这道题，就算是期中考试的成绩，鞍钢不会降级吧？不留级就行。”

“毛老师还说，这次考试不合格的人，要取消加入红小兵的资格。这不是报复鞍钢吗？刚才我和大哥说好了，明天我们俩到学校去找他们那个毛老师去，好好埋汰埋汰她，连个破题都不会做，还这么整学生。”

援朝说：“要让她在学校里抬不起头来。”

解放沉默了片刻说：“这样不妥。这样做能让这个毛老师不当教师吗？只不过是出一下她的丑，学校最多批评批评她。最后她还是鞍钢的班主任。你能让鞍钢转学吗？不能，到别的学校太远不说，也没有理由。鞍钢才二年级，他的同学没有什么是非标准，老师的一个暗示，学生们就全都执行，以后鞍钢怎么办？”

五反生气地说：“不能就这么受这个毛老师的欺负。”

“反正到学校闹不是办法。”

一直不说话的宪法开了腔：“这种人就得告诉她，这样欺负人不行，我去找她说，再欺负我弟弟就对她不客气了。”

援朝说：“你看看，又把街头小流氓那一套拿出来了。”

“小流氓怎么了？有时也管用。”

解放想了想说：“这样不好，这两天我找她谈一谈。”

大家开始吃饭，鞍钢坐到了桌旁，他吃不下饭。

宪法劝他说：“别想啦，想也没用。”

鞍钢还是坐在那里不动筷子。解放问：“鞍钢，心里还不痛快？姐不是说没事了嘛。”

鞍钢还是无心吃饭。解放想起了一件事儿：“鞍钢快吃饭吧，吃完了好去看电影。”

合营马上说：“我也去。”

“就一张票，就让鞍钢去吧。”

合营不死心地问：“什么名？”

“我也不知道。”

鞍钢擦了擦眼泪问：“真的有电影吗？”

解放说：“真的有，姐什么时候骗过你？快吃饭。”

鞍钢很快吃完了饭：“大姐，我吃完了，票呢？”

“票我是没有。”解放笑了。

鞍钢急了：“你不是说有电影吗？”

“到人民电影院门前找赵军哥哥，票在他那儿呢。”

鞍钢马上跑了出去。援朝和宋艳霞交换了一下眼神，五反和宪法也交换了一下眼神。宪法说：“大姐，人家赵哥约你看电影，你却让鞍钢去，你这不是……”

五反也说：“就是，这事儿你不能让别人去。”

解放无奈地说：“到时再跟他解释吧。”

第二十六章

电影散场后，赵军和鞍钢从电影院里走了出来。鞍钢说：“赵军哥，你回去吧，我知道怎么朝家走。”

赵军不放心地说：“这么晚了，还是我送你回家吧。”

两个人慢慢向家走。赵军随便地问：“鞍钢最近学习怎么样啊？”

“不好。”

“不好？为什么不好啊？”

“老师对我不好。”

“老师怎么会对你不好呢，你惹老师生气了？”

鞍钢想了想说：“老师把题做错了我就不能指正了吗？”

赵军感到奇怪：“老师把题做错了？这怎么可能呢？”

“老师她就是做错了。”

鞍钢把经过对赵军讲了一遍。听完了鞍钢的讲述赵军问：“是毛小君吗？”

“是，你认识她？”

赵军点了点头，他陷入了沉思。到家门口，鞍钢忽然转身举起拳头：“消灭法西斯！”

赵军也举起拳头：“自由属于人民！”

赵军没走多远，解放喊他。解放看了看四周，见有个水泥台：“我们到那儿坐一会儿吧。”

两个人坐下来后，解放问：“我没去，你生气了吧？”

赵军尴尬地说：“哪能呢。”

“对不起啊。”

“不喜欢外国片子？”

解放把鞍钢的事儿讲了：“过后挺后悔的，你第一次请我看电影，我猜这两个小时你一直在生气。”

“下回再找你看电影一定要去啊。”

解放点了点头。

赵军高兴了：“那个毛老师的事儿，我去找她谈一谈。”

“你能行吗？”

“跟她瞎谈呗，不过你别多心啊，不是谈恋爱。”

“谈呗，谈上不是挺好吗。”

“你也知道我想跟谁谈。”赵军深情地看着解放。

“再瞎说，不理你了。”

这天解放下班早，她走进院内，发现房门没有挂锁，谁回得来这么早呢？解放走进屋，看到宪法躺在炕上似睡非睡：“宪法，你怎么啦？”

宪法坐了起来：“没怎么。”

“有病了？发烧吗？”解放摸了摸宪法的额头，“不热啊，哪里不舒服？”

“没有。”

“告诉姐，到底怎么啦？”

“砖厂不用我了。”

“为什么啊？”

“工头嫌我没劲儿，这一阵子我总感到身体发虚。”

解放想了想说：“哪天到老中医那里去看一看。不干也好，砖厂太累了。”

大舅进了屋。

宪法说：“大舅坐，我出去有点事儿。”

大舅坐下来说：“我已经来了一次啦，家里没人。本来想晚上来的，可晚上我眼睛不行啊，看不见，只好现在来了。”

解放说：“我们全都上学的上学，上班的上班。”

大舅说：“我来没别的事儿，就是那钱的事儿。前天呢，大小子好不容易掏登[①]到一张自行车票儿，非要买车，就找我们闹。你大舅妈经不起他的闹，就答应给他钱，可是一看储蓄本，发现上面少了五十元钱，就问这钱哪儿去了，我说借给你们家了。就跟我没完了……昨晚跟我闹了一宿……”

解放为难地说：“大舅，我知道这钱应该早还你们。可一直没凑够，我

① 掏登：东北方言，意为寻找、想办法弄。

上个月攒了二十，刚才宪法又交给我十元工资，也就这三十。三十行吗？剩下的二十元下个月还。”

大舅面有难色：“我是行啊。来开口要钱就有些不好意思啦，哪有亲戚借钱没多长时间就往回要的，这大小子不干啊，跟我们作了前半宿，他妈跟我作了后半宿。”

宋艳霞挺着有些笨拙的身子做饭，解放走了进来。

解放问：“艳霞，生气呢？”

“没有。”宋艳霞面无表情地说。

“别骗我，援朝把你这钱拿来，你肯定不高兴，这钱算姐借你的，姐肯定会还你。”

“我什么时候不相信姐啦？”

“还有，姐以前答应为你买块手表，这话也算数的。”

宋艳霞说：“有姐这句话就够了，买不买我都没意见。我是生援朝的气，他好好跟我说，我也不是不懂事理的人啊！”

五反从外面回来，拿起水舀子喝起了凉水：“刚开完一个动员大会。”

“什么动员大会？”

“支援农村建设动员大会啊。”

“这么早就动员啦。”

“这有什么早的？再有两个月我们就毕业了。”

“真快啊。这次毕业怎么个安排法？”

“一半支援农村建设，一半分配工厂。”

“一半一半啊，比去年强多啦。我们那年，全班抬啊，全下乡，一个不留。”

五反求解放：“姐，你看留一半人，帮我活动活动呗，争取让我留市里。”

“姐肯定帮忙，就是借钱，也帮你活动留市里。”

五反问：“家里又没钱了？”

宪法在市内闲逛，走着走着他的目光被街边的一个小人书摊吸引。书摊的生意不错，许多孩子在那里看书。

老赖坐在小马扎上，从容地应付着孩子。

宪法指着小人书问：“这，怎么看啊？”

老赖用手画着区域说："这些二分一本，这些三分。"

宪法选了一本，掏出三分钱，坐在离老赖不远的地方。

不知过了多久，宪法发现书摊上只剩他一个人："师傅要收摊了吧？"

"是啊，差不多该回去啦。"

"师傅贵姓？"

"免贵姓赖。"

"赖？这个姓可少见啊。"

"是啊，本来这个姓就不多，在东北就更少啦。"

"听你口音是南方人啊。"

"是南方人，江西的。"

"江西的啊。"

"去过吗？"

"没有，只知道井冈山在江西。"

"井冈山离我家很近的。"

"是吗？那你去过井冈山吗？"

"没有。我二十多岁离开家，再没回去过。"

"一直没回去过啊？"

"一直没回去。"

"那……怎么不回去看看呢？"

"想啊，但是那些年一直不允许我动啊。"老赖难过地低下了头。宪法看老赖难过，把手中的书还给老赖："这书摊生意还不错吧？"

"还行，一个人生活没问题。"

"那还真不错。"

"哎，年岁大了，早就不想干啦。"

"那干什么呀？"

"回老家，我也出来四十多年啦，该回去了。"

"家里还有什么人啊？"

"只剩一个哥哥和一个妹妹，其他的人都不在了。"

"你走了，书摊谁来干啊？"宪法的心里有了一个想法。

"不知道，谁想要就让给谁。"

"真的吗？"

"去年就想回，一直没下决心。我发现，最近更想家了。"

"我干行不行？打算多少钱让啊？"宪法脸红红地问。

“你干？不是开玩笑吧？怎么不上学啊？”

“我因为打架，被学校开除了。”宪法老老实实地回答。

“那是得找个能吃饭的饭碗啊。”

“所以我想，你能不能把书摊让给我？”

“让给你倒是行，不过要多少钱我还没想过。”老赖看了看自己摆摊的书箱，“这里有五百多本小人书，虽说是旧的，但要找全也不容易，再加上这几只箱子，算七十元吧。”

宪法说：“行，我也不跟你还价，只是我做不了主，我得回家和我姐商量商量。”

合营背着书包往家走，他的表情萎靡、了无生气。一群学生从后面追赶上来，一名学生快跑几步，经过合营的时候，照着合营的脑袋打了一巴掌。后面的学生有样学样，挨个去打合营。一名学生打来的时候，合营预感到有人打他，躲了一下。没打到人的学生恼羞成怒，停下来对合营拳打脚踢。徐亚丽看到这情景奔了过来：“干什么？干什么？还有没有王法了？”

学生一哄而散，徐亚丽对着那些学生的背影喊道：“你们再打人，我就到学校告你们老师去。”

徐亚丽转过身来，看着满脸惊恐的合营：“他们打你，你怎么不还手呀？”

合营呆呆地看着她，一句话也不说。

徐亚丽告诉合营：“以后他们再打你，你打不过就跑，为什么要待在这里让他们打呀？”

合营不说话，目光被徐亚丽手中拎的东西吸引。徐亚丽手中拎一只网袋，里面的纸盒里装着十只小鸡雏。

徐亚丽问：“喜欢小鸡吗？”

合营点头。

“那好，给你五只好不好？”

银幕上放映着电影，解放在专注地看着电影，赵军悄悄地把手伸过去，抓住了解放的手，解放看了赵军一眼，任自己的手由赵军握着。

电影散场，解放和赵军还坐在那里，赵军紧握着解放的手：“解放，以后，我们天天到这里来好不好？”

解放故意问：“天天来你不腻烦吗？”

“不会的，我希望这一辈子就这样天天跟你在一起。”

解放羞涩地点头，赵军一高兴，他把解放搂进了怀里。

影院的工作人员喊：“关门啦，快出去！”

吃完早饭，宪法对解放说：“大姐，我想摆个书摊。”

“什么书摊？”

“就是让学生看小人书的那种。”

“摆这样的一个书摊得多少钱啊？”

“一个老头想转让，要七十块钱，有五百多本小人书。”

“你现在的身体情况，摆书摊倒是挺合适的。可咱家没有钱啊。姐现在慢慢攒钱，等攒够了，就帮你开一个书摊好不好？五反要毕业了，姐还得想办法找人，让她留在市内，这得送礼，这钱姐还不知道从哪儿出呢。”

宪法一脸的不高兴，但他还是点了点头。

第二十七章

解放坐了下来，她想着五反的事。小刘提的几个部门让她沉思，解放自言自语道："谁能认识他们呢？"

"我认识啊。"赵军把脑袋伸了过来。

解放吓一跳，她娇嗔地打了赵军几拳："你怎么来了？"

"来送体检表，没特殊情况的话，过些日子就该上班啦。你刚才叨咕什么呢？认识谁呀？"

"五反今年毕业，说是一半下乡一半留在市里。五反想留在市里，这事得找谁呢？刚才小刘说找知青办，找上山下乡领导小组，可是谁认识他们呢？"

"我不说我认识他们吗？"

"别开玩笑。"

"刚才是跟你开玩笑。但上山下乡领导小组的人我真有认识的，还是个副主任。"

"真的，怎么不早说？"

"你也没问过我呀。那人姓朱，和我爸一起在部队文工团待过。论起来，还是我爸手下呢。"

"你爸在文工团待过？看不出来啊。"

赵军得意地说："我爸大学毕业就参加过抗美援朝，在部队的文工团当副团长，专门写一些演出词什么的。"

"你去找人家，人家能帮忙吗？"解放有些担心。

"我们两家关系不错，过年过节还常走动。"

"真是太好啦，如果能把五反留在市里，我就心安啦。因为工作的事儿，五反心里一直对我疙疙瘩瘩的。"

赵军拎着包兴冲冲地向解放的办公室走，解放看到赵军拎的包：“拿的什么呀？”

赵军打开包让解放看。

“茅台！这两瓶是什么？五粮液！从哪儿弄的？”解放很惊讶，全是市面上买不到的好酒。

“千万不能对别人说啊。”赵军故作神秘地说，“从我爸的酒柜拿的。”

“拿的！没和他们说啊？”

“说什么呀，说了能让拿吗？”

“那你这不是……偷吗？”

“自己家的东西，怎么叫偷啊？这叫看不见拿。”

解放劝他说：“这样不好，他们会不高兴的。”

“以后还他就是了，有什么不高兴的。”

老赖照应着他的书摊，宪法走过来。

“哦，宪法。”

宪法拿了只小凳坐到了老赖的旁边：“怎么样？你姐同意你干这个吗？”

宪法叹了一口气说：“同意倒是同意，只是手中没钱。”

老赖说：“是不是觉得我要得价高啊？说句实话，我觉得你这孩子挺实在的，一点儿没和你多要。”

“她让我等一等，我上回跟你说过，我小妹妹几个月前动的手术，钱还没还完呢。所以，实在是……”

两个人坐在那里一时无语。过了一会儿，宪法问：“赖大爷，你怎么来的东北啊？”

“说来话长啊。小时候，爸妈死得早，都在我五六岁的时候死了，我一直住二哥家。我最喜欢的就是读书，可二哥穷啊，供不起。村里有个祠堂，有个人在那里教私塾，我就在窗外偷偷听。结果屋里的孩子还没背下来，我倒是会背了。先生见我聪明，就不收我学费。学了两年，家里实在是太穷了，二哥就让我上山砍柴卖。”

宪法问：“那时你多大啊？”

“十岁那个样子吧，每天砍两担柴，一担家里烧，另一担挑到街上卖。一次到街上卖柴，镇里来了个戏班子，里面有几个和我一样大的孩子。我就想啊，能不能也唱戏呢？就找戏班子的班主，没想到班主还真看中了我。我留了一封信，就跟戏班子走了。”

“在戏班子里苦不苦啊？”

老赖回忆着以前的事说：“苦倒算不上。那时是孩子，也不觉得苦，反正白天有饭吃，晚上有地方睡觉。就这样，我在戏班子里待了六年。十六了，成了个大小伙子。一天在一个小镇演出，忽然被一帮当兵的给包围了，以为出了什么事，原来是征兵的。戏班子五个小伙子全被弄去当兵了。我比他们小点儿，把我安排到一个军需站里管物资。”

“什么兵啊？国民党兵吗？”

“国民党的兵，是马步芳的部队。还不到半年，部队被解放军打垮了，成了解放军的俘虏。当时的政策是愿意回家发给路费，愿意参加解放军的马上换军装。我参加了解放军，后来部队上了朝鲜。我是五四年转业回地方的。先让我到黑龙江的一个农场，就是现在所说的北大荒。我去了一看，那地方太冷了，南方人根本受不了，就回部队要求重新安排。又分到石山市的聋哑学校当后勤主任。到了五七年，因为多说了几句话就成了右派，开除公职。没了公职，就得自己找饭吃了。江西穷，还是在东北好混，这个书摊是十年前摆的，开始的时候还好。后来形势变了，这本书是封资修，那本书是封资修，你也弄不清哪本不是封资修啊。”

宪法悄悄地问：“管市场的查吗？”

“查。”老赖敞开上衣口袋，宪法看到里面有两盒香烟，“如果那些人来了，我把这个往上一送，也就过去了。”

“你在戏班子待过，一定愿意听戏吧？”

“多少年没听了。”

“不用收音机听？”

“一直想买一个，可想着攒几个钱不容易，没舍得买。”

“我家有一台收音机，用那个兑你这个摊子行不行？”

“什么牌的呀？”

“红灯牌的。”

老赖感兴趣地说：“哪天拿过来我看看吧。”

宪法问：“赖大爷，你这一辈子没结婚啊？”

老赖不好意思地说：“结过。在六二年的时候，遇到一个女的带着个四岁的女孩，说是丈夫饿死了，带着孩子没法过，是河南清丰的。那时我在车站装车，挣得挺多的，虽说手中没什么大钱，但让她们娘儿俩吃饱还不成问题。就这样和她们过了三年。有一天，我那媳妇跟我说，她那丈夫没死，托人捎信让她回去。当时我那心啊，别提有多难受了。在一起三年了，就是个猫狗也有感情了。那媳妇说，当时她以为丈夫死了呢，就抱着孩子走了，没想到她丈夫又被人救了过来。怎么办？人家有丈夫，我只好买了车票送她们上车。那以后我就一个人过到现在。”

宪法看到两个和自己年龄相仿的人正在拿书箱里的书。从打扮上，像是街头地痞。老赖用眼色示意他别管，宪法并不理会。

宪法用手拍了拍那个穿绿军装的：“三分钱，先交。”

绿军装说：“交钱？管我要钱的人还没生出来呢。”

宪法笑了：“真的吗？”

另一个人说：“你打听打听，我们在这一带什么时候交过钱？”

“别处也许可以，但今天不是碰上我了嘛。”宪法故意小声地说。

灰衣服说：“怎么，想遛遛？”

宪法摆摆手：“没那个意思，只是想让你交钱。”

绿军装说：“真有意思，知道这一带谁最有名吗？”

宪法问：“谁最有名？”

“邢三儿。”

“你是邢三儿？”

“我不是，邢三儿是我哥们儿。”

宪法故作神秘地问：“邢三儿在春节后脑袋被人弄了条口子，缝了五针，听说了吗？”

“听说了。”

“知道是谁干的吗？”宪法指了指自己的鼻子，“我叫魏宪法。”

两个人不服地看着宪法。宪法说：“不交钱把书放回去。”

绿军装和灰衣服把小人书扔回书箱里。

下班了，宋艳霞推着车子在那里等援朝。中年女同事经过宋艳霞身边同她打趣：“哟，又等丈夫来接啊？”

“约好了的，一起上市场。”

援朝来到，宋艳霞责备他说：“怎么才来啊？”

援朝向她解释：“碰到了志东和李红，说了一会儿话。”

宋艳霞感到奇怪：“不年不节的，他们怎么回市里了？”

“招工了。方志东，赵军，还有李红，全都招工了。”

“李红也回来了？我可告诉你啊，离她远点儿，那小狐狸精看人的眼神不对。”

“怎么又扯到这上面来了？”

“你是不是一听那小狐狸精说话骨头都酥了？”

“是酥了，站不住了。我要是喜欢她，还能轮到你？”

李红跑过来：“援朝，志东和人家打起来了。”

“啊？”援朝立刻夺过宋艳霞的自行车，对李红喊了一声，“快上车。”

李红应声跳上车去。

宋艳霞见状忙喊：“干什么去？不许去！”

见援朝和李红越骑越远，宋艳霞无奈地喊了声：“你骑的是我的车！”

方志东面对三个流氓，还有五六个看热闹的。

为首的流氓穿着吊腿裤子、白鞋和时髦的尼龙袜子。当时这种打扮最时髦：吊腿裤子小白鞋，尼龙袜子露半截。

吊腿裤子看到援朝：“哟嗬，找到帮手啦？”

援朝说：“我过来看看热闹。”

吊腿裤子说：“看热闹，不怕溅你身上血啊？你得买票啊，不买票连你一块收拾喽。”

援朝不屑地说：“你就吹吧，怪不得一直没牛肉卖呢。”

拳来脚往，援朝很快打倒了一个。方志东被另一个人按在了地上，那个倒了的流氓爬了起来，跑过去打方志东。

援朝看方志东那边紧急，他开始凌厉攻击吊腿裤子，很快援朝的一只手锁住了吊腿裤子的喉咙，援朝大喝一声：“让他们停手，要不我就废了你。”

吊腿裤子忙喊：“别打啦！”

两个人放开方志东，方志东爬起来要打吊腿裤子，援朝制止了他。

援朝慢慢地松开了控制吊腿裤子的手。吊腿裤子咳嗽了两下：“大哥身手不错，哥们儿很是佩服，可以告诉我你的名字吗？”

“我在这一带打架排不上号，现在我已经退休了。”

吊腿裤子看了看援朝，领着另两个小流氓离去了。

赵军和解放行走在黑黑的楼梯上。解放说：“没想到这么快就办成了。”

赵军说：“我也没想到。”

赵军见解放正向下摸索着下楼：“先别动。”

解放听话地不动，赵军凑过来，抱住解放用力地吻了她……

过了许久，下面上来了人，赵军才把解放松开。

“好啊，你趁人之危……”

“当然啦，那样容易成功嘛……嘿嘿……”

第二十八章

天色黑了下来，赵军和解放往家中走，在没人处，赵军老想拉解放的手，解放总是躲着，但解放并没有刻意远离赵军，终于赵军拉住了解放的手。

快到家时，解放说：“今天在我家吃饭吧？”

赵军高兴地说：“好啊，难得你留我吃饭。”

走进厨房，解放发现鞍钢嘎嘣嘎嘣地吃着什么：“你吃什么呢？”

“冰溜子。”鞍钢把手中的冰溜子给解放看。

“哪儿弄的？”

“在屋檐下找的。”

“快扔掉。吃那个会长蛔虫。”

鞍钢听话地把冰溜子扔到了地上。

“怎么想起吃这个了？”

“也没什么好吃的。”

大家上了饭桌后，解放清了清嗓子说：“今天，我要告诉大家一个好消息。我和赵军去了他爸的一个老战友家，是上山下乡领导小组的，说了五反的事儿，他答应帮忙，所以五反留在市里非常有希望。”

五反高兴地拍了拍赵军：“赵哥你立了一功，谢谢啊！”

赵军谦虚地说：“谢你姐。”

宋艳霞叮嘱五反：“五反啊，我可告诉你，这事儿跟谁也不能说啊，就是韩梅和董什么的也不能说。”

“为啥啊？”五反来了傻劲儿。

“为啥？只要不是板上钉钉的事儿就不要说，万一别人知道使坏呢？”

“你说得也太可怕了吧？”

“还真不是吓唬你。我的一个同学他姐，下乡到天岗公社，他家走后门为他弄了一个招工名额，他爸为了保险，亲自到公社去了一趟，公社书记答应得好好的，他姐当时不在集体户，到红星水库工地去了，书记派了个通信员骑自行车去送这张招工表。公社到水库有三十多里地，骑车也得两个小时。他父亲一看通信员已经走了，这事儿还不是板上钉钉啦？就坐车回了市里。没想到的是，他父亲刚走，市里一个更大的领导打来电话找书记，让他解决一个人的招工。公社书记不敢得罪领导啊，他就派一个小车司机开着吉普车去追通信员，通信员还没到水库，招工表就被追了回来。我同学的姐姐最后没走成。你想象不到吧？”

解放对五反说：“五反，听嫂子的，别对别人说就是了。”

有人敲门，宪法去开门，张玉林和他的父母走了进来。

“大叔大婶来了，快坐。”解放把自己坐的椅子让给了张玉林的母亲，援朝、赵军也把自己坐的椅子让了出去。

五反看了一眼张玉林，站起来要走，解放叫住了她：“五反你不要走，给客人倒水。”

五反起身拿杯子，倒了三杯水放到桌子上。

张玉林母亲说：“我们家的小林就白挨打了？”

张玉林父亲说：“把人打坏了，总得赔钱吧？”

“大叔觉得赔多少合适呢？”解放问。

张玉林父亲说：“怎么不得一百啊？那是脸啊，能留下多大的疤还不好说呢。”

赵军把话接了过来：“大叔啊，咱们说话呢得有个谱。凭啥开口就要一百啊？你说的不假，伤的是脸，他那脸能出大米啊？他敲门了吗？”

赵军咬住了张玉林没敲门这一条。

张玉林父亲说：“敲什么门？那是资产阶级那一套。现在上谁家还敲门啊？不早就把那些资产阶级的臭毛病革掉了吗？”

吵了半天，双方各说各的。

“闲话你也少说，你就说打不打算赔吧？”

赵军说：“那天，张玉林受伤后，我们买了东西去看望他，这并不代表我们理亏，而是我们出于人道主义……”

张玉林父亲站了起来：“那就别怪我们不客气啦，你们等着瞧。走，我们也不跟他们啰唆……”

三个人站起来走了出去。

赵军说：“这老家伙想干什么？他又能怎么样啊？”

解放担心地问：“他不会去派出所吧？”

援朝说：“这么长时间了，不知道派出所还会不会管。”

“他们家不会找人来硬的吧？”赵军对这一点担忧。

援朝说：“那样的话，我和宪法不会让他们得了便宜。”

大家弄不清楚他们会搞什么名堂，赵军叮嘱五反出门要注意，不要一个人，尽量和同学在一起。

解放觉得应该妥协：“我觉得还是赔些钱吧。”

援朝说：“赔什么赔，不赔。”

鞍钢的脚受伤了，合营背着他回家。忽然，顺子、大成、王伟在前面出现了，合营停顿了一下，他继续向前走。

顺子喊：“反标，你给我站住。”

合营不理他，顺子看合营不理他，用力推了一下合营，合营身体歪了一下，继续向前走。

大成看到顺子没推倒合营，他奚落地说：“真差劲儿，你看我的。”

大成猛地向合营冲去，合营没有防备，和鞍钢一齐摔倒了。大成和顺子过来就要动手，合营疯了似的拿起了地上的一块砖头，吓得大成和顺子掉头就跑。王伟看到这情景，还在说风凉话：“真好玩儿，让个反标吓成这样。”

当王伟看到合营拿着砖头向自己走来的时候，慌忙撒腿就跑。看着他们跑远的背影，合营愤愤地把手中的砖头扔掉。

宪法把收音机放到老赖的面前，拽过了一只木凳坐下：“赖大爷，我这里还有十元钱……”

宪法从口袋里掏出了十元钱，放到了收音机上。老赖认真地研究着面前的收音机，用手抚摩着机壳。

老赖问：“还能响？”

宪法说：“能响，不响我能搬来吗？我不能骗你。”

老赖开了一下开关，又扭动了另一个调谐钮：“好吧，买卖就算成交了。”

老赖把十元钱揣到了兜里，将自己放在身后的一件衣服拿过来，把收音机包好，系上：“现在，这个书摊就是你的了。本来这些小凳想送给邻居，也不送啦。”

宪法忙说：“谢谢赖大爷。”

老赖指着身后的这些书说："你要记住啊，这些全是三分钱一本。这些书贵，而且也不容易找，已经绝版了。出摊时要把这些书放到离自己最近的位置，以防有人顺手牵羊。"

"我记住了，赖大爷。"

老赖又嘱咐说："这些书看一次两分。这些呢，看一次一分，知道了吧？"

"知道了。"

老赖回身看了看他的书摊，有些恋恋不舍，他的眼里涌出了泪水。老赖捧着收音机，慢慢地走了。

赵科长打开酒柜门："咦，我的好酒呢？"

"什么好酒？不都在那儿吗。"

"茅台不见了，五粮液也没了。是不是进了小偷？"

袁秀艳说："不能啊，我天天在家啊。"

"一定是小军干的。"

"小军才不稀罕喝你的酒呢。"

"今天朱胖子跟我打招呼我还纳闷呢。他说你儿子那事儿办了，还说我的酒好。我一直不明白什么意思。这下我明白了，肯定是小军有事求朱胖子，把家里的酒给了朱胖子。"

赵科长拿出了一瓶西凤酒，放到了那里："你说这么多好酒，偏把最好的四瓶拿走了。送朱胖子，用得着送那么好的酒吗？随便找两瓶不就行啦！"

袁秀艳责备他说："你也是，有好的不先喝好的。攒着，这下好了吧，全攒到朱胖子肚里了。"

"谁能想到你儿子能把好酒全都搬朱胖子那儿啊？"

"儿子一犯什么错，就成了我儿子了。有什么好事儿，就又是你儿子了。"

赵军进屋："谁的儿子？"

赵科长问："小军，是不是把我的酒偷走了？"

"是我拿的，但可没偷啊。"

"咬什么字眼儿？没告诉我就拿，跟偷有什么两样？"

"你放在那里也不喝，我借用一下，以后再还你。"

"养了这么个儿子，算是没治了。"

袁秀艳怪罪赵军："你也是，动他什么不好，非得动他的心尖子？"

"我都说是借嘛，以后还的。"

"我也不用你还了。我问你，把酒送朱胖子，求他办什么事儿？"

“求朱叔帮个忙，把解放的妹妹魏五反留在市内。”

袁秀艳一听又是老魏家，心里就不舒服：“你为了帮魏解放的妹妹，就拿了你爸的四瓶酒？你知道那四瓶酒值多少钱不？都超过我一个月的工资了。”

“一个月工资就一个月工资呗。你想啊，能留城，那能改变一个人的命运啊。”

“你这孩子怎么这么傻呢，魏解放还没答应和你处对象呢，你就对人家掏心掏肺的。”

赵军很郑重地说：“妈，现在可不能这么说了，前几天她答应和我处对象了，你就准备接受这个儿媳妇吧。”

袁秀艳马上变了态度：“她答应跟你谈了？”

“对呀，你感觉这儿媳妇怎么样？”

袁秀艳想了想说：“你吧，就看人家长得好，也不想想以后咋过日子，看来以后妈少不了往你身上搭呀。”

“这么说，妈你同意了？”

“不同意咋整，你都看中了。”

“那就谢谢妈了。”赵军抓住袁秀艳的胳膊摇晃着。

赵科长还是觉得浪费了他的酒：“不是，就求朱胖子这么点儿事儿，就值得送四瓶好酒，随便找两瓶酒送过去，朱胖子还不帮你办？”

“我想朱叔收了好酒，办事儿的积极性不就高嘛。”

“解放她妹妹分到哪儿了？”

赵军说：“说是分到了市铸造厂，我还想跟朱叔说呢，一个女生分到市铸造厂能干什么？没有别的单位了？”

赵科长不高兴地说：“你还说送他好酒能上心呢？还是弄得糊里糊涂的，我打电话问问。”

赵科长拿起电话：“我要外线，号码是2973。”他问赵军，“解放的妹妹叫什么名？”

“魏五反。”

赵科长点了点头：“喂，老朱呀，哎呀我送你好酒没喝完吧？没喝完好。留一瓶啊，我都没舍得喝，让孩子送你了。哪天我上你家，咱们一起喝。我说你办事儿也有点儿糊涂啊，一个女孩，你把她分到市铸造厂干什么呢？什么？她是女的。叫魏五反是对的，但不是男的。那你想办法调整一下吧。一个女的弄到市铸造厂哪儿成呢。那好。那酒你留一瓶啊。”

袁秀艳不满地说：“你就知道让人把酒留一瓶，老朱怎么说？”

赵科长说："他说公布的只是初步方案，他想办法调整。"

宪法看到合营、跃进和鞍钢他们从远处走了过来，宪法在老赖坐的地方找到了一张报纸，他把报纸打开，将自己的脸完全遮住。

合营、跃进和鞍钢三个人走到了小人书摊前，合营问："跃进，有没有三分钱？"

跃进问："干什么？"

"我想看《铁道游击队》。"

"那天不是看过了吗？怎么还看？"

"那天看的是《血染洋行》，这回想看《飞车夺枪》。"

鞍钢说："有三分钱买冰棍吃多好。"

"看书是吃冰棍能比的吗？"

跃进从口袋里掏出了三分钱交给合营。

合营接了过来，快步走到宪法面前："我要看那本《飞车夺枪》。"

宪法故意改变声音说："不行。"

"不行？为什么？"

"就是不行。"

"怎么还不行呢？"

鞍钢拉了拉合营说："算啦，买冰棍吧。"

三个人想离开，跃进又转身质问宪法："为啥不行啊？"

宪法一下子拿去遮住脸的报纸，朝跃进做了个鬼脸。

跃进惊喜地喊了声："二哥！"

合营掉过头来："原来是二哥坐在这里骗人。"

宪法扬扬得意地说："没想到吧，现在这个书摊是二哥我的啦。"

鞍钢问："真的？"

"当然是真的。"

合营说："那就是说，我们想看哪本就看哪本？"

"说对了，想看什么都行。"

跃进欣喜地说："二哥，你真的把这个书摊兑下来啦？"

宪法点头，三个人高兴地冲到木箱前，去拿自己想看的小人书。跃进回来，宪法让她坐到自己的位置。

宪法小声地对跃进说："你帮着二哥看那些书，二哥回来前谁也不让动。"

跃进郑重地点了点头，宪法说完，快步地跑远了。

鞍钢问合营："二哥干什么去了？"

合营头也不抬地看着书："不知道啊，跃进知道吗？"

"我也不知道，二哥让我看着那些书。"跃进手拿着小人书，目不转睛地看着书箱，显得非常尽职尽责。

合营马上投入到看小人书的乐趣中，看到高兴处，不由自主地笑出声来。宪法回来，他的手中拿着一大把冰棍。

跃进说："呀，是牛奶冰棍！"

合营过来："还有奶油的。"

宪法拿着手中的冰棍问："跃进，你喜欢吃什么冰棍？"

跃进说："我喜欢吃牛奶和小豆的。"

宪法从里面挑了两根递给跃进。鞍钢跑过来，宪法问他要什么样的，鞍钢全要了奶油的冰棍。合营则拿了一个奶油和一个牛奶的。宪法坐到了跃进的身边，也剥开了一根冰棍。

跃进问："二哥，我们这么吃，不会把你的书摊吃黄吧？"

宪法说："哪能呢？二哥还剩两毛钱呢，以后天天给你们买冰棍吃。"

鞍钢问："每人两根儿？"

"那就不能两根儿啦。"

跃进说："你还真想把二哥吃黄啊？"

鞍钢说："我就是说说，哪能天天吃呢。"

跃进动情地说："二哥，吃冰棍看小人书，真是太幸福啦！"

邢三儿和大愣、嗑巴走过来，他们不管不顾地走着，把小板凳碰倒了好几个，显得很威风，因为他们的胳膊上戴着红色的袖标，上面印着黄色的"纠察"二字。

宪法站在那里，他知道来者不善。邢三儿和大愣、嗑巴走到了宪法的面前。

宪法说："有何贵干？"

邢三儿用手指了指胳膊上的袖标："我们是执行公务。"

宪法笑笑说："别人我不知道，你们我还不知道？"

"知道就好，你这里有没有封资修的黑货？"

"没有，都是革命读物。"

"别那么横，现在我们管着你，你得服我们管。"大愣说着把两个木箱合拢，拎起来就走。

跃进大声说："你们干什么？凭什么拿走？"

嗑巴说："我们要检……检查封资修的黑……黑货。"

合营冲上去夺木箱，被嗑巴推开。

宪法冷笑了一声说："邢三儿，我们在一起也混了两年多，你知道一旦把我逼急了会是什么结果。"

邢三儿说："放下。"

"我们怕他干什么？"大愣把木箱放下。

邢三儿看了看宪法，慢慢走过去，把那木箱打开，摆放到原来的位置，转身拿了个小凳，坐在木箱前，拿起一本翻了翻，放了回去，又拿下了一本，翻了翻，又放了回去。很快，邢三儿从里面挑了两本小人书递给了嗑巴。邢三儿站了起来："这两本，我们要带回去审查一下。"

邢三儿看了宪法一眼，向大愣和嗑巴挥了挥手，走了。

五反和韩梅正站在某处说话，只见董丽英慌慌张张地跑了过来："不好啦，不好啦。"

韩梅问："怎么了？"

"最终分配方案公布了。原来五反不是分到市铸造厂了吗？这回不是铸造厂了，跟我们一样，下乡。"

五反也被这个消息惊呆了，她忙和韩梅来到布告栏前。五反的名字确实在下乡的名单里，她的眼泪立刻涌了出来。

赵军听了解放的述说，慌忙让赵科长给朱叔叔打电话。赵科长把电话打过去，只听到那边老朱的媳妇在哭。

放下电话赵科长长长地叹了一口气："这个死老朱，当年的老毛病又犯了。"

袁秀艳问："怎么了？"

"乱搞男女关系，被撤职了。"

"这老朱怎么会这样？"

"白瞎我的酒了。"

"还有工夫想你的酒？你倒是说说解放的妹妹怎么办哪。"袁秀艳不满地说。

"我怎么知道怎么办？"赵科长气呼呼地说。

从家门出来，赵军走得很慢，他觉得脚步沉重。该如何对解放说呢？

五反的事情处理不好，那解放的心情就永远也不可能好起来。赵军就像自己做错了事一样，内心里有一种强烈的负罪感。

走累了，赵军在马路牙子上坐下来，他迷茫地望着远方。

2015 年 1 月 6 日第一稿

2015 年 4 月 1 日第二稿

2017 年 4 月 16 日第三稿